현대문학 교수 350명이 뽑은

2019 올해의
문제소설

한국현대소설학회 엮음

푸른사상
PRUNSASANG

2019 올해의
문제소설

초판 1쇄 발행 · 2019년 2월 10일
초판 3쇄 발행 · 2019년 3월 30일

엮은이 · 한국현대소설학회
펴낸이 · 한봉숙
펴낸곳 · 푸른사상사

주간 · 맹문재 | 편집 · 지순이 | 교정 · 김수란
등록 · 1999년 7월 8일 제2-2876호
주소 · 경기도 파주시 회동길 337-16 푸른사상사
대표전화 · 031) 955-9111(2) | 팩시밀리 · 031) 955-9114
이메일 · prun21c@hanmail.net / prunsasang@naver.com
홈페이지 · http://www.prun21c.com

ⓒ 한국현대소설학회, 2019

ISBN 979-11-308-1406-3 03810

값 15,900원

2019 올해의
문제소설

한국현대소설학회 엮음

『2019 올해의 문제소설』을 발간하며

시간은 늘상 쉬지 않고 일정한 속도로 흘러간다. 어제와 다를 바 없는 오늘이 찾아오고, 또 그런 내일이 우리를 찾아올 것이다. 그렇게 하루하루가 쌓여 달이 되고 해가 되면서 시간은 역사를 이룬다. 아무것도 변하지 않은 듯이 보이던 시간들이 어느 틈에 커다란 단층을 이루며 우리 앞에 낯설고 거대한 모습을 드러내는 것이다.

『2019년 올해의 문제소설』을 펴낸다. 한국현대소설학회가 창립된 직후부터 시작한 일이니, 벌써 사반세기가 흘러갔다. 기껏해야 백 년이 조금 넘는 한국 현대소설의 역사를 염두에 둔다면, 스물몇 권의 앤솔러지는 결코 짧지 않은 시간의 흔적이라고 할 것이다. 한국 현대소설을 전공한 수많은 연구자들이 추천하고 논의하고 선정하는 과정을 통해서 한국소설의 현재를 가늠하고 미래를 상상하던 시간들이 켜켜이 쌓여 두꺼운 지층을 이루게 된 것이다.

올해도 예년과 크게 다를 바 없는 방식으로 진행되었다. 젊은 연구자들이 함께 모여 2017년 11월부터 2018년 10월까지 여러 문예지에 발표된 단편소설과 중편소설들을 읽어나가면서 여러 후보작을 추천했다. 이와 함께 학회 회원들이 개별적으로 추천한 작품을 두고 편집위원회에서는 총 열두 편의 작품을 수록작으로 선정했다.

1. 권여선, 「희박한 마음」, 『자음과모음』, 2018년 여름호.
2. 김남숙, 「제수」, 『악스트(AXT)』, 2018년 5 · 6월호.
3. 김봉곤, 「시절과 기분」, 『21세기문학』, 2018년 봄호.
4. 박민정, 「모르그 디오라마」, 『릿터(Littor)』, 2018년 2 · 3월호.
5. 박상영, 「재희」, 『자음과모음』, 2018년 가을호.
6. 윤이형, 「마흔셋」, 『문학동네』, 2018년 여름호.
7. 이상우, 「장다름의 집 안에서」, 『문학과사회』, 2018년 여름호.
8. 이주란, 「넌 쉽게 말했지만」, 『21세기문학』, 2018년 가을호.
9. 장류진, 「일의 기쁨과 슬픔」, 『창작과비평』, 2018년 가을호.
10. 정영수, 「우리들」, 『21세기문학』, 2018년 가을호.
11. 정지돈, 「Light from Anywhere 빛은 어디에서나 온다」, 『창작과비평』, 2018년 여름호.
12. 최진영, 「어느 날(feat. 돌멩이)」, 『웹진 비유』, 2018년 1월호.

앤솔러지에 담긴 열두 편의 소설은 모두 독특한 개성을 지니고 있다. 이상우나 정지돈의 작품은 실험적인 형식과 함께 소설이라는 양식의 존재 방식에 대한 질문을 던진다. 그리고 그런 질문들이 확장되어 재현하는 방식뿐만 아니라 소설이 재현하고 있는 현실 자체에 대해 묻는 지점까지 나아간다. 물론 모든 작품들이 삶을 이야기하는 새로운 방식을 보여주는데 집중하는 것은 아니다. 어떤 작품들은 우리가 늘상 견뎌나가고 있는 삶을 새로운 무늬와 새로운 색채로 담아낸다. 디스토피아적 세계관을 보여주는 최진영의 작품을 위시하여, 청년 세대들이 맞닥뜨리고 있는 삶의 문제를 천착하고 있는 이주란과 장류진의 작품, 엄마의 죽음 이후에 남겨진 딸들의 섬세한 감정과 화해의 가능성을 모색하고 있는 윤이형의 작품, 그리고 '기억'이라는 회로를 바탕으로 삶의 다양한 모습을 그려내고 있는 정영수나 권여선의 작품들이 그에 해당한다. 그렇지만 이 앤솔러지에서 가장 눈여겨볼 대목은 아마 2018년에 이르러 퀴어서사들이 본격적으로 등장하고 있다는 사실이 아닐까 싶다. 김봉곤, 박상영, 박민정 등의 소설에서 우리는 다양한 성적 정체성을 가진 존재들을 만나게 되고, 그들을 향해 의식적으로나 무의식적으로 폭력적인 시선을 보냈던 우리를 되돌아보게 되는 것이다.

개별 작품들이 지니는 독특성을 한 권의 앤솔러지에 묶어놓고 나면 날카로운 개성들이 무디어지는 느낌이다. 항상 새로운 일들로 지면을 가득 채워놓고 보면 정작 어제와 다를 바 없는 신문과 같이 앤솔러지 또한 그런 속성을 지니고 있는 듯하다. 모든 작품들이 하나하나 새롭고 특색 있는 작품들이지만 전체로 보면 이미 오래전에 본 듯한 모습이다. 그것은 아마 소설이 그려내는 인간의 삶이라는 것이 그렇기 때문일 것이다.

그렇지만, 『2019 올해의 문제소설』에 수록된 열두 편의 작품을 읽으면서 한국소설의 주역들이 교체되고 있음을 확인할 수 있었다. 흔히 많은 연구자들이 1990년대를 한국 현대소설사의 새로운 단계로 언급하곤 한다. 지금으로부터 벌써 30여 년 전이다. 그동안 세상의 속도는 엄청나게 빨라졌고 우리는 예전에 상상도 못했던 곳으로 떠밀려왔다. 그렇다면 우리가 모르는 사이에 역사의 지층이 균열되어 새로운 단층이 만들어지고 있거나 혹은 이미 만들어졌는지도 모른다. 이 앤솔러지는 그런 점에서 한국소설의 세대교체를 넘어서 한국 소설사의 새로운 기년이 시작되었음을 알리는 징표일 것 같다는 생각을 해본다.

2019년 1월
한국현대소설학회『2019 올해의 문제소설』기획위원회

차례

희박한 마음

권여선

경북 안동 출생. 1996년 장편소설 『푸르른 틈새』
로 상상문학상을 받으며 등단. 소설집으로 『처녀
치마』 『분홍 리본의 시절』 『내 정원의 붉은 열매』
『비자나무숲』 『안녕 주정뱅이』. 장편소설로 『레가
토』 『토우의 집』 등이 있음.

희박한 마음

간헐적으로 숨이 막히는 듯한 컥 소리와 끼이이아 하는 높은 비명 같은 소리가 들리는 밤이면 데런은 위층에 혼자 살던 여자를 생각하곤 했다. 데런이 한 번도 본 적 없는 그 여자는 이제 위층에 살지 않고 그 집엔 매우 활동적인 젊은 부부가 이사 들어와 힘찬 발소리를 내고 걸핏하면 짐을 옮기고 욕실에서 노래를 부르고 베란다에서 큰소리로 통화를 하며 살고 있다.

몇 년 전이었는지 정확히 기억나지 않지만 데런이 디엔과 함께 살던 시절, 한밤중에 어디선가 섬뜩한 의문의 소리들이 들려와 아파트 관리실에 신고를 한 적이 있었다. 수리기사가 와서 며칠 동안 이것저것 점검한 끝에 그 소리는 오른쪽 옆집 수도계량기에서 나는 소리로 밝혀졌다. 데런과 디엔은 그 소리가 사람이 내는 소리가 아니라는 걸 믿을 수 없었다. 옆집에는 오후 늦게 일을 나가서 밤늦게 들어오는 사람들이 살고 있는데 그들이 한밤중에 들어와 물을 틀면 압력 조절이 잘못되었는지 계량기에서 그런 소리가 난다는 것이었다. 욕실 쪽 수도는 괜찮은데 부엌 쪽 수도만 틀면 그렇다고 하면서 수리기사가 혼잣말하듯, 밤마다 귀신 소리가 난다더니 그 소리가 이 소리였네, 했다. 디엔이 누가 또 신고한 사람이 있었느냐고 묻자 수리기사는 손가락으로 위를 가리키며 바로 윗집에서 몇 번이나 관리실에 전화를 했는지 모른다고 했다. 위층을 돌아다니며 이 집 저 집 검사를 다 했는데 아무 문제가 없어서 여자 혼자 사니 신경이 예민해서 그런가 보다 했는데 그게 바로 여기 아래층 옆집에서 나는 소리였다고, 여자 혼자 사는데 그동안 얼마나 무서웠겠냐고 말했다. 수리기사가 옆집 계량기를 손보고 돌아간 후에 데런은 디엔이 현관에 서서 낮게 읊조리던 말을 기억한다. 저 말이 더 무서워. 여자 혼자 사는데 하는 말.

옆집 계량기는 몇 년 잠잠하다 다시 소리를 내기 시작했고 이제 위층이 아니라 아래층에 데런 혼자 살고 있다. 수리기사가 와서 계량기를 손보고 가도 며칠 못 가 또 소리가 났다. 몇 번이나 전화를 해도 관리실에서는 수도관이 노후되어 자기들로서도 어쩔 수 없다고 했다. 한밤중에 컥 끼이이아 흐륵 히이이아 하는 소리가 날 때마다 데런은 저건 귀신 소리나 비명 소리가 아니라 옆집 계량기에서 나는 소리라고, 수도관이나 성대나 그 구조가 비슷하니 내는 소리도 비슷한 거라고 생각하려 했다. 하지만 자꾸 위층에 혼자 살았던 여자에게 이 소리가 어떻게 들렸을지 상상하게 되었고 그러다 보면 그 여자의 감각과 감정이 고스란히 전이되는 듯했고 그 여자의 불면의 밤을 몇 년이 지나 데런 자신이 한 층 아래에서 반복하고 있다는 느낌이 들었다. 심지어 한 층 아래에는 자신이 얼굴 한 번 본 적 없는 자신과 디엔이 살고 있을지 모른다는 착각마저 들었다.

계량기 소리 때문만은 아닌데 언제부터인지 데런은 잠들지 못하고 몇 시간씩 어둠 속에 눈을 감고 누워 잠이 오기를 기다리곤 했다. 심신이 나른해지고 불면의 두께가 조심씩 얇아지면서 투명한 비눗방울 같은 잠이 자신을 감싸는 느낌이 들면 이제 곧 맥을 놓고 눈먼 누에처럼 잠에 빠져들 수 있으리라 여기지만 어느 순간 갑자기 미간 안쪽 깊은 곳에서 기괴한 눈이 반짝 떠지고 흉부가 고장 난 승강기처럼 난폭하게 덜컹거리면서 잠의 비눗방울은 감쪽같이 터져버리고 말았다. 그런 일이 몇 번 반복되면 데런은 잠 속으로 들어가는 일이 마치 드릴로 단단한 강화유리를 뚫기라도 하듯 엄청난 노력을 요하는 파괴적인 중노동처럼 생각되었고 차라리 잠을 자지 않기로 결심하고 자리에서 일어나 벽에 기대앉았다.

요즘 데런은 오래전에 디엔이 했던 꿈 얘기에 사로잡혀 있었다. 디엔이 불쑥 어젯밤에 학교 때 선후배와 친구들이 나오는 꿈을 꾸었다고 말한 적이 있었다. 데런이 선후배와 친구 누구냐고 묻자, 디엔은 모른다고, 자신이 아는 선후배와 친구들이 아니었다고, 자신이 그들을 모르는 만큼 그들도 자신을 모르는 듯했는데 그럼에도 그들이 선후배이며 동기라는 것은 의심의 여지 없이 받아들여졌다고 했다. 그러면서 디엔은 왜 꿈에서는 그런 일들이 있지 않느냐고, 아무 근거도 없이 분명하게 받아들여지는 일들이, 라고 말했는데 데런은 그렇지, 하고 대꾸하면서도 그래도 뭔가 희미한 실마리라도 있었으니 그렇게 받아들여지지 않았을까, 꿈이라고 그렇게 마구잡이일 수만은 없지 않을까 생각했다.

디엔은 여러 가지 일들이 있었지만 꿈에서 깨고 나니까 한 가지 일만 기억난다고 했다. 그들 중 한 선배가, 누군지 모르지만 선배인 건 분명한 어떤 사람이 자리에서 일어나 다른 사람들에게 말하기를, 디엔의 이력 중에 부도덕한 점을 발견했다고 하면서 작은 천 조각을 꺼내 내밀었다고 했다. 그건 기계로 정교하게 스티치된 천 조각으로 군인이나 경찰 등이 모자나 가슴에 다는 표식이나 계급장처럼 보였는데 그 선배는 그것을 내보이며 이것이 바로 디엔이 공장에 다니면서 작업한 것인데 따라서 이것은 디엔이 젊었을 때 공장에서 일했다는 증거라고 말했다는 것이다. 그러나 디엔으로서는 처음 보는 천 조각이었고, 데런 너도 알다시피 나는 그런 것을 기계로 스티치하는 공장에 다닌 적이 없잖아, 그래서 꿈에서도 아니라고 부인했는데 그 순간 갑자기 네 생각이 난 거야, 했다.

왜 갑자기 자신의 생각이 났다고 했는지 기억을 더듬다 데런은 디엔이 그 꿈 얘기를 했던 날이 아마 그들이 오래된 극장에서 영화를 보기 위해 마지막으로 시내 나들이를 했던 날이 아닐까 생각했다. 개관한 지 40년이 되었는지 50년이 되었는지 알 수 없는 그 극장은 한때 개봉관이었지만 언제부턴가 다른 시내 개봉관들과 함께 영락을 거듭하여 이름조차 잊힌 지 오래더니 그즈음 개조 공사에 들어가 현대식 멀티플렉스 건물로 재건축하면서 대대적인 홍보에 들어갔다. 데런은 그 온라인 이벤트에 참여해 예매권을 두 장 얻었다. 디엔에게 시내에 영화를 보러 가지 않겠느냐고 물었을 때 뜻밖에도 디엔이 좋다고 해서 데런은 곧바로 예매를 했다. 날짜가 정해졌으니 그때 가서 딴소리 하면 안 된다고 데런이 경고하자 디엔은 선선히 알았다고 했다. 그래서 영화를 보러 시내에 갔던 날이 디엔이 그 꿈 얘기를 해준 날 같았다.

그때 데런은 디엔이 퇴직한 후 집에서만 지내는 게 걱정이었다. 그해 2월에 디엔은 30년 넘게 다니던 직장에서 퇴직했는데, 퇴직 직후엔 외출도 하고 약속도 잡고 계획도 세우는 것 같더니 점점 활동반경을 줄여나가 근한 달 동안 집에서 한 발짝도 나가지 않는 지경에 이르렀다. 마트에 갈 때 데런이 같이 가자고 해도 디엔은 번번이 속이 거북하다거나 뭘 좀 보고 있는 중이라거나 세탁기를 돌리려고 했다든가 하는 핑계를 댔다. 한 번은 아무 핑계도 생각나지 않는지 손으로 눈을 꾹꾹 누르다 말고 살 게 그렇게 많으냐고 물었다. 데런은 아니라고 대답하고 혼자 마트에 갔다.

데런은 디엔이 평생 직장생활을 해왔으니 한동안 집에서 쉬고 싶어 하는 것도 무리는 아니라고 생각했다. 데런도 평생 놀고먹지는 않았지만 정식으로 취직해 어딘가를 꼬박꼬박 출근한 적은 없었고 아르바이트나 프리랜서 같은 일만 해왔다. 그래서 데런은 자신이 디엔의 마음을 모를 수도 있다고 생각했는데, 그런 생각이 들 때면 디엔이 지극히 정상적이어서 낯선, 머나먼 타인처럼 여겨졌다.

둘이 함께 살아오는 동안 그들 사이에 큰 갈등은 없었다고 데런은 회상했다. 언젠가 그런 말을 디엔에게도 한 적이 있는데 그때 디엔은 눈을 크게 뜨더니 갈등은 무슨 갈등이냐고, 자신에게 데런만큼 잘 맞는 사람은 있을 수 없다고 잘라 말했다. 이런 기억은 데런을 기쁘게도 슬프게도 했다. 어쩌면 그때 디엔은, 그것 단 한 가지만 빼고, 라는 말을 뺀 것일 수도 있었다.

함께 사는 동안 그들은 집안일을 분담해 맡았고 조정이 필요하면 의논해서 조정했다. 주로 청소와 빨래, 설거지 등은 디엔이 맡았고, 장보기나 요리 등 식생활에 관련된 일은 아무래도 집에서 지내는 시간이 많은 데런이 전담했다. 식생활은 무엇보다 꼼꼼하고 지속적인 관리가 필요한 활동이었다. 청소나 빨래는 하루 정도 미룬다고 큰 문제가 발생하지 않지만, 쉬기 직전의 두부나 시들어가는 시금치, 맛이 가려는 바지락 등은 시급하고 적절하게 처리하지 않으면 안 되었다. 각각의 식재료들은 자기 수명을 가지고 있고 더 오래 기다려주지도 않고 이제 그만 맛이 가겠다고 알려주는 법도 없으므로 각기 다른 노선의 버스를 각기 다른 배차 간격에 맞게 내보내듯 제때에 알아서 순환시켜주어야 했다.

마트에 갈 때마다 데런은 사야 할 품목들을 작은 메모장에 적어 갔는데, 가끔 매대에 놓인 제철 과일이나 채소, 해산물 들을 구매할 때를 제외하면 대부분 적어간 것만을 충실히 사오는 편이었다. 그렇게 무엇을 적어가면서까지 장을 볼 필요가 있느냐고 디엔이 물었을 때 데런은 그래야 지출이 일정하고 식생활의 연속성을 유지하기가 용이하다고 대답했다. 그때 디엔은 동의인지 조롱인지 모를 장난스런 고갯짓을 했다.

한 달 넘게 집에서만 지내던 디엔이 군말 없이 시내에 영화를 보러 가겠다고 했을 때 데런은 놀라는 한편 안심이 되어 오랜만의 데이트라 기대가 된다고 말했는데 그때에도 디엔이 동의인지 조롱인지 모를 애매한 고갯짓을 했던 걸 데런은 기억한다. 디엔이 떠난 후 데런은 몇 번이나 거울 앞에서 고개를 조금씩 움직이며 그 흉내를 내보려 했지만 잘 되지 않았다. 그런 미묘한 고갯짓은 오로지 디엔만이 할 수 있었고 그런 모습으로 사진에 찍힌 적도 없으니 그것은 디엔과 더불어 영영 사라져버렸다.

　그날 시내로 향하는 전철에 빈자리가 하나 나서 디엔이 앉았는데 한 달만의 외출이라 어색한지 디엔은 고개를 조금 숙인 채 꼼짝 않고 있다가 가끔 데런을 흘깃 올려다보곤 했다. 데런은 내릴 때까지 디엔 앞에 서서 디엔을 내려다보며 서서 갔다. 시내 전철역에 내려 역사 에스컬레이터를 타고 올라가는데 한 계단 뒤에 서 있던 디엔이 머리로 등을 쿡 박는 게 느껴졌다. 돌아보니 디엔이 시치미를 떼고 데런을 올려다보았다. 데런이 돌아서서 앞을 보자 또 디엔이 쿡 박았다. 데런은 돌아보는 대신 등 뒤로 손을 내밀었다. 디엔이 그 손을 잡았다. 언제나 그렇듯 디엔의 손은 서늘했는데 아직도 데런은 그 온도와 감촉을 기억하고 있다. 그 온도를 잊지 않기 위해 가끔 한 손을 일부러 담요 밖에 놓아 서늘하게 만든 다음 따뜻한 다른 손으로 맞잡아보고 이게 디엔의 온도인지 아닌지 가늠하는 버릇이 들었다.

　역사 밖으로 나오자 눈이 되려다 만 비가 내리고 있었다. 디엔이 겉옷에 달린 모자를 덮어쓰며 거북이가 되자고 했다. 데런도 겉옷에 달린 모자를 덮어썼다. 모자를 쓰면 이상하게 마음이 편해지지 않느냐고 디엔이 물었고 데런은 그렇다고, 거북이처럼 숨을 곳이 생긴 느낌이라고 대답했다. 잠시 뒤에 디엔이 좋은 건 아니네, 라고 했는데 데런은 얼른 그 의미를 알아듣지 못했다. 그게 좋은 게 아닌 게 평소에 늘 겁이 나 있다는 반증 아니냐고 디엔이 말했고, 데런은 그런가, 겁이 나서 거북인 것인가 했다. 디엔이 웃으며 설마 거북이가 겁우기에서 왔다고 말하는 거냐고 물었고, 데런은 진지하게 그렇다고, 겁우기의 우기는 이무기 할 때 그 우기 아니겠느냐고 대답했다. 그때 디엔이 설마 하며 웃던 모습을 떠올릴 때마다 데런은 기억의 타래가 엉망으로 뒤엉키는 느낌이었는데, 그건 그 모습 뒤에 항상 따라붙는 또다른 디엔의 모습 때문이었다. 디엔은 울 듯 찡그린 얼굴로 어깨를 늘어뜨린 채 조용히 데런을 응시하고 있었다. 그것이 시작되었구나 하고 말하듯.

기억의 조각을 이리저리 맞춰보던 데런은 그날은 그날이 아니었다고 결론지었다. 그들이 영화를 보기 위해 시내에 간 날은 미세먼지가 심한 봄날이었다. 그래서 역사 밖으로 나온 후 눈이 되려다 만 비가 내리기는커녕 미세먼지로 하늘이 온통 뿌옜고 그 때문에 데런의 코는 점점 예민해졌다. 처음엔 콧물이 흐르고 재채기가 나다 눈이 가렵고 쓰리더니 나중엔 얼굴 중심부에서 퍼져나간 열기와 통증에 정신을 차릴 수가 없었다. 그들은 영화를 보기 전에 밥부터 먹기로 하고 디엔이 예전부터 가보고 싶었다던 식당을 찾아가는 중이었는데, 복잡한 길과 좁은 골목을 뱅뱅 도는 동안 데런은 알레르기 증상이 점점 심해졌고 왜 이렇게 먼 곳에 있는 식당에 가야 하는지 디엔에게 따져 묻고 싶은 마음을 억누르느라 안간힘을 썼다.

식당에 도착해보니 브레이크 타임 팻말이 걸려 있었다. 디엔이 데런의 눈치를 살피며 허름한 식당이라 이런 게 있는 줄 몰랐다며 이십 분 정도 기다려야 하는데 어떻게 할까 물었다. 데런은 그것이 시작되고 있다고 느꼈고 디엔도 그걸 알고 있다고 느꼈다. 그건 공기 중에 퍼져 있는 미세먼지처럼 어찌 해볼 수 없는 재앙이었다. 데런은 코를 감싸고 있던 손수건을 땅바닥에 내팽개치면서 오늘 영화는 보지 말기로 하자고 낮게 으르렁거렸다. 디엔은 잠시 멍한 얼굴이었다가 고개를 끄덕이고 사실 그다지 보고 싶은 영화도 아니었다고 중얼거리면서 허리를 굽혀 데런이 땅바닥에 던진 손수건을 집어 들었다.

그때 식당 문이 열리고 안에서 한 여인이 채소 다듬은 찌꺼기 같은 걸 들고 나왔는데, 돌이켜 생각해도 데런은 그 순간 그 여인이 출현한 것이 기적만 같았다. 여인은 그들을 보고 일찍 오셨네요 하더니 들어가시라며 문을 활짝 열었다. 아직 시간이 안 됐는데 들어가도 되느냐고 디엔이 묻자 여인은 그럼 오신 손님을 밖에서 기다리게 하겠느냐고 되물었다. 디엔이 여인에게 고맙다는 인사를 하고 데런을 보았을 때 데런은 그 여인에게 무한히 감사해야 할 사람은 디엔이 아니라 바로 자신이라는 걸 깨달았다. 그 여인이 아니었다면 데런은 어떤 또 다른 참혹한 짓을 저질렀을지 몰랐다.

지금 데런은 어둠 속에 웅크리고 앉아 식당 문 앞에서 어깨를 늘어뜨리고 자신을 조용히 바라보던 디엔의 불안하고 겁에 질린 표정을 떠올리고 지독한 슬픔과 함께 코가 찌릿해지는 통증을 느낀다. 설마 거북이가 겁우기에서 왔다는 거냐고 디엔이 웃던 날과 식당에 갔던 날은 전혀 다른 날인데도 디엔의 두 표정, 전혀 닮지 않은 두 표정은 데런의 머릿속에 바짝 붙어 있어 그날이 그날인 것으로 혼동이 되었다.

그날 그들이 식당에서 무엇을 먹었는지는 기억나지 않았다. 그들이 첫 손님인 줄 알고 식당에 들어갔을 때 이미 식당 안에는 두 여자가 앉아 있었다. 나이가 아주 많은 비만한 여인과 중년의 예쁘장한 여자였는데 그들의 식탁은 수저와 그릇만 세팅된 채 비어 있었다. 데런은 디엔이 가리키는 메뉴판을 보지 않고 식탁 위에 놓인 냅킨을 뽑아 코를 풀었다. 디엔이 알아서 주문을 하고 오겠다고 자리에서 일어났다. 심하게 코를 풀고 나자 머리가 띵했다. 데런은 마치 술에 취한 듯한 느낌으로 디엔이 앉아 있다 일어선 텅 빈 공간과 맞은편 벽의 낡은 벽지를 바라보았다.

밑반찬이 깔리고 난 후에도 디엔은 오지 않았다. 한 남자가 들어왔고 미리 와 있던 두 여자가 자리에서 일어났다. 남자는 두 여자 나이의 중간쯤 되어 보였는데 두 여자와 인사를 나누고도 자리에 앉지 않고 부드러운 저음으로 이 식당의 역사에 대해 이야기하기 시작했다. 자리에 앉은 두 여자는 고개를 바짝 들고 남자가 식탁 옆에 서서 이 식당이 처음에 어느 동네에 있다 어디로 옮겼고 예전 주인과 지금 주인이 어떤 관계이고 하면서 쉴 새 없이 떠드는 걸 듣고 있다가 남자가 손을 들어 갈매기처럼 까닥거리면 참새처럼 빠르게 고개를 끄덕였다.

디엔은 좀처럼 돌아오지 않았다. 화장실에라도 갔나 생각했지만 그럴 만큼의 시간도 훌쩍 지나버렸다. 만약 디엔이 이대로 돌아오지 않는다면, 디엔이 혼자 집으로 가버렸다면, 하는 생각이 불현듯 데런의 머릿속에 떠올랐고, 자신이 한 행동을 생각하면 충분히 그럴 법하다고 생각하면서도 그렇게 디엔이 자신으로부터 점점 멀어져 어디론가 가고 있다는 상상만으로도 가슴이 답답해져 데런은 숨이 잘 쉬어지지 않았다. 데런은 평생 처음으로 디엔이 자신을 떠날지도 모르며 디엔 없이 자신이 혼자 남겨질지 모른다는 생각을 했고 끔찍한 공포와 고통스러운 자책에 빠져 맞은편 벽의 낡은 벽지만 하염없이 노려보았다. 어느덧 세상은 사라지고 아득히 멀어지는 디엔과 자신 사이에 놓인 측량할 수 없는 거리만이 절박한 실재로 남았다.

한참 동안 움직이지 않고 웅크리고 앉아 있으니 술을 마신 것처럼 머릿속 어딘가가 천천히 마비되는 느낌이었다. 데런의 눈은 앞을 보고 있으면서도 보고 있지 않은 상태가 되었고 다른 감각들도 조금씩 둔해지면서 온몸이 잠과는 다른 기묘한 무력과 둔감상태에 잠겼다. 아주 오래전 언젠가도 이런 상태로 무언가를 하염없이 기다리며 앉아 있었던 적이 있는 것 같았다. 정확한 디테일은 하나도 떠오르지 않고 마치 전생처럼 자신이 한때 이런 상태를 경험한 것만 같은 느낌이 들었다. 어쩌면 그런 일은 전혀 일어나지 않았을 수도 있고 아니면 망각 저편으로 넘어가버렸지만 어느 시절엔가 자신이 종종 이런 상태에 빠져 있어 몸이 기억하고 있는 흔적인지도 몰랐다. 하지만 데런은 생각했다. 자신은 끝내 아무것도 알아낼 수 없으리라는 것을. 이토록 희박한 유사성만으로는.

데런이 현실감을 되찾은 것은 지속적으로 들려오는 소음 때문이었는데, 무거운 것을 바닥에 끌고 딱딱한 물건을 딱딱한 장소에 내려놓는 소리였다. 그건 위층에서 들려오는 소리 같았지만 확인할 수 없었고, 다만 그 소리가 그날 그 식당에서도 데런의 의식을 일깨웠다는 기억이 났다. 정신을 차리고 주위를 둘러보니 남자직원이 단체 손님들을 맞기 위해 옆 탁자들을 연결해 긴 자리를 만들고 의자를 새로 놓고 수저와 개인그릇을 세팅하고 있었다. 데런은 남자직원에게 혹시 디엔이 술을 시켰는지 물었고 시키지 않았다는 대답을 듣고 곧바로 술을 한 병 시켰다. 남자가 술병과 술잔 두 개를 가지고 왔을 때에야 그걸 기다리고나 있었다는 듯 디엔이 돌아와 맞은편 자리에 앉았다. 디엔은 약국을 찾느라 빙빙 도는 바람에 약을 사가지고 돌아오는 길에 골목을 잘못 접어들어 잠깐 길을 잃었다고, 얼른 일회분을 먹으라며 데런에게 흰 사각의 약봉지를 내밀었다.

정확하진 않지만 디엔이 꿈 얘기를 한 것은 아무래도 그 식당에서 술을 마시면서였던 것 같았다. 그런데 꿈속에서 디엔은 기계로 스티치하는 공장에 다닌 적이 없다고 부인하다가 왜 갑자기 자신을 떠올렸던 것일까, 꿈속의 디엔이 떠올린 자신은 어떤 모습이었을까 생각하다 데런은 깜짝 놀라 어리둥절해졌다. 꿈속에서 디엔은 기계로 스티치하는 작업을 했다는 사실을 완강히 부인하기 위해, 예전에 자신의 친구가 공장에 취업할 때 자기 주민등록을 갖다 쓴 적이 있는데 아마도 이 스티치는 그 친구가 작업한 것일 거라고, 그리고 당신들도 알지 모르지만 그 친구는 자신과 학교 때 동기인 데런으로 이미 죽은 지 오래라고 사람들에게 말했다고 했다.

맙소사, 그러니까 자신은 디엔의 꿈속에서 죽은 지 오래였던 것이다. 왜 그걸 여태껏 까맣게 잊고 있었는지 알 수 없지만, 디엔의 꿈은 거기서도 끝나지 않고 뭔가 더 이어졌던 것 같았다. 어둠 속에서 멍하니 입을 벌리고 디엔의 꿈을 복기하는 데 골몰하느라 데런은 고인 침이 흘러내리는 것도 몰랐다. 막 침이 흘러내리려는 순간 데런은 다급히 입술을 모아 침을 들이삼켰는데 희한하게도 그 흡입하는 소리가 낯설게 들리지 않았다. 데런의 생각은 어느덧 디엔의 꿈에서 빠져나와 침을 흡입하는 소리가 촉발시킨 청각의 기억 쪽으로 옮겨갔고, 한참 동안 방심상태에 빠져 있다가 어느 순간 옆집 계량기에서 울리는 소리에 퍼뜩 정신을 차린 후에야 자신이 침을 들이마시는 소리를 크게 증폭하면 수도관이 내는 기괴한 소리의 어느 부분과 매우 흡사하리라는 걸 깨달았다.

　그때 말이야 데런, 하고 다시 디엔은 꿈 얘기를 이어나갔다. 죽은 데런이 그 스티치 작업을 했을 거라는 디엔의 말을 듣고 선배 하나가, 스티치한 천 조각을 내밀었던 그 사람은 아니고 누군지 모르지만 선배인 건 분명한 다른 사람이 디엔에게 다가오더니 죽은 데런에 관한 증언이 필요하다고, 5분이면 충분하다고 말했다고 했다. 이 대목에서 디엔은 잠시 말을 끊고 침묵을 지키다 마치 그게 자신의 꿈에서 가장 중요한 포인트이기라도 한 듯, 그 선배가 5분이라고 말한 게 정확히 기억난다고 했는데, 그 말을 하던 디엔의 코끝이 천천히 붉어지던 것을 데런은 기억한다. 디엔은 그 선배에게 알았다고 대답하는 순간 눈물이 막 쏟아질 것 같았다고, 꿈에서처럼 눈물이 막 쏟아질 것 같은 얼굴로 데런을 바라보았다. 디엔은 떨리는 목소리로, 그 선배 앞에서 죽은 너에 관한 증언을 하게 되면 걷잡을 수 없이 울게 될까 봐 두려웠다고, 그런데도 자신이 왜 증언하겠다고 약속했는지 모르겠다고, 그리고 어느 좁은 방에서 그 선배를 기다리던 중에 잠에서 깼다고 말했다.

　깼다고 했으니 이게 디엔이 꾼 꿈 얘기의 끝인 건 분명했다. 그런데 생각할수록 디엔이 꿈 얘기를 한 게 그날 그 식당에서였는지 데런은 최종적으로 확신할 수 없었다. 꿈 얘기를 하면서 코끝이 붉어지던 디엔의 얼굴 뒤로 처음에는 그 허름한 식당의 낡은 벽지가 펼쳐졌지만 다시 기억을 이어가려고 하자 이번에는 전혀 다른 배경, 이를테면 작은 액자가 걸려 있는 카페라든가 육중한 대사관 건물이 버티고 있는 공원이 나타났다. 기억을 더듬을수록 데런은 점점 더 혼란에 빠져들었는데, 처음 기억 속의 벽지는 어쩌면 약을 사러 간 줄 모르고 디엔을 기다리며 디엔이 영영 돌아오지 않을지도 모른다는 두려움 속에서 데런이 노려보았던 그 벽지가 디엔의 꿈 얘기에

덮씌워진 것일지도 몰랐다. 집중하기 위해 눈을 감은 데런의 눈꺼풀 안쪽으로 셔터를 내린 보석가게의 노란 불빛이라든가, 오래된 우체국이라든가, 칵테일 바에서 돌아가는 미러볼이 반사되어 흐릿한 색색의 원들이 춤추는 어두운 잿빛 도로라든가, 천변을 따라 산수유가 핀 청계천 풍경 등이 흘러갔다.

그날, 청계천에서 엄청나게 살찐 까치를 가리키며 디엔이 『천변풍경』에 나오는 포목점 주인 이야기를 했던 그날이 마지막으로 시내 나들이를 갔던 날과 같은 날인지 아닌지 데런은 분간할 수 없었다. 디엔은 왜 포목점 주인이 그렇게 아슬아슬한 방식으로 모자를 써서 이발소 소년 재봉이의 애를 태웠는지 모르겠다고 했고, 또 박태원이 왜 이발소 소년 이름을 재봉이라고 지었는지 궁금하다고 했고, 어쩌면 재봉이가 아침저녁으로 포목점 주인의 모자가 바람에 날아가길 축수하는 건 핑계일 뿐이고 포목점 주인에 대한 재봉이의 과도한 관심은 포목점의 포목으로 마음껏 재봉을 하고 싶다는 재봉이의 무의식이 발현된 것인지 모른다고도 했다. 그 무의식 얘기 끝에 꿈 얘기가 나온 것일까 생각하다 데런은 고개를 저었다. 그때는 다른 걸 보았고 다른 얘기를 했다는 걸 데런은 포도알처럼 선명히 기억한다.

그날 복원된 천변에는 『천변풍경』 시대의 여인들로도 보이지 않고 지금 시대의 여인들로도 보이지 않는, 한복 체험가게에서 한복을 빌려 입은 화려한 빛깔의 두꺼비 떼처럼 부한 차림의 여자들이 마치 물이 불어 개천에 떠내려 온 유용한 무엇을 건지기라도 하려는 듯 긴 막대기에 폰이나 캠코더를 매달고 우르르 떼 지어 지나갔는데, 그 광경을 보고 디엔은 자신이 도저히 적응할 수 없는 두 가지가 있는데 하나는 식당이나 전철에서 사람들이 모두 스마트폰을 들여다보고 있는 장면이고 다른 하나는 대부분의 관광지에서 대부분의 사람들이 긴 막대 끝에 스마트폰이나 캠코더를 매달고 다니는 광경이라고 말하면서, 그 놀라운 일률성이 주는 불쾌감 때문에 집 밖으로 나오는 것이 두려울 정도라고 했다. 그리고 디엔이 이런 혐오는 잘못된 것일까 데런, 하고 힘없이 물었던 것까지 알알이 떠오르는데 다만 그게 아주 오래전 자신이 알레르기 비염에 걸리기 전의 어느 날이었는지 아니면 디엔이 사온 약을 먹고 증상이 나아진 그날이었는지 데런은 도무지 알 수 없었다.

디엔과 마지막으로 시내 나들이를 했던 그날 그들이 오래되었으나 새로 증축한 그 극장에서 영화를 보지 않았다는 것만은 분명했다. 허름한 식당에서 나와 그들은 청계천에 들렀거나 들르지 않았고 그 뒤엔 곧바로 전철을 타고 귀가했다. 돌아오면서 디엔이 예전에 어느 공원에 갔다가 데런이 새로 산 단화가 맞지 않아 발을 절다가 갑자기 폭발했던 일을 환기시켜 줬다. 데런도 당연히 그 사건을 기억하고 있었다. 먼저 어디론가 나가자고 해놓고 나가서는 늘 그런 꼴이 되곤 했지, 하고 데런이 사과하자 디엔은 늘 이유가 있었잖아, 늘, 하고 말하며 또 그 야릇한 고갯짓을 했다.

가끔 예고 없이 출현하는 그것은 데런의 고질병이었다. 데런은 늘 그것을 어떻게든 저지하려 했지만 그 의지가 생겨났을 때는 이미 모든 것이 튀어나온 후였다. 데런이 화가 나서 이성을 잃기 직전의 표정을 언젠가 디엔은 얼음이 타는 것 같다고 말한 적이 있었다. 디엔이 말하기를, 폭발하기 직전의 데런은 거의 움직이지 않고 약간은 허탈한 표정으로 어딘가를, 실은 아무것도 없는 허공을 가만히 바라본다고 했다. 모르는 사람이 보면 기도라도 하는 것처럼 매우 평온해 보이는데 그때 아마도 데런 너는 진행될 폭발에 대해 섬광처럼 짧게 숙고하는 것처럼 보인다고, 폭발 이후의 미래를 일별하고 그 혹독한 대가를 예감하면서도 그 무서운 미래가 실현되고 말리라는 것을 아는 얼굴이라고, 몸에 기름을 붓고 불을 붙이려는 분신자가 마치 먼 행성의 폭발을 기다리는 천문학자처럼 냉철한 눈을 하고 있는 형국이라고, 내부의 심연이 균열되는 걸 최후로 관조하는 눈이라고 디엔은 말했다.

그런데 얼음에 불이 붙기 시작하는 찰나엔 말이지, 하고 디엔은 말했다. 그때의 데런은 더 이상 자신이 알던 데런이 아니고 절대적인 무엇을 담지하고 있는 순수 존재처럼 느껴진다고, 그에 비하면 자신은 아무것도 아닌 존재, 저 산불처럼 무섭게 번지는 파괴 앞에서 타죽어도 마땅한 작은 벌레나 한갓 풀포기 같은 존재로 여겨진다고 했다. 그것은 확실히 디엔에게 어마어마한 공포였으리라고 데런은 말했다. 디엔은 정말 그렇다고, 그런 일은 아무리 겪어도 너무나 두렵다고 하면서, 데런 네가 그렇게 드라이아이스처럼 하얗게 타버려 아무것도 남기지 않고 사라질 것 같아서, 라고 말했다. 그런 폭발이 일어났던 날들에 대한 기억, 웃던 디엔을 순식간에 겁에 질리게 했던 지워질 수 없는 날들의 기억 때문에 데런은 때로 눈알이 드라이아이스처럼 타는 것 같았고 앞이 잘 보이지 않았다.

아무튼 그게 그날이었든 아니었든 그것으로 디엔의 꿈 얘기는 완전히 끝났다고 데런은 생각했지만, 그런데 깨고 나서 말이야, 하고 디엔이 말을 이어갔다. 깨고 나서 생각해도 그 선배는 자신이 아는 얼굴이 아니었다고, 얼굴이 거무스레하고 안경을 썼는지 안 썼는지 모르겠는데 어느 쪽이라고 해도 그렇다고 생각될 만한 얼굴이었다고, 그 선배 안경 썼잖아 하면 아 그렇지 하게 되고 아니라고 해도 아 그렇지 하게 되는 그런 얼굴이 있지 않느냐고 했다. 데런은 달리 대꾸할 말이 없어 고개를 끄덕였지만, 그 선배라면 어느 선배를 말하는 것인지, 디엔이 공장에서 스티치 작업을 했다고 천 조각을 내보인 선배인지 죽은 자신에 대해 5분 정도 증언을 해달라고 한 선배인지 알 수 없었다.

디엔은 고개를 갸웃거리며, 그런데 이상한 게 데런, 2학년 겨울방학 때였나 그때 네가 공활을 할 때 내가 주민등록을 빌려준 적이 없지 않아, 물었고 데런은 그렇다고, 없다고 대답했다. 디엔은 생각해보니 그때 공활을 준비할 때 정작 자신이 어느 친구의 주민등록을 빌려 쓴 적이 있는데 그 당시 자신의 집 주소가 강남의 아파트로 되어 있어 공장에 취업하기가 어려웠기 때문이라고 말했다. 그것은 꿈속의 이야기가 아니니 어느 친구인지 분명히 기억하고 있을 텐데도 디엔은 그 친구가 누구인지, 데런이 아는 친구인지 아닌지 말해주지 않았다. 대신 입술을 자근자근 씹다가, 이런 꿈들은 어디서 오는 것일까 데런, 하고 물었다. 도대체 이런 꿈들은 어떤 사고, 어떤 심리에서 발아해서 어떤 경로로 뻗어 나온 것일까, 그래서 결국 어쨌다는 것일까, 디엔이 중얼거렸고 데런은 뭐라고 말하려다 입을 다물었다.

갑자기 어둠을 깨는 벨소리가 울려 데런은 머리끝이 쭈뼛할 만큼 놀랐다. 이 새벽에 자신을 찾아와 벨을 누를 사람은 세상 어디에도 없으므로 데런은 다른 집을 착각한 게 분명하다고 여기고 문을 열어주지 않기로 했다. 그런 생각을 알아차리기라도 한 듯 잠시 뒤에 다시 벨이 울리고 현관문 밖에서 저기요, 계세요, 하는 남자의 목소리가 들려왔다. 무슨 일일까 생각하며 데런은 자리에서 일어나 현관으로 가서 불도 켜지 않고 문도 열지 않은 채 문 앞에 서서 누구시냐고 물었다. 아래층입니다, 라는 대답이 들려왔다. 데런은 조심스레 걸쇠를 채운 문을 조금 열었다.

문이 열린 좁은 틈으로 남자가 얼굴을 들이미는 바람에 데런은 놀라 물러섰다. 남자가 문틈으로 데런의 얼굴을 뚫어져라 보았다. 데런도 눈길을 피하지 않고 잠자코 남자를 마주 보았다. 너무 시끄러워서 누가 살고 있나 알아보러 왔습니다, 라고 남자가 말했다. 아내가 잠을 못 잔다고요, 애 키우세요, 애가 있습니까, 애요, 애, 라고 남자는 격한 어조로 물었다. 데런은 반걸음쯤 문 쪽으로 다가가 그렇지 않다고, 이 집엔 자신과 친구 둘이 살고 있을 뿐이라고 말했다. 남자는 처음엔 놀란 듯하더니 이내 의심쩍은 표정으로, 애가 없다고요, 그런데 왜 쿵쿵 뛰고 문을 열었다 닫았다 하는 소리가 들립니까, 했다. 데런은 우리는 애도 없고 쿵쿵 뛰는 일도 없다고, 그게 우리 집에서 나는 소리라고 어떻게 단정하느냐고 남자에게 물었다. 남자는 천장이 울리니까 윗집이라고 생각하고 올라온 건데, 그럼 대체 어느 집에서 그러는 거냐, 혹시 할머니는 새벽에 쿵쿵 뛰는 소리 못 들었느냐고 물었다. 데런은 고개를 끄덕이고, 새벽에만 그런 게 아니라 낮에도 쿵쿵 뛰는 소리가 들린다고, 짐을 옮기는지 바닥을 득득 끄는 소리도 들린다고 했다. 남자가 맞는다고, 득득 끄는 소리도 난다고, 그럼 그 집 맞는데 그 집이 어느 집 같으냐고 물었다. 데런은 그건 모르겠다고 대답했다. 남자는 왜 할머니는 항의를 안 하느냐고 했다. 어느 집인지 모르는데 어디다 항의를 하느냐고 데런이 말하자 남자는 문에서 물러나 어느 집인지 기필코 알아내기라도 하려는 듯 주위를 두리번거렸다. 복도에는 희미한 어둠만 고여 있었다. 남자는 화를 억누르지 못하고 아, 어떡해야 되나, 이 집 아니면 그럼 어디지, 어디로 가야 돼, 어느 집이야 이거, 하면서 머리를 득득 긁었다. 그런데, 하고 데런이 말을 꺼내자 남자가 네, 네, 할머니, 하고 문 쪽으로 다가와 얼굴을 들이밀었다. 이 시간에 올라와서 벨을 누르고 항의하는 게 정상적이라고 생각하느냐고, 지금 새벽 몇 시인 줄 아느냐고 묻자 남자는 주춤 문에서 물러나며 죄송하다고, 그건 참 죄송하게 됐다며, 아내가 잠을 못 자고 쿵쿵 소리가 너무 크게 들리고 해서 딱 이 집인 줄 알고 올라왔다고 했다.

그때 컥, 하고 목이 졸리는 듯한 소리가 났다. 놀란 남자가 눈에 보일 만큼 몸을 펄떡였다. 곧이어 끼이이아 하는 소리가 복도에 울려 퍼지자 남자는 미친 듯이 달려들어 현관문 손잡이를 움켜쥐고 열려고 당기며, 뭐야, 이게 무슨 소리야, 안에 뭐가 있는 거야 도대체, 하고 외쳤다. 데런은 남자의 흥분을 가라앉히기 위해 같이 소리를 지르며, 안에서 나는 소리가 아니라고, 복도에서, 복도에 있는 옆집 계량기에서 나는 소리라고 말했다. 남자가 현관문을 잡은 손을 놓고 두리번거리다 드디어 소리의 방향을 잡았는지 옆집 계량기 쪽으로 다가가 귀를 기울이는 순간 끼이이아 소리가 뚝 그치더니 이내 졸린 목으로 피가 넘어가는 듯한 흐릅 소리가 났다. 남자는 주춤주춤 뒷걸음질을 치다 고주파의 히이이아 하는 소리가 나자 몸을 홱 돌려 달리듯이 빠르게 걸어갔다. 남자가 승강기 쪽으로 사라지는 것을 확인하고 데런은 현관문을 닫았다. 집 안은 복도보다 어두웠다. 어둠 속에서 화났구나 데런, 하는 목소리가 들려왔다. 그래도 여자 혼자 산다고 말하지 않은 건 잘했어. 우린 겁우기니까, 데런.

스물몇 살 때였는지 데런은 굳이 기억을 더듬어 헤아리지 않았다. 디엔도 데런도 까마득히 젊었던 시절, 하지만 돌이켜 생각해봐도 활기보다는 깊은 우울에 사로잡혀 있던 시절이었다. 점심시간이 막 지난 한낮이었고 데런과 디엔은 학생식당 뒤편 벤치에 앉아 무슨 이야기인가를 나누며 담배를 피우고 있었다. 검은 구름이 지나가듯 어두운 그림자가 드리우는 걸 느끼고 둘이 동시에 고개를 들었을 때 낯모르는 남학생이 그들 앞에 버티고 서 있었다. 복학생처럼 짧은 머리였던 것은 기억나는데 안경을 썼는지 안 썼는지는 기억나지 않았고 어느 쪽이라고 해도 좋을 얼굴이었다. 남학생이 그들에게 끄라고 했다. 데런과 디엔 둘 중 누군가가 왜 그러냐고 물었던 것 같고 둘 중 누군가가 묵묵히 담배를 빨았던 것 같다. 남학생이 다시 끄라고 했다. 못 끄겠다는 디엔의 말이 끝나기도 전에 남학생은 끄라고! 끄라고! 끄라고! 소리치며 팔을 들어 올려 디엔의 뺨을 내려쳤다. 손바닥으로 쥐어박듯이 후려치는 바람에 디엔이 균형을 잃고 옆으로 쓰러졌다. 그리고 그 대목에서 믿기 힘들 정도로 깨끗이 데런의 기억도 끊겼다. 그때 데런이 남학생에게 뭐라고 했는지 그 남학생은 뭐라고 대꾸했는지 주변에 사람들이 있었는지 그들은 어떤 반응을 보였는지 아무것도 기억나지 않았다. 한참이 지나 전혀 다른 장소에서 디엔이 울고 있었고 우는 디엔을 달래며 데런도 울었던 것만 어렴풋이 기억에 남아 있다. 그 후로 그들 중 누구도 그 일에 관해 한 번도 언급한 적이 없으므로 데런은 자신의 기억이 끊긴 부분에서 디엔의 기억도 끊겼는지, 아니면 그 뒤의 일을 디엔은 모두 기억하고 있었는지 이제는 알 수 없게 되었다.

데런은 찬물을 뒤집어쓴 것처럼 오싹하면서 불구덩이에 들어앉은 듯 후끈한 기운을 느꼈다. 끄라고! 데런은 그때였다고 생각한다. 디엔의 꿈속에서 오래전에 죽은 걸로 등장한 자신이 오래전에 죽은 순간은 바로 그때였을 거라고. 끄라고! 디엔이 얻어맞은 직후에 자신의 기억이 모조리 사라진 건 그때 자신이 아무 말도, 아무 행동도 하지 못했다는 걸, 완전무결하게 무력했다는 걸 의미한다고. 끄라고! 그 주문은 담뱃불을 향한 것이 아니라 그들의 영혼, 그들의 사랑을 향한 것이었다고. 끄라고! 그때 아무것도 하지 않고 가만히 앉아 있던 자신의 내부에서 고요히 작열하던 무력감이 정신의 어떤 연결 퓨즈를 태워버렸을 거라고. 끄라고! 그 분노와 절망과 공포가 그들의 삶을 돌이킬 수 없이 응결시켰으리라고. 끄라고! 못 끄겠다고 말한 건 디엔이었지만 아직도 꺼지지 않는 그것이 자신의 내부에 남아 있다고. 끄라고! 끄라고! 끄라고! 꺼지지 않는 그것이 어둠 속에서 발을 구르고 소리를 지르고 팔을 휘두르는 거라고!

실내가 어슴푸레 밝아오기 시작할 무렵 데런은 기진맥진하여 자리에 누웠다. 잠의 투명한 비눗방울에 감싸여 어렴풋한 꿈속으로 한 발 한 발 들여놓던 데런은 어느 순간 팔다리를 경련하며 깨어났다. 새벽에 올라온 아래층 남자가 안경을 끼었는지 안 끼었는지 기억나지 않았다. 스티치한 천 조각을 내밀며 디엔의 부도덕한 이력을 추궁하던 선배, 죽은 자신에 관해 5분 동안 증언을 해달라고 부탁했던 선배 그리고 디엔을 때렸던 복학생 남자처럼, 아래층 남자도 안경을 썼는지 안 썼는지 모르겠는데 어느 쪽이라고 해도 그렇다고 생각될 만한 얼굴, 안경 썼잖아 하면 아 그렇지 하게 되고 아니라고 해도 아 그렇지 하게 되는 그런 얼굴이었다.

그때 만약 디엔이 꿈에서 깨지 않았다면 디엔은 그자들에게 죽은 자신에 대해 어떤 증언을 하도록 요구받았을까. 디엔이 꿈에서 깨지 않고 기필코 그것을 알아냈더라면 좋았겠지만, 디엔이 떠난 지금 그것은 데런 자신이 알아내야 할 문제가 되었다. 디엔이 꿈속 좁은 방에서 울면서 증언해야 할 내용이 무엇이었는지, 감춰진 이력처럼, 기필코 벗어야 할 누명처럼, 추궁되어야 할 비밀처럼, 부인해야 할 죄처럼 간주된 그 부도덕한 스티치 작업이 무엇이었는지. 그건 그렇고 디엔, 데런은 흐느끼듯 속삭였다. 바로 아래층에 살고 있는 건 우리가 아니었어. 그들이었어, 디엔.

　안개가 내리듯 잠이 몰려오면서 데런은 서서히 디엔이 꾸었던 꿈속으로 들어갔다. 그들이 모여 있다. 데런이 그들을 모르는 만큼 그들도 데런을 모르는 듯한데, 그들 중 한 사람이 자리에서 일어나 데런의 이력 중에 부도덕한 점을 발견했다고 하면서 작은 천 조각을 내민다. 데런은 아니라고 부인하고 그건 오래전에 죽은 디엔의 것이라고 말한다. 그들 중 한 사람이 데런에게 다가와 죽은 디엔에 관한 증언이 필요한데 5분이면 충분하다고 말한다. 그들은 아는 얼굴이 아니고, 안경을 썼는지 안 썼는지 모르겠는데 어느 쪽이라고 해도 그렇다고 생각할 만한 얼굴이다. 그들 앞에서 죽은 디엔에 관한 증언을 하게 되면 걷잡을 수 없이 울게 될까 봐 두렵지만 데런은 알았다고 하고 어느 좁은 방에서 그들을 기다리다 잠에서 깬다. 그리고 디엔에게 꿈 얘기를 한다. 이런 꿈들은 어디서 오는 것일까, 디엔. 디엔은 대답이 없고 데런은 도대체 이런 꿈들은 어떤 사고, 어떤 심리에서 발아해서 어떤 경로로 뻗어 나온 것일까, 그래서 결국 어쨌다는 것일까, 이것 역시 꿈일까 디엔, 묻고 또 묻는다.

트라우마가 된 여성(들)만의 삶

이경재 숭실대학교 국어국문학과 교수

기억을 빼놓고 권여선의 소설을 논의하는 것은 어렵다. 『레가토』(창비, 2012)까지가 1980년대를 중심으로 하여 작가의 가장 뜨거웠던 젊음의 시절에 대한 기억에 해당했다면, 『비자나무숲』(문학과지성사, 2013) 이후에는 그 기억의 범위가 시정의 장삼이사들까지 포함하는 방향으로 넓어졌다. 이때까지 권여선은 "과거를 쉽게 잊어버리는 손쉬운 애도의 정상성보다는 기억의 빛을 끝까지 놓치지 않는 우울의 괴물적 형상 속에 윤리적 가능성이 더욱 많이 존재한다고 믿는 작가"[1]였다고 정리할 수 있다. 또한 이때의 기억은 정신분석학에서 말하는 실재(the real)와 같이 표상될 수도 해결될 수도 없는 궁극의 대상으로 남겨지고는 했으며, 그리하여 권여선표 인물들은 삶(현재)을 규정 짓는 최종심급으로서의 기억에 묶인 수인(囚人)들인 경우가 대부분이었다.

가장 최근에 발표된 작품집인 『안녕 주정뱅이』(창비, 2016)는 '기억의 형

---

1   졸고, 『문학과 애도』, 소명출판, 2016, 110쪽.

질변환'이라는 말이 어색하지 않을 정도로 기억과 관련하여 다양한 변화를 보여준다. 이전처럼 기억에 강박된 인간들과 그것을 헤쳐 나가는 방식으로서의 자기 합리화 등이 나타나기도 하고(「층」, 「소녀의 기도」, 「삼인행」), 기억이 고통보다는 부드러운 눈맞춤과 같은 따뜻함으로 등장하기도 하며(「카메라」), 기억의 봉인이 아니라 기억의 해명으로 작품이 끝나는 경우도 있었다(「실내화 한 켤레」). 이외에도 트라우마적 기억과 정면으로 맞섬으로써 새로운 삶의 가능성을 보여주거나(「이모」), 자신의 전존재를 거는 결단을 통해 과거의 기억으로부터 벗어나 현재의 삶에 충실한 사람들이 등장하기도 한다(「봄밤」).[2]

'기억한다는 것은 산다는 것'이라는 신학자 마틴 부버(Martin Buber)의 말을 권여선의 소설에서만큼 생생하게 느낄 수 있는 경우는 드물다. 「희박한 마음」 역시 기억을 중심으로 한 작품이다. 이 작품에는 대학 시절에 데런이 디엔과 함께 겪은 트라우마적 기억이 중핵으로 존재하지만, 그 기억을 둘러싼 일상적인 기억 역시도 매우 모호하게 그려져 있다. 디엔이 데런에게 자신의 꿈을 얘기한 날에 대한 기억은 혼란스럽기 그지없다. 그날은 영화를 보기 위해 시내 나들이를 했는데, 처음에는 그날에 "눈이 되려다 만 비"(17쪽)가 내렸다고 기억하다가 "기억의 조각을 이리저리 맞춰보던 데런"(18쪽)은 그날은 미세먼지가 심한 봄날로 "그날은 그날이 아니었다"(18쪽)고 앞의 기억을 부정한다. 또한 앞에서는 그 꿈 이야기를 한 날 데런이 심한 알레르기 비염 증상을 보였는데, 나중에는 그날이 비염에 걸리기 전이었는지도 모른다고 말한다. 그리고 그 꿈 이야기를 한 것이 식당이었는지 아니면 다른 곳이었는지 한없이 혼란스러워한다.

데런과 대학 시절부터 어울렸으며 노년에는 함께 살기도 한 디엔 역시

2　졸고, 「기억의 형질변환」, 『촛불과 등대 사이에서 쓰다』, 소명, 2018, 190~200쪽.

기억 앞에서는 속수무책이다. 디엔의 대학교 시절 공활(공장활동)과 관련한 기억도 한없이 애매하고 모호하다. 디엔은 자신이 공활을 준비할 때 친구의 주민등록을 빌려 쓴 적이 있는데, "그것은 꿈속의 이야기가 아니니 어느 친구인지 분명히 기억하고 있을 텐데도 디엔은 그 친구가 누구인지, 데런이 아는 친구인지 아닌지 말"(26쪽)하지 못한다. 대신 "이런 꿈들은 어디서 오는 것일까 데런"(26쪽)이라고 묻는다. 이처럼 사소한 기억이나 일상이야말로 하나의 '꿈'인 것이다. 기억은 아무런 준비도 없이 찾아오기도 하며, 반대로 선명했던 기억이 순식간에 사라지기도 한다. 또한 기억은 수시로 가지를 치고 다른 가능성을 열어둬서 무엇이 진짜인지 알 수 없는 지경에까지 이른다. 기억으로 이토록 혼란스러워 하는 데런이나 디엔은 지금 온전한 삶의 주인이 될 수 없다.

그렇다면 디엔이 데런에게 해준 꿈의 내용은 무엇일까? 한 남자 선배는 디엔의 이력 중에 부도덕한 점을 발견했다며 정교하게 스티치(stitch)된 천 조각을 내민다. 바로 디엔이 공장에 다니면서 작업한 것으로서, 이것이 바로 디엔이 젊었을 때 공장에서 일했다는 증거라는 것이다. 디엔은 그런 것을 기계로 스티치하는 공장에 다닌 적이 없었기에 이를 부인한다. 디엔은 기계로 스티치하는 작업을 했다는 사실을 부인하기 위해, 예전에 자신의 친구가 공장에 취업할 때 자기 주민등록을 갖다 쓴 적이 있는데 아마도 이 스티치는 그 친구가 작업한 것일 거라고 이야기한다. 그리고 그 친구는 데런으로서, 데런은 이미 죽은 지 오래라고 사람들에게 말한다. 이후에도 선배인 건 분명한 다른 사람이 디엔에게 다가오더니 죽은 데런에 관해 증언할 것을 요구한다. 그 선배 앞에서 죽은 데런에 관한 증언을 하게 되면 걷잡을 수 없이 울게 될까 봐 두려워하던 중에 디엔은 꿈에서 깨어난다.

디엔의 심층 의식 속에서 데런은 죽은 사람이라고 할 수 있다. 왜 데런은 죽은 사람이 되었던 것일까? 이 데런의 죽음이야말로 이 작품에 등장하는 '기억 중의 기억'이라고 할 수 있다. 그것은 완전히 망각되어 있었는데, 이 망각이야말로 이 기억이 데런의 삶을 유지하기 위해서는 반드시 억압되어야 할 만큼 중요성을 지닌 트라우마에 해당한다는 것을 증명한다.

데런의 핵심적인 기억은 스물몇 살 때 발생한 사건이다. 데런은 디엔과 학생식당 뒤편 벤치에 앉아 이야기를 나누며 담배를 피우고 있었다. 이때 복학생처럼 짧은 머리를 한 남학생이 나타나 담배를 끄라고 말한다. 이를 거부하자 남학생은 "끄라고! 끄라고! 끄라고! 소리치며 팔을 들어 올려 디엔의 뺨을 내려"(28쪽)친다. 디엔은 균형을 잃은 채 옆으로 쓰러지며, 그 대목에서 데런의 기억도 깨끗하게 끊어졌던 것이다. 한참이 지나 전혀 다른 장소에서 디엔이 울고 있었고, 우는 디엔을 달래며 데런도 울었던 것만 어렴풋이 기억날 뿐이다. 기억이 끊어진 것은 그 기억이 데런에게는 치명적인 삶의 위험이 되기 때문에, 생존을 위해 망각이 요청되었음을 보여준다. 그 일은 데런의 극복 능력을 넘어서는 사건이고, 그로 인해 데런의 자아는 심한 손상을 입었던 것이다. 그 상세한 내막은 다음의 인용문에 잘 드러나 있다.

> 끄라고! 데런은 그때였다고 생각한다. 디엔의 꿈속에서 오래전에 죽은 걸로 등장한 자신이 오래전에 죽은 순간은 바로 그때였을 거라고. 끄라고! 디엔이 얻어맞은 직후에 자신의 기억이 모조리 사라진 건 그때 자신이 아무 말도, 아무 행동도 하지 못했다는 걸, 완전무결하게 무력했다는 걸 의미한다고. 끄라고! 그 주문은 담뱃불을 향한 것이 아니라 그들의 영혼, 그들의 사랑을 향한 것이었다고. 끄라고! 그때 아무것도 하지 않고 가만히 앉아 있던 자신의 내부에서 고요히 작열하던 무력감이 정신의 어떤 연결 퓨즈를 태워버렸을 거라고. 끄라고! 그 분노와 절망과 공포가 그들의 삶을 돌이킬 수 없이 응결시켰으리라고. 끄라고! 못 끄겠다고 말한 건 디엔이었지만 아직도 꺼지지 않는 그것이 자신의 내부에 남아 있다고. 끄라고! 끄라고! 끄라고! 꺼지지 않는 그것이 어둠 속에서 발을 구르고 소리를 지르고 팔을 휘두르는

거라고!(29쪽)

'끄라고!'라는 주문은 담뱃불과 동시에 '그들의 영혼, 그들의 사랑'을 향한 것이었고, 디엔이 폭력까지 당하는 상황에서 데런은 완전무결하게 무력했던 것이다. 이 순간 데런은 상징적으로는 죽었다고 할 수 있다.

디엔은 "단 한 가지만 **빼고**"(16쪽)는 자신에게 데런만큼 잘 맞는 사람은 있을 수 없다고 말한 적이 있다. 그 한 가지는 "데런의 고질병"(24쪽)으로서 갑자기 폭발적으로 화를 내는 것이다. 폭발하기 직전의 데런은 디엔의 입에 의하면 "얼음이 타는 것 같"(24쪽)은 모습이지만, "불이 붙기 시작하는 찰나"(25쪽)의 데런은 "절대적인 무엇을 담지하고 있는 순수 존재"(25쪽)처럼 느껴지고, 데런 자신은 "타죽어도 마땅한 작은 벌레나 한갓 풀포기 같은 존재"(25쪽)로 여겨진다. 이런 폭발적인 화는 그날의 무력했던 자신에 대한 복수인지도 모른다.

이 중핵적 기억이 되돌아 온 이유는 무엇일까? 한번 저장된 장기 기억은 사라지지 않는다고 한다. 장기 기억은 초점이 맞지 않는 상태로 뇌의 여러 곳에 분산돼 존재할 뿐이며, 장기 기억을 불러낼 단서를 제공하면 파편 같은 조각들이 초점을 맞춰 다시 떠오른다는 것이다. 기억을 잃어버린 사람이 기억을 저장할 수 있었던 시절에 가졌던 강렬한 기억과 또 그 기억을 만들 때 느꼈던 감정들을 불러일으킬 수 있는 상황이 오면, 저 밑바닥에 가라앉아 있던 기억이 물 위로 떠오르게 된다.[3] 담배를 피우는 여자(들)에게 '끄라고!' 소리치며 폭력을 휘두르는 모습은 지금까지도 우리 사회에 지속되고 있으며, 그러한 상황이야말로 오래전에 망각된 줄 알았던 기억을 다시 되살린 것이다.

3 김윤환, 『기억』, KBS 미디어, 2011, 202~204쪽.

「희박한 마음」은 얼핏 보면 희박하지만 찬찬히 보면 농밀하게 여자(들)만의 삶이 만만치 않은 우리 사회의 모습을 드러낸다. 이 작품은 "간헐적으로 숨이 막히는 듯한 컥 소리와 끼이이아 하는 높은 비명 같은 소리가 들리는 밤이면 데런은 위층에 혼자 살던 여자를 생각하곤 했다."(12쪽)는 문장으로 시작된다. 이 의문의 소리와 관련해 수리기사는 위층을 점검한 후에, "여자 혼자 사는데 그동안 얼마나 무서웠겠냐"(13쪽)고 말한다. 이 얘기를 듣고 디엔은 수리기사가 돌아간 후에 "저 말이 더 무서워, 여자 혼자 사는데 하는 말"(13쪽)이라고 데런에게 말한다. 그리고 지금 데런은 의문의 소리를 들으며 "자꾸 위층에 혼자 살았다던 여자에게 이 소리가 어떻게 들렸을지 상상"(13쪽)하게 되고, 그러다 보면 그 "여자의 감각과 감정이 고스란히 전이"(13쪽)되는 듯함을 느낀다.

특히 데런의 트라우마적 기억이 떠오르기 직전, 아래층 남자가 시끄러운 소리가 난다는 이유로 새벽에 자신을 찾아오는 일을 겪는다. 데런은 아래층 남자의 벨소리에 머리끝이 쭈뼛할 만큼 놀란다. 남자를 돌려보낸 후, 데런은 "여자 혼자 산다고 말하지 않은 건 잘했어"(28쪽)라는 디엔의 목소리를 듣는다. '여자 혼자 산다'는 것이 위험한 것으로 인식될 수밖에 없는 우리 사회의 문제가 반복적으로 드러나고 있는 것이다.

그 위험을 만들어내는 존재들은, "스티치한 천 조각을 내밀며 디엔의 부도덕한 이력을 추궁하던 선배"(29쪽), "죽은 자신에 관해 5분 동안 증언을 해달라고 부탁했던 선배"(29쪽), "디엔을 때렸던 복학생 남자"(29쪽), "새벽에 올라온 아래층 남자"(29쪽)처럼 모두 남성들이다. 반대로 그 폭력의 수동적 피해자로는 여성 일반이 해당한다고도 할 수 있다. 그것은 작품의 마지막에 데런이 서서히 디엔이 꾸었던 꿈속으로 들어가서, "데런의 이력 중에 부도덕한 점을 발견"(30쪽)했으며 "디엔에 관한 증언이 필요"(30쪽)하다는 식으로 디엔이 꿈에서 겪은 일들을 그대로 체험하는 것을 통해서 드러

난다. 데런은 "이런 꿈들은 어디서 오는 것일까"(30쪽)라고 묻는데, 이 질문
은 디엔도 이전에 이미 했던 것이다.

기억의 누수를 막고 기억의 구멍 난 부분을 메우는 일은 곧 조각난 자아
와 삶을 복원하고 치료하는 일이 될 수도 있다. 그러나 「희박한 마음」에서
그 망각된 기억이 돌아온다고 해서 안정된 삶이 복원되는 것은 아니다. 그
것은 "묻고 또 묻는다."(30쪽)로 끝나는 이 작품의 마지막을 통해서도 확인
할 수 있다. 그것은 지속되는 트라우마로서만 존재할 뿐이지, 결코 극복된
트라우마일 수는 없는 것이다. 트라우마적 기억의 극복은 생존자가 자신이
겪은 일을 타인에게 이야기하고, 그 이야기를 들어주는 사람의 도움을 받
음으로써 가능해진다.[4] 그러나 지금 데런의 곁에는 인생의 유일한 파트너
인 디엔마저 "떠난"(30쪽) 상태이다. 더욱 중요한 것은 디엔 역시도 데런과
똑같은 트라우마적 사건을 겪었으며, 데런이 디엔의 꿈속에 들어가는 것에
서도 알 수 있듯이 둘은 타인이라기보다는 똑같이 상처받은 자아의 분신에
가깝기 때문이다. 「희박한 마음」에서는 핵심적인 기억의 실체가 비교적 선
명하게 드러난다. 그러나 그것을 통해 현재에 집중하거나 새로운 삶의 가
능성이 개시되지는 않는다. 그것은 수십 년 전에 발생한 그 폭력이 지금도
그대로 지속되고 있는 현실을 반영한 결과라고 할 수 있다.

---

4 구조주의적 트라우마 이론가로 불리는 학자들은, 트라우마가 사건의 특별함 때문에 생기는
   것이 아니라 충격적인 어떤 사건과 그 사건을 경험하는 사람의 능력 사이의 간극, 그것을
   말하고 해석할 수 있는 틀의 부재, 그것을 껴안아주고 이해해줄 수 있는 주변 사람들의 지
   지나 공감의 부족으로 인해 발생한다고 주장한다(서길완, 「기억, 기억과 망각의 이중주」, 은
   행나무, 2017, 76~77쪽).

제수

김남숙

경기도 이천시 장호원 출생. 2015년도 문학동네
신인상으로 등단.

제수

나는 간판 불을 끈다. 아비숑, 이라고 쓰여 있는 출처 없는 단어의 불빛
이 완전히 사라진다. 새벽 2시 42분. 구화동 2225번지 골목, 마지막 불이
꺼진다. 간판을 끄면 더 이상 객실 손님이 오지 않는다. 물론 손님이 오더
라도 방이 없다며 그들에게 대충 둘러댄다. 나는 쏟아지는 졸음을 참는다.
완전한 새벽도 완전한 밤도 아닌 시간, 나는 4시까지 제수를 기다린다.

제수는 내 유일한 친구다. 머리숱이 별로 없고 발음이 잘 새지만 착한 제
수. 제수는 고등학교를 졸업하자마자 공장지대 하청업체에서 일을 하다가
카센터에 자리를 잡았다. 하루 빨리 자기만의 기술을 배우고 싶다는 것이
었다. 하지만 제수는 이곳에 있는 합지 공장 노동자 쪽에 더 가까웠다. 한
쪽으로 살짝 기울어진 어깨도 그렇지만 까만 얼굴에서 느껴지는 무구한 표
정 같은 것들이 그랬다. 제수는 겁이 많은 것을 빼면 그들과 별반 다르지
않았다. 제수는 겁이 날 때마다 이 개새끼들, 씨발 놈들, 하면서 허공에 괜
히 엉뚱한 으름장을 놓았다. 제수는 텅 빈 거리에서도 쉽게 겁을 먹었다.
제수가 왜 그러는지 정확히 알 수는 없었다. 제수는 가끔씩 여유롭게 거리
를 거닐고 있는 길고양이나 비에 젖은 개에게도 욕을 뱉곤 했다. 불쌍하고

가여운 것들, 나는 그들을 보며 혀를 찼다.

나는 프런트에 앉아 손끝을 펼쳤다. 아까 눌러 죽였던 개미가 손끝에서 보이지 않았다. 죽었나, 살았나. 잘 알 수 없었다. 이곳 개미들은 죽은 듯 몸을 웅크리고 있다가도 금방 다시 살아나기도 했다. 날씨가 더워지면서 프런트에는 개미들이 들끓었다. 나는 손끝에 코를 대고 쿵쿵거렸다. 들쩍 지근한 진물 냄새가 나긴 하지만 여전히 락스 냄새가 진동을 했다. 나는 이 냄새를 좋아했다. 내 몸에서 이런 냄새가 나면 어쩐지 무균의 깨끗한 사람이 된 것 같은 기분이 들었다. 나는 깨끗한 사람이다, 나는 깨끗한 사람이다, 속으로 그렇게 중얼거렸다.

나는 이곳에서 그런 일을 했다. 방을 깨끗이 치우고 화장실의 때를 물로 쓸어내리고 퀴퀴한 냄새를 지우는 일. 이 일에 특별한 소신이 있는 건 아니었다. 그렇지만 나는 주기적으로 악취가 나는 사람이니까, 오히려 이런 일에 누구보다 잘 어울리는 사람일지도 모른다고 생각했다. 언제부터 내게 고약한 냄새가 났는지 몰랐다. 아주 어렸을 적, 아니면 그보다 훨씬 이전일 수도 있었다. 나는 그저 어느 순간부터 살에 코를 파묻고 자주 쿵쿵거렸다. 그럴 때마다 제수는 나를 보며 꼭 커다란 개나 멧돼지 같다며 놀리곤 했다.

제수는 나에게서 아주 고약한 냄새가 날 때부터 혹은 그 이전부터 내 곁에 있었다. 제수에게 혹시 내게서 고약한 냄새가 나지 않느냐고 물어보지는 않았지만 나는 안다. 제수의 코가 둔감한 것도 있지만 제수는 이 냄새를 참을 수 있는 유일한 사람이라는 것을 말이다. 그렇기에 나는 제수를 좋아했다. 제수가 좋은 것인지, 이 냄새를 참을 수 있다는 것이 좋은지는 아직 잘 알 수 없었다.

나는 프런트 앞 유리로 다가가 고개를 빼고 골목골목을 쳐다보았다. 제수는 아직 보이지 않았다. 어두운 골목 사이사이 사람들이 분주히 움직이고 있었다. 그들은 꼭 뭉개버린 개미들 같았다. 이국적인 향신료와 땀 냄새가 나는 개미들. 나는 때때로 그들에게서 나는 냄새가 정육점 푸주한에게서 나는 냄새와 비슷하다고 생각하기도 했다. 그리고 나보다 더 고약한 냄새가 날 것 같은 저들을 보면서 속으로 몰래 안심하기도 했다. 푸주한들, 더러운 땀 냄새들. 나는 중얼거렸다.

나는 고개를 돌려 입구에 걸려 있는 큰 달력을 보았다. 벌써 이곳에서 일한 지 두 계절이 지나고 있었다. 겨울과 봄. 나는 이곳에 온 이후로 집에 거의 가지 않았다. 새벽까지 일을 하고 남은 시간엔 손님이 나간 빈방에서 시간을 때웠다. 나는 대부분 욕조에 락스물을 풀고 한동안 앉아 있기를 좋아했다. 피부가 벗겨지면서 벌어진 틈에서 피가 새어나올 때도 있었지만 나는 그게 좋았다. 그렇게 한참 동안 락스물에 몸을 담그고 있다 보면 나에게 나는 악취도 모두 사라지는 것만 같은 기분이 들었다. 깨끗한 빨래가 된 것 같은 기분. 나는 욕조에서 노래를 부르기도 했지만 특히나 자주 하는 건 손가락으로 그림자를 만드는 일이었다. 나는 이 속에서 새와 늑대와 강아지와 나비와 놀았다. 이곳에 있다 보면 평생 집 같은 건 없이 떠돌이 인생으로 이렇게 지내는 것도 나쁘지 않다는 생각이 들기도 했다.

어릴 적 우리 집은 골목에서 문을 열면 바로 방으로 이어지는 집이었다. 우리 집의 대문은 딱 하나였다. 신발장을 놓는 곳도 따로 없어 문을 열고 항상 정해놓은 작은 칸막이 안에 신발을 벗어놓아야 했다. 꼭 테트리스 게임처럼. 나는 그 안에서 누구보다 계절과 습도를 빠르게 알아챘다. 휑한 그늘로 가려진 골목, 하수구의 악취와 붙어사는 집. 나는 이곳에 살았다. 혼자는 아니었다. 나의 하나뿐인 가족. 나와 똑같은 목소리를 가진 언니. 나는 그와 같이 살았다. 언니도 이 집을 좋아하진 않았다. 언니는 고층 아파트에 모두가 부러워할 만한 곳에서 살고 싶어 했다. 정말 그랬다면 좋았을 텐데. 하지만 우리에게 그런 것은 새와 늑대와 강아지와 나비보다 멀었다.

언니는 매일 입만 열면 거짓말을 쏟아냈다. 그건 언니의 버릇이었다. 언제부터 그런 버릇이 생겼는지는 모른다. 작은 불행을 더 작게 만드는 데서 시작된 일이었겠지. 언니의 말을 듣고 있으면 꼭 모래를 씹는 기분이 들었다. 프런트에 놓인 오래된 객실용 각설탕처럼. 당분이 다 빠져 버석한 알갱이밖에 씹히지 않는 오래된 각설탕처럼. 언니는 내가 학교를 포기하면서부터 거짓말을 더 부풀렸다. 언니의 거짓말에 의하면 나는 누군가에게 이미 어엿한 대학생 혹은 초등학교 선생님을 꿈꾸는 아이가 되어 있었다. 왜 하필. 나는 아이들이라고 하면 질색이었다.

언니는 그 당시 초점 없는 눈으로 자주 어딘가를 뚫어지게 응시하곤 중얼거렸다. 꼭 미친 여자처럼. 나는 언니가 정확히 어떤 이야기를 하는지 알 수 없었다. 기도를 하는 것 같기도 했고 아닌 것 같기도 했다. 나는 그런 얼 빠진 모습으로 무언가를 중얼거리는 언니의 말이 듣고 싶지 않았다. 개굴개굴, 개구리 노래를 한다, 미친년이 노래를 한다. 나는 속으로 이상한 노래를 만들어 부르며 언니의 말을 대부분 그렇게 흘려들었다.

언니가 하는 일은 늙은 환자들의 욕창을 제거하는 일이었다. 언니는 간호조무사로 중환자실로 가기 전, 거동이 불편하거나 치매가 온 노인으로만 이루어진 병동에서 일했다. 헌 거즈에 붙은 욕창을 긁어서 다시 새 거즈로 덮는 일. 언니는 그 일에 성실했다. 언니는 병원에 다녀온 뒤에 나에게 비슷한 말을 하곤 했다. 대부분 병원에 누워 있는 이들이 얼마나 더럽고 징그러운지에 관한 이야기였다.

이미 죽은 사람이나 마찬가지인데, 굳이 그렇게까지 해서 살아야 하나 싶어.

언니가 말했다. 언니는 날이 갈수록 볼이 파이고 점점 앙상해졌다. 언니는 멀리서 보면 꼭 살아 있는 해골 같았다. 바람이라도 심하게 부는 날이면 나는 언니의 텅 빈 갈비뼈 사이에서 조율되는 바람 소리를 떠올렸다. 바람을 몸 안에 가두고 걷는 언니. 음침하고 슬픈 소리. 몸이 내는 기분 나쁜 소리.

이제 방 없어?

밖을 멀뚱멀뚱 보고 있는데 어느새, 슬리퍼를 질질 끌고 제수가 유리문 앞에 서 있었다. 제수의 질질 새는 발음이 꼭 합지 공장 노동자들의 말같이 느껴졌다.

응, 없어.

나는 웃으며 말했다. 제수도 졸린 눈으로 날 보고 있었다. 얼굴이 번들번들한 기름으로 반짝이고 있었다. 나는 제수의 얼굴을 자세히 바라보았다. 까만 얼굴. 황달 직전의 누런 눈. 그것이 제수의 얼굴이었다. 제수는 투박한 손으로 눈을 벅벅 비볐다. 나는 제수에게 무슨 말을 하려다가 그만두었다. 너는 꼭 아픈 사람 같아, 라든지 너는 아마 얼마 못 살 것 같아, 라든지 농담 섞인 말을 하고 싶었지만 그러지는 않았다. 제수가 정말로 어디가 아픈 것일지도 모른다는 생각이 잠깐 들었기 때문이었다.

졸려.

내가 말했다.

그럼 먼저 들어가서 자, 내가 아침 되면 깨워줄게. 대신 저번처럼 안 일어나면 안 된다. 그때 늦어서 엄청 혼났어. 사장님 무서운 거 알잖아.

제수가 말했다. 나는 제수의 사장 얼굴을 잠깐 떠올렸다.

제수의 사장은 제수보다 몸이 두 배나 큰 거구에 제수보다 까맣고 제수보다 누런 눈을 가지고 있었다. 그는 누구보다 못생기고 누구보다 추했다. 늦잠을 자거나 사소한 실수를 한 날이면 제수는 어김없이 이마나 눈 옆에 보라색 멍 자국이 들어 나를 찾아오곤 했다. 맞은 거야? 내가 물으면 제수는 장난치다가 그런 거야, 라며 대수롭지 않게 항상 말을 넘기곤 했다. 하지만 나는 제수의 표정을 보고 어렴풋이 알 수 있었다. 그건 별로 대수롭지 않은 일도 아니었고 늦잠이나 사소한 실수 때문에 벌어진 일도 아니었다는 것을. 나는 무언가에 쫓기듯 잔뜩 겁에 질린 제수의 표정을 아직도 기억했다.

오늘은 그냥 잘까? 문 닫고. 말만 잘 하면 돼.

나는 말했다. 제수가 다른 날보다 좀 더 피곤해 보였다.

진짜 그래도 돼? 그러다가 걸리면.

괜찮아. 하나도 안 무서워. 다른 모텔로 옮기면 되지. 여기 널린 게 모텔 인데.

나는 말했다.

아, 안 돼.

제수가 말했다.

아니야, 돼. 멍청아. 오늘은 같이 쉬자.

나는 제수의 손을 잡아끌었다. 제수의 슬리퍼에서 헐떡거리는 소리가 났 다.

우리는 들어가기 전, 객실 손님용으로 하나씩 나눠주는 아이스크림을 꺼 내 천천히 녹여 먹었다. 아이스크림은 시원하고 달았다. 제수는 꼭 자기 전 에 아이스크림을 꺼내 먹으면 잠을 더 푹 잘 잤다. 아직도 어린애 같은 제 수. 겁쟁이 제수. 겁쟁이, 겁쟁이 새끼. 뚱뚱하기만 한 사장이 뭐가 무섭다 고. 나는 제수의 누런 눈을 보며 속으로 중얼거렸다.

너한테서 좋은 냄새가 나.

제수가 내 등에 코를 박은 채 중얼거렸다. 제수가 다리를 여전히 배배 꼬 고 있는 것이 등 뒤에서 느껴졌다. 찝찔름한 땀 냄새. 나는 온몸이 간지러 운 기분이 들었다.

제수는 매일 밤 누구보다 몸속 깊숙이 들어왔다. 어린애 주제에, 제수는 깡마르고 까만 몸을 움직이며 그게 좋다고 말했다.

왜, 그런 거 있잖아. 그런 거 몰라?

제수는 늘 그렇게 말하며 너스레를 떨었다. 나는 그런 말을 할 때 왠지 제수가 바보가 아니라 자신보다 두 배는 크고 두 배는 까만 사장 같기도 했다. 멍청한 바보, 못된 것만 배워서는. 나는 속으로 중얼거렸다. 제수가 나에게 하는 것은 매번 비슷했다. 힘으로 온몸을 밀어붙이는 느낌. 나는 제수가 그렇게 하는 것이 싫었지만 굳이 그만두라고는 말하지 않았다. 어차피 모든 게 끝나면 평소의 바보 같은 제수처럼 돌아올 테니까.

거짓말.

나는 제수에게 말했다.

아니야, 진짜야. 이건 나만 맡을 수 있는 니 냄새야. 남들은 바보라서 이걸 못 맡는 거야.

제수가 말했다.

거짓말하지 마.

나는 간지러운 듯 킥킥 웃었다.

제수는 거의 반쯤 잠꼬대하는 듯한 말을 공중에 띄워 올렸다. 나는 몸을 돌려 제수를 다시금 바라보았다. 까만 얼굴, 황달 직전의 누런 눈. 제수는 프런트 옆, 작은 방에 들어가 얼마 되지 않아 금방 잠에 빠져들었다. 제수의 입가에는 아직 초코 아이스크림이 그대로 묻어 있었다. 나는 괜히 며칠 전 골목에서 객사한 주정뱅이 할아버지가 떠올랐다. 죽기 직전의 모습이 꼭 제수와 비슷한 것 같았다.

제수야 아프면 안 돼. 나보다 오래 살아야 돼.

나는 웃으며 제수의 귓가에 속삭였다.

당연하지. 나는 절대로 너보다는 먼저 안 죽는다. 나는 부자가 돼서 다 써보고 죽을 거니까. 나는 부자가 되는 법을 이미 알고 있어.

제수가 말했다. 무언가 꿈꾸는 듯이 웅얼거리는 제수의 말에 나는 조용히 귀를 기울였다.

나는 부자가 되는 방법을 알고 있어. 그렇지만 너한테는 아직 안 알려줄 거야. 내가 부자가 된 다음에 그 비법을 알려줄 거니까. 부자가 되는 건 쉬워. 나도 몰랐는데 그건 어떤 기회만 잡으면 되는 거야. 인생은 의외로 쉬워. 쉬운 길로 돌아가잔 말이야.

제수가 말했다. 나는 누군가를 따라하는 듯한 제수의 목소리가 거슬렸다. 그건 꼭 카센터 옆 어린아이 같은 얼굴에 수염만 덥수룩하게 난 남자아이의 목소리 같았다. 제수가 졸린 눈을 하고 말을 중간중간 끊었다.

뭔데? 지금 알려줘. 지금.

나는 제수가 완전히 잠들까 봐 제수의 이마를 손가락으로 톡 치며 말했다.

제수는 엄청난 비밀을 이야기하는 것처럼 오래 뜸을 들였다. 중간에 꿈이라도 꾼 것처럼 무언가를 상상하는 듯 혼자 배시시 웃기도 했다. 한참을 뜸 들인 후에야 제수가 내 귓속에 속삭였다. 웃으며 바람이 부는 것처럼 말했지만 나는 제대로 알아들을 수 있었다.

매일 금요일 10시에 하는 거, 퀴즈쇼. 난 거기에 곧 나갈지도 모른다. 형철이 형 알지? 카센터 옆에······. 그 형이······. 아, 아니다. 여기까지만 말해줄게.

제수가 웃으며 돌아누웠다. 며칠 전부터 브로커가 있다는 소문이 들리던 퀴즈쇼였다. 나는 돌아누운 제수의 툭 튀어나온 뒤통수를 쳐다보았다. 멍청한 제수. 나는 제수가 진짜로 바보가 아닐까 잠깐 생각했다.

나는 뒤돌아 누운 제수에게 아무 말도 하지 않았다. 제수는 요즘 이상한 말을 반복했다. 특히 먼 미래의 이야기나 부자가 되는 이야기들. 까만 얼굴과 황달 직전의 죽어가는 듯한 얼굴을 하고서, 제수는 그런 말을 기쁜 목소리로 말하곤 했다. 나는 그럴 때마다 어떤 말을 덧붙이려다가 그만두었다.

제수는 금방 드르렁 코를 골며 잠이 들었다. 나는 잠이 오지 않았다. 나는 금방이라도 빈방에 들어가 락스물에 몸을 담그고 싶었다. 잠이 오지 않는 날에는 유독 몸에서 심한 냄새가 나는 것만 같았다. 더러운 푸주한이 키우는 개. 나한테 꼭 그런 냄새가 날 것만 같았다. 나는 일부러 그런 개가 된 것마냥 개 짖는 소리를 따라하며 욕조에 온몸을 담그고 한참을 있다 잠들고 싶었다. 그러나 오늘따라 손님이 나간 빈방이 거의 없었다. 나는 코를 킁킁대다가 얼마 안 있어 밖으로 나왔다.

나는 다시 프런트에 앉았다. 프런트 책상 위 각설탕을 집을 때마다 개미가 딸려 나왔다. 달짝지근한 진물 냄새. 나는 개미가 딸린 각설탕을 그냥 입에 넣었다. 죽지 않은 개미가 온몸을 돌아다닐 것 같은 기분이 들었다. 나는 제수가 했던 말을 다시금 떠올려보았다. 아주 먼 미래, 부자, 행복한 집. 나는 그런 걸 떠올려보다가 마치 폐 속으로 개미가 들어간 듯이 실실 웃었다. 나는 웃겼다. 그런 건 필요하지 않았다. 나는 그냥 지금이 좋았다. 내가 누워 있고 그 옆자리를 제수가 차지하는 것이 좋았다. 제수와 나. 더 이상 나빠질 것도 좋아질 것도 없이. 이렇게 아무 일도 일어나지 않은 채 반백 년 이상 살 수만 있다면 얼마나 좋을까, 나는 생각했다.

뭐 갖고 싶은 거 없어? 곧 생일이잖아.

나는 전화기를 들고 가만히 있었다. 입을 오물거리기는 했지만 딱히 무슨 말을 뱉지는 않았다. 입안에 각설탕이나 아이스크림을 녹이고 있던 것도 아니었다. 그저 어떤 말을 해야 할지 잘 몰랐던 것 같다.

응? 갖고 싶은 거. 생일 선물, 다 말해봐. 근데 집에는 아예 안 올 생각이니? 거기가 그렇게 좋아? 제일 비싼 방이 얼마인데?

언니가 한 번 더 물었다. 나는 말을 뱉지 않고 그저 입을 한 번 더 오물거렸다. 전화기 속에서 나와 똑같은 목소리의 언니가 계속 말을 이었다.

응? 갖고 싶은 거, 없어? 얘기해봐.

나는 아무 말도 하지 않았다. 정말로 가지고 싶은 걸 말할 수 없을 것 같은 기분이었다. 주로 병원에서 있었던 일을 늘어놓던 언니의 목소리 톤과는 사뭇 달랐다. 몸에서 바람이 떠도는 소리. 몸이 만드는 가장 기분 나쁜 소리. 나는 가만히 그런 것들을 곱씹었다. 그러자 갑자기 기분이 나빠졌다.

언니가 조용히 말을 이어갔다.

　나 이번에 더 좋은 곳으로 갈 것 같아서 옮기기로 했어, 병원. 그러려면 이사도 가야 할 것 같고……. 여기서는 출퇴근이 너무 힘들어서. 주말에는 자주 올 건데…….

　언니가 말했다. 나는 아무 말도 하지 않았다. 새로운 병원에 들어간 지 막 5개월도 되지 않은 때였다.

　이번이 마지막이야.

　나는 골목에 서서 들었던 그 말을 다시금 떠올렸다. 해가 아직 완전히 뜨지 않은 새벽이었다. 문을 열지 않았어도 그 안에서 쉽게 말들이 새어나오고 있었다. 있어도 그만이고 없어도 그만인 말. 이곳 문 앞에서 흘러나오는 말이 모두 그런 말이면 좋겠다고 나는 잠깐 생각했다. 언니가 말을 계속 이었다. 나는 언젠가부터 언니가 집으로 돌아와 중얼거리는 말을 몰래 듣곤 했다. 대부분 값비싸게 계약한 물건을 다시 취소하거나 누군가에게 거짓말로 꾸며낸 말이 궁지에 몰려 들키지 않기 위해 돈을 부탁하는 일이 대부분이었다.

　나 돈 좀 꿔주면 안 될까? 이번에는 꼭 갚을게. 새로 이사하는 아파트 계약 때문에, 조금 빠듯하네.

　나는 아무 말도 하지 않았다. 개미가 왕창 달라붙은 각설탕을 씹어 넘긴 것처럼 목 안이 간지러웠다.

　거짓말.

　나는 우물거리듯 말하는 언니의 말을 딱 잘라 말했다.

　거짓말하지 마.

　나는 한 번 더 힘주어 말했다.

　얘는……, 무슨 거짓말, 그런 거 아니야.

　언니가 말했다. 나는 언니를 보지는 않았지만 말함과 동시에 턱 끝이 조금 떨렸다는 것을 알 수 있었다. 그건 내가 그랬을 때와 비슷한 소리가 나니까. 언니의 말이 잠시 끊어졌다.

더 옮길 병원도 없잖아. 이제 여기선 더 없잖아.

나는 말했다.

전화기 속 언니가 한참 동안 아무 말도 하지 않았다.

언니는 거짓말을 쉬지 않았다. 언니는 외제차와 결혼 상대를 지어냈고 무리하게 값비싼 명품 가방과 시계를 사면서까지 병원을 여러 번 옮겨 다녔다. 언니는 여전히 이야기 속에서 살았다. 그 속에서 살다 보면 행복해지니까. 행복하면 어쩐지 그 속에서 영원히 잠수할 수 있을 것 같은 기분이 드니까. 언니는 멈추지 않았다.

언제 끊어진지 모르게 전화가 뚝 끊어져 있었다. 나는 언니가 전화를 끊기 전 나지막하게 뱉은 소리를 들었다.

니가 뭘 안다고 그래.

나는 전화기를 내려놓았다. 정말 아무것도 알 수 없었다.

언니의 전화가 끊어지자 귓가에 빠르게 지저귀는 새소리가 들리는 것 같았다. 머리가 조금 어지러웠다. 나는 전화가 끊어지자마자 가만히 앉아서 각설탕의 봉투를 뜯었다. 하얗고 씁쌀한 모래 같은, 영양가와 당분이라고는 다 빠진 그저 딱딱한 알갱이. 나는 여러 개의 각설탕을 입안에 넣고 빠르게 우걱우걱 씹었다. 무엇이라도 필요한 기분이었다. 각설탕을 씹을수록 입안이 긁혀 피가 나는 것 같았다. 뭐 갖고 싶은 것 없어? 나는 자꾸만 그 말을 떠올렸다. 뭐 갖고 싶은 것 없어? 나는 각설탕과 다르게 하얗고 보드라운 무언가를 생각했다. 내가 태어나서 한 번도 가진 적 없는 것. 하얗고 복슬복슬하고 따뜻한. 나는 프런트에 앉아서 하얗고 털이 복슬복슬하고 나보다 따뜻한 체온을 가진 강아지를 떠올렸다. 나는 한 번도 그 조그맣고 귀여운 걸 가지고 싶다고 말한 적이 없었다. 그까짓 게 뭐라고, 그까짓 게 뭐라고. 적어도 백 마리 정도는 가지고 싶다고 말할걸. 나는 중얼거렸다. 나는 강아지를 다시금 떠올렸다. 내 품에서만 기대어 포슬포슬한 숨을 뱉는 강아지를. 무게가 많이 나가지 않아 언제든 두 손으로 들어 올려 품에 안을 수 있는 그런 강아지를. 나는 강아지를 떠올리는 것만으로 기분이 좋았다. 그러나 그 기분도 얼마 안 가 금방 슬픈 기분이 들었다. 주변에서 이상하고 잡다한 바람 소리가 들려왔다. 나는 강아지를 떠올리며 반복적으로 각설탕을 여러 개 털어 넣고 입을 우물우물거렸다. 바람 소리 때문에 두통이 완전히 가시지 않았다.

나는 가만히 방 안에 누워 있었다. 아무도 없는 방. 사람이 나간 지 얼마 되지 않아 아직 체온이 남아 있는 방. 나는 자꾸만 새어 들어오는 날카로운 햇빛 때문에 나무 덧문을 닫았다. 이곳은 창문만 닫는다면 완전한 새벽도 완전한 밤도 없는 곳 같았다. 나는 방에 누워 오후가 다 되어서도 잠이 덜 깨 비틀거리던 제수의 뒷모습을 떠올렸다.

왜 안 깨웠어. 아이씨. 진짜 어떻게 해. 큰일 났다. 난 정말 죽었다.

제수가 눈물까지 글썽해진 채 말했다. 제수는 매일 잠에서 완전히 깨어나지 못했다. 정말 어디가 아픈 사람처럼. 제수의 얼굴은 전보다 더 까매 보였다. 제수는 노랗게 들뜬 눈을 비비고는 투덜거리며 유유히 골목을 빠져나갔다.

잘 가. 바보야.

나는 제수의 뒷모습에 대고 안녕을 했다.

옆방에서 화장실 물이 내려가는 소리가 들렸다. 나는 갑자기 하수구의 물때가 귓속에 고이는 기분이 들었다. 슬프거나 우울한 기분은 아니었다. 그저 몸에 난 실 크기만 한 구멍에 바람이 가만히 통과하는 기분이었다. 음침하고 슬픈 소리. 몸이 만드는 가장 기분 나쁜 소리……. 나는 가만히 누워 있었다. 실만 한 크기의 구멍에 자꾸만 어떤 힘이 몸을 밀어붙이는 기분이었다. 나는 잠깐 제수를 떠올리다가 다리를 오므린 채 몸을 둥그렇게 말았다. 어린애 주제에, 못된 것만 배워가지고서. 나는 중얼거렸다.

나는 이 기분을 잘 알 수 없었다. 헌 거즈의 붙은 살점을 떼어내고 차가운 새 거즈로 상처를 덮는 기분이었다. 모두들 이런 기분을 참으며 살아갈까. 살아 있어도 죽은 느낌. 죽은 것 같지만 살아 있는 느낌. 나는 눈에 힘을 풀고 보이는 벽면의 아무 곳이나 잠깐 바라보았다.

나는 일어나 창문을 열었다. 창문을 열자마자 나무 덧문 사이로도 환하고 날카로운 햇빛이 칼자국 같은 그림자를 만들며 방으로 들어왔다. 나는 칼날처럼 들어오는 햇빛 아래 서서 그림자를 만들었다. 큰 새, 작은 새, 주먹보다 작은 아기 새. 나는 새들이 지저귀는 소리를 입으로 잠깐 따라하다 말았다. 그림자를 만드는 게 더 이상 재미있지 않았다. 나는 한참을 그냥 가만히 앉아 있었다.

손님이 나간 방은 평소보다 훨씬 더 어질러져 있었다. 시큼하고 비린내까지 심했다. 어제 새벽 객실이 평소보다 시끄러웠으니 대충 예상하지 못한 일은 아니었다. 술 취한 젊은 손님들은 꼭 세상에서 가장 행복한 사람들처럼 왔다가 죽을 것 같은 얼굴을 하고선 문밖으로 나가곤 했다. 마치 하루 만에 행복을 몰아 써버리고 노인이 되어버린 것처럼. 바보들, 병신들. 나는 한참을 앉아 있다가 화장실로 가 맨손으로 락스물을 풀었다.

나는 제수가 말하는 소리를 듣는다. 제수는 오늘 사장님에게 뒤통수라도 대차게 얻어맞은 것처럼 새로 생긴 봉긋한 혹을 달고 돌아왔다. 그렇지만 제수는 어느 때보다 신이 나 있었다. 새벽 네 시, 제수는 완전한 밤도 완전한 새벽도 아닌 이 시간에 무언가를 하루 종일 꽁꽁 숨겨두었다가 이제야 털어놓는 사람 같았다.

나 오늘 재밌는 일 있었다.

제수가 말했다.

나는 프런트에 앉아서 가만히 제수를 바라보았다. 누런 눈, 불룩 튀어나

온 까만 광대뼈. 제수는 여전했다. 죽을 것 같은 얼굴을 하고서 여전히 히죽거렸다.

뭔데? 재미없기만 해봐.

나는 말했다. 아무렇지 않은 듯이 말했지만 몸에 난 구멍으로 전보다 자주 바람이 드나드는 것이 느껴졌다. 나는 전보다 우울했다.

아니야 이번엔 진짜로 재밌을걸. 너도 깜짝 놀랄 거야, 애기야.

나는 제수의 거드름을 피우는 말투에 조금 짜증이 났다. 제수는 매일 대단한 이야기가 있다고 말하지만 들어보면 사실 전혀 대단하지 않은 이야기들뿐이었다. 어떤 아이가 자전거를 타고 가다가 넘어져 두 바퀴를 구른 이야기, 카센터 사장이 짜장면을 먹다가 코로 나온 이야기 등등. 웃기지도 않고 별 볼 일 없는 얘기들을 제수는 매일 까르르 웃으며 나에게 이야기해주곤 했다. 제수는 나의 기분에는 아랑곳하지 않고 매번 자기의 말만 늘어놓았다. 나는 그런 제수가 점점 지겨웠다.

카센터, 망가진 차바퀴, 트렁크 속 성인용품들. 늘 그렇듯 제수가 자신의 말을 이어갔다.

제수가 말하기로는 오늘 열두 시가 막 넘은 시간에 손님이 왔다고 했다. 공장 관계자인 것처럼 촌스럽지만 딱딱한 푸른 양복을 입고 있었고 옆에는 키가 늘씬하고 볼이 파인 여자가 하나 타고 있었다고 했다.

점심쯤 밥을 먹고 있는데 차가 들어오는 거야. 왜 우리는 점심시간도 제대로 없는 거야. 손님이 오면 밥이고 뭐고 튀어나가야 하고. 아무튼 사장님, 사장님 거리면서 뭐 때문에 오셨어요? 했는데, 차바퀴가 이상하다고 하더라고. 속도를 낼수록 불쾌한 소리가 난다고. 근데 요즘은 차바퀴가 망가지면 대부분 타이어 센터로 가거든? 근데 모르겠어, 급했나 봐. 자기네들도 점심 먹고 올 테니까, 차 좀 봐달라고 차는 여기 미리 대놓겠다고 해서 알겠다고 했지. 차도 엄청나게 좋데. 왜 새 차에서 나는 냄새 있잖아. 막 기름칠한 가죽 냄새 같은 거. 아무튼 내가 키를 받고 차를 대놓으려고 하는

데, 갑자기 돌아서서 트렁크에 새 타이어가 있긴 한데 혹시 타이어 문제면 그거로 갈아달라고 하는 거지. 그래서 알겠다고 하고 차를 리프트에 올리기 전에 트렁크를 열었거든? 근데 거기에 뭐가 들어 있는 줄 알아?

제수가 혼자 킥킥댔다. 나는 아무 말도 하지 않았다.

사과 30개 정도 들어갈 만한 상자에 성인용품이 가득하더라고. 분홍색, 빨간색, 노란색, 살색 그리고 이상한 쇠고리까지. 나는 그런 건 또 처음 봤어. 어쩐지 다 사용한 것처럼 뭐가 잔뜩 묻어 있는 것도 있더라고. 웃기지? 사장이 먼저 확인하자마자 깔깔깔 웃는데 멀리서 여자가 남자랑 한참 걸어가다가 여자만 뒤를 살짝 돌아보더라. 내가 얼굴이 다 화끈거리더라고. 멀리서 보니까 볼이 더 파여 보이더라. 해골 같았어. 남자는 배가 터질 것 같은데.

제수가 말을 마쳤다. 나는 여전히 아무 말도 하지 않았다.

안 웃겨?

제수가 말했다.

응. 하나도 안 웃겨.

내가 말했다. 제수가 입을 삐죽댔다.

나는 제수가 계속해서 중얼거리는 말소리를 들었다. 그러나 아무것도 제대로 귀에 들어오지 않았다. 나는 높은 구두에 하늘하늘한 옷을 입고 위태롭게 걸어가는 여자를 떠올렸다. 얇은 뼈대를 가졌고 긴 생머리에 탄력이 없는 얼굴, 금방이라도 울고 싶은 마음을 억지로 짓누르는 근육의 움찔거림. 나는 여자를 떠올리는 동시에 몸을 통과하는 바람, 몸이 내는 기분 나쁜 소리 같은 것들도 떠올렸다. 그러자 정말로 어디선가 그런 바람이 부는 소리가 들리는 것 같았다.

나는 제수가 다른 이야기로 넘어간 줄도 모르고 한참을 가만히 앉아 있었다. 제수는 오늘도 재방송을 보지 않고도 정답을 여덟 번이나 연속으로 맞췄던 생방송 퀴즈쇼에 관한 이야기, 어마어마한 상금에 관한 이야기를 시작하고 있었다.

실은 한 방을 노려보는 것도 나쁘지 않다고 생각해…… 족보 같은 것도 있다던데. 푼돈에 넘기기도 한다고. 그런 것만 있으면 그냥 거저먹는 쇼잖아. 브로커만 잘 만나면 단가도 낮춰준다는데, 그게 족보를 받아도 막상 티브이에 나가면 떨려서 다들 틀린다나 뭐라나 암튼 그렇대. 근데 나는 그런 바보짓은 절대 안 할 거야. 그건 기회를 앞에 두고도 놓치는 거니까. 저번에 옆 가게 형철이 형님도 그랬어. 마지막에 떨어졌잖아. 그래서 말인데 자기가 브로커 쪽을…….

나는 제수를 지나쳐 프런트에 쌓아둔 오래된 각설탕을 꺼냈다. 더 이상 제수의 말을 듣고 싶지 않았다. 지겨운 제수, 아이 같은 제수. 나는 개미가 덕지덕지 붙어 있는 각설탕을 우걱우걱 씹었다. 죽지 않는 개미들이 내 몸에 커다란 개미집이라도 지었으면 좋겠다고 생각했다. 각설탕을 씹으면 씹을수록 주변을 울리던 소리들이 점점 멀어졌다. 나는 각설탕을 씹으면서 속으로 이상한 소리를 냈다. 새소리도 아니고 바람 소리도 아닌, 그저 기분 나쁜 울음소리 같은 것. 나는 입안에서 한참을 그런 소리를 냈다. 제수가 오래된 구식 엔진 소리 같다며 배를 잡고 깔깔 웃었다.

돈 좀 줘.

언니가 말했다. 언니는 전보다 좀 더 다급해 보였다. 처음으로 언니를 잊고 싶은 기분이 들었다. 나는 아무 말도 하지 않았다.

좀 줘. 있잖아. 조금이라도.

나는 아무 말도 하지 않았다. 다리 사이로 개미가 기어 다니고 있었다.

없어.

나는 짧게 말했다.

왜…….

언니가 말했다. 나는 숨을 크게 들이쉬었다. 숨을 들이쉬어도 자꾸만 무언가 빠져나가는 기분이 들었다.

급해서 그래.

언니가 한 번 더 말했다.

그냥 가.

나는 말했다.

한참을 조용히 있다가 전화기 너머로 언니의 우는 소리가 들렸다. 언니가 우는 소리는 처음이었다. 언니는 매일 울 것 같은 소리로 말했지만 실제로 울음을 터트린 적은 없었다. 언니가 무어라 말을 뱉었다. 나는 제대로 알아들을 수 없었다. 나는 그저 조용히 볼이 패어 그 속으로 드나드는 바람 소리를 듣고 있었다. 음침하고 슬픈 소리. 몸이 내는 기분 나쁜 소리. 나는 전화를 끊었다. 전화가 다시 울리지는 않았다.

나는 간판 불을 끄고 제수와 거리로 나섰다. 제수는 여느 때처럼 빠짐없이 나를 찾아와주었다. 나는 덜 여며진 단추를 제대로 채운 채 걸었다. 제수는 어김없이 나에게 간지러운 말을 해주었다. 너한테서 좋은 냄새가 나. 하지만 제수의 그런 말에도 불구하고 요즘 나에게서 그전보다 더 지독한 냄새가 나는 것만 같았다. 온몸의 구멍들이 쓰레기통처럼 느껴졌다. 나는 아무 데서나 코를 킁킁거렸다. 나는 벌을 받고 있는 거야. 나는 벌을 받고 있는 거야. 가끔 길을 걷다가도 알 수 없이 그런 말을 스스로 중얼거렸다. 정확히 왜 그런 말을 하는지는 몰랐다. 그냥 그런 기분이 들어서.

제수는 피곤하지만 신이 나 보였다. 나는 세상의 공기가 반으로 줄어든 것처럼 숨을 쉬어도 답답했다. 제수는 신이 난 채 먼 미래와 부자가 됐을 때의 이야기 그리고 새로운 퀴즈쇼에 대한 이야기를 다시금 늘어놓았다. 제수는 요새 그런 것에도 쉽게 에너지를 얻는 것 같았다. 멍청한 희망. 멍청한 상상. 그런 것들에게 쉽게 자기를 내어주는 것 같았다. 제수는 누구보다 신이 나 보였지만 자꾸만 까매지는 얼굴과 누런 황달기가 도는 눈동자는 제수를 처량해 보이게 만들었다. 제수야, 그렇지만 너는 오래 못 살아. 너는 진짜로 어디가 아픈 거야. 아프지 않고서는 그런 얼굴을 할 수 없지. 나는 뱉지 않은 말을 혼자 중얼거리며 제수를 뒤로한 채 걸었다.

나는 아무 생각 없이 한참을 걸었다. 간간히 흰 강아지가 떠오르기는 했지만 나는 일부러 흰 강아지에 대해서 그만 생각하기로 했다. 있지도 않은 흰 강아지를 자꾸만 떠올리는 내가 제수보다 처량해질 것 같았다.

제수가 슬리퍼를 끌며 쫓아와 나의 손을 잡았다. 나는 억지로 제수의 손을 잡은 채 골목을 한참 돌았다. 시원한 바람과 미지근한 바람이 번갈아 불어왔다.

이 개새끼, 씨발 놈.

제수가 갑자기 욕을 뱉었다. 허공을 향해서였다. 나는 발을 멈추고 제수를 바라보았다. 제수는 이미 무언가를 보고 겁을 잔뜩 먹은 상태였다. 제수는 벌써 나에게서 떨어져 몇 발자국 물러서 있었다. 나는 조금 놀라서 골목과 제수 주변을 살폈다. 우리가 서 있던 골목 맞은편에 누군가 엎드려 자고 있었다. 얼굴과 목 주변이 이미 벌겋게 달아올라 있었고, 게거품인지 침인지 모를 것을 흘리면서 드르렁 코를 골고 있었다. 나는 참을 수 없이 짜증이 났다. 겁쟁이. 멍청한 놈. 나는 제수를 노려보았다. 제수는 나와 조금 먼 곳에 서서 허공에 팔을 휘저으며 손사래를 치고 있었다. 마치 죽은 사람이라도 본 듯한 얼굴이었다.

이 개새끼, 이 씨발 놈.

제수가 한 번 더 말했다.

나는 있는 힘을 다해 제수의 손을 잡아끌었다. 제수가 뒤꿈치로 버틴 채 움직이지 않았다.

제대로 봐. 봐, 병신아. 저게 뭔데.

나는 말했다. 목소리가 갈라져 바람이 든 쇠파이프 소리가 났다.

싫어, 싫다고. 안 갈래. 안 갈래.

제수가 소리를 질렀다. 제수가 소리치는 모습이 꼭 어린아이가 우는 것 같았다. 나는 제수의 손을 놓았다.

겁쟁이 새끼.

나는 말했다.

겁쟁이 새끼.

나는 다시금 말했다. 제수가 나를 죽일 듯이 노려보았다. 제수의 노란 기도는 눈이 도깨비 같았다.

뭐가 무섭냐. 이 겁쟁이. 이 개새끼. 씨발 놈아. 그냥 취한 병신인데.

나는 제수처럼 말했다.

제수가 씩씩거리며 주먹을 쥐었다. 조금 우는 것 같았다.

안 무서워. 난 무서울 게 없어.

제수가 바보처럼 울음을 억지로 삼키며 말했다.

웃기지 마.

나는 말했다.

안 무서워. 진짜. 나는 무서울 게 없어.

제수가 눈을 훔치며 그제야 제대로 응수하듯 말했다. 나는 오물거리던 입을 열었다.

너는 평생 애처럼 살 거야. 넌 죽어도 어른은 못 될 거야. 얻어맞을까 봐 맨날 아무것도 못하고 벌벌벌 떠는 주제에. 부자가 된다고? 웃기지 마. 나 없으면 아무도 없는 새끼. 돈도 없는 거지, 고아 새끼.

나는 말했다. 제수는 아무 말도 하지 않았다. 그저 번뜩이는 노란 눈을 치켜뜨고 나를 노려보고 있었다. 나는 갑자기 제수가 두 배로 커 보였다. 제수의 사장처럼. 제수가 나를 똑바로 쳐다보았다.

너는 내가 진짜로 바보라고 생각하지?

제수가 말했다. 일부러 나를 향해 코를 킁킁거리는 것 같은 기분이 들었다.

너는 내가 진짜로 바보라고 생각하지?

제수가 다시금 말했다. 나는 제수를 바라본 채, 아무 말도 하지 않았다.

바보는 너야. 두고 봐. 난 정말 무서울 게 없으니까. 난 진짜로 부자가 될 거니까.

제수가 나를 향해 코를 여러 번 킁킁거렸다. 나는 고개를 돌렸다.

그래. 퀴즈쇼에 나가서, 이 병신아.

나는 제수를 두고 골목을 빠져나갔다. 뒤에서 어떤 소리가 들렸지만 뒤돌아보지는 않았다. 나는 빠르게 걸어 골목을 빠져나갔다.

나는 한참을 걸었다. 그러다 보니 어느새 대문을 열면 바로 방으로 이어지는 집 앞에 서 있었다. 우리 집. 나와 언니가 사는 집. 이곳에 온 지 꽤 오래된 것 같은 기분이 들었다. 그리 오래된 것 같지 않았지만 정확히 언제 마지막으로 이곳에 왔는지 잘 기억이 나지 않았다. 나는 문을 열고 방으로 들어갔다. 언니는 없었다. 언니는 지금쯤 졸린 눈을 씀뻑이며 죽은 살을 걸어내고 새로운 거즈를 덧대고 있을 것이었다. 나는 잠깐 방에서 잠이 들었다. 구멍 난 나뭇가지가 바람에 굴러가듯 이리저리 바닥을 굴러다니며 잠을 잤다. 너는 내가 바보라고 생각하지? 나는 가끔씩 깨어 코를 킁킁거리며 그런 말을 하던 제수를 떠올렸다. 온몸이 멍든 것처럼 아팠다.

나는 오랫동안 잠에서 깨어나지 못했다. 눈을 떠보니 어느새, 아주 까맣기만 한 밤이었다. 언니는 여전히 없었다. 나는 방을 여러 번 돌아본 뒤 언니가 떠났다는 걸 한참 뒤에야 알았다. 언니는 곧 이사를 가겠다고 말했지만 이미 이곳을 떠난 지 오래된 것 같아 보였다. 아마 나에게 처음 전화를 걸어 이사 이야기를 꺼냈을 때부터 언니는 이미 이곳에 없었던 것 같다. 작은 방에 먼지가 가득했다. 나는 예전에 티브이가 있던 빈 탁자를 손으로 쓸어보았다. 먼지가 폴폴 일어났다. 빈혈을 앓는 것처럼 정신이 아찔한 기분이 들었다.

　나는 빈방에 누워 다시 눈을 감았다. 죽은 살을 걷어내는 언니. 죽은 살을 걷어낸 뒤, 새살이 자라는 곳에 깨끗한 거즈를 덧대주는 언니. 이야기 속에서 행복한 언니. 이야기 속에서 슬픈 언니. 볼이 패어 웃고 있어도 바람이 소리가 나는 언니. 나는 방 안에 누워 언니의 초점 없는 표정을 오래 떠올렸다.

　시간이 지날수록 나에게선 점점 더 지독한 냄새가 났다. 죽은 지 오래 된 고깃덩이 냄새. 그 냄새는 하루 반나절을 욕실에 있어도 가시지 않았다. 나는 대부분 욕조에 앉아 있었다. 온몸이 빨갛게 부르트고 피부를 쓸어내릴 때마다 껍질이 벗겨져 피가 났다. 나는 욕조에 앉아서 전처럼 새와 늑대와 강아지와 나비를 만들지도 않았다. 모든 게 재미가 없었다. 나는 그저 자주 정신을 잃고 쓰러지는 연습을 했다. 정말로 그렇게 하다 보면 어느 순간 정신을 잃고 쓰러져 있을 것 같아서.

　나는 그렇게 되고 싶었다. 욕조에서, 프런트에서, 빈방에서, 복도에서. 사는 게 너무 지루하게 느껴졌으니까. 나는 자주 엎어지는 연습을 했다. 사장님에게 일부러 시건방을 떨어 머리가 얻어터지기도 했고 취한 손님들에게 시비를 걸기도 했다. 나는 점점 고약한 사람이 되어가는 것만 같았다. 그리고 이 모든 게 왠지 제수의 탓인 것만 같은 생각이 들었다. 나는 제수를 생각할 때마다 자꾸만 나를 향해 코를 킁킁거렸던 제수의 마지막 모습이 떠올랐다. 나는 화가 났다. 거짓말쟁이. 고약한 거짓말쟁이.

　새벽 네 시, 내 옆에는 개미가 득실득실했다. 제수는 그 뒤로 이곳에 오지 않았다. 나도 제수를 찾지 않았다. 나는 개미들을 눌러 죽이지 않았다. 나를 찾는 것은 개미들이 전부였다. 요새는 가끔 프런트 옆 쪽방에 누우면 개미의 심장 소리같이 두근두근거리는 소리가 들려왔다. 나는 그 소리가 몸속을 통과하는 바람 소리만큼 익숙해졌다. 느리게만 가던 시간이 빠르게 흐르고 있었다. 아무것도 하지 않아도 반백 년 이상 살 수 있을 것처럼.

벚꽃이 모두 떨어졌다. 개화 시기는 딱 일주일이었다. 너무 빨리 더워진 탓이다. 그러나 사람들은 이 짧은 시기에도 축복을 얻은 것처럼 좋아했다. 나는 공장지대로 가는 37번 버스에 올라탔다. 제수가 보고 싶은 건 아니었다. 그냥, 궁금해서. 창밖으로 보이는 공장지대는 많이 바뀌어 있었다. 불빛도 기둥들도 잘 보이지 않았다. 안개인지 먼지인지 모를 것에 가려 그저 뿌옇기만 했다. 나는 공장지대에서 내렸다. 내려서 한참을 걸은 후에야 제수가 일 하는 카센터 앞에 가까이 갈 수 있었다. 기름 냄새와 알코올 냄새가 코를 찔렀다.

제수 어디 있어요?

나는 소리쳤다. 무언가를 오래 기다린 사람의 목소리 같아서 나는 조금 창피했다.

온몸을 하얀 비닐 옷으로 감싼 남자가 얼굴만 빼꼼 내밀었다. 비닐 옷 사이의 얼굴은 아주 까맸고 눈동자는 누랬다.

뭐?

남자가 잘 들리지 않는지 재차 물었다.

제수요. 제수 어디 있어요?

나는 말했다.

남자가 장갑을 벗어 바닥에 던졌다. 흙먼지가 주변을 풀풀 메웠다.

제수 친구냐?

남자가 말했다. 나는 순간 남자가 집어던진 장갑이 망치 혹은 거대한 몽둥이처럼 느껴졌다. 나는 아무 말도 하지 않았다.

애미 애비 없는 새끼들 같으니라고. 처음 잔돈 훔칠 때부터 알아봤어야 했는데……. 내가 봐줄 것 같냐? 불쌍한 새끼 가르치고 일 시켜줬더니 더러운 것만 배워가지고는……. 이래서 초반에 잡아넣었어야 돼. 도둑놈의 새끼들, 쥐새끼들 같으니라고.

남자가 끊임없이 욕을 뱉었다. 나는 욕하는 남자를 돌아서서 카센터를 나왔다.

내가 봐줄 것 같냐? 훔쳐간 돈의 열 배를 줘도 안 봐준다……. 찾아서 꼭 돌려받을 거야…….

멀리서도 분이 풀리지 않은 남자가 나를 향해 퍼붓는 소리가 들렸다. 나는 뒤돌아보지 않았다. 그곳에는 제수가 없었다. 너는 내가 진짜로 바보라고 생각하지? 바보는 너야. 나는 길을 걷는 내내 그런 말을 하는 제수를 떠올렸다. 혈관 속으로 개미가 기어가는 것처럼 온몸이 저릿저릿한 기분이 들었다.

나에게서는 이제 어느 길에서 객사한 노인 냄새가 났다. 냄새는 주기적으로 바뀌어 나는 이제 코를 킁킁거리지도 않았다. 나는 손님이 나간 방에서 매일 한 시간씩 잠을 잤다. 예전의 행복을 다 써버리고 불행한 삶을 이어가는 노인처럼. 나는 여전히 여기에 있었다. 2225번지. 언니는 주말마다 찾아오겠다는 약속을 지키지 않았다. 제수도 없었다. 고약한 거짓말쟁이들.

나는 한동안 골목을 쏘다니며 제수에 대해 물었다. 어떤 이들의 말에 따르면 제수가 돈을 훔쳐 사기꾼 브로커에게 바쳤다는 말도 있었고 어떤 이들은 그저 이곳을 뜨기 위해 보증금을 마련하려고 차곡차곡 돈을 훔쳤다는 이들도 있었다. 그러나 나는 아무의 말도 믿지 않았다. 어쨌거나 제수가 이곳에 없다는 것이 사실로 남을 뿐이었다.

나는 시간이 지나 가끔씩 내 옆에 누워 있던 제수를 떠올렸다. 제수를 떠올리면 떠올릴수록 등 뒤에서 누군가 나를 간질이는 것 같은 기분이 들었다. 너한테 좋은 냄새가 나. 나는 슬펐다.

나는 말수가 점점 줄어들었다. 말할 사람이 없으니 당연한 일이었다. 나의 친구는 개미들뿐이었다. 나는 개미들이 먹을 수 있게 각설탕을 하나씩 바닥에 떨어트려주었다.

새벽 네 시, 나는 여전히 거리로 나와 있다. 어느새 공기가 차가워져 있었다. 나는 여름에 대해 생각했다. 여름은 매일 나에게 악몽 같은 시간을 주었다. 죽을 것 같은 더위, 참을 수 없는 외로움. 나는 거리로 나와 걷고 또 걸었다. 멀리 골목에서 한 물체의 움직임이 보였다. 나는 천천히 그쪽으로 다가갔다. 하얀 강아지가 목줄에 묶인 채 전봇대에서 꼬리를 흔들고 있었다. 나는 갑자기 문득 잊고 있었던 어떤 기억이 건져 올려진 것 같은 기분이 들었다. 목이 타들어가듯이 바짝바짝 말랐다. 나는 주위를 둘러보았다. 개의 주인으로 보이는 사람이 시야에서 보이지 않았다. 나는 천천히 그 흰 강아지에게 다가갔다. 강아지는 꼭 푸주한이 키우는 개처럼 몸집이 컸고 빳빳하고 딱딱한 털에 비릿한 눈물 냄새가 났다. 강아지가 나를 보더니 축축한 눈을 가만히 끔뻑였다. 나는 목줄을 풀어 강아지를 처음으로 품에 꼭 안아보았다. 비에 젖은 오래된 빨래 냄새. 나는 몸을 잠깐 부르르 떨었다.

나는 목줄을 뺀 채 강아지를 들어 올리고 달리기 시작했다. 나의 강아지. 나의 흰 강아지. 나는 속으로 미친 사람처럼 중얼거렸다. 속도를 높일수록 뜨거운 바람이 텅 빈 몸속으로 들어왔다. 온몸이 뜨거운 숨으로 가득 찬 풍선같이 느껴졌다. 나는 금방이라도 숨이 넘어갈 것처럼 헐떡거렸다. 나는 최대한 멀어지기를 바라면서 멈추지 않고 발을 좀 더 빠르게 내딛었다.

버려지지 않기 위해 혼자가 되는 사람들

최성윤 고려대학교 강사

김남숙의 「제수」가 보여주는 세계는 음침하고 축축하고 쿰쿰한, 너무나도 익숙한 풍경이다. 숙박업소 프런트에서 일하는 '나'에게는 자신과 닮은 언니가 있고, 제수라는 이름의 친구가 있다. 언니와 함께 살던 집, 일하고 있는 업소, 제수와 함께 밤을 보내는 객실, 그리고 어두운 골목까지, '나'를 둘러싼 공간은 계절이나 낮밤을 가릴 것 없이 스산하고 우울한 공기로 가득 차 있다.

아무리 찾아봐도 '나'의 주위에 머무르며 가끔씩이라도 말을 걸어오는 사람은 언니와 제수 그 둘뿐인 것 같다. 그런데 그 둘을 바라보는 '나'의 시선이 무조건 곱기만 한 것은 아니다. "유일한 가족"인 언니는 '나'에게 입만 열면 거짓말을 하는 존재 정도로 인식된다. 그리고 제수.

> 제수는 겁이 날 때마다 이 개새끼들, 씨발 놈들, 하면서 허공에 괜히 엉뚱한 으름장을 놓았다. 제수는 텅 빈 거리에서도 쉽게 겁을 먹었다. 제수가 왜 그러는지 정확히 알 수는 없었다. 제수는 가끔씩 여유롭게 거리를 거닐고 있는 길고양이나 비에 젖은 개에게도 욕을 뱉곤 했다. 불쌍하고 가여운 것들, 나는 그들을 보며 혀를 찼다.(40~41쪽)

제수는 겁쟁이다. 제수는 불쌍하고 가여운 고양이나 개에게도 겁을 낸다. 게다가 멍청하다. 그렇게 욕을 한대서 하나도 세어 보이지 않는다는 걸 자기만 모른다. '나'의 눈에는 그런 제수도 불쌍하고 가여운 존재일 뿐이다.

언니나 '나'나 제수나 그렇고 그런 보잘것없는 사람들이다. 그들이 이러쿵저러쿵 살아가는 모습을 보여준댔자 산뜻하거나 명랑할 리가 없을 것 같다. 그리고 그런 독자의 예상에서 한 치도 벗어남이 없이, 김남숙의 「제수」는 마음을 불편하게 만드는 소설이다.

지금 '나'의 곁에 있는 사람은 제수이다. 아마도 그전에는 언니가 있었을 것이다. 언니와 함께 살던 집을 떠나와 업소에서 먹고 자는 '나'에게 매일 밤 제수가 찾아온다. 처음에 누가 먼저 제 곁을 내어주었는지는 분명히 알 수 없지만, '나'와 제수는 벌써 오랫동안 붙어 지냈다. 제수가 '나'의 몸에서 나는 고약한 냄새를 참을 수 있는 유일한 사람이기 때문이다.

제수는 그 고약한 냄새를 참을 수 있을 뿐만 아니라 "내 등에 코를 박은 채" "너한테서 좋은 냄새가 나." 하고 말해주기도 한다. 그것이 정말인지 거짓말인지, 제수 아닌 사람이야 알 길이 없다.

> 제수가 나에게 하는 것은 매번 비슷했다. 힘으로 온몸을 밀어붙이는 느낌. 나는 제수가 그렇게 하는 것이 싫었지만 굳이 그만두라고는 말하지 않았다. 어차피 모든 게 끝나면 평소의 바보 같은 제수처럼 돌아올 테니까.
> 거짓말.
> 나는 제수에게 말했다.
> 아니야, 진짜야. 이건 나만 맡을 수 있는 니 냄새야. 남들은 바보라서 이걸 못 맡는 거야.
> 제수가 말했다.

거짓말하지 마.

나는 간지러운 듯 킥킥 웃었다. (46쪽)

제수가 '나'에게 하는 말은, 간지럽기는 해도 아무튼 좋은 말이다. 그것
이 '나'와 제수의 관계를 유지시켜주는 힘이다. "그냥 지금이 좋았다. 내가
누워 있고 그 옆자리를 제수가 차지하는 것이 좋았다. 제수와 나. 더 이상
나빠지는 것도 좋아지는 것도 없이. 이렇게 아무 일도 일어나지 않은 채 반
백 년 이상 살 수만 있다면 얼마나 좋을까"라고 생각하는 '나'에게 제수는
지금처럼 둔감하고 멍청한 모습으로 남아 있으면 되는 친구이다.

이러한 제수와 '나'의 관계를 동료의식이나 동류의식으로 간주하기는 어
렵다. 그들은 서로 자기 마음을 알아주는, 그래서 언제든 상대방을 믿고 속
내를 털어놓을 수 있는 사이라고 볼 수 없다. 혹은 어차피 근사해지기는 글
렀고 고단하게 지내기로 작정된 인생들이니, 저희끼리 맨살을 맞대고 나눌
수 있는 것들을 한데 내어놓는 사이인가, 보면 그런 것도 아니다.

제수는 그저 만만한 친구이다. '나'도 어쩌면 제수에게 그런 친구일지 모
른다. 만만하니까 곁에 두어도 된다. 그런데 문제는 '나'에게 그런 친구가
제수 하나밖에 없다는 것이다. 그러니 제수는 '나'에게 계속해서 그저 만만
한 상대로 남아 있어야 한다. 그런 친구가 여럿이라고만 하면 있어도 그만
이고 없어도 그만인 존재이겠지만, 제수는 '나'의 유일한 친구이기 때문이
다. 지금껏 이어지던 똑같은 밤은 더 나빠져서도 안 되지만 더 좋아져서도
곤란하다. 그러면 깨어질 게 뻔한, 불안한 두 사람의 관계다.

그래서 '나'는 제수에게 말조심을 한다. 아마도 '나'의 말조심은 언니 때
문에 생긴 습관일 것이다. 언니는 습관적으로 거짓말을 한다. '나'에게 늘
그 거짓말을 들키지만 그것을 멈추지 않는다. '나'와 언니는 이미 따로 살
고 있고, 둘 사이의 대화는 거의 끊어진 상태이다. 그런 지금 언니가 '나'에

게 말을 거는 경우라고는 거의 거짓말을 할 때뿐이라고 해도 과언이 아니
다. 무언가 필요한 것이 생겼을 때 언니는 전화를 걸어 연락하고, 그때마다
입에 발린 거짓말을 하는 것이다.

> 얘는……, 무슨 거짓말, 그런 거 아니야.
> 언니가 말했다. 나는 언니를 보지는 않았지만 말함과 동시에 턱 끝이 조
> 금 떨렸다는 것을 알 수 있었다. 그건 내가 그랬을 때와 비슷한 소리가 나니
> 까. 언니의 말이 잠시 끊어졌다.(49~50쪽)

'나'는 언니의 거짓말을 보지 않고도 알아챌 수 있다. 언니는 '나'와 똑같
은 목소리를 가졌을 뿐만 아니라 거짓말할 때의 습관도 나누어 가졌다. 모
를 리가 없는 동생에게도 언니가 거짓말을 일삼는 것은 "여전히 이야기 속
에서 살"기 때문이고, 행복해지기를 바라기 때문이다. 그런 언니에 비해
'나'는 별로 바라는 것도 없는 것 같고, 자기가 바라는 것을 함부로 이야기
하지도 않는 것 같은 사람이다. 바라는 마음을 말로 끄집어내었다가 오히
려 가진 것조차 잃는 일을 여러 번 겪었기 때문일지도 모른다.

그런 '나'에게 언니가 묻는다. "뭐 갖고 싶은 거 없어?" 갖고 싶은 것이 없
을 리가 없다. 하지만 말하지 않는다. 그렇게 살아가다 보니 '해도 좋은 말'
과 '해서는 안 되는 말'을 구분하게 된다. '나'에게 '해도 좋은 말'이란 "있어
도 그만이고 없어도 그만인 말"이다. 그런 말만 하면 탈 날 일이 없다.

언니가 '나'에게 한 말은 해도 좋은 말이 아니다. 무언가 바라는 것이 있
어서 하는 말은 짧게 끝낼 수 없다. 이야기는 한없이 길어지고 다채로워지
고 풍성하게 아름다워진다. 거짓말을 들키지 않기 위해 더 큰 거짓말을 하
는 것이다. 다른 곳에서 다른 사람들에게 늘 그래왔던 것처럼, 만약 언니가
'나'에게서 필요한 돈을 얻어낼 수 있다면, 그녀는 미련 없이 '나'를 떠날 것
이다.

'나'는 이미 가진 것이 많지 않다. 제수마저 없어진다면 '나'는 혼자 남는 것이나 마찬가지다. 그런데 제수가 부쩍 말이 많아졌다. "너한테서 좋은 냄새가 나." 같은 거짓말 정도는 괜찮다. "카센터, 망가진 차바퀴 트렁크 속 성인용품들" 따위의, 저 혼자 재미있다고 우기는 이야기들도 아무 상관없다. 들어주기가 지겹기는 해도 그것들은 "있어도 그만이고 없어도 그만인 말"이다.

그런 별 뜻 없는 말을 넘어서 제수는 부자가 되고 싶다고 말한다. 그건 그리 간단치 않은 문제다. 구체적인 계획이 있는 것처럼 말한다. 그래서 말이 말을 낳는다. 퀴즈쇼가 나오고, 옆 가게 형철이 형님이 나오고, 브로커가 나온다. 제수가 언니를 닮아간다.

> 나는 제수가 다른 이야기로 넘어간 줄도 모르고 한참을 가만히 앉아 있었다. 제수는 오늘도 재방송을 보지 않고도 정답을 여덟 번이나 연속으로 맞혔던 생방송 퀴즈쇼에 관한 이야기, 어마어마한 상금에 관한 이야기를 시작하고 있었다.
> 실은 한 방을 노려보는 것도 나쁘지 않다고 생각해…… …(중략)… 그래서 말인데 자기가 브로커 쪽을…….
> 나는 제수를 지나쳐 프런트에 쌓아둔 오래된 각설탕을 꺼냈다. 더 이상 제수의 말을 듣고 싶지 않았다. 지겨운 제수, 아이 같은 제수. 나는 개미가 덕지덕지 붙어 있는 각설탕을 우걱우걱 씹었다.(54~55쪽)

언니가 있지도 않은 아파트 계약 운운하며 돈을 달라는 등의 듣기 싫은 이야기를 할 때도 '나'는 각설탕을 꺼내 우걱우걱 씹는다. 언니의, 제수의 말은 달콤해 보이지만 입 안에 상처를 낼 정도로 거친 각설탕 같다. 이제 '나'는 곧 제수가 자신의 곁을 떠나리라는 것을 안다.

언니는 늙은 환자의 욕창을 제거하고 깨끗한 거즈를 덧대어주는 일을 한다. 제수는 낡고 고장이 난 차를 고치는 카센터에서 일한다. '나'는 숙박

업소에서 청소를 하고 시트를 갈며 손님들의 흔적을 지우는 일을 한다. 모두 고단한 인생을 살아간다. 남들의 더러움을 씻어주고 스스로는 더러워지는, 더러운 직업을 가진 사람들이다. 그들끼리라도 서로 위해주고 기대며 살아가면 좋으련만……. 그런 순진한 기대는 허울 좋은 환상이었음이 밝혀지고 끝내 환멸의 정서를 낳는다. '나'는 언니나 제수에게 특별히 바라는 것이 없지만, 최소한 그들로부터 먼저 버림받지는 않기 위해서 애쓴다. 그들이 각각 '나'에게는 유일한 가족이고, 유일한 친구이기 때문이다.

작품의 결말 부분에서 '나'는 강아지를 훔친다. "하얗고 털이 복슬복슬하고 나보다 따뜻한 체온을 가진 강아지"를 갖고 싶었다. 부자가 되고 싶다는 제수나 아파트와 외제차와 결혼 상대를 운운하는 언니에 비해 참 소박한 욕망이다. 그러나 '나'도 알고 있다. 언니나 제수처럼 자기 자신도 거짓말쟁이라는 것을. 필요한 거 없다는 말도, 강아지쯤 가지면 좋을 것 같다고 하는 말도, 지금 이대로만 제수와 함께 있고 싶다는 말도 사실은 모두 거짓말이다. 그럴 리가 없다.

자신에게서 나는 냄새를 지우려고 락스물에 몸을 담그는 여자. 그래도 괜찮다고 붙어 있는 볼품없는 남자. 그 남자가 허황된 이야기로 새벽마다 성을 쌓다가 여자의 돈이라도 가지고 도망갔는지 아닌지는 모르지만, 여자가 솔직하게 "겁쟁이 새끼"라고 말하고, "나 없으면 아무도 없는 새끼. 돈도 없는 거지, 고아 새끼"라고 말했을 때 남자는 여자의 곁을 떠났다. 어쩌면 끝내 남자가 떠날 것 같아서, 그때가 가까워진 것 같아서 여자가 먼저 남자를 버린 것일 수도 있다.

강아지는 꼭 푸주한이 키우는 개처럼 몸집이 컸고 빳빳하고 딱딱한 털에 비릿한 눈물 냄새가 났다. 강아지가 나를 보더니 축축한 눈을 가만히 끔뻑였다. 나는 목줄을 풀어 강아지를 처음으로 품에 꼭 안아보았다. 비에 젖은 오

래된 빨래 냄새. 나는 몸을 잠깐 부르르 떨었다.(63쪽)

그것은 흰 강아지이지만 털이 복슬복슬하고 따뜻한 체온을 느끼게 하는 꿈속의 강아지가 아니다. 꼭 제수처럼 볼품없고 쿰쿰한 냄새가 나는 강아지이다. 그 강아지가 '나'를 안쓰럽게 바라본다. 부실하고 허황된 언어의 의미보다는 냄새나 온기처럼 자신의 몸에 각인된 기억에 집착하는, 다 거기서 거기인, "불쌍하고 가여운 것들"이다.

어느 시대이든 당대 독자들의 마음을 불편하게 만들 줄 아는 젊은 작가의 존재는 반갑고 귀하다. 그런데 그 불편함이 너무 익숙한 것이라면, 이 익숙함을 어떻게 규정해야 할지 쉽사리 판단할 수 없다. 이전 세대 작가와 계보적으로 관련되거나, 당대 작가들의 작품세계 가운데 어느 구석쯤 특징적인 영토를 공유하는 것 정도가 아니라, 한 작가의 짤막한 연대기 안에서 반복 노출되는 풍경이라면 더욱 그렇다. 이즈음의 몇몇 작품 속에, 복제된 붕어빵처럼 비슷한 표정을 하고 비슷한 목소리를 내는 인물들이 종횡무진하는 것을 매번 처음인 양 애틋하게 바라보기는 힘들다. 최소한 '또 그런 이야기인가?' 하고 섣불리 단정할 수 없을 정도로는 변주의 폭을 확장시키는 노력이 필요할 것이다.

시절과 기분

김봉곤

1985년 경남 진해 출생. 한국예술종합학교 영상원 영화과와 같은 대학원 서사창작과 졸업. 2016년 『동아일보』 신춘문예에 중편소설 「Auto」가 당선되면서 작품 활동 시작. 소설집 『여름, 스피드』가 있음.

시절과 기분

혜인에게서 사진과 문자가 전송되어 왔을 때, 공소시효가 지나 원고인을 맞닥뜨린 사람이 과연 이런 심경이지 않을까 생각했다. 그러니까 응당 벌받고 싶은 마음 충만했지만 그렇다고 나를 벌할 사람은 없는, 죄책감을 느껴야 할지 말아야 할지 이제 나조차 모르겠는 그런 애매하고 찝찌름한 기분.

회사 일도 원고도 모두 마감한, 세상 인생이 아름다운 토요일이었다. 해준과 나는 낮시간 동안 이케아에서 한차례 쇼핑을 끝내고, 집 근처 대형 마트로 옮겨와 지난 보름간 미뤄온 장을 몰아 보고 있었다. 해준이 엉덩이를 실룩거리며 과일 매대로 달려가 이쑤시개에 꽂힌 멜론을 내게 건넸다. 몸에도 좋은데 맛있는 데다 아름답기까지 하군! 나는 과일은 생필품일까 사치품일까 생각하며 점원의 영업에 연신 고개를 끄덕이는 그의 옆얼굴을 바라봤다. 풍경을 보면 치열했고 해준을 보면 나른해지는 그런 주말 오후였다.

약속 시간이 좀 남아서 서점 왔는데, 이거 니 책 맞제?

나는 이날이 생각보다 늦게 찾아온 것에 잠시 놀랐을 뿐 얼어붙는다거나 주저앉지는 않았다. 나, 이제 그 정도 맷집은 있다고. 나는 계산대에서 혜인이 보낸 문자를 보았으나 당장에 손이 모자라 호주머니에 휴대전화를 쑤셔 넣었다. 카트를 트렁크 앞까지 갖다 놓고서 나는 해준에게 담배를 한 대 피우고 돌아오겠다 말하고 건물 밖으로 나갔다. 문자 아래에는 올해 초 발간된 나의 단행본을 찍은 사진이 첨부되어 있었다.

맞아ㅋㅋㅋㅋㅋㅋ 어떻게 알았어?

답장을 보내고 1초도 지나지 않아 '읽음' 표시로 변했다.

아니, 수민이랑 서면 교보에서 만나기로 해서 들어왔는데 이게 딱 보이데

운명이네

니 왜 내한테 자랑 안 했는데?

미스 디올 사주기 싫어서……? ㅎㅎ

야, 니 그걸 아직도 기억하고 있나

그럼그럼

내 그거 안 받아도 1도 상관없는데 말 안 한 거는 진짜 섭섭하디

5년쯤 전이던가? 나는 작가가 되기 위해 한창 소설 습작을 하며 대학원을 알아보고, 혜인은 경영대학원을 졸업하고 회계사 시험을 준비하던 때가. 예전 같지는 않았어도 그때만 해도 우리는 꽤 자주 문자를 주고받았다. 우리 사이가, 그녀와 내가 추억을 공유한 사람들이 지금처럼 희미해지기 전이었다.

우리가 채팅을 하던 곳은 주로 늦은 밤 도서관이었는데 야, 올해는 상도(商圖) 탈출하자! 제발 등단 좀, 둘 다 되면 진짜 좋겠당, 그래 그러자, 이제 집중 고고! 같은 말을 매번 처음 하는 듯 질리지도 않고 반복했었다. 우리는 대화 말미에 미스 디올! 도손! 하고 외치며 끝인사를 대신했었는데 전자는 내가 등단하면 그녀에게 줄 선물, 후자는 혜인이 CPA를 패스했을 때 내게 줄 선물이었다. 결과적으로 나는 내 등단 사실을 숨기면서, 혜인은 회계사를 포기하고 세무사가 되면서 없는 일이 되고 말았지만.

사지 마, 재미없어

야 그래도 이런 건 사줘야지

돈 아까워

열 권 사서 뿌릴 건데? 오늘 수민이한테도 제보 좀 해야긋다

책을 뿌리겠다는 말에는 별생각이 없었는데 '제보'라는 단어에 지레 움칠해 나는 전화를 건 것일지도 모르겠다.

내가 게이라는 사실을 이제 알 사람은 다 알았다. 등단 소감에도, 소설에도, 잡문에도 제발 좀 알아달라고 봐달라고 온갖 떼를 다 써냈는데 모를 수가. 그건 때론 대수였고 대체로 아무것도 아니었는데, 그럼에도 혜인에게만큼은 꼭 내 입으로 직접 말하고 싶었다. 알아도 상관없고 몰라도 상관없는 사람 천지였지만, 혜인에게는 꼭 그렇게 하고 싶었다.

"너, 다음 주말에 뭐 해?"

"내? 뭐 없다. 애는 시부모님이 봐주는 날이고."

"야, 그러면 내가 내려가서 사인해서 줄게."

"진짜?"

"응, 간만에 얼굴도 보고. 그러니까 일단 책은 사지 마. 집에 재고 넘쳐."

"맞나, 알았다."

"어어. 내가 목요일이나 금요일에 다시 연락할게."

말하고는 서둘러 전화를 끊었다. 계산해보니 혜인과는 2011년, 그녀가 졸업할 때 만난 것이 마지막이었다. 그럼에도 오랜 친구와의 만남은 이토록 허무하고, 쉽고, 단박에 잡혔다. 안부도 없이 기별도 없이 용건만 말하고 끊었지만 그게 부족했다거나 미안하지 않았다는 것마저 익숙했다.

주차장으로 돌아왔을 때 해준은 트렁크에 삐딱하게 기대어 한껏 심술이 난 표정이었다. 아니, 내가 무슨 큰 잘못이라도? 멈칫했으나 과장된 그의 표정은 '내가 카트의 짐을 다 옮겨 싣고 정리해놓았으니 칭찬해주세요'라는 말의 다른 모습이었다. 나는 달려가 문을 열고 팡팡! 하고 소리 내어 말하

며 그의 엉덩이를 두들겨 운전석으로 밀어 넣었다. 그러고는 잽싸게 조수석에 앉아 그를 껴안고 아주 길게 길게 입맞춤해주었다. 아아, 정말 사랑스럽고 손이 많이 가는 남자야.

해준은 언제든 내가 자신을 떠날 수 있을 거라며 불안해했다. 야, 그건 피차 마찬가지라고, 어떤 관계에서든 그렇다고, 알고 있다고, 어떡하라고. 그런 해준의 불안과 별개로 지금은 내가 그의 품에 안겨 매달린 꼴이었지만, 그랬다. 그의 따뜻한 맨가슴 위로 콩, 콩 심장 뛰는 소리가 귀에까지 들려왔다. 침실 등과 양옆의 스프링클러가 놀란 척하는 에모지 같았다. 나는 그의 가슴에 손을 얹고는 말없이 눈 맞추었다. 나 고소공포증 있잖아, 해준은 눈을 감아도 떠도 이곳이 허공같이 느껴진다고 말했다. 물론 엄살이다.

전기장판을 정리해 베란다 창고에 넣어둔 게 어제였는데 하필 오늘밤 기온이 뚝 떨어졌다. 마음먹는다면 얼마든지 꺼내와 시트를 헤집고 다시 깔 수도 있었지만 굳이 봄 이불에 지난겨울의 기운을 묻히고 싶지는 않았다. 새 기분을 잡치느니 차라리 추운 편이 낫다고, 그 정도쯤은 서로 말하지 않아도 알 수 있었다. 이럴 수 있어서 더 좋잖아, 그지? 나는 웃음 지으며 그의 겨드랑이 아래로 얼굴을 파묻었다.

"내일 안 가면 안 돼?"

"그럴 일 아니래도."

쓸쓸한 목소리로도 통하지 않자 해준은 장난스럽게 말해왔다. 가지 마, 가지 마, 가지 말자 응? 그는 자신이 무슨 수를 쓰더라도 내가 갈 것을 알았다. 알면서도 그러는 걸 나도 알기에 갈 건데, 갈 건데, 너 일어나기도 전에 갔다가 올 건데? 하고 약 올렸다. 그러고는 해준의 배 위로 올라앉아 이곳저곳 간지럼을 태웠다.

해준을 위로해보라.

때때로 나는 부드러운 명령형으로 생각한다. 그에게 맞추어보라. 해준의 기분을 바꾸어보라. 해준을 사랑해보라. 해준을 사랑하는 것이 자유가 아니라 어떤 의무처럼 느껴질 때, 적당한 압박감에 짓눌리고 무거워지는 내 마음이 좋았다. 하지 말라는 사람 천지에 나라도 내게 명령하겠다. 내게 내리는 그 괴이한 말투가 웃기기도 했고, 그럴 때면 해준이 더 사랑스럽게 느껴지는 효과가 분명 있었으니까.

해준의 불안과 칭얼거림 앞에서 나는 도리 없이 가장 원초적인 방법을 택했다. 어쩌면 그건 시작이면서 끝이지 않을까? 나는 장난을, 장난스러운 페팅을, 에로틱한 전희로 바꾸는 작업에 들어갔다. 한낱 말로는 그를 달랠 수 없다는 것을 난 알았고, 수많은 시행착오와 낭비 끝에야 깨달은 해법이었다. 이 사실도 해준이 알까? 너무나 알겠지? 하지만 서로에 대해 잘 안다는 것, 그건 때때로 끔찍했지만 끔찍함마저 포함한 그 사실이 나는 소중했다. 해준은 기대감에 가득 찬 얼굴로 눈을 감고서 보조개를 만들었다. 그는 어떤 식의 위로나 달램이 필요했고 나는 그걸 해−준−다. 사랑하니까.

하지만 오늘은 생각처럼 잘되지 않았다. 혜인을 7년 만에 만난다는 초조함 때문이었을까? 혹은 해준의 불안이 내게까지 전염된 탓일까? 언제나 내게 흥분을 안겨주던 자세로도 되지 않자 나는 그의 귀에 대고 추워서 그런가 봐! 하고 변명했다. 그러나 해준은 변명의 퀄리티는 따질 생각도 없는지 그저 내 귀와 머리를 매만지며 더 해주길, 끝을 내주길, 하는 신호를 보내왔다.

다음 날 아침, 몹시 슬픈 꿈을 꾸다 깨어났다. 눈가를 매만져봤지만 물기는 없었다. 꿈속에서만 울었구나 생각하며 나는 일어앉아 꿈이 무엇이었나 한참 동안 떠올려보려 애썼다. 그러나 실패한 독후감처럼 오직 감정만이 몸과 마음에 남아 맴돌 뿐이었다. 나 혹시 울었어? 나 무슨 말 안 하디? 해준에게 물어볼까도 생각했지만, 아침잠이 많은 그를 굳이 이런 이유로 일찍 깨우고 싶지는 않았다.

서두르지는 않았다. 군대에서 휴가를 나왔을 때처럼 함께 밥을 먹고 차를 마시는 정도의 계획이었으니까. 7년을 안 보고도 살았는데 급할 게 뭐가 있겠어 싶은 마음과 느슨하게 약속을 잡고는 나 도착하면 나와! 하던 버릇을 나는 잊었어도 내 감각이 기억하고 있었다.

나는 모직 코트를 걸쳤다가 수평선에 내려앉는 부신 햇살과 비탈길의 아지랑이를 떠올리며 다시 봄 코트로 갈아입었다. 가방을 열어 제일 상태가 좋은 책 한 권을 집어넣고는 침대맡으로 가 앉았다. 해준은 부스스한 머리로 한쪽 눈만 뜨고서 잘 다녀와, 올 때 비앤씨에서 빵 사와, 하면서 웃었다. 짓궂은 독설이라도 하며 날 배웅했다면 마음이 더 편했을까? 물론 가정일 뿐 그는 절대 그런 사람이 못 되었다. 나는 그의 이마에 가볍게 입맞추고는 이불을 뒤집어씌워 감싸고서 꽉 끌어안았다. 끄악, 자지러지는 웃음소리와 함께 해준이 발버둥쳤다.

*

혜인은 내가 처음이자 마지막으로 사귄 여자였다.

일기일회(一期一會). 혜인을 만나러 가는 하행길에 불쑥 그 단어가 떠올랐다. 언젠가 들은 한 일본 노래 가사에서 기억해둔 것일 텐데, 노래에서는 이 단어를 '붉은 실'만큼 낭만적인 뜻으로 사용하고 있었다. 부적절하기 짝이 없지만 낭만을 걷어내고 본다면 그 단어와 혜인을 연결하는 게 영 틀린 일은 아니었다.

그 시절 내가 혜인에게 느꼈던 감정이 무엇이었을까 고민해보지 않은 건 아니었다. 그러나 그건 시간이 훌쩍 지나 나를 정체화하는 과정에서 소환된 기억이자 대개 취사선택된 감정이었다. 나는 혜인을 향한 감정을 부정하며 나를 다졌고, 혜인과의 연애는 언제나 '초석'으로만 제구실했으며, 그 시절의 심문(心紋)을 살피는 일보다 다급한 건 '그래서 지금의 나는 무엇이냐?'고 대면하는 것이었다.

내가 게이라는 명백한 사실 앞에서 지나간 희미한 감정과 기억을 분석해서 무엇하겠는가? 지금의 나에게 귀 기울이는 건 현명하고 건강한 선택이었지만, 그 선택 앞에서 혜인은 번번이 지워지기 일쑤였고, 그래서 그녀를 떠올리면 가장 먼저 엄습하는 감정은 부끄러움이었다.

으이구 진짜 존나 흑역사다, 너처럼 남자 밝히는 년이? 서긴 섰냐?

모두 시뻘겋게 달아오른 채 3차로 간 포차에서 내가 여자와 사귄 적이 있노라 이야기했을 때 친구들은 경악했다. 아니, 유부 게이도 널린 마당에 그게 무슨 놀랄 일이라고? 엑스—게이만 있냐? 엑스—헤테로도 있을 거라고 나는 맞경악했다. 이야기를 듣던 한 놈은 그저 게이는 남자 좆을 꽉 물고 살아야 편한 법이라는 둥 한 스릴러 영화의 대사를 성대모사 했는데 미친 것아! 나는 그 친구의 머리를 쥐어박았다. 그러니까 나를 놀려주고 싶은 친구들의 다정한 타박에 내가 느낀 감정은, 느낄 감정은 분명 부끄러움이 맞았다. 하지만 그게 정말 부끄러운 일이었느냐 캐묻는다면 좀.

이제 서울역 가는 길. 밀양쯤에서 다시 연락할게.

나는 혜인에게 문자를 보내고는 그 생각들을 흩어버리려 가방에서 책을 꺼냈다. 지상철 구간이 끝나자 눈이 흐릿해져 안경을 꺼내 닦았다. 책 가장자리를 손가락으로 쓸어 거스러미를 가라앉혔고, 면지를 펼쳐 무슨 말을 써야 하나, 잠시 고민했지만 정말이지 떠오르는 말이 없었다. 괜찮아, 아직 시간은 충분하다고.

2015년 봄, 혜인이 세무사가 되었다고 말했을 때 나도 취직 비슷한 걸 했어, 정도로만 말해두었지. 2015년 8월, 나는 혜인의 결혼식에 가지 않았지, 그랬었어. 2017년 가을, 나는 해준과 이사 준비에 한창이었지. 나는 수록작 발표 지면의 계절들을 살피다 우리는 지금의 서로를 정말 모르겠구나 생각했다.

누가 회계사가 되었고, 누가 공사에 들어갔고, 부가율과 소득률이 뭔지 알 게 뭐였으며 마찬가지로 혜인은 내가 어디에 무엇을 발표했고 무슨 글을 쓰는지 한 발짝만 벗어나면 전혀 알 수 없었다. 한편 그녀가 나의 세계를 모른다는 생각에 마음이 편안해지기도 했는데, 그 시절의 사람들이 지금의 나를 모르고 관심도 없다는 사실은 내 용기이기도 했다.

*

쓰리대 쌍대 돗대 쿠션 넣고 원, 투, 쓰리, 포!

한 박자 쉬고, 두 박자 쉬고, 세 박자 마저 쉬고 하나, 둘, 셋, 넷!

나가리, 나가리, 나가리!

작정하고 떠올리자면 토씨 하나 음정 하나 틀리지 않고 재생되는 노래들. 어째서인지 기억하는 내가 싫어지는 대학가의 신학기 노래들. 혜인을 처음 만난 날을 되짚어보면 나는 그 애의 얼굴보다 그날 술집에서 울려퍼지던 노래들과 소주병, 흰 플라스틱 접시에 담겨 나온 오돌뼈 따위가 먼저 그려졌다.

2월 초에 시작한 경영학과 신입생 환영회는 상대(商大) 후문 천냥집에서 열흘 동안 이어졌다. 하루에 스무 명씩, 1조부터 10조까지 차례대로였고 혜인은 원래 3조 신입생이었지만, 나와 같은 학번 동기인 수민의 고등학교 동창이라는 이유로 우리 조에 편입되었다. 혜인은 산소네 오존이네 공포네 하던 멍청한 명칭이 사라진 첫 학번이자, 내게는 처음으로 맞는 대학 후배였다.

그렇게 그날의 천냥집의 분위기, 냄새, 내게 말 거는 수민의 목소리에 고개를 들면 혜인이 보이는데, 그녀는 내가 여기 오기는 왔지만 다시는 안 온다, 내가 미쳤었다, 재수는 왜 해가지고, 하는 듯한 못마땅한 표정만 잔뜩 짓고 있었다. 경계심 가득한 얼굴로 핑크색 폴로 캡을 푹 눌러쓴 혜인은 내가 묻는 말에만 고개를 끄덕이거나 단답형으로 말했고, 때때로 수민에게 귓속말을 하고는 안주에는 손도 대지 않고 소주만 들이켰다.

집이 어디냐, 고등학교는 어디 나왔냐, 기숙사 살아? 난 여기에 어디 떨어지고 왔어, 아니 난 거기 갈 수 있었는데 여기에 왔어, 야 우리 학교 망했지만 상대는 괜찮아, 금융공학과도 신설하고 부산에 선물거래소도 생길 거라는데? 술상 위를 이리저리 가로지르는 대화 속, 혜인은 내가 누구든, 여기의 그 누구든 친해지고 싶은 생각이 없어 보였다.

하지만 내 예상은 한참을 빗나갔는데 혜인은 열흘 뒤에 있던 2박 3일짜리 예비대학교에도, 보름에 한 번씩 갖는 조 모임에도, 송정으로 갔던 엠티에도, 누군가의 생일 파티와 선배—동기의 군주(軍酒) 행사에도 어김없이 참석해 조용하게 자리를 지켰다. 혜인과 친하게 지내는 건 이미 포기한 상태였고 그때쯤엔 내게 혜인은 거의 없는 아이였는데, 그게 혜인의 방식이었고, 그런 식으로 끝까지 자신을 몰아붙인 뒤 이곳에서 튕겨져나가길 바랐던 거라는 걸 나는 여름이 되어서야 알 수 있었다.

학기 말, 나는 조직론 시험을 마치고 만취한 상태로 전산실에 갔다. 기숙사는 통금 중이었고, 새벽 2시가 넘은 시각에 냉방이 되는 곳은 중앙도서관과 전산실밖에 없었는데 나는 그 정신에도 열람실은 아니라고 판단, 땀을 질질 떨어뜨리며 맞은편 전산실로 향했다. 윙윙거리는 소음과 적막한 풍경 속에서 학생 대여섯 명이 컴퓨터를 하고 있었고, 나는 한 여자애의 멀찍이 떨어진 뒷자리에 엎어졌다. 자다 깨기를 반복하다 에어컨 바람의 방향을 돌리기 위해 벌떡 일어섰을 때, 배너만 봐도 알 수 있는 그곳 '홀리건 천국'의 홈페이지가 오르내리는 게 보였다. 아니 저걸 대놓고 하는 애가 있구나? 공부나 할 것이지 시험 기간에! 하지만 나는 어떤 애인지 궁금해져서 루버를 조절하는 척 흘긋 뒤로 훔쳐보았다.

그때의 나는 술에 취하지 않았어도 모른 척 같은 걸 할 줄 모르는 애였다. 나는 그 애가 혜인임을 알고 야, 너도 훌천 하냐고! 아이디가 뭐냐고! 반갑다며 악수를 청했다. 그 카페는 지금의 내가 트위터만큼 자주 드나들었던 곳으로 대학 서열을 두고 갑론을박 피 터지게 싸우는 공간이었다. 홀리건 천국은 매일같이 대학 서열을 자기 입맛에 맞게 변형해 피라미드 꼴로 올렸고, 유행어를 만들었고(듣보잡이란 말은 그곳에서 탄생했다!), VS 게시판을 만들어 비슷한 수준의 두 대학을 붙여 투표하게 했고, 몇 년 치의 입시 결과와 CPA, 사시, 행시 합격자 수, 대기업 임원 수를 게시하며 자신이 다니는 대학이 어디보다 낫다는 걸 증명하는 공간이었다.

혜인은 올해 혜성처럼 등장해 혜성처럼 사라진 그곳의 네임드였다. 그녀의 싸이 일촌명 '혜Sajiker인'과 왜 홀리건 천국의 'Sajiker'를 연결시키지 못했나 나는 머리를 쥐어뜯었다. (Sajiker는 사직동에서 고등학교를 나온 내 동기들이 인장처럼 붙이던 아이디였다. 그래서 나는 그 Sajiker가 내 동기 중 한 명일 거라고 추측했는데, 05학번에 그 인장을 박은 사람은 혜인뿐이고, Sajiker는 2005년에야 카페에 등장하지 않았던가!)

★◉★◉★ 2005 초 개념 대학 서열 정리 외워라 ★◉★◉★
서연고, 서성한, 중경외시 외쳐!

누군가가 도발하는 글을 올리면, 부산대 넣고 외대 처내려! 이대는 어디 갔냐? 리플을 달던 Sajiker가 혜인이었다니, 색색깔의 도표로 경영학과 아웃풋을 작성해 개념 자료를 업로드했던 사람이 혜인이었다니! (처음에는 아름다운 구성과 완성도에 그녀를 칭찬하는 분위기였으나 도배 자료가 되자 그녀의 글에는 이제 지잡즐~~~ 정도의 리플만이 간간이 달렸다.)

난 눈팅만 해, 하고 조심스레 고백한 것과 달리 혜인은 본인이 Sajiker라는 말을 무슨 대수냐는 듯 말해 나는 또 한 번 놀랄 수밖에 없었다. 그건 혜인이 대인배여서가 아니라 그때 이미 반수를 염두에 두고 있었고, 다시는 이곳에 발을 들일 계획도, 나를 오래 볼 거라는 생각도 없었기에 가능했던 일이었다.

*

기차는 강이 흐르는 방향으로 빠르게 나아갔다. 직사광선이 관자놀이와 볼에 달라붙었지만 블라인드를 내리고 싶지는 않았다. 나는 볼에 손바닥을 얹어 턱을 괴고 흘러가는 풍경을 바라보았다. 3월의 남중고도가 만들어내는 볕과 실내등이 섞여 객실은 더할 나위 없이 밝고 따스했다. 고개를 돌리면 떠나거나 돌아가는 군인들, 보스턴백 아래에서 눈을 감고 음악을 듣는 남학생, 거즈로 아이의 입을 닦아내는 여자가 보였다.

산 아래 빛나는 강물과 객실을 번갈아보던 한순간, 양장을 한 젊은 남자가 내 옆을 지나갔고, 나는 3월에만 맡을 수 있던 그 냄새가 내 콧속을 가득 채우는 것을 느꼈다. 그건 향기라기보다는 기운에 가까운 것일지도 몰랐고 혹은 내 머릿속이 만들어낸 환후일지도 몰랐다. 그러나 그건 꼭 1년 중 3월에만 찾아왔고 나는 정말이지 오랜만에 그 향기를 감각할 수 있었다. 그 냄새를 맡은 내 심박은 빠르게 뛰어올랐고 그것은 내 입가로 와 미소가 되어 터졌다.

구포역 플랫폼에 내렸을 때 나는 온도 차가 국경을 만들기도 한다는 걸 알게 되었다. 그곳은 거의 이국이었다. 미지근한 물을 넘길 때처럼 부드럽게 콧속으로 들이치는 공기, 역사 앞 가게에 내어놓은 동백을 보며 나는 절망할 때와 가까운 에너지로 희열했다. (내가 얼마나 더 잘살겠다고, 동백도 없는 그런 추운 곳에 살고 있냐고!) 나는 동백꽃을 만져보고, 쪼그려앉아보고, 내려다보기를 반복하다 해준과 혜인에게 나 구포역에 도착했어, 하고 똑같은 문자를 보냈다.

스크린 도어가 설치되고 부산대역에 내리는 것은 처음이었다. 그러나 1층으로 내려갈수록 점점 더 크게 들려오는 유행가 소리와 역사를 나섰을 때 비탈을 따라 쏟아져 내려올 것만 같은 간판들은 예전 그대로였다. 좁은 골목의 세부사항은 모두 달라져 있었지만, 왁자하고 난잡한 분위기에 나는 한껏 달떴고 변한 것과 변하지 않은 것들을 일별하려는 마음으로 학교 정문까지 천천히 발걸음을 옮겼다.

초록색 현판 아래에 선 지 얼마 지나지 않아 혜인이 걸어오는 것이 보였다. 반가운 마음이 가장 먼저였지만 그 애가 걸어온다, 는 별것 아닌 사실에, 머릿속 문장에, 나는 살짝 울 것 같은 기분이 되었다. 진짜로 울면 어쩌지? 근데, 우리가 만날 때 어떻게 인사를 나누었더라? 떠오르지 않았고 그렇다면 어떻게 헤어졌더라? 손을 잡는다? 가볍게 안는다? 나는 할 말과 행동을 절박하게 찾아 헤맸다.

"야…… 니 진짜 돼지네."

그래 이거였지! 나는 고개를 절레절레 흔들며 웃었다. 혜인의 새침함은 시간이 흐르며 타박이 되었다는 걸, 우리가 이랬었다는 걸 나는 아주 오랜 시간 잊고 있었다.

"그게 만나자마자 할 말이야?"

나는 다른 손으로 가방을 고쳐 쥐고 혜인을 마주 보았다. 그녀는 나프나프와 에고이스트를 지나, 나는 후부와 MLB를 지나, 우리 모두 클럽모나코쯤으로 왔구나 생각했다. 혜인의 크림색 원피스와 감색 트렌치코트가 맵시 있게 잘 어울렸다.

"그때 프로필 보고 살이 좀 쪘나 싶었는데 진짜 장난 아이네. 그래도 살붙으니까 웃겨서 느끼한 건 좀 덜하다 야."

말이야 어찌 되었든 말끝마다 혜인의 입꼬리는 한껏 올라갔다. 험담으로 받아치자니 할 말이 떠오르지 않았고, 요즘엔 칭찬도 가려가면서 하는 거라고 쏘아주려니 그런 자리와 사이는 아니지 않은가 고민되었다. 나는 결국 잘 지냈지?라는 정말 하나 마나 한 인사를 건네고 말았다.

혜인도 졸업을 하고는 정문까지 올라올 일이 없었다고 했다. 우리는 부산은행 사거리 쪽으로 천천히 내려가면서 달라진 풍경에 대해 이야기 나누었는데 여기가 거기였다, 아니다, 내기하자, 티격태격하다가도 압도적으로 정보량이 많은 혜인의 이야기에 귀가 즐거워 나는 자주 입을 다물었다. 과일주스집 변태 사장은 너 서울 가고 얼마 안 돼서 죽었고, 비디오방 아줌마는 결국 이혼했으며, 행시 준비하던 누구는 어느 날 완전히 잠적했고, 가끔 야구를 같이 보러 가던 도시공학과의 영은-혜인의 동네 친구였다-은 유튜브에 아이돌 노래를 편곡해 피아노 치는 걸 올리더니 OST 악보로 대박이 났다고 했다.

자극적인 이야기를 좋아하는 나를 위해 먼저 준비된 것들이었고, 어렴풋이 기억이 나는 선후배와 동기들은 그럭저럭 이름 있는 회사에 조금 더 잘되고 조금 덜 잘된 정도로 취업했다고 혜인은 뒤이어 말해주었다. 그녀는 결혼 후 연산동에 사무실을 차렸는데 말이 좋아 개업 세무사지 입에 풀칠만 할 정도로 먹고산다고 했다.

"뭐 먹을래?"

혜인은 사거리를 앞두고 내게 물었고 나는 재고의 여지도 없이 오른쪽 길로 팔을 뻗었다.

"또 국밥 먹자고?"

"너 졸업식 날 이후로 처음이거든?"

"맞나."

"혹시 미안해할 타이밍 아니니?"

혜인은 온 힘을 다해 내 어깨에 어깨를 부딪쳐 오른쪽 골목으로 나를 밀어 넣었다. 돼지국밥은 그때보다 2천 원이 올랐지만 우리는 약속이라도 한 듯 같은 메뉴를 골랐다.

돼지로 비계 많이. 그리고 소주 각 1병.

*

시작은 비밀 공동체였다. 여름방학이 시작되고 나는 장학금을 받기 위해 도서관 근로를 시작했고, 혜인은 반수를 위해 내가 일하는 연구도서관으로 매일 출근했다. 어차피 학비 낸 거 뽕을 뽑아야겠다며 그녀는 모의고사 문제지와 『숨마쿰라우데』, 『개념원리』 따위를 가방에서 주섬주섬 꺼내 탑을 쌓았다. 하필 중도를 피해서 여기로 왔는데 네가 있을 게 뭐냐고 우리가 열람실에서 처음 마주친 날 혜인은 투덜댔는데 그럼 구도로 가면 되잖아, 대꾸했더니 거기는 변태도 많고 남자 냄새가 지독해서 거슬린다고 대답했다.

혜인은 훌리건 천국에서 네임드라는 사실에는 하나도 괘념치 않았으나 반수하는 건 부끄러웠는지 대화의 말미에 이건 절대 비밀이라고, 죽어도 비밀이라고 신칙하곤 했다. 그러면 자신도 내가 그곳에서 워렌—경희대생이었다—이랑 싸우다가 처발린 걸 눈감아주겠다고. 그러거나 말거나였지만 나는 말도 섞지 않던 혜인과 비밀까지 공유하게 된 게 좋아 그러마고 했다. 그런 비밀 외에도 우리가 공유한 사실이 또 하나 있었는데 그건 혜인은 교대에 나는 사범대 입시에 실패해 결국 선생의 꿈을 접고 경영학과로 흘러들어왔다는 것이었다. (Sajiker가 어째서 VS 게시판에서 교대와 이화여대 초등교육과에 후한지 밝혀지는 순간이었다!) 내가 보기에 혜인은 선생님의 자질이 정말 눈곱만큼도 없어 보였지만, 바야흐로 교대와 사범대의 인기가 폭발하던 시절이었기에 그러려니 수긍했다.

혜인은 정확하게 오전 9시 반에 열람실에 들어와 밤 9시 반에 짐을 쌌다. 나는 도서관 일이 끝나는 6시면 혜인을 불러 샛벌회관에서 분식으로 저녁을 때우고는 만화방에 가거나 피시방에서 스페셜 포스를 했다. 피시방 스피커에서는 채연과 버즈의 노래가 돌림노래처럼 귀가 아프도록 흘러나왔고 그곳을 떠나 거리로 나가면 가비앤제이가 구슬픈 목소리로 울부짖었다.

장마가 시작될 즈음엔 나는 혜인을 버스 정류장까지 데려다주는 사람이 되어 있었다. 그 이전부터 우리는 사흘에 한 번꼴로 헤어지기 전에 빙수를 사 먹었는데 때로는 비타민의 과일빙수, 때로는 폼빠이의 천 원짜리 막빙수, 때로는 요거트빙수였다. 마침 그날은 생과일빙수 가게였고 나는 토스트를 한 번 더 리필해 쟁반에 담아 자리에 앉았을 때, 생크림을 더 받아올까 묻자 혜인이 다짜고짜 내게 말했다.

"니 내랑 사귈래?"

나는 그 말을 듣고 머리가 띵해져 미지근한 물을 컵째 들이켰다.

"약 먹었나?"

"아니, 말짱한데."

"니, 내 별로 안 좋아하잖아."

"몰라."

혜인은 토스트를 찢어 얼마 남지도 않은 생크림을 묻혀 입에 넣고는 창밖을 바라봤다.

"근데 왜?"

"좀 좋아하는 것 같기도 하고."

"좀 좋아하는 것 같으면 토스트랑 사귀지 왜?

"니랑 사귀다가 깨지면, 존나 쪽팔려서 확실히 대학 옮길 수 있을 것 같다."

"말이라고 하나."

라고 말했지만 심장이 펑, 펑 뛰고 기분이 찢어지게 좋았다. 나는 혜인이 좋은 이유를 한 열 가지는 숨 한 번 쉬지 않고 말할 수 있었는데, 사실 고민하고 말 것도 없이 나의 마음은 예스였다. 하지만 나는 생각 좀 해볼게, 라고 우물거리고 말았다. 누군가에게 고백을 들은 것도 누군가의 첫 연인이 되는 것도 처음이었으며, 무엇보다 연애나 사랑 같은 건 먼 훗날의 것이었지 그게 내 것이 될 거라고는 단 한 번도 상상해본 적이 없었기에 나는 시원하게 좋아, 하고 말해줄 수 없었다. 그때의 나는 심각하게 보수적이었거나 심각하게 조심스러웠거나 이미 심각한 게이였을 수도 있었을 텐데, 그걸 다 떠나서 나는 그저 상상력이 턱없이 부족한 모범생이었다.

다음 날 혜인은 평소보다 더 후줄근한 차림으로 도서관에 들어와 자리를 잡았다. 나는 그녀의 눈치를 보며 모서리마다 놓인 화분에 물을 주고, 서가 정리까지 마치고도 주변을 한참 맴돌았다. 그리고 모르는 척 빈 카트를 끌고 그녀 쪽으로 다가갔을 때, 어째서인지 혜인은 울고 있었다. 소리 내지도 못하고, 어깨를 마음대로 들썩이지도 못하고, 그저 8절 문제지 위에 펜을 쥔 자세 그대로 흐느껴 울고 있었다. 그러니까 나는 그 모습에, 그 모습을 보고 내가 느끼는 지금 이 감정이 사랑, 이라고 확신했다. 이건 명백해, 백퍼야, 저 머리띠가 조금만 더 고급이었어도 이건 사랑이 아니었을걸? 나는 격렬하게 요동치는 가슴 대신 혜인의 손을 붙잡고 열람실을 뛰쳐나왔다.

*

"야, 그러면 이제 저 안에 니 책도 있는 거네?"

혜인은 연구도서관 꼭대기 층을 가리키며 말했다.

"저기야, 너가 책을 봤어야 알지. 연도에는 예술서랑 외서만 있거든?"

"아, 니 소설이 예술은 아닌갑네."

하고는 아랫입술을 쑥 내밀었다.

나는 학교까지 온 김에 상학관보다 훨씬 많은 시간을 보냈고 제일 좋아하기도 했던 인문관 건물만 보고 빠져나올 생각이었다. 그러나 혜인과 이런저런 옛이야기를 주고받다 보니 꽤 멀리까지 올라와버렸고, 간만의 비탈에 지친 나는 박물관 옆 다리를 건너다 잠시 멈추어 난간에 몸을 기댔다. 다리 아래로 계곡물이 여기저기 부딪히는 소리를 내며 천천히 흘러가고 있었다. 예전엔 날벌레 때문에 이곳을 피해 다닐 정도였는데 뒤늦게 학교가 산중에 자리한 것이 정말 마음에 들었다. 지금이라면 기쁘게 다닐 수도 있겠다 싶을 만큼.

내친김에 우리는 상대 건물 안까지 들어갔다. 금색 선이 박힌 테라초 바닥이 보고 싶었다. 그러나 내부는 완전히 리모델링되어 그때의 흔적조차 찾아볼 수 없었다. 이곳이 복도였고 저곳이 강의실이었다는 사실만이 그때와 같았다. 그때─그곳이 지금─이곳과 너무 비슷하거나 달라졌을 때, 내 속에서 무언가가 솟아나곤 했으나 이제 원기억마저 희미해진 이곳에는 겹쳐지는 것도 길어낼 것도 그 어떤 것도 남아 있지 않았다. 나도 이제 그때, 가 떠오르지 않는 나이가 되었구나. 조금 소침해졌다.

"우리 이제 진짜 늙었다, 그치?"

놀리는 것도 과장하는 것도 아니라는 걸 혜인은 내 표정에서 읽었는지,

"세월이 금방이다."

라고 말하며 말끔하게 빛나는 철제 캐비닛을 가만히 쓰다듬었다. '세월이 금방'이라는 말은 듣는 즉시 이해가 되었지만 뜯어볼수록 참 이상하고 오묘한 말이었다. 그리고 그 말을 곱씹자 가슴 안쪽을 고운 사포로 긁어내리는 듯한 기분이 들어 정말로 가슴을 쓸어 만졌다. 전공 수업을 듣던 이쪽 복도 끝에서 저쪽 끝까지 다 둘러본 우리는 말없이 계단을 걸어내려왔고, 서서히 기울어가는 해를 마주 보며 입구에 섰다.

"니 자퇴했던 날 기억나나?"

"……아니?"

나는 그 말에 남 이야기를 들은 것처럼 놀랐는데, 새 학교에 입학하려면 자퇴를 하는 건 당연했지만, 그날의 기억도 그 사실도 모두 까먹고 있었기 때문이다. 나는 혜인이 자퇴했던 '것'이라고 물어왔어도 아니라고 대답했을 것이다.

"알 리가 있나. 신나서 그날 니 점심도 안 먹고 집에 바로 갔었다."

"그랬어?"

"어. 내 니 너무 괘씸해서 그 뒤로 연락도 뜸하게 했는데 그것도 모르데."

"질투한 거야?"

"아니. 첨엔 괘씸하다가 나중엔 섭섭하다가 질투도 좀 하다가 나중에는 다 말았다."

"잘했다."

"잘하긴 뭘 잘해? 올라가서는 맨날 보자고 말만 하고."

"너 결혼식 안 간 거 때문에 이러는구나? 그건 내가 설명……."

"아니."

"그럼 뭐 때문에?"

"니는 니가 기다리는 것만 기다릴 줄 알잖아."

선문답 같은 말이었지만, 어쩌면 어디서 주워들은 말을 내게 그냥 던지는 건지도 몰랐지만, 어째서인지 나는 혜인의 그 말에 어딘가 꿰뚫린 기분이었다.

*

혜인은 2학기가 시작되고 수강 정정 기간이 끝날 즈음 완전히 잠수를 탔다. 나는 매일 문자를 남겼고 음성 메시지를 남겼고 나중에는 수민과 함께 그녀의 집 앞까지 찾아가기도 했지만 결국 혜인을 만날 수 없었다. 처음에는 아, 이런 게 실연이구나 상심했고(훗날 정체화 과정에서 가장 나를 괴롭힌 문제 중 하나였는데, 나는 혜인을 지속적으로 좋아했고 그 애를 생각하면 가슴이 아팠다), 진짜 독한 년이네 욕하다가, 나중에는 수능 대박을 기원했다. 수민은 아직 나무에 이파리가 붙어 있을 때만 해도 혜인의 소식—나에 대한 말은 하나도 없었다—을 간간 전해주었지만 나중에는 이마저도 끊기고 말았다.

혜인은 수능 성적표가 배부되고도 열흘은 더 지나 나를 찾아왔다. 그녀는 아닌 밤중 더플코트에 머플러를 둘둘 싸매고는 거의 알아볼 수 없는 형체로 기숙사 등나무 벤치에서 나를 기다리고 있었다. 나는 매점으로 달려가 데자와 두 개를 사서 하나씩 나눠 가졌다. 혜인은 그것에 입도 대지 않았고, 어찌 되었든 나는 할 말이 너무 많았기에 셔틀버스를 타고 정문 쪽으로 나가자고 말했다.

나는 입영통지서를 받은 겨울이었고, 혜인은 망한 성적표를 받은 연말이었다. 그럼에도 기분은 내야 되겠다 싶어 우리는 로바다야키로 들어갔다. 구운 은행을 집어 먹으며 혜인은 삼수를 할 것이다, 미용을 배워야겠다, 전과가 답이다 같은 소리를 뇌까렸는데 그 많은 말을 하면서도 정작 나에게 미안한 마음은 하나도 없는 눈치였다.

"말 다 했나?"

"아니, 아직 멀었는데."

"됐고, 니 내한테 안 미안하나?"

"그래서 오늘 나왔잖아."

"이제사, 이 꼴로?"

"내가 어때서?"

"교대 간다고 지랄 잠수 타고 난리드면 꼬시다."

나는 진심을 다해 비꼬았다.

"니 꼬치다 개자슥아."

한참을 노려보던 혜인은 젓가락을 내려놓고 엉엉 울었다.

아니, 이럴 것까지야? 간만에, 진지하고도 다정한 이야기를 나누어보고자 룸으로 특별히 부탁했는데 혜인의 울음소리는 점점 더 커져 미닫이문 밖에서도 충분히 들릴 만큼 우렁차게 변했다. 결국엔 점원이 들어와 그녀에게 괜찮으냐며 물어왔고 혜인은 울면서도 나가달라며 손을 휘휘 내저었다. 나는 아예 냅킨을 통째로 뽑아 들고 그녀의 옆자리로 옮겼다. 그리고

한참을 토닥이며 달래던 어느 순간 혜인이 내 품에 기대었고, 딸꾹질이 잦
아들 때쯤 우리는 서로 눈을 맞추다 결국 키스했다. 그건 가르쳐주지 않아
도 알 수 있는 것, 시키지 않아도 하게 되는 것, 내가 혜인과 한 최대치의
것, 이었다. (거기에서 더 나아갈 수 있었을까? 때때로 상상하곤 했지만 그
때의 나는 절대 그러지 못했을 거라고 매번 결론짓는다.)

그날 이후 누가 먼저랄 것도 없이 우리는 그저 가까운 친구로 변해갔다.
이미 그 이전 우리는 더 이상 연인이 아니었을지도 몰랐다. 혜인은 결국 삼
수까지 했으나 교대에 가지 못했고, 얄궂게도 군에서 제대한 이듬해 봄, 나
는 서울의 한 예술학교에 입학해버렸다. 그녀가 삼수를 준비하고 망하는
동안 나는 군대에서 디나이얼의 시기를 보냈고, 그 감정의 정체를 알고 싶
어-벗어나고 싶어 찾아본 소설에 그만 빠져버린 것이었다.

무엇보다 고향을 떠난 것이 결정적인 변곡점이었다. 나는 상경하고 얼마
지나지 않아 촌스러운 내 옷들과 함께 내 말투를 버렸다. 그다음은 옛 친구
들이었다. 그들을 향한 기만의 달콤함과 배덕의 재미는 그리 오래가지 않
았다. 나는 대부분의 모든 사람과 연락을 끊었고 고맙게도 시간과 거리가
나를 대신해 끊어주기도 했다. 듣기 싫은 소리를 듣기 싫었고, 껄끄러워지
고 싶지 않았고, 화내고 싶지 않았기에 나는 내가 없어지는 쪽을 택했다.
내가 선명해지는 동시에 내가 사라지는 기분은 아주 근사했다.

*

우리는 택시를 타고 농심 호텔로 향했다. 혜인에게 미스 디올은 사주지
못했지만 그래도 이 근방에서 가장 멋진 곳에서 저녁을 사고 싶었다. 거의
완벽에 가까운 구 모양으로 정리된 회양목을 지나 종려나무 아래에서 택시
는 멈추었다. 호텔 안으로 들어가는 우리의 꼴이 우스워 한참을 웃다 말다
내가 혜인을 향해 한쪽 팔을 접어 올렸고, 그녀가 타이밍 좋게 팔을 걸어

우리는 꽤 그럴싸한 모습으로 레스토랑에 입장했다.

혜인은 홀리건 천국에서 그렇게 도표질을 했던 게 아무래도 세무사 일에 크게 도움이 된 것 같다고 말하며 아직 그곳이 사라지지 않은 것에 깜짝 놀랐다. 나는 여전히 교대에 가고 싶으냐고 혜인에게 물었는데 그녀는 이제 정말 그곳에 미련이 없다고 대답했다. 탁월한 선택이라고 나는 말해주었다.

"니 딸래미는 있나?"

"야, 아직도 여기에선 그렇게 불러?"

"왜, 서울 사람은 그렇게 안 부르나?"

"여친, 남친, 배려심 좀 있는 사람은 애인이라 부르겠지?"

혜인의 딸래미 소리에 나는 오늘 여기에 온 이유를 완전히 까먹고 있었다는 걸 깨달았다. 이런 일이 처음은 아니었는데, 굳이 숨기려 하지 않아도 나는 이곳에서 언제나 다른 사람—누군가의 아들, 조카, 제자, 동창—이 되고 말았고 그건 좋고 싫음을 떠나 지배적인 사실이었다. 아닌 게 아니라 내가 게이라는 사실보다 혜인이 세무사이며 내가 작가라는 게 훨씬 충격적이고 드라마틱한 일처럼 느껴지기까지 했으니까.

"니 옛날에는 애기, 애기 노래를 불렀었는데, 그자?"

"그랬었지. 근데 그건 그때 얘기고."

"왜 요즘엔 생각 없나?"

"애기는 혼자 만들어?"

내가 웃었고

"요즘엔, 개를 낳고 싶다는 생각은 가끔 해."

라고 덧붙였을 때, 혜인은 와인을 한 모금 마시더니 애가 글 쓰더니 완전히 배렸다고, 미쳤다고 욕했다. 만약 고백을 한다면 지금이 마지막 기회겠지? 나는 생각했다. 그러나 웃고 떠들고 욕먹고 흥보는 동안 나는 그저 그녀의 친구라는 사실만이 이 순간 가장 자명해 보였다. 시간의 가면 아래 여전한 그녀와 나를 발견하는 순간마다 기뻤고, 간만의 이 무력감과 무화가 싫지 않았다.

나는 가방을 열어 책과 만년필을 꺼냈다. 고백을 하기엔 부적절했지만 책을 건네 분위기를 전환하기에는 썩 괜찮은 타이밍이었다. 나는 만년필 촉을 냅킨에 잘 닦아내고는 회색 면지에 오늘 날짜를 썼다. 혜인은 놀리는 건지 작가님, 작가님, 하며 호들갑을 떨었는데 그것 때문에 정신이 사나워진 것은 아니었지만, 혜인의 이름 아래 '미안하지 않으려고'라는 말을 쓰려 했으나 미안하'고'라 써버리고 말았다. 나는 잉크를 말리는 척 손부채질을 하며 시간을 벌었다. 그러고도 한참을 더 고민하다 그 옆에 '고마워'라고 이어서 썼다. 등에 땀이 흘렀지만, 나는 어쩌면 이게 더 나을지도 모르겠다고, 이편이 훨씬 더 진심에 가까울지도 모르겠다고 생각했다. 남은 부분을 마저 말리고 혜인에게 두 손으로 책을 건넸다.

"이거 다 읽으면 잡으러 와."

"잡긴 뭘 잡아."

"나도 몰라."

"왜. 니 내 욕해놨나?"

"착각은."

"근데 왜?"

"읽고 이야기해. 이번엔 내가 기다릴게."

하고 미소 지었고, 혜인이 올, 하며 나를 흘겨보았다.

책장을 넘기는 혜인을 바라보다 어떤 고백은 아주 길고 길 수밖에 없지 않을까? 어떤 고백은 고백을 기다려온 시간보다 훨씬 더 길 수 있지 않을까? 생각했는데 우리 앞으로 글라스에 담긴 망고소르베가 놓이면서 그 상상은 아주아주 멀리 달아나버렸다.

*

혜인은 기차역까지 나를 배웅했다. 나는 그럴 것 없다고 만류했지만, 길을 잃을 것도 없는 구포역이었지만, 너는 이 동네를 잘 모른다, 너 같은 멍텅구리는 지하철 구포역으로 갈 거라는 둥 끈질기게 내 옆으로 따라붙었다. 나 역시 그냥 해본 만류였다.

역을 통과하는 빨갛고 파란 화물열차가 우리가 선 플랫폼으로 바람을 밀어내며 지나갔다. 열차가 도착하는 시각까지는 이제 10분이 남았고, 봄밤의 불가해한 기운 속에서 혜인과 나는 손을 잡았다. 봄밤의 부드러운 바람이 없었어도 우리는 충분히 그랬을 것이다. 어른이 되고, 또 어른이 되어 좋은 점은 누군가의 손을 잡는 것이 더는 열없이 느껴지지 않는 것이었다. 먼저 어른이 된 친구들이 우리에게 가르쳐준 것들.

열차의 도착을 예고하는 진입음이 플랫폼에 울렸다. 내가 탈 기차는 아니었지만 우리는 벤치에서 일어났다. 나는 쥐고 있던 손을 놓고 혜인을 가볍게 안았다. 혜인도 가만히 내 등을 어루만졌다. 나는 상체를 살짝 뒤로 뺐지만 혜인이 몸을 붙여오자 그 애의 가슴이 느껴졌다. 여전히 생소하고 시간이 지나도 어찌할 바 모르겠는 감촉이었다.

"야, 아무래도 지금 그거 아이가?"

"뭐?"

혜인이 천천히 내게 눈을 맞추며 말했다.

"내, 니한테 키스해도 되나?"

"돌았나?"

나는 놀라 반 발짝 떨어졌고, 혜인은 웃으며 주먹으로 내 가슴을 세차게 쳤다.

"뻥이다."

"진짜 밑도 끝도 내일도 없네."

우리는 잠시 어색해졌지만 그 기운이 오래 지속되지는 않았다. 나란히 앉아 맞은편을 바라보며 언제 또 보냐, 죽어야 만난다, 다음엔 수민과 함께 보자, 서울에서 만나자, 지난 수년간 허언이었지만 이번만은 진심인 말들을 주고받았다. 그러고는 다시 손을 잡았다. 한참을 말없이 어둠을 바라보던 어느 순간, 열차가 노란 빛을 쏘며 플랫폼을 향해 천천히 다가들었다.

*

조금은 서글픈 기분 속, 여전하게 뛰는 이 심장이 가리키는 바가 무엇일까 나는 생각했다. 닿았다 떨어진 가슴의 감촉 역시 여전히 저릿한 감각으로 끈질기게 맴돌았다. 오랜만인지, 처음인지 알 수 없는 고동이 기차가 내는 착, 착 소리와 함께 반복되었다. 그건 어떤 과거의 회한으로 뻗어나가 겨울날의 술집으로 데려가기도 했고, 가본 적 없는 미래의 풍경으로 도약해 가닿기도 했다. 대부분 슬펐지만 어떤 것은 너무 생생해 정말 그럴 수 있을 것 같았고, 나는 대체로 외로웠지만 그럼에도 문을 열었을 때 언제나 누군가가 있다는 사실에 순전하게 기뻐했다.

결국엔 내가 맞았지? 울면서 웃는 해준의 얼굴을 보았고, 사직구장에서 무표정한 얼굴로 야구를 보는 혜인과 내가 있었다. 슬픈 것과 사랑하는 것을 착각하지 말라고, 슬픈 것과 사랑하지 않는 것을 착각하지 말라고 생각했고, 아무래도 아무여도 좋을 일이라고도 잠시 생각했다. 상상만으로 이미 나는 다른 사람이 된 것 같았지만, 가능 세계를 그려보는 일이 예전만큼 즐겁지 않았다. 내가 된 나를 통과한 사람들, 슬픔과 불안에서만 찾아왔던 재미와 미(美) 역시 내키지 않기는 마찬가지였다.

창백한 실내등 아래 나는 빈 가방을 무릎 위에 올려 매만졌다. 철교 아래 반사되는 불빛을 지나, 어둠과 빛점만이 존재하는 공간을 지나, 이제는 어디쯤으로만 말할 수 있는 곳 사이를 지나 열차는 나아갔다. 도착하면 택시를 타고 들어갈 테니 먼저 잠들라는 메시지에 해준은 흥! 흥! 답장하고는 대청소를 끝낸 방과 케이크 상자를 찍은 사진을 보냈다. 나는 커다란 하트 하나와 입맞추기 위해 입술을 오물거리는 곰 이모티콘 하나를 그에게 보냈다.

　고요한 밤 풍경 속, 나는 오다 카즈마사의 베스트 앨범을 재생하고 눈을 감았다. 또 한번 내가 될 시간이었고, 나의 농도를 회복하기에 음악은 제법 효과적일 것이었다. 뛰는 심장의 무늬를 구별하고 싶지 않았다. 어떤 답을 찾고 싶지도 않았다. 그저 열차가 멈추기 전까지 이 진동이, 흔들림이 계속되기만을 간절히 바랄 뿐이었다.

부드럽고 불가해한

전기화 문학평론가

   온몸으로 여름을 감각하고, 그 감각 속을 함께 통과하게 만들던 김봉곤의 소설이 봄을 배경으로 한다면 어떤 이야기가 가능해질까. 3월의 밝고 따스한 봄기운이 드리운 「시절과 기분」에는 "그때-그곳"과 겹쳐지고 교차하고 흐려지는, "지금-이곳"의 이야기가 펼쳐진다. 과거를 돌아보는 지금-이곳의 시점이 가을이 아닌 봄이라는 선택은 어쩐지 의미심장하다. 현재의 시점에서 과거를 뻔한 방식으로 포획하는 이야기에 대한 우려는 접어두라는 듯, 일렁이는 봄의 기운은 서로 다른 시절의 기분들 사이를 오가며 이야기 안으로 스민다.

   「시절과 기분」은 화자 '나'가 게이로서 스스로를 정체화하기 전에 "처음이자 마지막으로 사귄 여자"인 '혜인'을 만나고 돌아오는 이야기이다. 소설은 '나'가 애인 '해준'과 마트에서 장을 보던 참에 혜인에게서 온 사진과 문자를 읽는 장면으로부터 시작한다. 이때 혜인의 연락은 '나'에게 '공소시효가 지난 원고인에게서 온 연락'처럼 "애매하고 찝찌름한 기분"을 남긴다. 자신이 게이라는 사실을 "혜인에게만큼은 꼭 내 입으로 직접 말하고 싶었"

던 '나'는 지연된 고백을 수행하고자 7년 만에 혜인을 만나러 갈 약속을 잡는다. 해준과 살뜰하게 연애하는 지금에야 비로소 혜인에게 고백할 수 있는 조건이 마련되었다는 듯이, 혹은 해준과 함께하는 일상을 안전한 경계 안에 흔들리지 않게 배치하려는 듯이, 소설은 '나'와 해준의 일상을 펼쳐 보여 독자들에게 해준의 존재를 각인시킨 뒤에야 혜인과 '나'의 재회를 향해 나아간다.

결과적으로 커밍아웃은 '나'의 입에서 혜인의 귀로 즉각 전달되는 대신, 책의 형태로 된 '아주 긴 고백'으로 에둘러 건네진다. 이 부드러운 토스가 이루어지기까지 서사 곳곳에서는 그때-그곳과 지금-이곳이 스며드는 장면이 펼쳐진다. 해준과 함께하는 공간을 떠난 '나'는 기차를 타고 부산에 당도해 혜인과 함께 여러 장소를 둘러본 뒤 다시 기차에 오르는데, 이 여정에서 '나'가 이동하는 공간과 그 속에서 흐르는 시간에 따라, 공간 위로 공간이 겹쳐지고, 시간 위로 시간이 겹쳐지면서 그때-그곳과 지금-이곳 사이의 구별의 감각은 점차 흐릿해진다.[1]

그때-그곳과 지금-이곳이 묽어지고 어느덧 뒤섞이기까지, 서사는 어떻게 진행되는가. 혜인을 만나기 위해 서울역으로 향하는 길 위에서, '나'는 혜인을 알게 된 대학 시절을 회상한다. 기차에 올라 안팎으로 느껴지는 3월의 향기를 감각하며 부산에 도착한 '나'는 혜인과 재회해 돼지국밥 집에

1　한설은 이 소설이 과거와 현재를 "결연하게" 분리하고 어느 쪽도 부정하지 않음으로써, "이성애자와 동성애자가 공존"하는 미래를 타진한다고 읽었다(한설, 「무지갯빛 무지개-이광수부터 김봉곤까지」, 『크릿터』 2019년 1, 232~233쪽). 그러나 '혜인'과 '해준', 두 인물을 각각 이성애자-과거, 동성애자-현재로 대응시키고, 이 소설로부터 분리와 존중의 태도를 읽어내는 독법에서는, 현재의 시점에서 '나'가 내적으로 느끼는 흔들림이 충분히 설명되기 어려울 듯하다. 이에 이 글에서는 「시절과 기분」에 등장하는 인물들의 관계망, 특히 혜인과 '나'의 관계 역학에 주목하면서, 그 속에서 '나'가 유동하며 재구성되는 과정에 주의를 기울여보고자 한다.

이른다. "약속이라도 한 듯" 두 사람이 같은 메뉴를 고른 뒤에는 둘의 "시작", 연구도서관에서 함께 보낸 시절에 대한 회상이 이어진다. 이어 '나'의 서술은 현재의 시점으로 돌아와 혜인과 함께 연구도서관이 보이는 캠퍼스 안을 이동하는 동선을 좇고, 두 사람은 건물의 입구에 서서 의미심장한 대화를 나눈다. 그 대화에서 실마리를 낚아채듯, '나'는 "누가 먼저랄 것도 없이" 그저 가까운 사이로 변해간 그들 관계의 역사와 마침내 '나'가 고향과 옛 친구들을 떠나온 사정까지 집약적으로 들려준다. 그리고 다시 현재의 시점에서 '나'는 혜인과 농심호텔로 이동해 저녁을 먹고 함께 기차역으로 돌아와, 홀로 기차에 오른다.

이 지속적인 이동의 경로에서 '나'의 감각은 유동하는데, 이 유동성을 촉발하는 인물은 다름 아닌 혜인이다. 부산에 도착한 '나'는 혜인을 만나기 전까지만 해도 "변한 것과 변하지 않은 것들을 일별하려는 마음"을 먹는다. 그러나 혜인이 제 나름의 방식으로 유영함에 따라, 그녀와 시공간을 함께 유영하는 '나' 또한 구별의 감각을 미루어둔 채 출렁이게 된다. 이를테면 이들이 7년 만에 재회하는 장면을 상기해보자. 부산대역에 내려 대학의 초록색 현판 아래에서 혜인을 마주한 '나'는 반가움을 느끼는 동시에, 일전에 자신이 혜인과 어떻게 인사를 나누었는지, 어떻게 헤어졌는지를 떠올리며, 적절한 모델, 요컨대 '지금' '나'의 맥락에서 상대와 나누기에 가장 적실한 "말과 행동을 절박하게 찾아 헤"맨다.[2] 그러나 그 절박함은 "야…… 니 진짜

---

2   해당 대목의 경우, '나'가 해준과의 관계에서 때때로 "부드러운 명령형으로 생각"하는 방식을 통해 해준에 대한 사랑을 더 잘 실천하고자 하는 의지를 내비치는 초반부의 장면과도 겹쳐 읽어볼 수 있는데, 이는 김봉곤의 소설 속 화자에게 '게이 됨'이 "적극적인 배움으로써 언제든 모범적으로 탁월하게 수행"되어야 하는 성격을 지닌다고 분석한 윤경희의 적확한 지적을 떠올리게 한다(윤경희, 「긴 여름이 끝날 즈음」, 『문학동네』 2018 가을, 96~97쪽). 이를 해당 맥락에 맞추어 변용하여 적용해본다면, 이 장면에서 '나'는 혜인과 맞닥뜨리기 전 자신의 '학습'과 '실천' 경험을 절박하게 되짚으며 적절한 모델을 찾아 헤맨다. 그러나 혜인과의 첫 대

돼지네."라는 혜인의 첫마디와 함께 가뿐하게 증발되고, 이는 이들의 여정이 '너에게 내가 직접 커밍아웃을 수행하겠다'는 '나'의 다짐으로 포획될 수 없으리라는 예감을, 어쩌면 이 소설은 '전여친'을 향한 커밍아웃 실패담일지도 모른다는 예감을 불러온다. 실제로 이들이 부산에서 보내는 시간은, '바야흐로 커밍아웃의 현장이라면 마땅히', '실로 오랜만에 재회한 전 애인이라면 아무래도' 따위의 강박을 동반하지 않은 채, 두 사람만의 고유한 방식으로 채워질 뿐이다.

그러니 이 소설에서 혜인은 '나'와 과거에 한 시절을 같이 보낸 인물로 박제되거나, '나'의 죄책감과 당위가 섞인 고백을 일방적으로 수신하는 인물로 남겨지지 않는다. 이미 오래전 '나'에게 중요한 흔적을 남긴 '전력'을 지닌 혜인은 제 편에서 '나'를 여유롭게 호출하고, 호쾌하게 대화의 주도권을 쥐며, 의미심장한 말들을 던져 다시금 '나'의 마음에 파동을 남기는 인물이다. '나'로 하여금 "어딘가 꿰뚫린 기분"을 느끼게 하는 말을 던지는 혜인, '나'에게 고백할 판을 깔아주듯 '딸래미'에 관해 묻는 혜인, '나'에게 키스해도 되냐고 묻는 혜인, '나'로서는 결코 완전히 알 수 없을 마음의 궤적을 지닌 혜인. 「시절과 기분」에는, 화자인 '나'뿐만 아니라 혜인 또한 '나'와의 관계 속에서 흔들리는 마음의 무늬를 지닌 한 명의 인물로 도톰하게 양각되어 있다. 혜인의 도드라짐을 통해 '나'를 둘러싼 관계망은 모종의 긴장감과 함께 점차 입체화되며, '나'의 인식 내부에서도 "그 시절"과 "지금" 사이의 단단한 구획을 넘어서는 묘한 역동성이 되살아난다.

이를테면 '나'는 상대 건물을 둘러보며, "원기억마저 희미해진 이곳에는

면 장면이 상징적으로 드러내듯, '나'와 혜인은 선행하는 모델에 자신들의 관계를 끼워 맞추려 시도하는 대신, 그들만의 고유하고 적실한 관계를 '창작'하기에 이른다. 이 '창작'의 과정에서 김봉곤의 여느 소설 속 상대보다도 혜인의 역할이 생생하게 두드러진다는 점, 혜인이라는 인물 자체가 지니는 생동감이 이 소설을 보다 매력적으로 만든다는 점은 주목된다.

겹쳐지는 것도 길어낼 것도 그 어떤 것도 남아 있지 않았다"며 '그때'와의 거리감을 담담하게 서술한다. 그러나 농심호텔 안 레스토랑에서의 저녁 식사 자리에 이르러서는, 혜인과 "웃고 떠들고 욕먹고 흉보는 동안 나는 그저 그녀의 친구라는 사실만이 이 순간 가장 자명해 보였다. 시간의 가면 아래 여전한 그녀와 나를 발견하는 순간마다 기뻤고, 간만의 이 무력감과 무화가 싫지 않았다."고 서술한다. 혜인과 '나', 두 인물이 유영하며 그때-그곳과 지금-이곳 사이의 경계를 흩뜨리는 중, 어떤 감각은 알지도 못한 채 짙어지고 어떤 감각은 희석된다.

그리하여 오래전 '나'가 새로운 학교에 입학하며 다니던 대학을 자퇴할 당시 혜인이 느꼈던 괘씸함, 섭섭함, 질투 등의 감정을 지나, 이제 와 혜인이 전하는 말, "니는 니가 기다리는 것만 기다릴 줄 알잖아"에 대하여, '나'가 "이번엔 내가 기다릴게."라며 책을 건네는 행위는 '나'가 할 수 있는 최선의 응답인 듯하다. 부드럽고 불가해한 봄기운에 둘러싸인 채, 기차에 오른 '나'는 "뛰는 심장의 무늬를 구별하고 싶지 않"고 "어떤 답을 찾고 싶지도 않"은 채 그저 흔들린다. 이동하는 기차 속에서, '나'는 "오랜만인지, 처음인지 알 수 없는 고동"을 감각하지만, 아름답고 모호하게 남겨진 이 흔들림의 정체가 무엇인지는 끝내 규명되지 않는다.[3] 해준과 함께하는 공간으로

3 마지막 문장에 나타난 "진동"과 "흔들림"이 무엇을 지시하는가에 관해서는 다양한 견해가 제시되었으며, 이는 이 소설에 관한 해석의 핵심 키로 역할해왔다. 관련하여 화자의 게이로서의 정체성이 절대적이지 않음에 대한 자각을 읽어내거나(김녕), 게이로서의 정체성을 흔드는 것은 아니지만 '나-되기'의 치열한 한 과정으로 읽어내는 시각(인아영)이 제시되었고, "순도 높은 비-퀴어이거나 순정한 퀴어가 아니라 그 자신으로서의 그, 흔들리는 경계 위에 선 '보통의 존재로서의 그 자신에 대한 긍정'을 읽어내는 독법(소영현)까지 제출되었다. 한편, 이 소설에서 화자의 '게이-됨의 정체화 과정을 읽어낸 독법(오혜진)이 제시하듯 게이-됨이 길항과 갈등을 수반하면서 조정과 조율을 노정하는 '수행적 과정'임을 고려한다면, 화자가 감각하는 흔들림이 '게이 정체성에 관한 것인지, 혹은 '게이 정체성으로 환원되지 않는 잉여의 것(혹은 더 근원적인 것)'인지를 분리해온 비평의 구도를 재고해볼 수 있을 것이다(김녕, 「선

의 귀환은 "또 한 번 내가 될 시간"이고 "나의 농도를 회복"하는 시간일 테지만, '나'는 그저 기차가 내는 "착, 착 소리"에 맞춰 흔들리는 마음의 고동이 계속되기를 바라고 있을 뿐이며, 기차는 여전히 이동 중인 채로 소설은 마무리된다.

「시절과 기분」은 화자가 게이로서 정체화하기 전의 시절에 남겨진 심문(心紋)의 흔적을 살피고 애도를 수행하는 듯 시작된다. 그러나 혜인과의 재회 이후 그녀와 주고받는 영향 속에서 '나'의 심문은 조금씩 흔들리며, 서울로 돌아가는 기차 안에서 '나'는 "뛰는 심장의 무늬"를 감각하며 그것이 지속되기를 바란다고 서술하기에 이른다. 그러니 혜인과 공유한 시간 속에서 흔들리던 '나'의 심문이 '결국' 어떤 형태로 고정되느냐고, 그것을 '무엇'이라 정의할 수 있느냐고 묻는 것은, 이 소설을 통과해 불가해한 기분에 이른 독자들을 다시금 익숙한 구획 쪽으로 끌어오는 질문일 것이다. 그러나 「시절과 기분」은 봄밤 속에서 흔들리고 있는 마음을 섬세하게 그려 보일 뿐이며, '나'는 부드럽게 허물어진 구획, 그것이 남긴 파동으로 흔들리는 마음의 무늬를 최선을 다해 감각할 따름이다, 오직 혜인만이 남길 수 있는 지금 이 무늬를.

명에서 창연으로—혐오에 응수하는 최근 퀴어 텍스트들에 대한 스케치」, 『실천문학』 2018년 여름; 인아영, 「퀴어—되기를 위한 주제와 변주—김봉곤론」, 『문학과 사회 하이픈』 2018년 가을; 소영현 「퀴어의—비선형적인, 복수의—시간」, 『크릿터』 2019년 1; 오혜진, 「지금 한국 퀴어 문학장에서 '퀴어한 것은 무엇인가(1)—한국 퀴어서사의 퀴어 시민권/성원권에 대한 상상과 임계」, 『문학과 사회 하이픈』 2018년 겨울).

모르그 디오라마

박민정

1985년 서울 출생, 2009년 『작가세계』로 등단. 소
설집 『유령이 신체를 얻을 때』 『아내들의 학교』, 장
편소설 『미스 플라이트』가 있음.

모르그 디오라마

115cm, 15kg, RH+A형. 양안 1.2.

학령기 첫해의 신체검사 기록은 여러모로 의심스럽다. 이후의 기록들과는 확연히 달랐기 때문이다. 혈액형은 평생에 걸쳐 RH+O형으로 확정되었다. 그런 것들도 잘못될 수 있는지에 대한 지식이 내게는 없다. 사실상 부모의 혈액형은 각각 AO, BO형이었기에 두 경우 모두 가능했으나, 당시 자신의 혈액형을 아내와 같은 BO형으로 알고 있었던 아버지의 의심을 샀다. 상식으로 널리 알려진 기초적 생물학 지식과 오쟁이 의식의 결합이 낳은 비극이었다. 아버지 역시 당시까지 자신의 혈액형을 정확히 알지 못했던 것이었다. 그 일이 나를 잠깐 멀리 보내는 데 일조했다.

키와 몸무게에 관한 기록도 수상하기는 매한가지였다. 고작 115cm의 여자아이가 왜 교실 맨 뒷줄에 앉아 있었을까. 언제나 몸집이 작았던 건 사실이지만 3.8kg으로 태어난 내가 그 나이에 15kg밖에 되지 못했다는 것도 의심스러웠다. 나는 언제나 학급에서 키가 가장 큰 편이었다고 기억한다. 당시 여덟 살 아이들의 평균적인 신장 수치를 조사해보아도 115cm는 결코 큰 축에 든다고 할 수 없다. 나는 언제나 키가 컸고, 초경 이후 3년 만에 성장이 멈췄는데도 170cm에 달했다. 언제나 교실 맨 뒷줄에 있었다. 그해 학급 인원은 48명, 4분단은 열두 명씩 채워졌고 여섯 줄에 걸쳐 두 명씩 앉았다. 교실은 한없이 넓어 보였고 칠판도 아득히 멀어 보였다. 담임교사의 판서가 보이지 않는다고 핑계 대기에 충분했다. 나는 맨 뒷줄에 앉아 있었기 때문이다.

첫 아이의 신체검사 기록을 두고 부모가 어떤 갈등을 빚고 있는지 상상조차 못한 채 나는 날마다 부모를 졸랐다. 칠판에 무슨 내용이 적히는지 나로서는 도저히 알 수가 없으므로 언제나 짝꿍의 노트 필기를 빌려 베껴야한다. 짝꿍이 온순한 남자아이라면 선뜻 노트를 내어주지만 대부분의 아이들은 내 머리카락을 잡아당기며 구박하곤 한다. 이 눈병신아, 안경을 써. 그 말을 들은 어머니는 나를 학교 앞 안경점에 데려갔다.

시력검사 결과 학교에서 나눠준 신체검사 기록과 다소 다른 양안 0.8의 결과가 나왔다. 정직한 안경점 주인은 근엄한 얼굴로 내게 말했다. 안경을 쓰기 시작하면 계속해서 시력이 떨어질 것이란다. 0.8은 반드시 교정해야하는 수준은 아니란다. 그는 어머니를 돌아보며 말했다. 담임 선생에게 앉은 자리를 조정해달라고 말해보는 것도 괜찮을 텐데요. 나는 고개를 저었다. 쇼케이스 너머에 있는 목걸이가 달린 빨간 뿔테 안경을 가리키며 나는 키가 커서 절대 앞으로 갈 수 없으리라고 주장했다. 나는 언제나 뒷줄에 앉아야 해. 어머니는 요즘 아이들은 안경을 쓰는 게 멋인 줄 알고 칠판 글씨가 안 보인다는 핑계를 대곤 한다고 안경점 주인에게 말했다. 그러면서도 어머니는 내 성화를 이기지 못하고 빨간 안경을 사주었다. 키와 몸무게와 혈액형과 시력에 관한 착각과 오류와 오기. 어머니 말대로 다른 애들처럼 액세서리로서의 안경이 탐나서 그런 게 아니라고 나는 주장했다. 정말로 그때부터 칠판 글씨가 좀처럼 보이지 않았고, 사물이 두세 개씩 겹쳐 보이는 난시 현상도 경험했다. 양안 1.2라거나 0.8의 기록은 내게 중요하지 않았다. 돌이켜보면 그곳으로 가기 위한 준비 과정이었다. 내가 잠깐 죽었을 때 다녀온 곳.

이후의 삶에서 나는 실제로 바닥으로 떨어진 시력 때문에 고생했고, 지금은 시력교정술을 받아 양안 1.0이 되었으나 언제든 다시 그때로 돌아가리라는 두려움에 종종 사로잡힌다. 눈이 멀어버리던 순간. 가끔 꿈에서 나는 그날처럼 초상사진을 찍고 있고, '팟' 하는 소리를 내며 영혼이 내게서 달아나는 분명한 감각을 느낀다. 영상미디어과 재학 시절 괴테의 잔상효과에 대해 배우면서, 어디까지나 카메라는 인체의 시각에 대한 불신으로 발명된 기계이고 콜로디온 습판으로 초상사진을 찍던 당시 실제로 영혼을 빼앗길까 봐 두려워했다는 사람들의 이야기를 들으며 사실 나도 별다르지 않다고 생각했다. 나는 중세와 근대에 걸쳐 있는 사람이 아니지만, 더욱이 사진이론을 전공한 사람이지만 초상사진을 찍으면 영혼이 달아나버린다는 말을 아직도 믿고 있는지도 모른다.

사진은 영혼을 빼앗아갈 수 있는 근대의 무기다……. 요즘 들어 날마다 그 말을 실감한다. 그 일이 있고 나서부터였다. 그 일로 우리 회사는 거의 10년 만에 대형 포털의 실시간 검색어에 이름을 올렸다.

기왕에 뭇사람들의 반응, '그 회사 아직도 있어?'가 조금도 낯설지 않았다. 이제는 누구도 '구글'이나 '네이버' 같은, 포털 사이트나 검색엔진의 일반명사로서 이 회사의 이름을 언급하지 않는다. 대학에 다니던 10여 년 전만 해도 그렇지 않았다. 외국계 포털 사이트로서 우리 회사의 명성은 구글보다 앞섰던 것으로 기억한다. 하기야 당시는 '매킨토시'라는 명사가 통용되던 때이기도 했으니까. 그만큼 옛날이지만 아쉽기는 했다. 내가 입사한 후 회사는 퇴락 일로였고, 오랜만에 만난 동기들은 우리 회사의 이름을 들으면, 그게 아직도 있어? 하고 깜짝 놀라며 반문했다. 한때는 검색엔진의 대명사였던 회사는 그 이름만으로도 놀림감이 되기 일쑤였다. 나는 가끔 진지하게 말했다. 기억 안 나? 우리 학교 앞에 그 이름 딴 술집도 있었던 거. 이런 말도 동기들은 일종의 자학 개그로 받아들였다. 명함을 보자마자

실소를 터뜨리는 녀석도 있었고, 회사 인트라넷 메일 주소를 보며 나도 남들과는 다르게 여기서 메일을 만들어볼까, 지껄이는 녀석도 있었다.

대학을 졸업하고 처음 입사했을 때, 당시 회사는 종로 시내 한복판 커다란 빌딩에 입주해 있었다. 이런 곳이야말로 자본주의의 아젠다구나, 나는 그곳으로 당당하게 걸어 들어가는구나, 생각했다. 우리 회사만 입주한 빌딩도 아닌데 그곳이 마천루라는 사실이 어찌나 나를 벅차게 만들었는지 모른다. 동기들 중 가장 먼저, 졸업식도 하기 전에, 이름난 외국계 회사에 입사한 사람은 나뿐이었다.

옛날이야기다.

그해에 스마트폰이 생겼고, 수많은 포털 사이트와 검색엔진에서 모바일 서비스를 준비하기 시작했다. 스마트폰을 들고 다니는 사람들이 하나둘 늘어날 때 나는 그들을 죄다 얼간이들이라고 생각했다. 카메라면 카메라고, 핸드폰이면 핸드폰이지, 여러 기능이 결합되어 있다는 것 자체가 조잡스럽다고 생각해서 그때까지 '폰카'도 사용해본 적 없는 나였다. 나는 핸드폰으로 음악을 들어본 적도 사진을 찍어본 적도 없었다. 그런데 데스크톱으로도 충분히 할 수 있는 일을 돌아다니며 하고 있다니. 한국인만큼 무분별한 인터넷 사용량이 많은 족속도 없다는데 스마트폰의 도래는 흉흉했다. 회의 시간에 당당하게 스마트폰을 꺼내 검색하거나 받아 적는 사람들을 보며 나는 경악하곤 했다. 업무 시간에 무례하게 전화기를 꺼내든단 말이야? 이런 생각이었다. 돌이켜보면 놀라울 만큼 고루한 생각이다. 고릿적부터 웹2.0 시대를 읊고 다녔던 부장을 포함해서, 직원 모두가 나같이 생각한 것은 아닐 텐데 단언컨대 스마트폰 이후로 회사는 망했다.

이제는 대부분 알고 있다. 결국 플랫폼을 스마트폰에 적합한 형태로 만들어내지 못했고, 그것이 몰락의 시초였다는 것을. 스마트폰은 이제 사람들 육체의 일부가 되었다. 스마트폰 사용자 모두에게 모바일은 구체관절이나 다름없었다. 시나브로 메일 서비스, 커뮤니티, 개인 블로그, 아카이빙 서비스를 이용하는 사용자가 줄어들었고, 동기 녀석들의 반응처럼 회사의 이름은 한물간 브랜드를 의미하는 것이 되어버렸다. 그러나 분명한 건 나는 아직도 이 회사에 다니고 있었다. 언제나 징후는 보였으나 사실이 아니었던 종말을 기어이 목격하면서.

회사는 더 이상 종로 시내 한복판 마천루에 입주해 있지 않았고, 나도 더 이상 그럴듯한 '홍보팀' 소속 직원이 아니었지만. 공간과 소속은 자꾸 분절했다. 1년 전 다마스 용달에 짐을 싣고 종로를 떠나 문래동으로 올 때, 진지하게 고민했었다. 이제는 정말 떠나야 할까. 이제는 떠나가볼까. 종말을 믿으며 하염없이 기다리는 지하 벙커의 광신도가 된 기분도 잠시 들었다.

문래동에 이사 간 후로는 대만에 있는 본사의 지시로 국내 웹툰 사이트와 통합했다. 스타트업으로 출발해 규모를 제법 키운 회사였으나 저질 콘텐츠 일색인 사이트였다. 그 회사 사이트에 걸린 성인물 웹툰을 몇 편 보다가 기가 막혔다. 수십 개 웹툰이 올라와 있지만 전부 폭력적인 내용뿐이었다. 특히 '몰카' 피해자 여성의 고통을 다룬답시고 그 캐릭터를 착취하는 방식은 그야말로 익스플로이테이션 장르물 그 자체였다. 더구나 사이트에 접속하자마자 뜨는 팝업창은 전부 유사 성매매 광고물 일색이었다. 이런 것을 만지는 사람들과 같은 사무실에서 일해야 하다니, 그런 생각도 잠시 들었던 것 같다.

그날 사방팔방에서 다마스 용달과 루버 용달이 속속 허름한 건물 주위로 모여들었다. 나는 8년 차 과장이었지만 신병 교육 대대에서 자대 배치를 받아 새로 계급을 부여받은 사람처럼 주눅 들었다. 종로에 있는 사무실보다 더 작은 사무실에 낯선 직원들과 섞여 앉으려니 난처했다. 입사 동기들과 회사 근처 골목에서 담배를 피우며 한탄했다. 어차피 잘난 사람들은 좋은 회사에서 다 스카우트해갔으니 남은 우리들은 진짜 순장조인지도 몰라. 담배를 세 대째 피우는데 웹툰 사이트 부장이 골목 끝에서 도끼눈을 뜨며 나타났다. 여직원들이 단합하는 문화 좋네요?

오늘도 여직원들끼리만 단합해보려고 하는데 어때요?

여직원들끼리만. 나는 그 말에 담긴 함의를 잘 알고 있었다. 웹툰 사이트 부장은 기선 제압을 하려 드는 것이었다. 적어도 3년 전쯤이었다면 어땠을까. 기세등등 합석해서 한번 대결해보려 들지 않았을까. 그들의 콘텐츠를 두고 은근슬쩍 비아냥대면서. 통합이라고 해도 너희는 우리 회사의 식민지로 들어온 것이나 다름없다는 메시지를 전달하려 노력하면서. 그러나 그때의 우리는 한없이 무기력했다.

아니, 저희는 됐습니다.

우리는 누가 먼저랄 것도 없이 담배를 끄고 자리를 떴다. 그때 웹툰 사이트 부장의 표정이 어땠는지는 전혀 기억나지 않는다. 일별조차 하지 않았으므로.

웹툰 사이트와 사무실을 합치고 처음 본 풍경들 가운데 가장 인상적이었던 장면은 전화로 작가를 독촉하는 것이었다. 그 일을 하는 사람은 정직원은 아니었고 몇 개월 후 그만두었던 것으로 보아 아르바이트생인 것 같았다. 그는 유선전화를 이용해 하루 종일 통화만 했다. 작가님 정말 이러시면 안 되죠. 오늘까지는 주셔야 됩니다. 상중이시라고요? 어제는 아프시다더니 오늘은 왜 상중이세요. 어디서도 들어볼 수 없었던 그런 말들을 듣는 재미도 있었다. 그러나 그 수화기 너머 작가란 사람들이 '몰카 피해자'의 성기를 자세히 그려놓고 대강 모자이크 처리를 한 사람들이라는 생각이 곧장 떠오르면 착잡해졌다.

그땐 미처 알지 못했다. '몰카 피해자'의 성기 노출이 얼마나 중요한 문제인지. 내게 그것은 싸구려 조회수 장사를 하는 성인 웹툰 사이트의 저질 콘텐츠일 뿐이었고, 무엇보다 사람의 그것이 아니었다. 어디까지나 사람을 흉내 내고 있는 만화 속 인물일 뿐이었다. 모자이크 처리를 한다고는 했지만 언뜻 봐도 분명히 여성의 성기를 사실적으로 묘사하고 있고, 그것이 다름 아닌 원치 않는 영상에 담기고 있는 피해자의 재현이라는 것도 전부 가상이라 생각하면 그만이었다.

　마치 가상의 원본을 보여주겠다는 듯, 이제는 1년에 한두 번 올라오는 동영상 아카이빙 메뉴에 '진짜' 그것이 올라왔을 때. 나는 영상미디어과 3학년 재학 시절, 가장 존경하는 교수에게 배웠던 모르그 디오라마를 떠올렸다. 그 학기 주제는 초상의 역사였다. 교수는 스펙터클의 폭력에 대해 연구하는 사진이론가였다. 10여 년이 흐른 지금도 그날의 수업을 잊지 못한다. 파리 시체 공시소 모르그의 개방…… 신원 미상의 시체를 공개하여 유족을 찾는 일이 목적이었으나, 결국 파리 시내의 가장 즐거운 구경거리가 되어버렸던 모르그 디오라마에 대하여. 그저 눈을 감은 듯 깨끗하고 아름다운 소녀의 시체를 두고 "그 소녀는 왜 죽었을까?"를 집요하게 물었던 사람들. 교수는 미국 유학파였는데, 당시 CSI 사진감식반에서 일한 적이 있었다고 했다. 그때마다 나는 모르그 디오라마를 떠올렸어요. 빨랫줄에 널려 있듯 널린 시체를 구경하는 것만이 유일한 스펙터클인 당시의 사람들 마음은 대체 뭐였을까. 그녀는 그 이야기를 할 때 눈을 질끈 감으며 한 손으로 교탁을 짚었다.

　CSI 이후 내 삶의 질은 다섯 단계쯤 낮아졌죠. 그 사진들이 잊히지 않으니까요.

　그 말을 나 역시 실감하게 되리라고는, 당시에는 전혀 예상할 수 없었다.

　어린 시절의 나는 잠시 죽었던 적이 있다고 많이 이야기하고 다녔다. 어린 시절의 친구들과는 대부분 임사 체험이나 사후 세계에 대한 이야기를 하며 놀았고 UFO나 우주, 종말에 관한 관심도 남달랐다. 우리에겐 특별한 이야기가 아니었고, 나를 이상하다고 멀리하는 친구는 한 명도 없었다. 내가 잠시 죽은 적이 있다고 이야기하면, 아이들은 다가와서 농담조로 그건 프레디에게 잡혀간 거야? 하고 물었다. 하나 둘, 프레디가 온다. 셋 넷, 문을 잠그고, 다섯 여섯, 십자가를 쥐어라…… 친구들이 가장 무서운 영화로 꼽았던 〈나이트메어〉의 한 대목이었다. 나는 그 영화를 보지 않았지만 아이들이 프레디가 온다…… 를 읊기 시작하면 소름이 돋았다. 성인이 된 후 한 친구는 그건 영어였는데도, 왜 그렇게 귀에 착 감기게 무서웠는지, 하고 술회했다.

친구는 덧붙였다. 예술고등학교에서 문화철학을 강의하는 친구였다. 요즘 아이들은 그런 거 이해 못 해. 노스트라다무스 종말론, UFO 납치설, 버뮤다 삼각지대. 그건 우리 때의 정서일 뿐이야, 세기말 정서. 그런 말 하면 노인네 취급을 받는다고. 기억나, 새 천 년? 애들은 즈믄둥이들인걸. 2000년 1월 1일에 뉴스에서 앵커가 진지한 얼굴로 "여러분, 지구가 종말하지 않았습니다. 안심하셨죠. 또한 밀레니엄 버그도 발생하지 않았습니다." 이렇게 말했다는 사실을 믿지도 않아. 애들 반응은 그저 헐, 대박. 바보 아니야? 이러는데, 그때 우리가 애건 어른이건 집단 바보라서 세기말 정서에 빠진 게 아니라는 걸 요즘 애들은 절대 이해 못 해…… 어항 너머 금붕어를 보면 두 손가락 벌려 확대해본다는 신인류들은 더하겠지.

친구 말대로 그땐 학급문고에 심심찮게, 『종말 이후 우리의 영혼은?』, 『UFO에서 살아남은 아이』, 『휴거』 따위가 꽂혀 있던 시절이었다. 우리가 중학생이었던 1999년, 언제나 IMF 핑계를 대며 용돈을 주지 않던 부모들의 한숨과 더불어 우리를 사로잡고 있었던 것은 바로 '이 세계는 곧 끝장나리라'는 정서였다. 그건 내가 곧 해산될 지경에 놓인 회사에서 순장조임을 예감하며 머무르고 있는 것과는 전혀 다른 종류의 감정이었다. 두렵지만 설레는 것이었다. 만약 지구의 마지막 날이 온다면 사랑하는 사람들과 함께 손을 잡고 눈을 꼭 감고 소멸하리라, 생각했던 내게 아른거리던 이미지는 언제나 임사 체험에 관해 이야기를 나누고 분신사바를 하며 놀았던 친구들과 체육관 구석 매트리스 더미에 기대앉아 소멸하는 장면이었다. 노트에 그런 그림을 그렸던 적도 있다. 거기 부모는 없었다.

친구들만이 나를 'UFO급의 벙커에서 잠깐 죽었다 살아 돌아온 아이'라는 걸 믿어주었기 때문이다. 항상 붙어 다녔던 네 명의 단짝 친구는 각기 꽂혀 있는 분야가 달랐다. 우주, 버뮤다 삼각지대, UFO, 노스트라다무스. 그중 한명은 언제나 악몽에 시달렸는데, 꿈속에서 늘 블랙홀에 빨려 들어 간다고 했다. 그 애는 어머니에게 이끌려 수면 장애 클리닉에 다녀보기도 했으나 중학교를 졸업할 때까지 우주에 관한 관심은 멈추지 않았다. 매일 같이 관련한 책을 읽었는데 막상 지구과학이나 물리 등 관심사를 써먹을 만한 교과목의 점수는 형편없이 낮았던 것으로 기억한다. 날마다 버뮤다 삼각지대에 대해 심각하게 고민했던 친구는 늘 돌봐야 하는 두 살 터울의 남동생이 갑자기 거기로 사라져버릴까 봐 걱정했다. 동생은 어린 남자애들 이 그렇듯 정신없이 쏘다니다 불현듯 길을 잃어버리기 일쑤였는데 그 때마 다 버뮤다 삼각지대로 추방되었을까 봐 엉엉 울며 찾으러 다녔다고 했다.

나는 UFO라기보다는, 정확히는 UO에 다녀왔다고 봐야지.

날지 않았으니까, 거기는. 미확인 비행 물체가 아니라 엄밀하게는 미확 인 물체.

똑똑한 척하며 말하면 아이들은 진지한 눈빛으로 고개를 끄덕였다. 유치 원에 다닐 때부터 노스트라다무스를 구루로 모셨던 친구의 집에서 언제나 모여 놀며 우리는 그런 이야기를 나눴다. 그 집 거실 바닥에 깔려 있던 자 줏빛 카펫의 문양을 기억한다. 나는 기억력이 좋은 아이였다. 어머니는 네 살 때 간 설악산 여행에서 들렀던 호텔 카페의 정경을 읊는 나를 보며 혀를 내둘렀다. 내가 낳았지만 정말 너는 기억력이 너무 좋은 아이다. 공부도 그 만큼 잘하면 좋을 텐데. 나는 언제나 뒷말은 가볍게 무시했다.

그건 아마도 카펫의 색깔과 보색을 이루는 짙은 녹색의 격자무늬로 채워 진 오각형 문양이었을 것이다. 물끄러미 내려다보며 나는 말하곤 했다. 음, UO…… 어둡고 차가웠지. 등에 자꾸 벽이 닿았고 뒤통수도 벽에 닿았는데 온몸이 섬뜩해질 정도로 차가웠거든.

거기엔 왜 간 거야?

그때 나는 아이들에게 거기가 어디였는지, 왜 거기까지 가게 되었는지에 대해서는 결코 말해주지 않았다. 그곳은 아버지의 회사가 있던 여의도였고 아버지는 나를 병원에 데려간 후 하루 종일 데리고 다니며 놀아줬다. 처음 있는 일이었다. 웬디스 햄버거를 먹었고 63빌딩에서 수족관을 구경했고 난생처음 아이맥스 영화를 봤다. 롤러코스터를 타는 내용이었는데 당시만 해도 화질이니 의자의 움직임이니 형편없는 수준이라 영화를 다 보고 나서 나는 먹은 것을 전부 토하고 말았다. 화장실에서 나왔을 때 아버지가 보이지 않았고, 나는 63빌딩 안에 있는 UO로 가게 되었던 것이다.

당시만 해도 이름을 듣는 것만으로도 수많은 어린이들의 마음을 설레게 했던 마천루, 63빌딩이었다. 88고속도로를 지나갈 때마다 지금은 턱없이 낮아 보이는 저 빌딩이 그때는 왜 그렇게 높아 보였을까 생각했다.

거기가 어디였고 왜 갔는지에 대해서는 분명 알고 있지만, 아이들의 질문에 정말로 답할 수 없었던 것들은 따로 있었다. 이 부분에 관해서는 내게 기억이 없다. 왜 등과 뒤통수가 벽에 닿았던 거야? 차가운 것 말고 뜨거운 건 없었어?

몰라.

정말로 어떤 부분은 조금도 기억이 나지 않는다. 성인이 된 지금까지도.

거기 누가 있었어? 아니면 너 혼자였어?

이 대목에 관해서는 기억나는 것과 반대로 아이들에게 거짓말로 둘러대곤 했다.

아마도 혼자였을 거야.

팟.

하얀 플래시가 터졌고 그때 나는 죽었어.

그때도 세기말이었다. 19세기 말. 파리의 센강 가운데, 시테섬에 있었던 시체 공시소 모르그. 하루에 만 명 이상이 몰려들기도 했다고 했다. 쇼케이스 너머에 있는 시체를 구경하러. 1880년대 후반, 센강에서 건져진 소녀의 두상, "센강의 신원 미상의 소녀"에 대해 교수는 미간을 찌푸리며 설명했다. 폭행의 흔적도 없이 깨끗했고, 게다가 예상했겠지만, 아름다웠고…… 만면에 미소를 띠고 있었죠. 남자 때문에 죽었다는 소문이 호사가들 사이에서 파다했고요. 그녀의 두상은 매장되기 직전 공시소의 병리학자에 의해 석고로 제작됩니다. 이 두상은 수많은 복제본으로 만들어졌고, 먼 훗날 구강대의 구강 소생법 훈련을 위한 심폐소생술 마네킹이 되었습니다.

교수는 설명을 마치고 죄송합니다, 하며 가방에서 생수를 꺼내더니 알약을 두 알 털어 넣었다. CSI 사진감식반에 관한 설명을 들은 후였기 때문에 나는 그녀의 증상을 일종의 PTSD(외상 후 스트레스 장애)로 이해하며 수업에 임했고, 자신이 하고 싶은 공부를 열심히 했을 뿐인데 병을 얻었다니 정말 인생이란 알 수 없는 참혹함이다, 생각했던 것 같다.

CSI 이후 내 삶의 질은 다섯 단계쯤 낮아졌죠.

나도 그렇게 말할 수 있을까.

그 영상을 본 이후, 내 삶의 질은 다섯 단계쯤 낮아졌죠. 어린 시절 알 수 없는 공간에 감금되어 잠시 죽었다 살아 돌아왔는데도 괜찮았던 내가. 그런데 삶의 질은 무엇을 기준으로 판단할 수 있을까? 이 삶의 다섯 단계 위쯤은 뭐고, 여기서부터 다섯 단계 아래쯤은 무얼까? 내가 다시는 영상을 보기 전으로 돌아갈 수 없다는 것은 분명하다. 임사 체험을 하기 전으로 돌아갈 수 없듯. 나는 비로소 내가 가장 존경했던 그 교수는 단지 선병질적이었던 사람이 아니라, 자신의 상태를 명확하게 설명할 수 있는 비교적 건강한 사람이었다는 것을 깨달았다.

그 일을 내가 온전히 전담해야 했다. 8년 차 과장이었고, 아카이빙 서비스에 대해 가장 잘 알고 있는 사람이 나였으므로. 그날 수많은 사람들에게 잊혀져가던 우리 회사의 이름이, 이제는 구시대의 유물쯤으로밖에 취급되지 않는 우리 회사의 이름이 대형 포털의 실시간 검색어 1위에 올랐을 때 친구들에게 문자가 왔다. 처음에는 드디어 너희 회사 없어지는 건 줄 알았어, 그런데 이게 무슨……. 나는 핸드폰을 꺼두고 골목에서 동기들과 담배를 피웠다. 동기 중 한 명이 뇌까렸다. 난 이게 주술적인 생각이라는 거 인정해. 무식한 말이라는 거 인정하는데, 저 회사랑 통합했기 때문 아닐까? 저 회사의 음습한 기운이 결국 이런 일을 만들어낸 거 아닐까?

하지만 그게 정말로 무식한 말이라는 것은 우리 모두가 잘 알고 있었다.

동영상 아카이빙 메뉴에는 몇 년간 별다른 게시물이 올라오지 않았다. 1년에 한두 번쯤 '9·11테러의 내막' 같은 영상을 개인 소장 용도로 올리는 이용자가 있었고, 그만큼 텅 비어 있는 메뉴는 회사의 퇴락 일로를 의미할 뿐이었다. 아이들이 아무도 찾지 않는 텅 빈 놀이터에서 삐걱삐걱 움직이는 녹슨 그네일 뿐이었는데, 그날 동영상 열 개가 한꺼번에 올라온 것이다.

웹툰 작가들이 무성의하게 처리해놓은 모자이크조차 되어 있지 않은, 여자의 성기가 드러난 영상이. 그것도 몰래카메라 영상이었다. 정확하게는 비동의 유포 성적 촬영물. 그중 세 건은 정황상 강간으로 추정되었다. 사이트는 잠시 접속이 불가능할 정도로 방문자가 폭주했다. 로그인도 성인 인증도 필요 없는 사이트에 범죄 영상이 날것으로 올라왔으니 그날만큼은 온갖 매체에서 우리 회사를 다뤘다. 포털 ○○코리아 음란물 대량 업로드 사태…… 대부분의 매체에서 뽑은 제목이 그랬다. 누군가 새벽에 업로드한 동영상은 몇 시간 동안이나 방치되었고, 삭제된 후에도 이미 널리 유포되고 있었다. 사무실은 객도 없는 초상집 같았고, 부장은 실내에서 줄담배를 피워댔다.

그 영상 전부를 돌려봐야 했다. 동영상마다 알 수 없는 이름이 붙어 있었다. 식별 코드 같기도 한 그것들. 인도코끼리12, 인도코끼리-M14…… 남자 직원들은 이게 품번이야 뭐야, 뇌까렸는데 나는 그때 품번이라는 말을 처음 들었다. 그것이 일본 AV의 상품 식별 번호라는 것을 들었으나 동의할 수 없었다. 이 영상은 전부 스너프물일 뿐이었다. 이건 포르노가 아니었다.

망해가는 회사에 이런 짓을 한 인간이 누군지 얼굴을 보면 침이라도 뱉고 싶었는데, 업로드한 자를 추적해 경찰과 함께 만나보니 뜻밖에도 중학생 소년이었다. 아이는 키가 작았고 온순해 보였다. 조사를 받는 내내 고개를 푹 숙이고 있었다. 나는 입술을 깨물다 겨우 한마디 했다.

　왜 그랬어요?

　사촌형 집에 놀러 갔는데…… 급하게 제 아이디로 저장해두고 싶어서요, 마음에 드는 것들만…….

　그래도 이건 몰카, 아니 범죄물이잖아요.

　아이는 고개를 슬며시 들며 말했다.

　그래도 진짜잖아요……. 사촌형이 국산 아니면 볼 필요가 없대요. 전부 가짜라고…….

　경찰이 피식 웃었다. 쓸데없는 이야기 그만하시고.

　형법 제243조 음화 반포의 죄, 그보다 정보통신망 이용촉진 및 정보보호 등에 관한 법률, 음란물 유포행위 처벌규정, 이 새끼 이거 보호관찰 때려야 하는 거 아니야, 이런 말이 오가는 동안 나는 뜬금없이 언젠가 들은 법 조항을 떠올렸다.

　민법 제844조 1항 처가 혼인 중에 포태한 자는 부의 자로 추정한다.

　나는 간호사가 내 팔을 몇 번이고 주무르던 순간을 기억하고 있다. 그날, 내가 죽은 날이었다. 그날 받은 검사가 혈액형 검사라는 것을 이미 알고 있던 나는 치를 떨었다. 아버지는 BO－BO라고 알고 있는 부부 사이에서 A형이 나올 리가 없다고 생각하고, 내가 초등학생이 되어 받은 첫 신체검사 결과를 맹신하며 날마다 어머니를 잡았다고 했다. 태어난 직후부터 평생에 걸쳐 O형으로 확정된 혈액형이 단 한 번 A형으로 오기되는 바람에 생긴 일이었다. 잘못 표기되었으리라는 어머니의 항변에 아버지는 직접 혈액형 검사를 받아 증명하지 않으면 믿지 못하겠다고 했다. 내일 데려가서 내가 그 친구에게 검사받게 할 거야, 그 말을 나는 안방 문틈에 귀를 대고 들었다. 아버지는 민법 제844조 1항 같은 건 알지도 못했을 것이고 그런 걸 알고자 하는 오쟁이 남자는 세상에 없다. 그런 법 조항이 생기기 전이나 후나 다름 없을 것이다.

그래도 나는 그날의 나들이가 즐거웠다. 병원에 가기 전까지는.

간선 버스라고 부르는 시내버스를 처음 타본 날이었다. 아버지는 부러 자가용을 몰지 않고 버스에 태워 나를 여의도에 데려갔다. 아빠 회사는 처음 가보는 거지? 아버지는 다정했고, 우리는 잠실에서부터 여의도까지 창밖을 구경하며 여행하듯 갔다. 아빠 회사는 저기야, 아버지는 63빌딩 근처 아무 빌딩이나 가리키며 말했다. 아버지 회사에 들어가볼 수 있을 줄 알았는데 우리가 간 곳은 장미아파트 근처에 있는 낡은 가정의학과였다.

의사는 아버지의 친구였다. 훗날 대학 시절 나는 그를 여의도 술집에서 우연히 마주치게 되었는데, 주변 의사들에게 절친한 친구의 딸이라고 소개하는 그를 나는 멍하니 바라만 봤다. 이제 보니 형수님과 똑같이 생겼네. 그 말에 반감이 들었고 나는 고개를 숙이며 사업 번창하세요, 인사하고 술집을 나와버렸다. 그 옛날 그가 옆에 어린 나를 앉혀두고 했던 말들을 기억한다. 혈액형이란 건 단순한 게 아니라 항원, 항체가…… Cis AB형, weak A, weak B의 사례를 봐도…… 그가 아버지를 설득하려 했다는 건 알고 있다. 중요한 건 그 말들보다 내게 남은 팔꿈치 안쪽의 감각이었다. 간호사는 애기가 워낙 말라서 혈관을 찾기가 힘드네요, 하면서 주삿바늘을 여러 번 찔러 넣었다. 이제 그만하면 안 돼요? 겁에 질린 내가 말할 때까지.

팟.

안경잡이 여자애, 잠깐 이리 올래.

UO에 갈 때, 나는 며칠 전에 구입한 빨간 뿔테 안경을 쓰고 있었다.

새파랗게 어린 놈의 새끼가 어른들 물건이나 취급하고 말이야, 너 인마,

양아치 새끼는 아니라는 거 알고 봐주는 거야. 부장은 마치 공안 형사처럼 아이를 윽박질렀다. 아이는 촉법소년에 관한 법률에 의해 처리될 것이라고 했다. 어른들 물건. 나는 부장의 말에서 종말의 기운을 느꼈다. 나는 처음으로 구글에 접속해서 '서울' '길거리' '일반인', 그리고 '서울 거리 여자'를 쳐보았다.

이것이 서울 피토레스크였다. 교수라면 그렇게 말했을 것이었다. 1999년의 우리들이었다면 다 함께 이불을 뒤집어쓰고 여긴 우리가 죽은 세상이야, 우리는 이곳에서 적응해서 살든지, 어떻게든 빠져나가려고 노력해야해, 라고 말했을지도 모른다.

그런데 여기서 빠져나가면 다시 우리가 살아가고 있는 세상이야. 나는 그렇게 말하고, 노스트라다무스를 구루로 모시던 친구는 아니, 그곳은 암흑, 세상의 끝이지, 라고 말했을 것이고, 버뮤다 삼각지대를 날마다 상상하던 친구는 우리는 세상이 모르는 곳에 있어, 라고 말했을 것이며 우주 때문에 잠 못 자던 친구는 괜찮아, 유니버스는 무한하니까, 어디든 갈 곳이 있어, 라고 말했을 것 같다고 생각했다. 이런 이야기는 우리끼리만 하는 아주 내밀한 이야기였다.

성기 노출만 아니었더라도 이런 개망신은 없었을 텐데, 부장은 줄담배를 피우며 뇌까렸다. 마케팅팀 과장인 입사 동기는 하필이면 왜 딱 그 부분, 그 부분이 클로즈업된 영상들에 꽂힌 거야, 어린 놈의 새끼가, 하고 말했다. 나는 영상을 초 단위로 돌려봐야 했다. 경찰에 가기 전 확인해야 하는 부분은 영상이 어디까지 정보통신법에 저촉되는지 여부였으므로. 대학 시절 했던 과제가 떠올랐다. 시나리오 실기 특강이란 수업이었는데, 컷 단위로 영상에 쓰인 기법과 장면, 대사를 텍스트로 옮기는 과제였다. 스터디룸에 모두 모여 시뻘게진 눈으로 정지 버튼을 계속 누르며 정신없이 타이핑을 했다. 그때처럼 나는 초 단위로 범죄 영상을 멈추며 어디까지 성기가 드러나는지 확인해야 했다. 여자의 얼굴이 선명하게 보였다. 남자 목소리가 들렸다. 이런…… 한동안 못 봐서 어떻게 살아야 하노. 한없이 다정한 목소리였다.

영상을 분석한 날 동기와 술을 마셨다. 동기는 힘들었지? 물었다. 종말이 별거냐, 이런 게 종말이지. 마지막에 개 같은 꼴 본다 진짜. 하고 술을 들이켰다.

사실, 나도 성범죄 피해자야.

동기는 뜬금없이 고백을 했다. 그런 이야기를 들어본 적은 없었다. 나는 마른안주를 손으로 휘저으며 고개를 들지 못하고 물었다. 언제? 어디서? 아, 이런 건 물어보면 안 되는데. 동기는 덤덤하게 말했다. 누구 하나 성범죄 피해자 아닌 사람 있을까?

나는 고개를 들며 말했다.

나는 아닌데?

동기는 입꼬리를 올리며 그래, 내가 말실수했다, 대화를 마무리했다.

나는 아니었다.

나는 그날 잠깐 죽었을 뿐이었다. 일시적으로 눈이 멀었고.

그 일을 계기로 임사 체험에 관심을 갖게 되었고, 시력의 불안정함에 대해 생각하다 영상미디어과에 진학하게 된 것이었다. 나는 잠깐 죽었을 뿐이었는데 기억이 정확하지 않다.

그 일에 대해서 어머니는 섬세하지 못한 방식으로 추궁했다.

기억이 안 난다니, 기억이 안 난다고? 너같이 기억력이 좋은 애가? 이유식 그릇 디자인까지 기억하는 너잖아. 빨리 자세히 기억해봐. 어떤 일을 겪은 건지.

그날 63빌딩 1층 비상구 너머에 있던 미확인 벙커에는 나 혼자만 있었던 건 아니었다. 또 하나의 몽타주가 어른거렸다. 나는 그것의 생김새와 촉감, 냄새 따위를 기억하지 못한다. 마치 벽에 그려진 그림처럼, 내게는 점,

선, 면, 입체로 이루어진 오브제가 아니었다. 내게 오브제란 오직 그 공간이었다.

그런 내가 아버지의 담뱃갑 뒤에 인쇄된 실종 아동 사진을 보며 경기를 한 것이었다.

아이를 찾습니다, 담뱃갑에 배포된 인쇄물에는 14세가량의 안경을 쓴 소년이 있었다. 나는 그 사진을 보며 순간 거품을 물었다. 쟤야, 쟤, 쟤가 그랬어. 그 후의 일은 기억나지 않는다. 눈을 떠보니 어머니와 아버지가 양쪽에서 나를 내려다보고 있었다. 어머니는 물수건을 갈아주며 계속 물었다. 쟤가 누군데. 쟤가 뭘 했는데. 그때부터 나에게는 구체적인 감각이 아닌 관념으로, 14세가량의 안경 쓴 청소년이 UO의 몽타주로 기억되기 시작했다. 교복을 입고 까까머리를 한 남자 청소년의 이미지 자체가 그대로 UO의 몽타주가 되어버린 것이다.

그리고 마치 플레어처럼, 잘못 들어간 빛이 풍경을 지우듯 여전히 삭제된 장면들.

안경잡이 여자애, 잠깐 이리 올래.

잠깐 와봐.

빨간 안경이 예쁘잖아.

나는 걸어가며 대꾸하고 있다. 야, 너도 안경잡이잖아. 왜 안경 썼다고 놀려?

뭐? 조그만 게 반항하는 거야?

그리고 기억이 없다.

차가운 벽. 튀어나온 뒤통수와 등줄기가 자꾸만 찬 벽에 닿았던 감각, 팟, 하고 터지던 플래시, 발목에 감긴 옷…….

나는 종말을 믿고 구원을 기다리는 광신도처럼 더 이상 벙커에 붙어 있지 않기로 하고, 회사에 사표를 냈다. 곧 대만에 있는 본사에서 해산을 지시할 것이라는 소문이 돌기도 했다. 첫 직장이자 오랫동안 다닌 회사였는데 짐이라고 정리할 것도 별로 없었다. 사무실 책상 첫 번째 서랍에 동기들이 가끔 넣어주곤 했던 초콜릿이나 캐러멜 따위를 보며 잠깐 울적해졌을 뿐이었다. 오랫동안, 사무실에서든 집에서든 인터넷 익스플로어 시작페이지는 우리 회사 웹페이지였다. 바꾸고 싶었으나 무엇으로 바꿔야 할지 몰랐다. 소년이 올린 영상의 이미지가 잊어지지 않았다. 나는 용기를 내서 웹하드 사이트에 접속해보았다. 성인물 카테고리에 '국산'이라는 네임카드가 붙은 게시물을 하나씩 클릭해봤다. 전부 비동의 유포 성적 촬영물이었다. "내 친구가 찍은 내 여친……" 나는 이토록 수많은 '일반인'들을 살아가면서 대면해본 적 없었다. 댓글창에는 "남자 목소리 들으니까 내가 아는 카센터 사장님 같은데." 따위의 방담이 가득했다.

죽은 자의 식별 초상 그 자체가 스펙터클이었죠. 모르그 디오라마를 설명하던 교수는 내내 얼굴이 창백했다. 그녀는 언제나 두꺼운 가죽 표지로 된 강의 노트를 들고 다녔다. 한 번이라도 그것을 훔쳐보고 싶다는 열망이 내겐 가득했다. 이제와 드는 생각은 아마 교수가 언제나 끼고 다니던 그 노트에는 초상의 역사와 스펙터클 이론에 관한 정갈한 정리뿐만 아니라 가끔 견딜 수 없는 순간에 터져 나오는 방언 같은 말들도 곳곳에 적혀 있지 않았을까, 싶다.

나는 처음으로 상담 센터에 심리 상담 프로그램을 등록했다.

상담사는 첫 만남부터 '기억 일지'를 쓰라는 과제를 내주었다. 기억이라면 내가 동네 최고다, 자부하던 나였다. 어머니가 말하듯 '이유식 그릇의 디자인' 같은 것, 내가 토끼가 그려진 젖병을 물고 있을 때 어머니가 아버지에게 '이제 그만 꺼져'라고 말했던 것, 그간 만난 담임교사의 성함과 그들의 프로필, 1997년 레터맨 쇼를 본뜬 이주일 쇼에 나와 당시 대선 후보 세 명을 똑같이 흉내 내던 코미디언들의 몸짓, 이런 것들을 나는 누구보다 정확히 기억한다.

그러나 어떤 부분에 대해서는 기억이 없다.

나는 상담 6회 차가 되도록 기억 일지를 제출하지 못했다.

상담사와는 초진 설문지와 몇 종의 테스트를 통해 '죽음'에 관한 생각을 나누었다. 당신에게 죽음은 매우 관념적이고 흥미로운 것이군요. 사실 자살이란 자해의 가장 극단적인 단계라고 보면 돼요. '자기가 원하는 특정한 방식의 죽음에 관한 그림이 있다'는 게 당신의 결론인데, 그런 사람은 자살할 수 없어요. 어린 시절에 시력이나 임사, 사후 세계에 빠져들었던 건 아마 다른 까닭이 있을 것 같은데…….

상담사는 조심스럽게 물었다. 그녀는 섬세하게 추궁할 줄 아는 사람이었다.

어떤 일이 당신을 PTSD 환자로 만들었을까요? 최근에 그 영상 말고, 어린 시절에 말이에요.

어린 시절에 항상 우울했어요. 신체검사 기록은 잘못 나오고, 부모는 그걸 두고 싸우고, 아버지가 나를 두고 친자인지 의심했죠. 나들이를 가장해서 병원에 데려가 혈액형 검사를 시켰고요. 그런데 그 시절 세기말적 정서는 저희 또래 무리들에게는 너무 흔한 것이어서 죽음, 종말, 뭐 이런 단어에 매혹되었던 건 그리 특별한 것 같지 않아요.

상담사는 내 눈을 빤히 들여다봤다.

지금도 논리적으로 말하려고 애쓰고 있네요. 그냥 말해도 돼요.

그때 내게는 불현듯 교실에서 친구들이 종이로 얼굴을 가리고, 슬금슬금 다가오며 불렀던 노래가 기억났다.

하나 둘, 프레디가 온다. 셋 넷, 문을 잠그고, 다섯 여섯, 십자가를 쥐어라…….

나는 눈이 멀었던 적이 없었다. UO의 몽타주가 제 교복 셔츠의 넥타이를 풀어 내 눈을 감아버렸기 때문에 암흑에 갇혔을 뿐이었다. UO는 컴컴해서 플래시가 터졌고, 그때 내게는 실제로 들리지 않았을 소리, '팻'이 환

청처럼 들렸으며, 그때 영혼이 달아났다. 담배를 피우러 다녀온 아버지는
비상구 문 앞에 쓰러져 있는 나를 발견했다.

　나는 상담사에게 대답했다.

　나는 죽었던 적이 있어요.

　(나는 발가벗겨진 채 사진을 찍혔고) 그때 죽었어요.

포스트 아포칼립스,
스펙터클의 폭력과 소설의 윤리

유예현 서울대학교 국어국문학과 박사과정 수료

박민정의 많은 소설들은 과거 사건으로부터 자유롭지 못한 인물이 그 사건의 기원에 대해 담담하고도 조심스럽지만, 집요하게 성찰하는 도정을 그린다. 우리는 박민정의 첫 소설집 『유령이 신체를 얻을 때』(2014)와 두 번째 소설집 『아내들의 학교』(2017)에 실린 「작가의 말」을 통해 작가의 문제의식을 엿볼 수 있다. 두 글에서 작가는 유괴 사건에서 살아남은 아이가 '지금 맞닥뜨린 곤경'을 언급하는데, 그것은 첫 소설집 맨 앞에 실린 단편 「실내극 이후」에 대한 것이다. 살아남은 아이는 이따금 자신에게 새겨진 고통을 물끄러미 들여다본다. "죽어 돌아온 사람으로서 합당한"[1] 역할을 할당받은 피해자는 자기 진술을 해야 하는 상황에서 딜레마에 직면한다. "무슨 일을 겪었는지 믿음직하게 증언할 수 있는 피해자−증인의 역할과 신뢰받지 못하는 건강한 생존자로서의 역할 중에서 택일해야만 하

---

1 박민정, 「실내극 이후」, 『유령이 신체를 얻을 때』, 민음사, 2014, 30쪽.

는."[2] 여기, 「모르그 디오라마」 또한 죽었다 돌아온 아이의 '지금'에 대한 이야기다.

1. "언제나 징후는 보였으나 사실이 아니었던 종말을 기어이 목격하면서."

「모르그 디오라마」의 '나'는 UFO와 임사 체험, 노스트라다무스의 예언과 Y2K, "'이 세계는 곧 끝장나리라'는"(111쪽) 세기말 정서에 사로잡혀 있던 중학생 시절을 지나, 지금은 한물간 외국계 포털 사이트 회사에서 일하고 있다. 입사 후 퇴락 일로를 걸었던 회사는 대만에 있는 본사의 지시로 국내 웹툰 사이트와 통합한 상태다.

그러던 어느 날 "언제나 징후는 보였으나 사실이 아니었던 종말을 기어이 목격"(108쪽)하게 된 사건이 발생한다. 동영상 아카이빙 메뉴에 여자의 '진짜' 성기가 드러난 비동의 유포 성적 촬영물이 대량 업로드된 것이다. 범인으로 잡힌 중학생 소년은 사촌 형 집에서 발견한 '국산' '진짜'(116쪽) 영상을 저장해두고 싶었을 뿐이라고 말한다. 그 영상을 그저 '어른들 물건'(117쪽)이라 칭하는 부장은 성기 노출만 아니었더라도 개망신은 당하지 않았으리라는, 책임만 면하려는 태도를 보여준다. 촉법소년인 아이는 형벌이 아닌 보호처분만을 받게 될 것 같다. 그리고 '나'는 저마다 '품번'이 붙어 있는 동영상 전부를 돌려 보면서 정보통신법 저촉 여부를 꼼꼼히 따져봐야만 했다. "종말이 별거냐, 이런 게 종말이지. 마지막에 개 같은 꼴 본다 진짜."(119쪽)

---

2 박민정, 「작가의 말」, 『아내들의 학교』, 문학동네, 2017, 304쪽.

작가의 고백처럼 「모르그 디오라마」는 "불법 촬영물이 돌아다니는 지금, 자기 인생의 지옥과 대면하는" "포스트 아포칼립스"를 그렸다.[3] 어떠한 죄의식도 없이 성범죄 피해자의 육체와 고통이 전시되고 유통되며 착취되는 세계. 그래, 그것은 말세의 뚜렷한 표징이 아니겠는가. 어릴 적 탐닉했던 세기말 정서는 두렵고도 설레는 것이었던 반면, 피해자의 육체와 고통이 스펙터클로 전락하는 순간 마주한 종말은 끔찍할 뿐이다. 작가는 이러한 풍경을 '진짜' 시체마저 전시되고 복제되는 모르그 디오라마의 근대적 살풍경에 겹쳐놓는다. 도덕적 책임은 방기한 채 모르그 구경에 몰두한 사람들과 존엄한 생명의 끝없는 추락이 보여주는 세기말의 끔찍한 디스토피아를.

2. 모르그 디오라마

그렇다면 모르그 디오라마의 구체적인 의미는 무엇일까. 19세기 말 파리의 시체 공시소 '모르그'에 대한 서술이 스펙터클의 폭력이라는 문제의식에 스며든다. 진열장 속에 전시된 시체를 무료로 구경할 수 있었던, 오직 세기말 파리의 모르그. 그것은 마치 백화점의 쇼윈도와 같은 도시 최고의 무료극장, 즉 스펙터클의 장소였다. 그곳에서 변사체의 신원 확인이라는 엄숙한 시민적 의무는 점차 다양한 구경꾼들이 참여하는 '쇼'로 대체되었다.[4] 이로써 '구경거리화된 실재(Spectacular Realities)'는 관음증적 시선들

---

3 "불법 촬영 따위가 인간의 존엄을 영영 파괴할 수는 없으리라고 믿지만" "다 끝난 거 아닌가, 이만하면." …(중략)… 불법 촬영물이 돌아다니는 지금, 자기 인생의 지옥과 대면하는 사람의 이야기야말로 진정한 포스트 아포칼립스 아닌가. 나는 그렇게 믿었다. 믿고 썼다.(박민정, 「수상소감」, 박민정 외, 『모르그 디오라마(2019 제64회 현대문학상 수상 소설집)』, 현대문학, 2018, 366~367쪽)

4 바네사 R. 슈와르츠, 『구경꾼의 탄생』, 마티, 노명우 역, 2006, 103, 117쪽.

속에서 전시되고 소비된다.

'디오라마'는 사실적인 재현을 통한 가상으로서, '구경거리화된 실재'의 대체물로 기능한다. 센강에서 건져진 소녀의 두상은 호사가들의 소문의 주인공이 되었고, 사진과 석고로 제작돼 수많은 복제본으로 만들어지기에 이른다. 이는 '구경거리화된 실재'가 재현을 통해 '사실적 구경거리'로 바뀌는 지점을 보여준다.[5] 바로, 모르그 디오라마다.

> 그땐 미처 알지 못했다. '몰카 피해자'의 성기 노출이 얼마나 중요한 문제인지, 내게 그것은 싸구려 조회수 장사를 하는 성인 웹툰 사이트의 저질 콘텐츠일 뿐이었고, 무엇보다 사람의 그것이 아니었다. 어디까지나 사람을 흉내 내고 있는 만화 속 인물일 뿐이었다. 모자이크 처리를 한다고는 했지만 언뜻 봐도 분명히 여성의 성기를 사실적으로 묘사하고 있고, 그것이 다름 아닌 원치 않는 영상에 담기고 있는 피해자의 재현이라는 것도 전부 가상이라 생각하면 그만이었다.
>
> 마치 가상의 원본을 보여주겠다는 듯, 이제는 1년에 한두 번 올라오는 동영상 아카이빙 메뉴에 '진짜' 그것이 올라왔을 때. 나는 영상미디어학과 3학년 재학 시절, 가장 존경하는 교수에게 배웠던 모르그 디오라마를 떠올렸다.(109~110쪽)

저질 웹툰 속 '몰카 피해자'의 원치 않는 성기 노출은 그것이 아무리 사실적인 재현이더라도 가상으로 치부할 수 있었기에, 소설의 '나'는 그것에 무관심할 수 있었다. 한편, 소설에서 유포된 동영상들은 포르노가 아니라 실제 모습을 담은 '스너프'물이다. '가상의 원본', 즉 '진짜'의 촬영물이라는 점에서 그것은 '구경거리화된 실재'라 할 수 있다. 그러나 그것은 이미 실재의 순간을 박제한 촬영물이며, 원본 없는 수많은 복제물의 형태로 유포

---

5 위의 책, 136쪽 참조.

된다는 점에서 '사실적 구경거리'인 디오라마로 변형된 것이기도 하다. 이 지점에서 성적 착취에 대한 실재와 가상, '몰카'와 포르노는 결코 무관하지 않다.

본질적으로 모르그는 죽음을 어떻게 재현하는가 하는 문제와 밀접하다. 모르그에서 망자의 육체가 벌거벗겨져 대중의 눈앞에 재현될 때, 죽음의 신성함 또한 벗겨져 그는 진정하게 애도되지 못한다. 그리고 디오라마의 또 하나의 특징은 그것이 현재의 순간을 포착해 정지시킨다는 것이다. 때문에 영원히 박제된 현재 속에서, 사멸하는 찰나의 순간 또한 영원이 된다. 이는 만약 그 현재가 괴롭고 고통스러운 것이라면, 그 고통 또한 끊임없이 연장된다는 것을 의미한다. 발가벗겨진 순간이 디오라마를 통해 영속화될 경우, 진정한 애도는 영원히 불가능해지는 것이다.

앞에서도 잠깐 언급했듯, 작가에게 19세기 말 파리의 풍경은 21세기 한국의 풍경을 비추는 거울로 기능한다. 복제품을 소장하려는 욕망으로까지 이어진 실재의 소녀 두상에 대한 강렬한 매혹은, '진짜' 영상을 저장하고자 하는 소설 속 소년의 욕망과 상동적이다. 이제 "빨랫줄에 널려 있듯 널린 시체를 구경하는 것만이 유일한 스펙터클인 당시의 사람들 마음은 대체 뭐였을까"(110쪽)라는 물음은, 여성의 몸과 상징적 죽음의 순간이 일상적 스펙터클인 현대인의 마음은 대체 뭘까, 라는 물음으로 바뀐다. 분명한 것은 '지금-여기'의 세기말이 "죽은 자의 식별 초상 그 자체가 스펙터클"(121쪽)이었던 그 세기말보다 결코 더 낫지는 않다는 점이다.

3. 스펙터클의 폭력에 맞서는 새로운 윤리

이 글의 서두에서 언급했던 「실내극 이후」로 돌아가자. 이 소설에서 작가는 끊임없이 생존자로서 보여져야 하고, 무슨 일을 겪었는지 말해야만 하는 피해자의 존재론에 대해 사유한다. 주인공 Y는 스펙터클의 폭력으로부터 자유롭지 못하다. TV 속에서 오열하는 부모와 남동생의 얼굴, "계열도 없고 갈래도 없는 집단 추모의 스펙터클만 넘쳐"[6] 흐르는 교실, 살아 돌아온 자신을 "흡사 무덤을 파고 걸어 나온 좀비"[7]를 보듯 낯설게 쳐다보는 눈빛들, 그리고 자신을 바라보는 어머니의 시선까지. 15년이나 지났음에도 '희생자 Y양'으로 보여지는 시선의 폭력 아래 놓여 있는 Y는, 멋대로 자신을 알아보는 시선들에 극심한 신경증을 느끼며 그것이 어서 거둬지기를 바랄 뿐이다. 피해자가 스펙터클이 될 수밖에 없는 상황에서 주인공은 과거의 순간을 영원히 살고 있음을 느낀다.

「모르그 디오라마」의 '나' 역시 죽었다 살아 돌아왔다. 몽타주처럼 병치된 이야기들이 하나로 포개지는 구조적 완결성이 빛나는 순간, 19세기 말 모르그 디오라마와 회사 사이트에 업로드된 영상, 그리고 '내' 영혼을 빼앗아갔던 사진 사이의 관계와 의미가 드러난다. '나'는 동의하지 않은 사진이 찍힌 순간, 상징적 죽음을 맞이했던 성범죄 피해자였던 것이다.

죽음의 순간마저 대중들에게 영원히 보여져야만 하는 모르그 디오라마. 원본이 삭제되더라도 죽음에 맞먹는 고통의 순간은 원본 없는 무수한 복제물들 속에서 영구적으로 증식될 것이다. 그렇다면 스펙터클의 폭력 속에 놓인 피해자들의 고통을 재현한다는 것 자체도 누군가에겐 폭력이 될 수 있지 않은가? 마치 "'몰카' 피해자 여성의 고통을 다룬답시고 그 캐릭터를 착취하는"(108쪽) 저질 웹툰처럼. 생존자의 몸에 각인된 고통을 안주거리로 삼지 않고, 위로를 가장한 관음증적 욕망으로 피해자를 소비하지 않으

---

6   박민정, 「실내극 이후」, 앞의 책, 18쪽.

7   위의 책, 22쪽.

면서 고통을 그린다는 것은 가능한가? 그리고 그러한 소설을 쓴다는 것은 어떤 것이어야 하는가?

종말에 대한 인식 이후, 스펙터클의 폭력에 맞선 새로운 윤리는 일상적 대상화와 혐오, '나'와 타자의 고통을 대면하는 데서 시작되는 것으로 그려진다. 소설 속에서 그것은 두 가지 방식으로 진행된다. 먼저, 성범죄 피해를 고백하던 동기의 물음("누구 하나 성범죄 피해자 아닌 사람 있을까?"(119쪽))에 공감을 보여주지 못했던 '나'는 타자의 고통을 마주하는 것으로 나아간다. '나'는 처음으로 '일반인', '서울 거리 여자'(118쪽)가 처한 일상적 대상화와 혐오의 진실을 응시하는 것이다. 그토록 수많은 '일반인'들이 비동의 유포 성적 촬영물의 대상이 되고, 댓글창 가득한 피해자에 대한 방담들을 견뎌야 한다는 것을 말이다.

> 나는 눈이 멀었던 적이 없었다. UO의 몽타주가 제 교복 셔츠의 넥타이를 풀어 내 눈을 감아버렸기 때문에 암흑에 갇혔을 뿐이었다. UO는 컴컴해서 플래시가 터졌고, 그때 내게는 실제로 들리지 않았을 소리, '팟' 이 환청처럼 들렸으며, 그때 영혼이 달아났다. 담배를 피우러 다녀온 아버지는 비상구 문 앞에 쓰러져 있는 나를 발견했다.
> 나는 상담사에게 대답했다.
> 나는 죽었던 적이 있어요.
> (나는 발가벗겨진 채 사진을 찍었고) 그때 죽었어요.(122~123쪽)

이와 함께 '나'는 자신의 고통 역시 대면하고 성찰하려는 용기를 보여준다. '내'가 성범죄 피해자임이 밝혀진 후, 돌이켜보면 "키와 몸무게와 혈액형과 시력에 관한 착각과 오류와 오기", 아버지의 오쟁이 의식과 의심이 "내가 잠깐 죽었을 때 다녀온 곳"(105쪽)으로 가기 위한 준비 과정이었다는, 장황한 도입부 서술의 의미를 가늠할 수 있게 된다. 사건의 기원에 대한 사후적 도출이었던 셈인데, 그것은 어쩌면 '내'가 왜 하필 그날 그곳에서 그 일을 당하게 된 걸까와 같은 끊임없는 자책의 결과 다다른 답일 것이다. 기억의 달인인 '내'가 유독 'UO(미확인 물체)'의 실체에 대해서만 기억을 못하는 것, 친구들에게 기억과 다른 거짓말을 한 것은 그 기억이 의식적 · 무의식적으로 봉인되어야만 감당할 수 있는 것이었음을 잘 보여준다. 그러나 '나'는 "종말을 믿고 구원을 기다리는 광신도처럼 더 이상 벙커에 붙어 있지 않기로 하고"(120쪽) 세계의 종말을 선언한다. 종말에 대한 선언은 그 자체로 이미 끝장난 세계를 완전히 끝장내려는 결단이다. 이제 '나'는 기억과 진술을 다그치지 않는, 섬세한 방식의 상담과 끝없는 자기분석을 통해 종말 이후의 한 걸음을 내딛는다. 종말 이후를 담담히 견디면서도, 봉인된 기억을 피하지 않고 자기와 세계를 있는 그대로 들여다보려는 것이다. 이는 나와 타자의 고통의 심연을 '섬세한 방식으로' 마주하려는 성찰이라는 점에서 윤리적이다.

재희

박상영

1988년 대구 출생. 성균관대학교 프랑스어문학과,
신문방송학과 졸업. 동국대학교 대학원 문예창작학
전공. 2016년 단편소설 「패리스 힐튼을 찾습니다」로
문학동네 신인상을 수상하며 작품 활동 시작. 2018
년 제9회 젊은작가상 수상. 소설집 『알려지지 않은
예술가의 눈물과 자이툰 파스타』가 있음.

재희

1

　호텔 3층 에메랄드 홀에 들어섰다. 하객이 4백 명이라고 했나. 체감 상으로는 그것보다 훨씬 더 돼 보였다. 나는 단상 근처의 지정석에 앉아 테이블을 둘러보았다. 불문과 동기들이 저마다 다른 속도로 늙은 얼굴을 하고서 앉아 있었다. 근데 도대체 몇 명이야. 재희가 그간 동아리 술자리며, 학과 홈커밍데이 같은 데에 불러주는 대로 넙죽넙죽 갔던 결과가 이것이로군. 이럴 때 보면 재희의 친화력은 징그러울 지경이었다. 나는 최소 5년에서 심하게는 10년 만에 만난 동기들과 안부 비슷한 걸 나누었다. "너 작가 됐다며. 축하해." "연락 좀 하고 살아라." "애들 사이에서는 너 죽었다는 소문 돌았는데 멀쩡하네." "네 소설 어디서 볼 수 있어? 인터넷에 찾아봐도 없던데." "근데 글 쓰느라 많이 힘들었나 보다. 살이 엄청 쪘네." "너 아직도 술 그렇게 마시냐⋯⋯."

　내 책은 조만간 나올 예정이며, 술은 많이 줄었다. 늙고 살찐 건 너희도 만만찮은데 자꾸 이런 식이면 왕년의 술버릇이 나올 수밖에 없겠다, 말하고 싶었지만 30대의 사회인답게 교양을 차리며 대충 웃음으로 눙쳤다. 누군가가 내 소설을 봤다고 하면, 다 지어낸 거라고 해야지. 괜히 묻지도 않은 질문에 대답을 준비하고 있는 내가 웃겼다. 자의식 과잉도 병이라면 큰 병이었다.

　―잠시 후면 예식이 시작되오니 하객 분들은 자리에 앉아주시기 바랍니다.

　결혼식 사회를 맡은 남자는 재희 남편 될 사람의 친구라고 했다. 하관이 빨고 피부가 번들거려 영 내 스타일이 아니었고, 경상도 사투리 억양이 심한 것이 진행 솜씨도 영 별로인 것 같았다. 방송기자라고 했나? 내가 훨 낫겠구만. 그놈의 관례가 뭔지, 괜히 심술이 올라왔다.

　단상 옆 커다란 스크린에 재희와 그의 신랑을 찍은 사진이 떠올랐다. 폰카메라로 찍어 화질이 떨어지는 두 남녀의 사진을 보며 나는 레드와인을 연거푸 들이켰다. 얼마 전에 기업은행으로 이직했다는 철구가 내 옆구리를 쿡 찌르며 물었다.

　―근데 너 솔직히 말해봐. 너랑 재희랑 뭐냐. 소문이 사실이냐?

　소문은 사실인데 재희한테 들이대다 대차게 까인 철구 너 같은 사이는 아니지.

*

　스무 살의 여름, 재희와 나는 급속도로 가까워졌다.

　술을 사주기만 하면 해달라는 건 다 해주는 술버릇이 있던 그 시절의 나는, 그날도 어김없이 연령 미상의 남자와 함께 이태원 해밀턴 호텔의 주차장에서 키스를 하고 있었다. 아마도 지하의 클럽에서 데킬라를 여섯 잔쯤 얻어먹은 상태였을 것이다. 달빛과 가로등과 온 세상의 네온사인이 나를 비추고 있는 것 같았고, 귀에서는 연신 카일리 미노그의 일렉트로닉 넘버가 흘러나왔다. 상대가 누구인지는 중요치 않았다. 단지 내가 그 어두운 도시의 거리에 누군가와 함께 존재하고 있다는 사실이 중요했고, 때문에 알수 없는 누군가와 온 힘을 다해 혀를 섞었다. 세상 모든 것들이 다 나를 위해 뜨겁게 끓어오르고 있다고 믿게 될 즈음, 누군가가 나의 등을 세게 쳤다. 잔뜩 취한 와중에도 이건 혐오 범죄가 분명해, 드라마 퀸다운 상상을 하며 포겠던 입술을 떼고 고개를 홱 돌렸다. 여차하면 몸싸움을 불사하리라 마음먹고 주먹을 꽉 쥐었는데 내 앞에 서 있는 것은 재희였다. 언제나처럼 필터에 빨간 립스틱이 묻은 말보로 레드를 쥔 채로. 술이 확 깨는 것 같았다. 재희는 놀란 표정을 짓는 나를 보며 숨도 안 쉬고 웃었다. 그러곤 특유의 큰 성량으로 외쳤다.

　—아예 먹어라.

　나도 모르게 뭐래, 하고 웃음이 터져버렸고 그러던 사이 나와 키스를 하던 남자가 어디로 갔는지, 심지어는 그가 누구였는지조차 이제는 기억나지 않는다. 다만 재희와 내가 호텔 주차장에서 나눴던 얘기는 대충 기억이 난다.

　—학교 사람들한텐 비밀로 해줄 거지?

　—당연하지. 내가 돈은 없어도 의리는 있다.

　—근데 너 안 놀랐어? 내가 남자랑…….

　—전혀.

　—언제부터 알았어?

　—처음 본 순간.

　뭐 이런 진부한 얘기.

　이전까지 나는 재희에 대해 잘 몰랐고 다만 언제나 짧은 바지를 입고 다니며 수업이 끝나면 누구보다 빨리 건물 밖으로 달려 나가 담배를 피우는 애 정도로만 그녀를 기억하고 있었다. 실은 학과에서 재희의 평판은 최악에 가까웠다.

명실상부 학과의 아웃사이더였던 나도, 처음부터 그랬던 것은 아니어서 단지 평균보다 덩치가 좀 큰 남자라는 이유로 남자 선배들의 자취방 모임에 초대받고는 했다. 그들의 놀이 코스라는 게 빤해서 대개 당구장이나 PC방에서 1차를 마친 뒤, 학교 앞의 MSG 전문 식당에 모여 짠 안주에 소주를 들이붓고, 고만고만한 자취방들 중 가장 상태가 양호한 편인 선배의 방에 놀러 가 여자 얘기를 하다 코를 골며 잠드는 게 고작이었다. 별것도 없는 스무 살, 스물한 살짜리 남자들이 지가 뭐라도 되는 것처럼 굴면서 얼마나 대단한 섹스를 했는지, 누굴 얼마나 만족시켜줬는지, 학과 여자애들 중 누가 쉬운지에 대해 시시콜콜 떠들어댔는데, 재희는 그 단골 소재 중 하나였다. 반쯤은 지어낸 게 분명한 그런 얘기를 내가 대학까지 와서 들어야 하나 싶어서, 몇 번 취한 채로 "쥐좆만 하게 생긴 것들이 허풍 좀 작작 떨라고" 소리를 지르며 술상을 엎었더니 그 뒤로는 아예 부르지도 않았다. 원래 집단의 속성이라는 게 웃겨서 한 번 속했다가 튕겨져 나온 사람이 더 맛좋은 제물이 되기 마련이었다. 새내기 여자애들의 품평회에 질린 그들은 이번에는 나를 제물로 삼아 아무리 봐도 게이 같다느니 이태원 어딜 가서 뭘하고 논다느니, 순진한 스무 살짜리들이나 신경 쓸 것 같은 소문을 잘도 떠들어댔고 그 얘기는 반 정도만 맞았다. (현실은 언제나 상상을 뛰어넘기 마련이었다.) 한 학기도 지나지 않아 학과에서 나를 모르는 사람이 거의 없을 때쯤에야 내 귀에도 그 소문이 들어와 우스운 꼴이 되어버렸다. 앞으로 과에서 친구 만들기는 글렀구나, 뭐 어때 다들 술도 못 마시고 재미도 없는데, 하고 자조적인 합리화를 하며 복잡했던 마음을 정리할 때쯤 내 인생에 재희라는 존재가 나타난 것이었다.

예기치 않게 재희와 비밀을 공유하게 된 나는 그 뒤로 그녀와 시시껄렁한 남자 얘기를 나누는 사이가 됐는데, 실은 재희도 나도 그런 얘기를 나눌 사람이 별로 없었기 때문에 서로가 좀 절실한 편이었다.

재희와 나는 정조 관념이 희박하고, 아니 희박하다 못해 아예 없는 편이며 그런 방면에서는 각자의 세계에서 좀 유명하다는 공통점이 있었다. 재희는 166에 51, 나는 177에 78이었고, 둘 다 키가 평균보다 좀 컸다뿐이지 얼굴이 반반하지도 못했으나 아예 박색까지는 아니었고, 스무 살이었기에 어린 맛에 데리고 놀 만은 했다. (내가 소설로 신인상을 받았을 때 심사평에 가장 자주 등장했던 구절은 '객관적인 자기 판단 능력'이었다.) 세상은 가난하고 헤픈 스무 살의 육체들을 마음껏 이용할 준비가 되어 있었다. 때문에 우리는 별로 어렵지 않게 아무 남자나 만나서 술이나 얻어 마시고 섹스 비슷한 걸 했고, 아침이면 둘 중 누군가의 자취방에 모여 부어터진 얼굴에 팩을 붙이고는 밤새 만난 남자들의 정보를 공유하곤 했다.

—등산복 만드는 회사에 다닌대. 작았는데 애무를 잘해서 50점은 주려고.

—연세대 통계학과 나왔다는데 거짓말 같아. 얼굴도 민짜같이 생겼고 입만 열면 대가리가 텅텅인 게 티 나서 웃겼어.

—동영상을 찍으려고 해서 핸드폰을 집어던졌어. 자기만 볼 거라는데, 어디서 약을 팔어.

그렇게 실컷 남자들 흉을 보다 보면 어느새 눈이 감겼고, 일어나 보면 잔뜩 말라붙은 팩을 얼굴에 붙인 채 나란히 잠들어 있기가 일쑤였다. 주로 아침잠이 적은 내가 먼저 일어났고, 이불을 정수리까지 뒤집어쓴 재희를 내버려둔 채 인스턴트 북엇국이나 진라면 같은 걸 끓였으며, 냄새를 맡고 일어난 재희와 함께 쉰 김치에 식은 밥을 말아 먹고는 했다. 그러다 보니 어느새 재희의 방에는 나의 헤어 왁스와 질레트 면도기가, 내 방에는 재희의 아이브로 펜슬과 헤라 팩트가 놓여 있게 되었다. 나는 혼자 있을 때면 재희의 펜슬을 들어 눈썹의 빈곳을 채우거나 팩트의 퍼프를 꺼내 괜히 뺨이나 이마를 세 번쯤 두드려보곤 했는데 재희는 이 사실을 몰랐다. 그럴 때마다 재희도 나의 면도기로 다리나 겨드랑이 털 같은 걸 밀었을지도 모른다는 생각을 했다.

재희가 부모님과 인연을 끊은 것은 스물한 살의 봄이었다. 우리 둘 다 부모님이랑 썩 사이가 좋지 않은 편이기는 했는데, 그렇다고 해서 우리의 부모님이 뭐 대단한 악인인 것은 아니었고 평범한 중산층 가정의 보수적인 부모에 불과했다. 대부분의 평범한 부모가 그러하듯, 자식에게는 답답한 상식을 들먹이면서도 뒤로는 신나게 외도를 하거나 종교나 주식, 다단계 같은 것에 미쳐 있는 종류의 사람들이었다. 내 경우는 부모를 싫어하는 주제에 얻어먹을 것은 또 다 얻어먹겠다는 놀부 심보를 가지고 있어 (그래서 갈수록 인상이 심술궂어지나?) 적당히 눈치를 보며 매달 몇십만 원씩 용돈을 타 쓰곤 했는데 재희는 부모님과 대판 싸운 뒤로는 아예 연락을 끊고 경제적인 원조마저도 거부해버렸다. 역시나 대쪽 같은 구석이 있는 여자였다.

재희가 처음으로 구한 일자리는 동네의 카페 '데스띠네'라는 곳이었는데 간판에 '운명'이라는 거창한 의미의 불어가 쓰여 있어서 그곳을 선택한 것은 아니었고 흡연이 자유로운 몇 안 되는 카페였기 때문이었다. 담배를 뻑뻑 피우며 커피를 내리는 재희의 모습은 20대 초반다운 천진난잡한 귀여움이 서려 있었다. 나는 새로운 썸이 생길 때마다 그들을 데스띠네에 데려가 재희에게 일종의 검사(?)를 받았고 재희는 매번 어디서 섹스만 밝히고 성격은 개차반 같아 보이는 놈들을 잘만 골라 온다고 평했다. 지나고 보면 다 맞는 말이었다.

재희는 낮에는 데스띠네의 점원으로 밤에는 과외 선생으로 투잡을 뛰면서도 새벽에는 알뜰히 술까지 퍼마셨다. 그러면서 학교 수업도 듣고, 학점도 그럭저럭 받고 아무튼 뭘 했다 하면 평균 이상은 하는 재희는, 다른 건 다 잘하면서도 제대로 된 남자를 고르는 것과 엉망진창인 남자에게 적절한 시점에 이별을 고하는 데 있어서는 천부적일 만큼 재능이 없었다. 그래서 내가 번번이 재희의 남자들에게 거절이나 이별의 문자를 보내곤 했었다. 나는 또 그 방면에는 달인에 가까웠는데 내가 남자들에게 차이며 숱하게 들었던 말들을 그대로 되돌려주기만 하면 됐기에 어려울 게 하나 없었다. 그 시절 나는 나 자신을 냉면집의 발깔개 정도로 여기고 있었다. 대충 발이나 털고 지나가버리면 그만인, 그런 존재. (객관적인 자기 판단 능력!)

브라운아이드걸스의 〈아브라카다브라〉가 전 국토를 강타했을 무렵, 나는 입대했다. 당시에 사귀던 애인은 훈련소에서 퇴소하기도 전에 나를 걷어치우고, 나보다 1.8배쯤 더 잘생기고 돈도 많고 자지도 커 보이는 남자를 만나고 있었고, (이 사실을 전해준 것은 재희였다.) 결국 군 생활 내내 043으로 시작되는 (세상에서 제일 귀찮은) 군인의 전화를 받아준 것도, 모나미 볼펜으로 꾹꾹 눌러쓴 편지의 수신인도 언제나 재희였다. 나는 관물대에 나와 재희가 찍은 스티커 사진을 붙여놓았다. 생활관 사람들에게 재희는 1년 동안 사귄 나의 여자친구였다. 그것은 군대라는 공간에서 나를 지켜주는, 꽤 훌륭한 연막이었다.

지옥 같은 2년을 버텨내고, 앞으로 내 인생에 뭔가 대단한 일이 일어나리라 믿으며 제대를 했을 땐 정말이지 너무 엄청난 일들이 벌어져 있었다. (나만큼이나) 충동적인 성향이 강한 아버지의 위험천만하고 공격적인 투자로 인해 집이 완전히 망해버렸고, 부모님이 사는 아파트는 물론 내 원룸 보증금까지 완전히 날려먹는 바람에 갈 곳이 없어져버린 것이다. 결국 나는 학교 앞 고시텔에 들어가 살게 됐다.

그동안 재희는 부모님이랑 화해 비슷한 것을 했고, 그들의 원조로 호주에 교환학생도 갔다 왔으며, 학교 앞에 열 평짜리 전세 원룸을 구해놓은 상황이었다. 그 많던 알바도 다 그만두고 갑자기 경제학을 복수 전공하질 않나, 그럴 듯한 취업 준비생이 되어 있었고, 나는 그런 재희의 모습이 낯설게만 느껴졌는데 일주일에 일곱 번씩 술을 마시는 걸 보면 여전히 내가 아는 재희가 맞다는 생각이 들었다.

새로운 집에 들어간 지 얼마 지나지 않아 재희가 이상한 소리를 하기 시작했다. 밤 열 시마다 어떤 남자가 재희네 집 앞에 와서 재희네 집 창문 쪽을 하염없이 바라본다는 거였다.

—전세방 귀하다던데 부동산에서 왔나 보다.

대충 대답을 하고 치웠는데 아무래도 찝찝한 기분이 들기는 했다. 한번은 속옷만 입고 머리를 말리는데 자신을 노려보고 있는 남자와 눈이 마주친 적도 있다고 했다. 충고가 낮고 2층밖에 되지 않아 마음만 먹으면 얼마든지 베란다로 들어올 수 있을 것 같다는 말도 덧붙였다. 정 불안하면 꼴에 남자인 내가 며칠간 너희 집에 들어가 동거하는 척이라도 해주겠다고 말했더니, 재희는 별로 불안하지는 않지만 밤에 심심하기는 하니까 며칠 놀다 가라고 했다.

나는 마치 엠티라도 가는 것처럼 속옷이며 잠옷 대용으로 입을 반바지와 민소매 티셔츠를 챙겨 재희의 집으로 향했다. 우리는 카레를 끓여 먹고 쓸데없는 연애 상담이나 하는 예능 프로그램을 보며 출연자들의 한심함을 지적했다. 나는 침대에 누워 핸드폰을 만지고 있었고, 재희는 샤워를 하고 나왔다. 머리를 말리는데 커튼 너머로 무슨 그림자가 어른거리는 게 보였다. 나는 별생각 없이 그것을 바라보고 있었는데, 재희가 베란다로 다가가 커튼을 확 젖혔다. 장작개비처럼 마른 남자가 에어컨 실외기 옆에 쭈그려 앉아 있는 게 보였다. 어, 진짜였네, 하는 생각이 들기 무섭게 재희가 마치 연속동작처럼 신속하게 창문을 열었고, 벙벙한 남자의 얼굴을 걷어찼다. 남자는 그대로 고꾸라졌다. 그가 신음 소리를 내며 고개를 들자 코와 입에서 피가 쏟아졌다. 재희는 교육열이 남다른 동네에서 자라 유치원 때부터 피아노와 태권도를 배웠으며, 초등학교 5학년 때 태권도 2단 단증을 땄다. 조기교육의 힘은 위대했다. 나는 정신을 못 차리는 남자를 붙잡아놓고 재희에게 119와 112를 같이 부르라고 했다. 자꾸만 웃음이 나와 참기가 힘들었다.

나흘 뒤, 나는 트렁크 하나에 내 짐을 모두 담아 재희네 집으로 들어갔다.

뭐 대단한 합의가 필요했던 건 아니었다. 월세 30만 원에 공과금을 절반으로 나눠 내는 조건이었다. 이미 내 물건 중 상당수가 재희의 집에 놓여 있는 상황이었고 열 평짜리 원룸은 둘이 살기에도 크게 부담이 없는 크기였으며, 20대 중반이 다 되도록 진득한 연애를 해보지도 못했던 우리에게 있어서 서로는 어느덧 지구상에서 가장 가깝고 편한 사람이 되어 있었다.

재희는 깻잎 장아찌를 달게 잘 담갔고 나는 매운 봉골레 파스타를 만드는 나만의 레시피가 있었다. 나는 물때가 끼지 않게 설거지를 잘했고, 재희는 수챗구멍의 머리카락을 치우는 데 소질이 있었다. 언젠가 내가 냉동 블루베리를 맛있게 먹는 걸 본 이후로 재희는 마트에서 장을 볼 때마다 벌크 사이즈의 미국산 냉동 블루베리를 사다 냉동실에 넣어놓곤 했다. 나는 보답처럼 재희가 좋아하는 말보로 레드를 사서 냉동실 블루베리의 옆자리에 올려놓았다. 재희는 새 담배를 꺼내 피울 때마다 입술이 시원해서 좋다고 했다.

2

재희가 결혼을 하게 됐다고 했을 때, 내가 가장 먼저 한 말은 사고 쳤니, 였다. 재희는 어쩜 다들 토씨 하나 안 빼고 똑같은 말을 하냐며 깔깔댔다. 놀랍게도 사고는 치지 않았고, 사고 근처에도 가지 않았고, 그냥 그렇게 됐다고 했다. 그냥 그렇게 됐다는 말을 하는 재희의 표정을 보니 이번에는 진짜구나 하는 생각이 들었다.

재희가 결혼을 한다고.

실감이 나지 않았다. 차라리 내가 여자를 만나 결혼을 하는 게 더 현실적으로 느껴질 지경이었다. 그도 그럴 것이 재희는 정착과 안정과는 거리가 먼 여자였기 때문이다.

*

20대 중반에 들어선 재희는 무슨 올림픽이라도 나가는 것처럼 정말 끝도 없이 술을 마시고 문어발식으로 남자를 만났다. 내 경우도 지고 사는 성격은 못 돼서, 아니 실은 그냥 그러고 싶어서 하루가 멀다 하고 술에 취해 새로운 남자와 잤다. 나는 세상이 외로운 사람들로 가득하다는 진리를 매일 아침, 종로의 모텔촌에서 헝클어진 머리를 하고 나오며 느끼곤 했다. 그렇게 만난 남자들 중 일부는 술 먹고 섹스를 하는 것 이상의 다음 단계로 넘어가고 싶어 했다. 싫다고 해도 자꾸만 데이트를 하자느니 자취방에 찾아오겠다느니 난리를 쳐대서 룸메이트가 있어 안 된다고 핑계를 댔다.

─룸메이트?

서로의 파트너에게 룸메이트를 어떻게 말하면 좋을까 고민하다 나는 재희를 대학 동기 재호로, 재희는 나를 고향 친구 지은이로 소개하기로 합의를 보았다. 우리는 저마다의 세계에서 재호와 지은이가 된 채로, 서로에게 꽤나 좋은 핑곗거리가 되어주었다.

이를 테면, 재희의 (임시) 남자친구에게서 이런 문자가 온다.

재희야. 어젯밤에 왜 전화 꺼놨어? 문자도 안 보고.

말도 마. 새벽에 지은이가 아프다고 해서. 같이 응급실 갔다 왔잖아. (지은이는 코를 골며 잘만 자고 있었고, 재희는 학교 남자애들이랑 횟집에서 소주 다섯 병을 깠다.)

형, 주말에 만날까요?

미안. 재호랑 같이 한강 가서 맥주 마시기로 했어. (재호는 남자를 만나 노느라 바쁠 것이며, 나도 너 말고 다른 애랑 섹스나 하고 치울 것이다.)

뭐 이런 식.

재희의 다섯 번째인가 여섯 번째 남자는 전문대에서 보일러학을 전공하다 중퇴하고 생전 듣도 보도 못한 클럽을 전전하며 디제잉을 하는 한량이었다. 실은 내 여덟 번째 혹은 아홉 번째 남자도 이태원에서 디제이를 하던 애였다. 정말 세상 천지에 디제이가 뭐 이렇게 많은지 무슨 협회 같은 데서 자격증이라도 발급해야 하는 거 아닌가. 그래도 내가 만났던 애는 자지도 크고 문신도 많고 섹스할 때 좋은 노래도 틀어주고 아무튼 적당히 멍청해서 좋았고, 그래서 남들 하는 건 다 하며 꽤 재밌게 사귀었는데, 만난 지 8주 만에 형은 사랑하지만 형의 주사(길에서 노래를 부르고 키스를 하고 욕을 하고 난리를 치다 마지막엔 꼭 울면서 끝나는)만큼은 도저히 사랑할 수 없다며 이별 통보를 했고(섹스 할 때 내 목소리가 좋다더니.) 그 후로 나는 디제이들 전반에 대해 묘한 적개심을 갖게 됐다. 내 복잡한 심경을 알 길이 없는 재희는 새로 연애를 시작한 자 특유의 신나고 생기 있는 얼굴로 자기 남자친구 얘기를 했다.

　—머리가 길어서 인디언처럼 땋아났는데, 콩콩이 인형 같아. 할 때 자꾸 웃겨.

　사진을 보여주는데 하나도 안 웃겼고 단지 눈빛이 싸한 게 성격이 더럽고 뒤끝이 안 좋게 생겼다는 느낌을 받았다. 남자는 한사코 지은 씨(즉, 나)를 클럽에 데려와라, 얼굴 좀 보자고 했는데 재희는 그럴 때마다 칼같이 제안을 쳐냈다.

　—걔가 좀 부끄러움이 많아.

　부끄러움이 많은 지은이는 실은 훔쳐보는 것을 좋아해서 재희와 남자가 데이트하는 카페의 옆자리 같은 데 앉아 둘의 대화를 몰래 듣거나 흘끔흘끔 남자의 상태를 점검하곤 했다. 그런데 말하는 것을 봐도 표정을 봐도 뭘 봐도, 이번 남자는 촉이 좋지 않았다.

　—재희야 너 그 남자 왜 만나?

　—글쎄. 잘해줘서?

—별것도 없는데 그냥 자지 커서 만나는 거지.

재희는 예수의 계시를 받아 든 모세 같은 표정을 지으며, 그걸 도대체 어떻게 알았냐고 물어봤고 나는 재희에게 누구보다도 새침한 말투로 말했다.

—내 영적 재능이야.

지은이 가라사대 그 남자는 생식기가 컸다뿐이지 인생에 도움 될 게 하나 없어 보이는 관상이므로 얼른 정리하는 게 신상에 이로울 것이다, 하니 재희는 앞으로 어떤 남자들 만나든 나에게 일단 검사부터 받겠다며, 광신도 같은 표정으로 내 손을 잡았다. 나는 고개를 끄덕이며 불쌍한 재희의 영혼을 끌어안았다.

불행히도 내 영적 재능은 틀리는 법이 없었다.

하루는 수업을 마치고 집에 들어왔는데 재희의 얼굴이 창백해져 있었다. 그녀의 손에 들린 것은 임신 테스터기였다. 나는 가방을 내려놓지도 않고 재희의 손에 들린 임테기의 두 줄을 확인했다. 입이 떡 벌어졌다.

—진짜 너, 한 번에 하나만 하면 안 되냐?

—나 망한 거 맞지?

—망할 것도 없어. 얼른 백 들어. 우리 병원 가자.

—그래, 그냥 병원 가면 되는 일이긴 한데, 다만 문제가 하나 있어.

—뭔데.

—나 돈이 한 푼도 없어. 개털이야.

—애는 니 혼자 만들었니? 남자한테 타내면 되지.

—그게 진짜 문제야.

—뭔데. 찔끔찔끔 흘리지 말고 길게 말해.

—누구한테 돈을 뜯어내야 할지 모르겠어.

사연을 듣자 하니 재희가 요즘 꽂아놓고 만나던 디제이라는 새끼는 섹스나 잘했지 성격이 영 개차반이고 술버릇이 거지같은데, 그것을 예술혼이라고 착각할 만큼 멍청하기까지 해서 걷어차버릴 결심을 굳혀가고 있었다.

때마침 같이 알바를 하던 애에게 동갑의 미대생을 소개받게 되었는데, 알고 보니 대학은 중퇴한 지 오래였고, 현재 직업은 문신쟁이라고 했다. 근데 하필이면 재희가 그와 소개팅을 한 첫날, 내가 외박을 해버렸고, 재희는 하는 수 없이(?) 남자를 우리 집에 끌고 와 신나게 섹스를 했다고 했다. 콘돔 없이. 인간이 원래 시작이 어렵지 한 번 문을 열고 나면 모든 게 편해지기 마련인지라 재희는 그 후로도 안전하지 않은 섹스를 몇 번 더 하게 됐다. 두 남자 모두와.

—섹스는 디제이가 낫고, 인물은 문신쟁이가 더 나아서 고민을 좀 했어.

요즘 같은 정보화 시대에 남들처럼 고민도 좀 빨리빨리 하고 치울 것이지 재희는 무려 세 달 동안 두 남자를 번갈아 만나며 깊은 고뇌에 빠져 살았다. 두 번만 더 고민을 했다간 아주 고아원도 차리겠다, 말하니 아예 못 들은 척을 했다. 그러더니 갑자기 핸드폰을 내밀었다. 문신쟁이의 얼굴이라고 했다. 재희가 보여준 남자는 디제이라는 놈이랑 머리카락 길이만 달랐지 놀라울 만큼 인상이 비슷했고, 국거리로도 못 쓸 만큼 말라비틀어진 멸치 같아 보였다.

—둘 다 똑같이 생겨서 일단 낳아놓고 아무나 골라 아빠라고 우겨도 되겠는데?

재희는 내 헛소리에 웃어주지도 못할 정도로 꽤 상심한 것 같았다. 그녀답지 않게 술 좀 줄일걸, 밥 사 먹을 돈도 없는데, 엄마한테 달랄 수도 없고 어쩌지, 앓는 소리를 하는데 그 꼴이 보기 싫어서 그냥 이렇게 말해버렸다.

—됐어. 그냥 내 돈으로 해.

—아무래도 그건 아니지.

—누가 거저 준댔니? 나중에 달러이자 쳐서 받을 건데. 일단 얼른 지우고 봐.

—너밖에 없다. 고마워.

재희는 입고 있던 청바지를 벗고 펑퍼짐한 고무줄 치마로 갈아입더니,

화장을 하기 시작했다. 못 보던 립 컬러이길래 어디서 났니, 물었더니 입술을 빱빱거리며, 며칠 전에 현백에서 하나 샀어, 대답했다. 나도 모르게, 넌 와중에 디올 립스틱 사 바를 정신은 있니? 해버렸다. 잘해주고도 본전도 못 찾는 데 소질이 탁월한 나였다. 신발을 꺾어 신는 재희의 등에 대고 말했다.

—수술하는 건 넌데 막상 한다고 하니 왜 내가 떨리냐.

—별거 있니. 그냥 여드름 짜러 간다고 생각해.

—그게 같냐?

톡 쏘면서도 내심 마음이 놓였다. 그래, 아주 작은 여드름 하나를 없애러 가는 거라 생각하자.

우리는 동네 산부인과로 향했다. 원장이 불친절하고 시설도 후진데 우리 학교 학생들을 대상으로 자궁경부암 예방접종을 30프로인가 40프로 디씨를 해줘 다니기 시작한 곳이라고 했다. 그곳에서 수술을 해줄지는 미지수였다. 인터넷에서 수술을 해주는 병원 같은 데를 미리 찾아놔야 하지 않을까? 말을 해보았지만 귀찮은 걸 딱 질색하는 재희에게 씨알도 먹힐 리 없었다. 일단 검진을 받아보고 수술이 안 된다고 하면 다른 곳에 가면 된다고 했다. 인생의 중요한 문제들을 아무렇게나 넘겨버리는 데에는 재희만 한 고수가 없었다.

병원은 과연 재희의 말대로 낡고 후진 모습이었다. 우리 말고는 사람이 하나도 없어서, 접수하기 무섭게 바로 진료실로 들어갔다. 나는 오래돼 한쪽이 푹 꺼진 소파에 앉았다. 벽면에는 온갖 바이러스 이름과 그것으로 인해 발생하는 질병, 그 모든 병을 예방해준다는 주사에 대한 설명이 쓰인 포스터들이 붙어 있었고, 그 옆의 검은 칠판에는 보톡스나 필러, 제모 레이저를 여름 맞이 특가에 모시겠다는 광고 문구들이 적혀 있었다. 나는 그것들을 일일이 읽으며, 도대체 얼마를 들이면 구질구질한 내 얼굴이 조금은 볼만해질까 고민도 하며, 재희를 기다렸다. 생각보다 진료 시간이 오래 걸렸다. 접수대에 앉은 젊은 간호사가 크게 하품을 했다. 설마 오늘 바로 수술하는 건 아니겠지? 뭐 이렇게 오래 걸려.

테이블에 놓여 있는 자두 맛 사탕을 까먹으며 몇 달 전 갔던 비뇨기과의 풍경을 떠올렸다. 두 병원은 다른 듯 비슷한 분위기였다.

처음에는 오줌을 눌 때마다 요도가 좀 따끔거린다 싶었는데, 얼마 뒤부터는 누가 쥐고 짜는 것처럼 불편한 기분이 들어 병원에 가기로 마음먹었다. 검사를 받는 김에 당시에 만나고 있던 동갑의 공대생을 데리고 역 근처의 비뇨기과에 갔다. 그와 노콘으로 몇 번 한 적이 있었기 때문에 함께 검사를 받는 게 맞는 것 같아서였다. 나답지 않게 순진한 판단이었다.

작은 컵에 오줌을 싸서 검사를 받아본 결과, 뭐 다른 심각한 성병은 아니었고, 그냥 요도가 대장균에 감염된 것이라고 했다. "거기가 대장균에 감염이 될 수도 있구나." 혼잣말을 했는데, 의사는 난처한 표정으로 더러는 여성의 성기에도 대장균이 흘러드는 경우가 있으며 그것에 의해 감염되는 경우가 있다고 묻지도 않은 설명을 굳이 해주었다. 나 역시 괜히 뭔가를 들켜버린 것만 같아 얼굴이 조금 붉어진 채로 진료실 문을 닫고 나왔다. 주사실에 들어가 바지를 반쯤 내리고 여전히 살짝은 부끄러운 기분에 젖어 있는데 적막한 파티션 너머로 남자 간호사 둘이 작게 속삭이는 소리가 들렸다.

—쟤네 봤어? 맞는 거 같지?

—맞네. 똥꼬충들이네.

—씨발, 존나 더러워.

나도 모르게 푸하하 웃음이 터져버렸다. 함께 검사를 받은 공대생은 아무런 감염 소견이 없다고 했다. 내가 주사실에서 들었던 소리를 농담이랍시고 해줬는데, 공대생이 헛소리를 지껄인 조무사 새끼들을 불러오라며, 길길이 날뛰었던 기억이 있다. 참, 이게 화를 내야 할 상황이었구나 하는 깨달음이 뒤늦게 찾아왔고 화를 내야 할 상황에 누구보다 크게 웃는 게 나의 버릇이라는 것도 덩달아 알게 되었다. 그때 맞았던 근육 주사는 꽤 아팠고, 함께 병원에 갔던 공대생이랑은 몇 번 더 만나다가 재미가 없어져 일방적으로 연락을 끊어버렸다.

지난 사랑의 추억에 젖어 있는데 갑자기 진료실 문 너머로 재희가 소리를 지르는 게 들렸다. 진료실 안에 있던 간호사가 문을 열고 나오더니 난처한 표정으로 내게 말했다. "들어가보셔야 할 것 같아요." 진료실 문을 밀고 들어가보니 둘은 나 따위는 신경 쓸 여력도 없어 보였다. 중년의 의사가 잔뜩 화난 얼굴로 작은 초음파 사진을 재희의 코앞에 흔들고 있었다.

—이게 학생 삶의 결과야. 알겠어요?

—아 씨발 진짜 못 들어주겠네.

의사가 뭔가를 더 말하려던 찰나 재희가 갑자기 가방을 들쳐 멨다. 그러고는 갑자기 의사의 책상 위에 놓인 낡은 자궁 모형을 집어 들었다. 뭐야, 하는 생각을 하기 무섭게 재희가 열린 진료실 문 밖으로 달려 나갔다. 의사는 자리에서 일어나 "야! 그거 내려놔." 하고 소리를 질렀다. 재희는 순식간에 사라져버렸고 나는 그녀를 따라가지 않았다. 재희는 중학생 때까지 단거리 육상 선수였다.

나 혼자 병원 접수대 앞에 서서 진료비를 결제했다. 48,900원이 나왔다. 괜히 미안한 마음이 들어 간호사에게 말했다.

—자궁 모형은 제가 금방 찾아다 드릴게요. 걔가 끈기가 없어서 멀리는 못 가요.

간호사는 대답 대신 아주 길게 한숨을 쉬었다.

건물 밖으로 나와 몇 발짝 걸으니 재희가 전봇대 옆에서 자궁 모형을 안은 채 서 있는 게 보였다. 그녀는 나를 보자마자 한쪽 팔을 휘휘 젓더니 라이터 있냐, 물었다. 나는 주머니에서 라이터를 꺼내 재희의 입에 물려 있는 말보로 레드에 불을 붙여줬다. 재희가 자궁 모형을 보며 말했다.

—이거 더럽게도 낡았다.

—대학 졸업식 날 샀나 보지 뭐. 서울대 88학번이래.

—그건 또 어떻게 알았대.

—아까 심심해서 벽에 붙은 졸업장이랑 의사 면허 봤어.

—결심했어. 앞으로 내 인생에 서울대는 없다.

—서울대고 나발이고 너 도대체 왜 그랬냐. 수술 안 해준다면 그냥 나오지 싸우긴 왜 싸워.

—가만히 있는데 내가 미쳤다고 소리 질렀겠니. 그 사람 완전 또라이라니까. 들어봐.

그녀가 임신이라는 말을 꺼내기 무섭게 의사는 곧바로 재희를 검사대에 눕힌 뒤 초음파 검사를 실시했다. 검진 결과 재희의 태아(라 불리는 세포)는 8주가 됐다고 했다.

—애 아빠도 들어와서 보라고 하세요, 하길래 쟤는 애 아빠 아니고요, 아빠가 누군지는 저도 잘 모르겠네요, 해버렸지 뭐.

—거짓말하면 죽니? 그냥 대충 둘러대지.

—나 원래 없는 말 잘 못 하잖아.

사소한 거짓말은 밥 먹듯이 하면서 정작 중요한 순간에는 쓸데없이 정직한 재희였다. 재희의 말을 들은 의사는 피임과 콘돔 사용의 중요성에 대해 20분도 넘게 일장 연설을 했다고 했다. 차트를 넘겨보며 주기적으로 방광염에 걸리는 것도 무분별한 성관계가 원인일 수 있다며 재희의 느슨한 순결 의식과 주색에 경도된 망나니 같은 삶 전반을 비판하기 시작했다. 재희는 벽에 걸린 십자가를 보며, 분노를 꾹꾹 눌러 삼키며, 말했다.

—저 같은 애도 있어야 선생님이 먹고살죠.

—학생이 꼭 내 딸 같아서, 걱정이 돼서 그래. 어린 나이에 그렇게 함부로 살면 어떡하나. 콘돔은 신의 축복이야. 그게 얼마나 중요한 건데. 여자의 몸에 제일 해로운 게 뭔지 알아요? 안전하지 않은 성생활이야. 알겠어요?

—임신이랑 출산이 제일 나쁘다던데요?

—그게 무슨 소립니까.

—인터넷에서 봤어요. 여자 몸에 태아는 이물질이나 다름없다고 하던데요. 임신이랑 출산만큼 몸에 해로운 건 없다던데. 그러니까 빨리 수술해주세요.

—누가 그럽디까? 누가 그래!

의사는 몹시 화가 난 목소리로 지식인 집단을 신뢰하지 않는 무뢰한 사회 현상과 인터넷 문화의 저열함에 대해서 3분 정도 열변을 토하더니, 초음파 사진을 뽑아 들고는 이걸 보라고 했다.

—학생 배 속에 이미 생명이 자라고 있다고. 학생 몸이 이렇게 숭고한 성전이라는 걸 왜 몰라?

—선생님, 숭고는 됐고요. 수술해줄 건지 말 건지나 말해주세요.

그랬더니 또 생명의 소중함과 (이미 잃어버린 지 오래된) 순결의 중요함을 설파하려 들어서 재희가 참지 못하고 소리를 빽 지른 것이라고 했다. 재희는 분이 풀리지 않는지 씩씩거리며 말했다.

—땅콩보다도 작은 게 뭔 생명이야.

—그래 알겠어, 재희야. 다 알겠는데 그래도 자궁은 아니잖아. 이게 제일 중요한 건데.

—중요하지. 그러니까 훔쳤지.

맞네, 너도 참 너다, 깔깔대며 함께 담배를 피웠다. 멀리 산부인과 간호사가 우리 쪽으로 걸어오는 게 보였다. 접수대에 앉아 있을 때만큼이나 무기력한 표정의 간호사는 재희에게 손을 내밀었다.

—재희 씨. 그거 이리 주세요.

—언니 죄송한데요, 정말 제가 오죽했으면 이랬겠어요.

—원장 꼰대 새끼고 짜증나는 거 나도 아는데, 이러면 나만 힘들어져요.

재희는 피우던 담배를 바닥에 비벼 끄고 말했다.

—알겠어요. 내가 언니 얼굴 보고 참는 거예요.

네가 안 참으면 뭐 어쩔 건데. 간호사는 재희가 내미는 모형을 안아 들
었다.

—여기 말고 성신여대 앞에 있는 병원에 가세요. 거기가 수술도 해주고
서비스도 훨씬 나아. 나도 거기 다녀요.

—언니 고마워요.

재희는 갑자기 간호사를 안더니 수술 끝나면 같이 술이라도 먹어요. 제
가 살게요. 번호를 따고 난리였다. 술 살 돈은 하늘에서 떨어지나, 생각했
다. 아무한테나 들러붙는 친화력 하나는 알아줘야 했다.

그리고 우리는 마침내 성신여대 앞의 산부인과에 도착했다. 나는 건물
앞 핑크빛의 커다란 간판 앞에서 살짝 주눅이 들어버렸다. 쫄아 있는 나를
보고 재희가 농담을 건넸다.

—우리 무슨 임신 중절 원정대라도 된 것 같지 않니?

나는 맥없이 허허허 웃으며 재희의 팔짱을 끼고 병원 안으로 들어갔다.
E 산부인과는 프랜차이즈 카페처럼 크고, 깨끗하고, 기계적이리만치 친절
했다. 오후의 애매한 시간임에도 대기실에는 환자들이 꽤 많았다. (당연히)
나 말고는 모두 여자였고, 나는 조금도 어색할 것이 없다는 듯 당당한 자세
와 표정으로 소파 위에 놓인 코스모폴리탄을 읽었다. 건강하고 아름다운
섹스, 이성을 오르가슴에 다다르게 하는 비법 같은 뜬구름 잡는 소리가 적
혀 있었다. 긴장하면 엄지손톱을 물어뜯는 버릇은 언제쯤 고칠 수 있을까
생각하는데 재희가 밖으로 나왔다. 밝은 표정이었다. 재희는 조용히 속삭
였다.

—된대.

나흘 뒤 재희는 수술을 받았다. 나는 수술비를 3개월 할부로 결제했다.
70만 원이 조금 안 되는 돈이었다. 집에 올 때는 택시를 탔다. 답지 않게 머
리를 싸매고 누워 있는 재희에게 미역국을 끓여주었다. 태어나서 처음으로

인스턴트가 아닌 미역국을 끓여보는 거였는데, 미역을 불릴 때 양 조절에 실패해 싱크대가 미역 바다가 됐다. 내가 미역 한 무더기를 머리채처럼 잡고 허공에 흔들며 이거 봐, 나 등신 같지, 말해도 재희는 내 쪽으로 고개조차 돌리지 않았다. 평소 같았으면 한참을 낄낄댔을 재희였다. 나는 재희의 등에 대고 물었다.

—많이 아프냐?

—알게 해줄까.

—아니. 빨리 밥 해줄게.

내 인생 첫 번째 미역국은 대참사로 끝났다. 참기름에 고기를 볶을 때 불 조절에 실패해 쓴 맛이 났고, 다시다를 들이부었음에도 국물은 밍밍했다. 재희는 세 숟갈쯤 뜨다가 다시 침대에 드러누웠다. 그러더니 앓는 소리를 내며 말했다.

—담배.

—야, 안 돼. 하물며 쌍수를 해도 사흘은 쉬는데.

—담배!

하는 수 없이 냉동실에서 새 담배를 꺼내 주었다. 재희는 말보로 레드의 노란 필터를 깨물고, 맛있게도 담배를 피웠다.

—이제 살겠네.

보름이 지난 후에 재희는 다시금 알코올 중독의 세계로 회귀했다.

＊

그날 밤, 여느 때처럼 술에 절어 잠들어 있는 우리를 깨운 것은 누군가의 울부짖음이었다.

—나와 씨발 새끼야.

창밖에서 한참이나 고성방가를 하는 소리가 들렸다. 저 새끼는 술 처먹었으면 곱게 집에 들어갈 것이지 어디서 지랄이야, 생각하며 이불을 뒤집어썼다. 다시 잠을 청하려 하는데 그가 호명하는 이름이 익숙하다는 생각이 들었다. 어째 내 이름 같기도 했다. 재희도 잠에서 깨어나 눈을 비비며 말했다.

—야. 너 찾는다. 얼른 나가봐.

창문을 열어보니 함께 비뇨기과에 갔던 공대생이 서 있었다. 술도 못 먹는 게 있는 대로 취해서는 게이 새끼 호모 새끼 나와라, 난리발광이었다. 살다 살다 별일이 다 있다는 마음으로 슬리퍼를 끌며 내려갔는데 그는 나를 보자마자 다짜고짜 따귀를 때렸다. 내가 자신의 진심을 짓밟았으며 그에 대한 대가를 치러야 한다고 했다. 가족들에게 내가 동성애자이며, 빨아 쓸 수도 없는 걸레 같은 놈이라는 사실을 폭로할 것이라고 고래고래 소리를 질렀다. 가족이라니 뭔 소리지, 생각하다 몇 번이고 집에 찾아오려 하는 그를 떼어내기 위해 가족과 함께 산다고 거짓말을 했던 게 떠올랐다. 재희가 잠옷 바람으로 밖으로 나와, 아직 안 끝났냐, 중얼댔다. 드잡이를 하는 우리를 내버려둔 채 담배를 피우기 시작했다. 공대생은 나를 밀치고 재희에게 가더니, 누님, 동생분이 한 짓 좀 들어보십쇼, 하면서 내가 얼마나 많은 남자들과 노콘 섹스를 하고 다니는지를 토로하며 뜬금없이 내가 좋아하는 체위며, 옆구리 살이 많고 엉덩이가 빈약한 나의 체형 같은 것을 들먹였고, 재희가 별 반응이 없자 다시 내 멱살을 잡고는 "너 그렇게 추잡하게 살다 결국에는 성병에 걸려 죽을 것"이라는 꽤 개연성이 있는 말을 랩처럼 늘어놓았다. 나는 하품을 하며 말했다.

—너 여기 올 게 아니라 쇼미 더 머니에 나가라.

남자는 고래고래 몇 마디 더 소리를 지르다 퍼질러 앉아 울기 시작했다.

—사랑이 죄가 되는 건 아니지 않습니까.

그래 사랑은 죄가 아닌데 네가 이러는 건 죄이고, 심지어 큰 죄라고. 그딴 걸 다 떠나서 우린 그냥 섹스나 몇 번 하고 치운 사인데 네가 좀 오버를 하는 거 같다. 내가 어르고 달래는 사이 재희는 방귀처럼 피씩피씩 웃다가 바닥에 앉은 남자애를 일으켜 세웠다. "우리끼리 한잔 더 하자." 그리고 내가 말릴 틈도 없이 나를 빼놓고 둘이서 어깨동무를 한 채 걷기 시작했다. 따라가려 했더니 나보고 집에 들어가 있으라고 했다.

한 시간도 채 지나지 않아 다시 집으로 돌아온 재희는 모든 게 다 해결됐다고 했다.

—너 진짜 귀신이다. 어떻게 집에 보냈어?

—어쩌기는. 얘기 들어주는 척하면서 술을 떡 되게 먹였지. 택시 태워 보냈어.

재희는 내게 이거 봐라, 하면서 자신의 핸드폰으로 공대생의 한양대 학생증과 운전면허증을 찍은 걸 보여줬다. 주소지는 개포 주공아파트.

—이 새끼 나이 속였네. 동갑이라더니 06학번이야.

—쟤 또 오면 우리도 개포 주공에 출동하는 거다.

나는 재희를 꽉 안았다. 나의 악마, 나의 구세주, 나의 재희.

그 시절 우리는 서로를 통해 삶의 여러 이면들을 배웠다. 이를테면 재희는 나를 통해서 게이로 사는 건 때론 참으로 좆같다는 것을 배웠고, 나는 재희를 통해 여자로 사는 것도 만만찮게 거지같다는 것을 알게 되었다. 그리고 우리 대화는 언제나 하나의 철학적 질문으로 끝났다.

—우리 왜 이렇게 태어났냐.

—모르지.

*

그 사달을 겪는 동안 학과에는 우리가 동거를 하고 있으며, 임신과 낙태를 했다는 소문이 돌았다. 그중 틀린 말은 하나도 없어서 재희와 나는 역시 집단지성의 힘은 위대하다는 결론에 도달했다. 어차피 고학년이 되고 나서부터는 다들 저마다 먹고 살 길을 찾느라 바빴으므로 소문 같은 건 발화자에게도, 당사자에게도 티끌만 한 영향력도 발휘하지 못했다.

재희는 특유의 나태한 성정을 극복하고 학점 관리라는 것도 좀 하고, 일주일에 여덟 번 마시던 술도 세 번쯤으로 줄이고, 인간다운 생활을 하기 시작했다. 내 경우는 불문과 수업에 들어가 늙은 교수들이 사랑 타령이나 하는 것을 들으며 졸았고, 밤이면 밤마다 섹스를 할 사람을 찾아다녔으며, 그마저도 실패하면 방구석에서 망부석처럼 재희를 기다리다 그녀가 사다 놓은 미국산 냉동 블루베리를 밥공기에 부어 먹곤 했다. 맨손으로 차가운 블루베리를 집어 먹다 보면 어느새 손가락이 보라색이 되어 있곤 했다. 그게 웃겼다.

4학년 1학기, 재희는 인문 계열 여성이라는 핸디캡을 딛고, 한 대형 전자회사에 취직했다. 재희가 신입사원 연수를 받으러 집을 떠난 한 달여 시간 동안 나는 정말 심심해 죽을 뻔했다. 재희가 없으니 같이 술 마셔줄 사람도, 쓸데없는 얘기를 하며 떠들고 놀 사람도 없었다. 밤이 너무 길어져버렸고 그래서 나답지 않게 이전에 만났던 남자들 목록을 훑게 되었다. 마침 그 무렵 공대생은 자동차 제조 회사에 막 들어가 K3를 뽑은(이 부분이 중요했다.) 상태였고 주말마다 차를 몰고 다닐 구실을 찾지 못해 안달이 나 있었으므로, 심심해 죽으려 하는 나와 궁합이 썩 잘 맞았다. 그 애랑 꼭 사귀려고 했던 건 아니었는데, K3를 타고 남산타워며 산정호수 같은 데를 돌아다니다 보니 어느덧 연애 비슷한 게 되어버렸다. 섹스야 이미 숱하게 한 사이였고 걔 몸이 내 몸 같고 내 몸이 걔 몸 같을 정도의 관계가 되어버려 뭐 하나 새로울 건 없었지만 둘 다 자존감이 낮고, 주기적으로 자살 충동을 느끼며, 학창 시절에 따돌림을 당해본 경험이 있고 꼴에 예술영화나 책 같은 것을 즐겨 보며 하루키와 홍상수, 불문학과 아우디 같은 구질구질한 것들을 혐오하는 공통점이 있는 게이라 서로를 꽤 특별히 생각하게 되어버렸다.

재희도 역시 그 시간에 놀고만 있을 애는 아니어서, 신입사원 연수원에서 세 살 많은 동기 하나를 꼬셔 나왔다. 이번에도 대충 놀다 치우려나 싶었는데 꽤 진지하게 생각하는지 3개월쯤 만났을 때 정식으로 함께 식사를 하자고 했다.

—너 하나만 나오면 그림이 좀 어색하니까 네 애인도 데려와라.

—애인 아닌데.

—그래. 그 K3 데려와라.

—싫어. 이상하잖아. 니 남친한테 걔 뭐라고 소개하게.

—말대답하지 말고 그냥 좀 와. 비싼 거 사줄게.

—뭐 사줄 건데?

우리는 한남동의 한 경양식 식당에서 1차를 했다. 재희의 남자친구에게는 우리가 보드 동아리에서 만난 친구들이라고 뻥을 쳤다. 그는 지금까지 재희가 만났던 남자들과는 사뭇 달랐다. 예술을 한답시고 (1년만 지나도 부끄러워질) 타투를 덕지덕지 발라놓지도 않았고, 눈빛이 얍삽해 보이지 않았으며, 대단한 대물처럼 보이지도 않았다. 대신 나와 재희에게 없는 어떤 안정성이랄까, 인생에 대한 낙관 같은 게 느껴지는 사람이었다. 서울대 공대를 나와 반도체 연구 부서에서 일하고 있다는 얘기를 듣고 나는 테이블 아래로 손을 내려 재희에게 문자를 보냈다.

니 인생에 서울대는 없다며.

인생이 뜻대로 되면 우리가 이러고 살겠니?

너무 맞는 말이라, 재희의 남자친구에게 아이고 형님, 대단하십니다, 멋지십니다, 꼴같잖은 칭찬 같은 것도 했다. 내가 데려온 K3와 재희의 남친은 공대라는 공통점이 있기 때문인지 꽤 잘 맞아 보였다. 둘은 서로가 다니는 회사의 사내 문화나 연구 분야에 대해서 계속 뭔가를 떠들어댔다. 두 남자의 대화를 듣다가 지루해진 나는 재희의 왈가닥 대학 생활을 사회적으로 용인 가능한 선에서 적절히 편집해 들려주기도 했다. 그때, 우리 넷의 식사

자리는 꽤 적절했던 것으로 기억한다.

3

재희의 남자친구가 재희와 지은이의 심상찮음을 눈치챈 것은 지난여름이었다.

—재희야, 네 룸메이트 지은이는 고양이야?

—응? 무슨 소리야, 오빠.

—이상하잖아. 왜 걔는 항상 집에만 있어. 나한테 한 번도 보여주지를 않고, 목소리도 들려주질 않아? 같이 찍은 사진도 없어? 고양이도 가끔 우는 소리를 내는데, 왜 걔는 목소리도 흔적도 없어?

그간 재희가 만났던 남자들이 워낙에 단타에 그쳐서 망정이지, 사실 정상적인 사고를 가진 사람이라면 충분히 할 법한 의심이었다. 몇 번이고 지은 씨와 함께 밥을 먹자고 해도 일이 있다거나, 쑥스러움이 많다는 식으로 둘러대곤 하니 당연히 이상하게 생각하지. 재희가 거짓말만 좀 잘했더라면 인생이 훨씬 살기 편했을 텐데. 둘은 만난 지 1년 만에 처음으로 크게 싸웠다. 거짓말에 소질이 없는 재희는 이것저것 지어내다가 결국 궁지에 몰려 지은이가 동갑의 남성이라는 사실을 실토하고 말았다. 또한 그 룸메이트가 남자를 좋아하는 남자라는 사실도.

—그러니까 오빠, 걔는 그냥 여자나 다름없어. 정말 지은이랑 살고 있는 거나 똑같아.

—어떻게 같을 수가 있어. 걔는 남자라고. 남자랑 여자랑 같이 사는 거야.

둘이 그토록 격렬하게 싸운 것은 처음이라고 했다. 재희는 집에 들어와 내게 그 말을 전하며 고개를 숙였다.

—정말 미안하다. 그러려고 했던 게 아니었는데, 그렇게 됐다.

—그럼 어쩌려고 했던 건데.

말이 곱게 나가지 않았다. 재희는 내 반응을 예상하지 못했는지 살짝 입을 벌린 채 고개를 푹 숙이고 있었다. 내 목소리가 왜 이렇게 떨리는 걸까 생각하다, 내가 진심으로 화를 내고 있다는 것을 깨달았다. 서로에게 이보다 더한 잘못을 저질렀을 때도 있었다. 술 먹고 진상을 피우는 재희를 집으로 끌고 온 적도 부지기수였고, 화장실인 줄 알고 바닥에 오줌을 싼 재희의 스타킹을 내다 버리고 락스로 바닥을 벅벅 닦은 적도 있었다. 눈곱이 낀 눈을 비비며 일어난 재희가 미안하다고 빌면 언제나 대답 대신 재희의 등짝을 때리고 누구보다 크게 웃었던 나였다. 그런데 그때, 나는 진심으로 분노하고 있었다.

배신감.

그것은 타인에게 별 기대가 없는 내가 평소에 좀처럼 느끼지 못했던 감정이기도 했다.

따지고 보면 웃긴 일이었다. 재희는 그저 있는 사실을 그대로 말했을 뿐이었다. 이전까지 나는 내 정체성이 밝혀지는 데 별 거리낌이 없는 편이었다. 술만 들어가면 길바닥에서 남자와 키스를 하는 주제에 소문이 나지 않기를 바라는 게 웃긴다고 생각했다. 누구든 떠들어대도 괜찮지만, 그 누구가 재희라는 것이 도저히 받아들여지지가 않았다. 다른 모든 사람이 나에대해 얘기를 해도 재희만은 입을 다물었어야 했다. 재희니까. 나의 비밀이 재희와 그 남자와의 관계를 위한 도구로 쓰였다는 것을 받아들이기가 힘들었다. 재희와 내가 공유하고 있던 것들이, 둘만의 이야기들이, 다른 사람에게 알려지는 게 싫었다. 우리 둘의 관계는 전적으로 우리 둘만의 것이라고 믿었기 때문에. 언제까지라도.

—연락 안 해도 돼.

나는 가방을 싸서 곧장 고향으로 내려갔다. 내가 왜 그토록 격렬한 반응을 보였는지 나 자신조차 알지 못하는 채로.

그 후로 재희에게서 몇 번 전화가 걸려왔지만 받지 않았다. K3에게도 우리의 관계를 다시 생각해봐야 할 것 같다고 문자를 보냈다. 그는 자꾸만 일방적으로 도망치는 나를 이해할 수가 없다며, 이제는 진짜 끝이라고 하더니 새벽마다 술을 처먹고 사랑에 관련된 경구 같은 것을 맞춤법이 틀린 채로 보내왔다. 재희 역시 때때로 내게 다 이해한다는 문자를 보냈고, 나는 재희가 도대체 무엇을 이해하고 있다는 것인지 알 수 없었다. 자꾸만 고약해지는 마음이 웃겨서 혼자 가만히 누워 있다 방귀를 뀌듯 피식피식 웃는 일이 잦았다.

*

고향에 내려가 있는 동안 나는 소설을 썼고, 작가가 되었다.

나와, 재희와, 우리가 만났던 남자들과, 그들과 겪었던 연애사를 대충 엮어서 아무 얘기나 써댔다. 사실 그건 남에게 보여주기 위한 것은 아니었다. 잠이 잘 오지 않아 뭐라도 할 일이 필요했고, 밤새 떠들고 놀던 사람이 없어져버려 누군가에게 자꾸만 쓸데없는 얘기를 털어놓고 싶어서였다. 끝도 없이 섹스를 하는 게이와 개를 잃어버리는 연인들이 나오는 소설을 썼을 때에도 대단한 만족감이나 성취감을 느끼지는 못했다. 다만, 내가 쓴 소설들이 재희와 내가 보냈던 밤들과 썩 닮아 있다는 생각을 했다. 별 기대도 없이 그 두 소설을 공모전에 냈다가 덜컥 당선되었다.

수상 소식을 전하기 위해 재희에게 전화를 했다. 꼬박 세 달 만이었다. 재희는 마치 세 시간 전에 전화를 했던 것처럼, 안녕, 하고 전화를 받아놓고는, 내 수상 소식을 듣자 갑자기 울기 시작했다. 너도 참 너다, 라는 마음으로 재희가 우는 것을 3분 정도 기다리다 심사평을 읽어주었다. 한 원로 소설가는 심사평에서 내 작품을 두고 옐로저널리즘적 취향이 우려된다고 평했다. 재희는 그 문장을 듣고는 떠나가라 웃었다. 상금 중 일부를 덜어 재희에게 샤넬 램스킨 백을 사주었다.

K3의 부고 문자를 받은 건 그즈음이었다. 교통사고라고 했다. 그토록 아끼던 K3가 결국 관이 되어버렸다. 그가 죽었다는 소식을 듣고 났을 때 비로소 나는 그와 내다볼 수 없을 만큼의 긴 미래를 상상해왔었다는 것을 깨닫게 되었다. 그가 마지막으로 내게 보낸 문자의 내용은 이러했다.

집착이 사랑이 아니라면 난 한 번도 사랑해본 적이 없다.

나는 짐을 싸서 서울로 가는 기차표를 예매했다.

*

장례가 끝난 후 다시 재희의 집에 들어간 나는 보통의 일상을 이어나갔다. 재희는 여느 때처럼 냉동실에 블루베리를 가득 채워놓았다. 나도 예전처럼 말보로 레드를 사다 놨더니 그럴 필요가 없다고 했다. 담뱃값이 오른 뒤로 남친과 함께 담배를 끊었다고 했다. 그래, 그렇겠지. 내가 사놓은 담배가 냉동실에 언 채로 남게 되었다.

잠들기 전까지 하루 종일 있었던 일을 공유하던 우리의 습관도 여전했다. 나는 예전처럼 '오늘의 남자'를 말했고, 재희는 자신과 남자친구의 관계에 대해서 주로 얘기했다. 그들 사이에서 '룸메이트 지은이'는 지뢰처럼 피해야 할 대화 주제로 남았다. 그냥 피가 섞이지 않은 남매나, 아니면 신경이 아주 많이 쓰이는 룸메이트 정도로 정리를 한 것 같았다. 남자친구는 술에 취할 때마다 재희에게 거듭 이렇게 말한다고 했다.

─보통 사람 눈에는 너희 진짜 이상해 보이는 거 알지.

둘이 얼마나 가나 두고 보자 싶었는데 남자는 생각보다 지구력이 있는 성격인 거 같았다. 재희 말로는 지금껏 만났던 어떤 남자보다 안정적인 성격을 가졌으며, 언제나 자신의 말을 잘 들어줘서 좋다고 했다.

─내가 하자는 대로 다 해줘. 애완견처럼.

이상한 습관도 없으며, 다른 남자들처럼 재희의 술버릇을 지겨워하지도 않고 오히려 매일 새로운 여자를 만나는 것 같아 잔재미가 있다고 좋아한다고 했다. (설마.)

재희는 언제나 자정이 되기도 전에 곯아떨어졌다. 업무가 힘든지 매일 밤 10시가 넘어 집에 들어와 개똥같이 찌그러져 있다가도 행여 내가 누군가랑 좀 잘될라치면, 그래서 밥 먹듯 외박을 하려 들면 엄마가 당부하듯 문자를 보내곤 했다.

이번에는 먼저 죽지 않을 애로 잘 고르렴.

애써볼게.

*

그 무렵, 재희의 남자친구는 재희에게 프러포즈를 했고 재희는 승낙했다. 만난 지 꼬박 3년 만이었다. 나는 그 소식을 듣고는 그 형은 다 좋은데 여자 보는 눈 하나가 없네, 말했다. 재희는 그치? 하고 대답했다. 그리고 덧붙였다.

—내가 평생 자기를 웃겨줄 것 같아서 좋대.

웃다가 뒤통수나 후드려 맞지 않으면 다행일 것 같았지만.

그 말을 듣고 난 후로 나도 재희를 내내 웃기다고 생각해왔다는 것을 알게 되었다. 예쁘지도 착하지도 않는 재희지만, 확실히 웃기기는 하지.

어쩌면 나의 존재가, 생물학적 남성이자 3년 된 룸메이트인 지은이의 존재가 그에게 결혼을 결심하게 만들었을지도 모른다는 생각도 들었지만, 그런 생각을 더 깊이 끌고 가지는 않기로 했다. 나는 나와 관련된 모든 생각을 멈추기로 했다. 자의식 과잉은 병이니까……

재희가 결혼 선언을 한 뒤로 모든 게 빠르게 흘러갔다.

나는 식을 앞두고 3개월 동안 한국 사회에서 남녀가 한 가족으로 합치는 것이 얼마나 좆같은지를 직간접적으로 목도하게 되었고, 때문에 내심 결혼 같은 건 꿈도 꿀 수 없었던 내 처지를 더 이상 비관하지 않게 되었다. 뭐, 신포도 같은 마음이 아니라고 할 수는 없겠지만.

재희는 뭘 맡겨놓기라도 한 것처럼 내게 바라는 것이 썩 많았다. 대리로 진급한 후 살인적인 업무에 시달리는 (예비) 남편의 부재를 이유로, 자꾸만 나를 남편처럼 써먹으려 들었다. 나는 웨딩숍이며 한복집, 커튼집 같은 데에 끌려 다니며 재희와 함께 물건을 골랐다. 처음에는 재희 뒤에서 휘파람이나 불다가 나중에는 내가 더 신나서 원단을 만져가며 이 색깔로 해라 난리를 쳤다. 거기까지는 나도 그럭저럭 좋아하는 일이라 상관은 없었는데 대뜸 나보고 결혼식 사회를 봐달라고 했을 때는 어이가 없었다. 이성애 결혼식 따위 티끌만큼도 연루되기 싫다고 해도 막무가내였다.

―내 결혼식에 네가 빠지는 게 말이 되니?

―말이 왜 안 돼. 절대 안 해. 못 해. 나 정장도 없어.

―내가 사줄게. 아르마니 걸로.

―나 안티 메리지 운동 하고 있어. 너 보니까 결혼 제도는 망해야 마땅한 것 같애.

―개소리 말고 좀 해줘. 너 나대는 거 좋아하잖아.

그건 철저한 오해였다. 만취했을 때의 자아와 평소의 나 사이에는 간극이 컸다. 몇 번이나 거절을 했는데 막무가내로 밀고 들어왔고, 그럴 때의 재희는 말릴 방법이 없었다. 그래 좋다 사회를 봐줄 테니, 대신에 식순이며 스크립트는 네가 써라, 말하니 알겠다고 했다.

일주일도 지나지 않아 재희가 집에 교촌치킨 두 마리를 사왔다. 뭔가 켕기는 게 있는 거로구먼. 재희는 내게 닭다리를 내밀며 말했다.

—신랑 친구가 사회를 보는 게 관례라고 하네? 오빠 절친 중에 방송기자가 있는데, 그 사람이 사회 본대. 진짜 미안.

누가 시켜달랬나. 애초에 결혼식 사회 같은 건 하고 싶은 적도 없었는데 그놈의 관례인지 뭔지 때문에 못 하게 됐다고 생각하니 괜히 기분이 더러웠다. 아무래도 신랑 측에서 뭔가 말이 오간 것 같았다. 재희는 대신 나를 위해 마련해놓은 자리가 있다고 했다.

—축가.

—돌았니.

—내 얘기 써서 등단한 값이라고 생각해.

—그럼 내가 사준 샤넬 백 내놔.

—안 해주면 내가 출판사에 소송 걸 거야. 내 치부 갖다 팔아먹었다고.

소송보다는 수치심을 뒤집어쓴 채 노래를 부르는 게 편할 것 같았고, 결국 아르마니 수트 한 벌과 셔츠, 넥타이까지 받는 선에서 이야기가 정리됐다.

재희의 신혼집은 방이동의 아파트였다. 재희네 부모님이 투자 목적으로 사놓은 집에 들어가 사는 거라고 했다.

*

마지막 날, 우리는 우체국에서 사이즈가 가장 큰 박스를 열 개 사왔다. 옷장에서 재희의 원피스며 가죽재킷 같은 것들을 꺼내 차곡차곡 개켰다. 재희가 나에게 말했다.

—영아, 나 앞으로 바람피우지 않고 살 수 있을까?

—글쎄?

—나는 오빠 걱정은 별로 안 되는데 내가 걱정돼. 멀쩡한 남자 하나 바보

만들까 봐.

　—있잖아, 재희야……. 나도 그게 걱정이긴 해.

　우리는 함께 웃으며 옷을 마저 넣었다. 생각보다 짐이 적어서 박스 다섯 개만 썼다. 큰 짐들이나 겨울옷 같은 건 미리 신혼집으로 보내놨다고 했다. 남아 있는 5개월의 계약 기간 동안은 나 혼자서 방에 살아도 된다고 했다. 그래도 전세금이 꽤 될 텐데 당장 돈이 급하지 않은 걸로 봐서는 아무래도 재희 쪽 집안 형편이 괜찮은 것 같았고, 은근히 기우는 결혼인 것 같기도 했다. 재희가 평범한 중산층 가정에서 누구보다 평범하지 않게 자라난 여자라고 생각했던 믿음이 흔들리기 시작했다. 그녀가 사회적 통념 같은 것을 코 푸는 휴지처럼 여기며 자라날 수 있었던 건 어쩌면…….

　짐을 다 싼 후 우리는 나란히 이불을 깔고 누워 이야기를 하기 시작했다.

　—근데 너 정말 결혼해서 시부모 챙기고, 애 낳고 기저귀 갈고 할 자신 있어?

　—오빠랑 계약서도 썼어. 애 안 낳기로. 시부모님이야 엄마 아빠 생일 챙길 거 한 번 더 한다고 생각하지 뭐. 그냥 연애하는 것처럼 계속 살 거야 우리.

　—그럼 계속 연애나 하지, 굳이 결혼을 왜 해.

　—하자고 하니까 그냥 한번 해보는 거지 뭐. 살다가 아님 말고.

　—그래. 하다가 안 되겠다 싶으면 다 때려치우고 와.

　—내가 그걸 못 하겠니?

　못 해서 여기까지 온 거 아니었어, 물어봤는데 아무 대답이 들리지 않았다. 대신 우렁차게 코 고는 소리가 들렸다. 재희가 입버릇처럼 말한 '아님 말고'가 계속 머릿속에 맴돌았고, 평소에는 짜증만 치밀어 오르던 그 말이 이상하게 위안이 됐다.

　결혼할 사람은 재희인데 정작 잠들지 못한 건 나였다. 그렇게 우리의 마지막 밤이 흘러갔다.

5

사회자가 축가를 부를 사람으로 내 이름을 호명했다.

동창들이 일제히 고개를 돌려 나를 쳐다보았다. 더러는 웃음을 터뜨렸다. 나는 식기가 세팅된 원형 테이블에서 일어나 천천히 무대를 향해 걸어갔다. 긴장이 돼 어깨가 뻣뻣해졌다. 재희와 재희의 신랑이 나를 보며 빙긋이 미소 짓고 있었다. 수백 명 하객이 일제히 나를 바라봤다. 그 위용에 압도된 채, 마이크를 꽉 붙잡았다. 보면대에 놓인 악보 속 글씨가 출렁거렸다. 마이크만 잡으면 왜 이리도 감정이 요동칠까. 작가가 된 후로 몇 번 마이크를 잡는 행사를 한 적이 있는데 언제나 필요 이상으로 말을 많이 하거나, 아니면 말도 안 되는 순간에 눈물을 쏟아 모두를 당황시키기 일쑤였다. 내게 내재된 무대용 자아에 나조차도 놀란 적이 한두 번이 아니었다. 간주가 나오기 시작했다. 멜론에서 천 원짜리 간주 파일을 사려다 괜히 괘씸한 기분이 들어, 오백 원짜리를 샀는데, 노래방 간주만도 못했다. 당장이라도 눈물이 쏟아질 거 같아 코에 힘을 줬다. 이래선 안 돼. 참자. 누르자. 나는 떨리는 아랫입술을 꽉 물었다. 재희의 하객 중 적어도 열 명 정도는 재희랑 잤던 남자들이었고, 둘 정도는 나랑 잔 적이 있는 사람들이었다. 재희와 그의 신랑이 과도하게 두꺼운 메이크업을 하고 작위적인 미소를 띤 채 나를 바라보고 있었다.

결국 나는 제대로 된 축가를 부르는 데 실패했다. 앞 소절은 어찌저찌 떨리는 목소리로 불렀는데, 두 번째 싸비가 나오는 순간 모든 게 다 터져버렸다.

─항상 나의 곁에 있어줘. 꼭 네게만 내 꿈을 맡기고 싶어.

까지 부르자, 눈물이 터질 것 같아 더 이상은 노래를 부를 수가 없었다. 재희야, 너 진짜 혼자 이렇게 가버리기냐. 간주가 나올 때부터 이미 웃기 시작했던 사람들은 내가 마이크를 놓고 고개를 돌리자 연기라도 하는 줄 알았는지 다들 빵 터져 신나게 웃어댔다. 재희가 드레스를 질질 끌며 달려와 마이크를 잡았다. 그러더니 나머지 소절을 부르기 시작했다.

—언제까지 내 맘에 하나뿐인 소중한 그 사람…….

다른 건 곧잘 하는 재희는 노래만큼은 더럽게도 못 불렀고, 심지어 반주가 남자용이기까지 해서 더 구리게 들렸다. 검은 카펫을 깔아놓은 호텔인 게 무색할 정도로 예식의 품격이 땅바닥으로 곤두박질쳤고 나는 울려다가 눈물이 쏙 들어가, 아 정말이지 재희는 어쩔 수 없이 재희구나, 하는 생각에 사로잡혀 콧물을 삼키며 나머지 노래를 재희와 함께 완창했다. 내가 다른 사람한테는 다 져도 쟤한테는 질 수 없다, 오늘의 옥주현은 나다, 라는 마음으로. 최선을 다해서.

자리에 돌아가자 동기들이 다들 왁자지껄 웃고 난리였다. 언제적 핑클이냐, 너 설마 아까 운 거 아니지, 다들 웃겨 죽으려고 했다. 호모라서 핑클 부르면서도 운다 됐냐, 하려다 말았다. 대신 식은 스테이크를 잘라 껌처럼 질겅질겅 씹어 먹었다. 동기들은 저마다 대단히 할 말이 많아 보였다. 다음엔 누가 결혼할 차례이며 누구는 애를 낳았으며 누구는 승진을 했고 이직을 했고 취업에 실패한 누구는 부모님의 펜션을 물려받았다, 속 시끄럽고 지겨운 소리만 잘도 늘어놨다. 재희네 신혼집이 송파라더라, 그 아파트가 얼마 전에 3억이나 오른 거 알고 있냐, 재희는 부자 남편을 만나서 로또 맞은 거나 다름없다는 소리까지 나왔고, 아파트는 재희 부모님이 해준 거란다 등신들아, 아는 척을 하려다 그게 다 무슨 소용인가 싶어서 스테이크를 반쯤 남긴 채 일어섰다. 화장실에 가겠다는 말을 남기고 호텔 밖으로 나왔다.

집에 돌아오자마자 침대에 재킷을 벗어던졌다. 속옷까지 벗어버리고 침대에 누웠다. 재희와 함께 살 때는 절대 할 수 없었던 일이었다. 혼자 사니까 시원하고 좋네. 해가 지지도 않았는데 이러고 있으니 꼭 술에 취해 새벽을 맞이하는 것 같은 기분이 들었다. 집도 비었는데 남자나 불러다 놀까 하다가 귀찮아서 관뒀다. 창 너머로 일렁이는 햇살을 보며 습관처럼 핸드폰의 문자들을 뒤졌다. 지긋지긋한 카드 결제 문자와 스팸 문자를 넘어 재희가 내게 싹싹 비는 문자를 읽다, K3가 내게 마지막으로 보냈던 문자를 열었다.

집착이 사랑이 아니라면 난 한 번도 사랑해본 적이 없다.

핸드폰을 닫아버렸다. 샤워를 할까 하다 갑자기 시원한 게 먹고 싶어져버렸다. 냉동실을 열어보니 거의 다 먹은 블루베리 한 봉지와 비닐을 벗기지도 않은 말보로 레드 한 갑이 있었다. 담뱃갑에 암에 걸린 남자의 폐 사진이 붙어 있어서 그것을 한참 동안 들여다보았다. 이 남자 죽었을까. 선반에서 밥공기를 꺼내 블루베리 봉지를 뒤집었다. 보라색 얼음 조각 하나만이 툭 떨어질 따름이었다.

그때, 영원할 줄 알았던 재희와 나의 시절이 영영 끝나버렸다는 것을 깨달았다.

언제나 때에 맞춰 블루베리를 사다놓던 재희. 내가 만났던 모든 남자들의 이름과 얼굴을 기억하는, 내 연애사의 외장하드 재희. 아무 데서나 담배를 피우며, 가당찮은 남자만 골라 만나는 재희. 모든 아름다움이라고 명명되는 시절이 찰나에 불과하다는 것을 가르쳐준 재희는, 이제 이곳에 없다.

항상 나와 함께 있어줘

인아영 문학평론가

우정은 때로 연애보다 어렵다. 연애에 관해서라면, 보편적으로 받아들여지거나 자연스럽게 상상되는 관계의 모양이 있다. 두 사람은 배타적인 1:1의 관계 안에서 다른 누구보다 서로를 아끼고 소중히 여기도록 기대된다. 심지어는 (적절한 연락 빈도수에서 잘 헤어지는 방법에 이르기까지) 연애의 각 단계에 따른 여러 공식과 지침까지! 그러나 우정에 관해서라면? 어쩌면 우정의 무늬는 연애보다 어지럽고 복잡하며 제각각이다. 각자 인간관계에서의 우선순위부터 친구 사이에 가져야 할 거리까지, 적당한 선을 찾는 것은 쉽지 않은 일이다. 수많은 사랑 이야기처럼 참조할 모델이 풍부하거나 합의된 기준이 있는 것도 아니다. 그러니 우정이란 연애에 비할 바 없이 까다롭고 난해한 관계일지도 모른다. 게이와 헤테로 여성의 우정이라면 어떨까? 최근 한국문학이라면 퀴어 서사와 페미니즘 서사가 이끌어가고 있지만 정작 두 서사가 섞이거나 맞부딪치는 광경은 좀처럼 드문 상황에서, 박상영의 「재희」는 그 보기 드문 접점을 탁월한 솜씨로 훌륭하게 빚어냈다. 박상영이 그간 보여주었던 절절한 퀴어 옆에 온갖 억압적 편견의 대상이 되는 '여사친'을 등장시키면서 말이다. 요컨대 「재희」는 게이인 '나'와 헤테로 여성인 재희의 우정 이야기. 스무 살에 대학교 동기로 처음 만난 이들이 30대가 된 현재까지 이어온, 연애보다 질기고 사랑보다 끈끈한 관계에 관한 이야기다.

대학교 1학년 학과 동기로 만난 '나'와 재희가 친해진 것은 어쩌면 당연한 일이었다. 두 사람은 성별만 다를 뿐 마치 영혼의 쌍둥이처럼 꼭 닮아 있었기 때문이다. 정조 관념이 희박하다 못해 아예 없고, 얼굴이 반반하지는 않아도 박색까지는 아닌 데다가, 무엇보다 언제든 아무 남자나 만나서 술 마시고 섹스할 준비가 되어 있는, 뜨거운 스무 살의 젊은 게이 '나'와 헤테로 여성 재희. 남자 동기와 선배들이 허구헌날 자취방에 모여 학과 여자애들에 대한 성적인 농담을 하는 것을 혐오했던 '나'와, 학과 생활이나 공부는 뒷전에 두고 끝도 없이 술을 마시고 계속 새로운 남자를 만나곤 했던 재희. 티격태격하면서도 두 사람은 지루한 대학 생활의 빈 곳을 채워줄 수 있어 "서로에게 서로가 좀 절실한" 동반자이자, 누구에게 쉽사리 털어놓거나 공감을 얻기 힘든 남성 편력을 공유하는 수다 파트너였다. 가진 것은 없지만 그만큼 거칠 것도 없었던 '나'와 재희는 서로의 존재에 기대어 남들의 시선이나 뒷담화는 우습게 날려버리고 20대 초반이라는 불안정하고 자유롭고 외로운 시기를 함께 뒤엉긴 채로 통과한다. 둘 중 한 명의 자취방에서 팩을 붙이고는 각자가 만나는 남자들을 평가하다가 잠들곤 하면서, 재희의 자취방에 접근하는 남자를 함께 잡은 사건 이후에는 동거까지 하게 되면서 말이다. 그러는 동안 이들이 나눈 건 아이브로 펜슬, 헤라 팩트, 면도기 같은 서로의 물건뿐만이 아니라, 남자들과의 숱한 섹스로도 채워지지 않았던 젊은 나날의 깊은 공허였을 것이다.

남자와 섹스라면 환장하는 젊은 게이와 미혼 여성으로서, 이들이 겪어내야 하는 사회적인 시선도 두 사람의 영혼만큼이나 비슷할 수밖에 없다.

임신 테스터기의 두 줄을 확인하고도 (디제이와 문신쟁이 중) 누구와의 섹스로 인한 임신인지 몰라 난처해하는 재희에게 '나'는 수술비를 빌려주고 함께 산부인과로 향하는데, 이 대목에서 젊은 게이와 미혼 여성이 겪어야 하는 편견의 지옥이 압축적으로 펼쳐진다. 애 아빠가 누군지 모른다는 재희에게 산부인과 의사는 여자의 몸은 "숭고한 성전"이고 여자의 몸에 제일 해로운 것은 "안전하지 않은 성생활"이라며 걱정의 외피를 쓴 성차별적 비난을 쏟아낸다. 한편 재희의 진료를 기다리던 '나'는, 몇 달 전에 요도가 대장균에 감염되어 찾았던 비뇨기과에서 남자 간호사들이 "똥꼬충들" "씨발, 존나 더러워"라고 속삭이는 말을 들었던 기억을 떠올린다. 젊은 여성이라는 이유로 재희가 들어야 했던 훈계와, 남자와 섹스하는 게이라는 이유로 '나'가 받아야 했던 욕설은, 사회의 약자와 소수자에게 일방적으로 겨눠지는 차별적인 혐오발화라는 점에서 다르지 않다. 혼외 임신에 대한 책임과 비난이 "숭고한 몸"을 지켜야 할 미혼 여성의 몫으로 부과된다면, 남자와 남자의 섹스는 그 존재만으로도 욕설 섞인 경멸과 조롱의 대상이 되며, 그로 인해 발생하는 경제적, 의료적 책임을 제값으로 지고도 이들의 섹스는 비가시화되거나 터부시되어야 한다. 그래서 '나'는 이렇게 말한다. "재희는 나를 통해서 게이로 사는 건 때론 참으로 좆같다는 것을 배웠고, 나는 재희를 통해 여자로 사는 것도 만만찮게 거지같다는 것을 알게 되었다"고. 이러한 체험을 나란히 몸으로 삼키면서 이들은 전우애로 더욱 끈끈해진다. 자신들을 '낙태녀'와 '똥꼬충'이라고 손가락질하는 '좆같'고 '거지같'은 세상에서, 존재를 동일시할 수 있다는 이유만으로도 위안이 되는 한 사람이 바로 서로였으니까.

하지만 '나'에게 재희가 특별했던 이유는 단지 서로를 동일시할 수 있었기 때문만은 아니다. 소설에는 '나'가 재희와 함께 있을 때 웃는 장면이 유독 자주 등장한다. 이태원 호텔의 주차장에서 남자와 키스하고 있는 '나'를 발견한 재희는 "아예 먹어라"라는 말로 웃음을 터뜨리게 하고, 여자 혼자 사는 자신의 자취방에 몰래 침입한 남자를 발견하고는 얼굴을 걷어차버려 참을 수 없이 자꾸만 웃음 나게 한다. 또한 '나'는 자신이 "재희를 내내 웃기다고 생각해왔다는 것"을 잘 알고 있다. 어쩌면 '나'는 재희가 주곤 했던 그 웃음을 누구보다 절박하게 필요로 하는 사람일지 모른다. 겉으로는 유쾌해 보이지만 '나'는 실은 "자존감이 낮고, 주기적으로 자살 충동을 느끼며, 학창 시절에 따돌림을 당해본 경험"이 있는 게이이기 때문이다. 커밍아웃에 개의치 않는 것 같으면서도 재희 남자친구에게 게이라는 사실이 알려지는 일에 예민하며, 남자들과 섹스는 거리낌 없이 하면서도 깊고 진지한 관계는 두려워하는 것처럼 보이기도 한다. 그러니까 '나'는 상처에 민감한 사람. 게이라는 이유로 혐오발화를 들어 화를 내야 할 상황에 누구보다 크게 웃어버리고 마는 사람. 존재의 근간을 흔드는 비참 앞에서 실없는 농담 속으로 도망가곤 하는 사람.

그런 '나'에 비해서 재희는 말 그대로 쿨하다. 자신에게 언어폭력에 가까운 일장연설을 늘어놓은 꼰대 산부인과 원장에게 복수하기 위해 자궁 모형을 들고 튀어버릴 만큼 과감하기도 하다. "인생의 중요한 문제들을 아무렇게나 넘겨버리"는 재희 옆에서 '나'의 심각한 문제도 옅어지곤 한다. 남자와 키스하고 있는 장면을 목격하고 놀라지 않았냐는 '나'의 물음에는 "전혀", 언제부터 알았냐는 질문에는 "처음 본 순간"이라고 대수롭지 않게 말하는 재희의 쿨함이 '나'에게는 적지 않은 위로로 다가왔을지도 모른다. 이 웃기고 쿨한 여자애 앞에서는 언제든 혐오범죄를 당할 각오를 해야 할 게이의 애정행각도 아무렇지도 않은 일이 되기 때문이다. '나'가 구려지고 초라해지고 심각해질 때마다 재희는 그런 '나'를 웃겨줌으로써 "구세주"처럼 비참의 구렁텅이에서 끌어올려준다. 그러니까 재희는 '나'를 웃게 하는 친구. 겉으론 대범한 척해도 실은 예민하고 소심한 '나'의 걱정을 시원하게 날려주는 친구. 세상의 편견과 억압이라는 무게를 가볍게 띄워주며 언제든 입버릇처럼 '아님 말고'라고 말해주는 친구.

재희와 '나'가 함께 만들어간 관계는 어느 연인 못지않게 공고하고 배타적인 세계였다. 서로가 만나는 남자들의 외모, 직업, 성격, 심지어는 성기 크기까지 살뜰하게 따지고 참견하면서, 각각 "다섯 번째인가 여섯 번째 남자"와 "여덟 번째 혹은 아홉 번째 남자"를 거칠 때까지 두 사람의 관계가 여전했던 것은 그래서다. 재희가 자신의 새로운 남자친구에게 '나'와의 동거 사실을 설명하다가, '나'가 게이라고 털어놓는 바람에 생긴 갈등도, 이 배타적인 세계에서 빚어지는 집착 어린 애정에서 비롯한다. '나'는 단지 아웃팅 당했기 때문에 목소리가 떨릴 만큼 배신감을 느끼고 진심으로 화낸 것이 아닐 것이다. 다른 사람도 아닌 재희니까. "재희와 내가 공유하고 있던 것들이, 둘만의 이야기들이, 다른 사람에게 알려지는 게 싫었"으니까. "우리 둘의 관계는 전적으로 우리 둘만의 것이라고 믿었"으니까. '나'는 둘만의 관계가 고유하고 특별하며 무엇으로도 대체할 수 없는 것으로 남길 바란다. 여기에 아무리 연인관계가 우선이라고 해도 둘만의 관계는 그것에 먹히지도 속하지도 않기를. 그저 그대로 존재하기를.

그러나 사회인으로 성장하면서 두 사람의 인생이 걷는 길은 점차 넓은 각도로 벌어지기 시작한다. '나'가 군 입대와 제대를 거친 뒤 작가가 되는 동안 재희는 4학년 1학기에 "인문계열 여성이라는 핸디캡을 딛고" 대형 전자회사에 취직한다. 남자와 섹스를 너무 많이 좋아한다는 공통점만으로 둘의 무수한 차이점을 가뿐히 무시할 수 있었던 시기는 점점 지나가고, 네 것 내 것 할 것 없이 뒤엉켜 있던 관계도 서서히 다른 결로 갈라지기 시작하는 것이다.

두 사람의 차이가 결정적으로 깊어지는 국면은 재희가 결혼을 하면서 빚어진다. 결혼이라는 강력한 사회제도가 동성애자인 '나'와 이성애자인 재희가 딛고선 자리를 선명하게 벌려놓기 때문이다. "한국 사회에서 남녀가 한 가족으로 합치는 것이 얼마나 좆같은지" 안다고 해도, 사랑하는 파트너와 함께 제도라는 울타리가 주는 혜택을 받을지 여부를 선택할 수 있는 재희와 "신 포도를 바라보는 여우 같은 마음"으로 결혼 제도를 바라볼 수밖에 없는 '나'는 엄연히 다른 위치에 있다. 이에 더해 평범한 중산층 가정에서 자랐다고 여겼던 재희가 생각보다 부유한 집안에서 자랐을지도 모른다는 사실을 어렴풋이 느끼면서, '나'는 둘의 차이, 그리고 둘의 우정이 가지는 한계를 비로소 알아챈다. 이때 '나'가 느끼는 감정은 제도 밖에 홀로 남겨진 자의 외로움이다. 언제까지나 뒤엉켜 있을 줄 알았던 친구와 더 이상 같은 단계로 묶이지 못하는 자의 쓸쓸함이다. "객관적인 자기 판단 능력"이 특장인 작가답게 '나'는 남겨진 자신의 자리를 정확히 알고 있다. 더불어 '나'의 세계에서 재희가 차지했던 비중에 비해 재희의 세계에서 자신이 차지하는 비중은 그리 크지 않다는 사실도 말이다. 서로에 대한 애정과 절실함이 한쪽으로 기울어져 있다는 데서 오는 질투심을 느끼면서도, '나'는 결혼을 앞둔 재희에게 그 서운함을 말할 수도 티 낼 수도 없다. 그저 힘껏 결혼 준비를 도우며 섭섭함을 달랠 수 있을 뿐이다. 그러니 「재희」는 사랑하는 오랜 친구를 안정적인 세계로 떠나보내는 애도의 서사. 동시에 관계에 대한 절실함이 서로 다르다는 것을 알아가는 자의 외로운 고백.

바야흐로 다가온 재희의 결혼식 날. '나'는 축가로 핑클의 〈영원한 사랑〉을 부르다가 "항상 나의 곁에 있어줘. 꼭 네게만 내 꿈을 맡기고 싶어"라는 대목에서 눈물이 나올 뻔 한다. 그러나 드레스를 끌며 달려와 같이 노래를 불러준 재희 덕분에 여느 때처럼 눈물을 삼키고 가까스로 진정하여 "오늘의 옥주현은 나다"라는 마음으로 끝까지 노래를 부른다. 결혼식이 끝나고 집에 돌아온 '나'는 속옷까지 벗고 침대에 누워 영원할 줄 알았던 재희와의 시절이 영영 끝났다고 느낀다.

하지만 소설의 여운은 재희의 부재 속에 홀로 남겨진 쓸쓸함만으로 정리되지는 않는다. 두 사람의 특별하고 배타적인 관계는 철모르던 시절에 게이와 미혼 여성이 뒤엉겨 함께 동거했었다는 사실에서 비롯하는 것만은 아니기 때문이다. 두 사람이 만들어내는 특별한 케미스트리는 "재희는 어쩔 수 없이 재희"고 '나'는 불가피하게 '나'라는 고유성에서 비롯하며, 소설이 내내 설득력 있게 그려낸 두 인물의 생생함은 그것을 증명한다. 결혼식장에서 울려고 하는 '나'에게 달려와 함께 핑클 노래를 부르고야 마는 재희의 성미, 그리고 임신 중절한 재희에게 미역국을 끓여주었던 '나'의 애정 어린 진심은 한 시절이 끝난 뒤에도 여전할 것이다. 더 이상 한쪽은 블루베리를 사다 냉동실에 넣어놓고 다른 쪽은 말보로 레드를 사와 그 옆에 올려두는 일은 없겠지만, 여전히 각자의 결핍과 서로에게 줄 수 있는 웃음은 존재할 테니까. (결혼 제도에 편입되지 못한 게이로 살아가는 것 못지않게 한국 사회에서 기혼 여성임을 수행해나가는 것 또한 만만찮게 '좆같'고 '거지같'다는 사실을 우리 모두 알고 있지 않은가.) "영원할 줄 알았던 재희와 나의 시절이 영영 끝나버렸다는 것을 깨달았다"는 '나'의 혼잣말을 듣는다면 재희는 여느 때처럼 웃으며 이렇게 말할지도 모른다. 핑클의 노래대로 항상 너의 곁에 있어줄 수는 없어도, 네가 눈물이 나올 것 같을 때면 드레스를 끌고서라도 어디서든 달려오겠다고.

마흔셋

윤이형

2005년 중앙신인문학상으로 등단. 소설집 『셋을 위한 왈츠』 『큰 늑대 파랑』 『러브 레플리카』, 중편소설 「개인적 기억」, 청소년소설 『졸업』, 로맨스소설 『설랑』 등이 있음.

마흔셋

거울을 들여다보다 로커로 돌아가 티셔츠를 꺼내왔다. 몸매를 가려주는 검은색 점프수트 수영복 위에 헐렁한 티셔츠를 덧입고 나서야 탈의실 밖으로 나갈 마음이 생겼다. 잘 보여야 할 누군가가 있는 것은 아니었지만 걱정을 끼칠 만큼 추레해 보이고 싶지도 않았다. 오늘은 재윤에게 중요한 날이었다.

엄마가 살아 계셨을 때보다 정확히 16킬로가 늘었다. 힘들면 살이 쫙쫙 빠지는 체질인 사람들은 얼마나 좋을까. 나는 반댄데. 마흔이 넘어가면서부터 늘상 먹던 다이어트 식단이 더 이상 듣지 않았다. 나는 군살이 붙어 둥그렇고 둔하게 변해가는 내 몸을 미워하지 않는 법을 자의 반 타의 반으로 배웠다. 평생 보통인 몸으로 살다가 막상 겪어보니 낯설기는 했어도 그렇게 막 징그러울 정도로 내가 싫지는 않았다. 하지만 건강이 나빠지는 것은 생각해보아야 할 문제였다. 계단을 내려가다 발목을 접질려 인대가 끊어졌을 때도, 승모근 근처 어깨가 눈물이 나올 만큼 욱신거려 찾아갔을 때도 정형외과 의사는 불어난 체중이 원인이라고 했다. 다행히 반깁스는 일주일 만에 풀었고 어깨와 목 부위는 물리치료 두 번 만에 통증이 사라졌다. 즈즈즈즈즈즈, 즈즈즈즈즈즈, 체외충격파가 발사될 때마다 상반신이 연발

기관총에 맞아 죽음의 춤을 추는 몸처럼 흔들렸다. 운동을, 좀 해야겠다, 물리치료실 침대에 누워 나는 생각했다. 엄마의 치료가 끝나면.

하지만 정작 모든 것이 끝나고, 장례식이 끝나고, 엄마의 집과 물건들 정리까지 끝난 어느 날부턴가, 한낮이 되어도 누운 자리에서 일어날 수가 없었다. 잡혀 있던 강의들을 연달아 펑크 내고, 한 달을 멍한 공백으로 흘려보내고 나자 여름이었다. 겨우 몸을 일으켜 며칠 동안 여행 사이트에서 호텔팩 검색을 하다가 재윤을 부를 생각을 했다.

—휴가 같이 보내지 않을래. 고아가 된 기념으로.

—누나, 난 괜찮아.

—너 수영장 안 갈래.

빨리 수영장에 가보고 싶다고, 수술한 뒤로 재윤은 여러 번 말했었다. 무섭지만 조금이라도 덜 무서워하고 싶어서 남자탈의실에도 들어가보고 싶다고 했었다.

—……글쎄. 때 되면 가겠지.

—나랑 가자.

—어?

—여름이잖아. 내가 얼마나 우아하게 헤엄치는지 보여주겠어.

—뭐야…….

수화기 저편에서 재윤이 어이없다는 듯 웃었다. 매번 한 톤씩 낮아지다가 이제 최저점을 찾은 듯 안정된 재윤의 목소리를 들으니 마음이 조금 놓였다. 하지만 여전히, 그 애의 노트북 바탕화면에 떠 있던 '자살 금지'라는 커다란 문구가 떠올랐다. 재윤에게 그 문구는 그냥 적어놓은 것이 아니었다. 나는 재윤이 죽어버릴까 봐 두려웠다. 재윤마저 떠나버릴까 봐 두려웠다.

어렸을 때는 노인처럼 공중목욕탕을 좋아해서 여름이건 겨울이건 한 달에 한 번씩은 꼭 같이 목욕탕에 가자고 졸라대던 아이였다. 중학생이 되자 동생은 중성적인 스타일의 옷만 입기 시작했고 동시에 극도로 폐쇄적인 아이로 변했다. 알고 지내던 모든 일반 친구들과의 관계를 끊은 건 대학생 때, 새로운 사람들을 만나는 일을 그만두고 회사와 집만 오가게 된 건 서른 살 무렵부터였다. 각자 독립을 하고 남남에 가깝게 지내다 보니 내가 아는 건 그 정도뿐이었다.

언제부턴가 재윤은 공중화장실도 가지 않으려 했다. 삭발에 가깝게 짧게 깎은 머리를 하고 여자화장실에 들어가면 여자들이 무서워할 것 같고, 남자화장실에 들어가면 남자들이 다가와 시비를 걸거나 해코지를 할 것 같다고 했다. 어느 쪽도 갈 수가 없다고 했다. 자기는 어느 쪽도 아닌 것 같고.

―사람들이 내 몸만 쳐다보는 것 같아. 내 가슴만. 엉덩이도. 언니, 내 다리는 왜 이렇게 가늘까. 어깨가 더 넓었으면 좋겠어. 내가 탄탄하고 똑바르고 힘세 보였으면 좋겠어.

그전에는 자신이 여자가 아니라는 생각은 또렷해도 몸 자체에 대한 이물감은 그렇게 극심하지 않았는데, 어찌어찌 참을 수 있을 정도였는데, 갑자기 심해져서 이제는 견디기 힘들 정도라고 했던 게 언제였는지, 확실히 기억나지 않았다. 나는 남자로 살아야겠어, 재윤이 분명히 내게 말한 건 3년 전이었다. 재윤은 이미 트랜스젠더퀴어 커뮤니티에서 FTM(female-to-male) 전환 시술에 대한 모든 정보를 모으고 호르몬 주사를 시작할 준비까지 마쳐놓은 상태였다. 가슴의 지방을 절제할 거라고 했다. 얼마나 오랜 시간이 걸리든 철저히 준비해서 가족관계증명서상 성별 정정까지 마치고 싶다고 했다. 사춘기 때부터 동생이 다른 아이들과는 조금 많이 다르다는 걸 알고 있었지만, 막상 그 말을 들으니 눈물이 났다. 살을 칼로 저며낸 듯 내 가슴이 얼얼하고 아렸다.

―미안해, 늦게 말해서…… 하지만 나도 확신이 생길 때까지 기다려야 했거든.

나는 어떤 긍정적인 말도 하지 못했다. 커뮤니티에 들어가 글들을 읽을
수록 걱정이 되고 무섭고 불안해서, 지금 생각하면 하지 말았어야 할 무지
한 말들을 쏟아부으며 재윤을 몰아세웠다.

─꼭 몸을 바꿔야 되니? 비수술로 사는 사람들도 많이 있잖아. 조금만
더 생각해보면 안 돼? 나중에 생각이 다시 바뀌면, 그럼 어떡해? 무섭지 않
아? 나는…… 너를 잃어버리는 느낌이야. 엄마한테는 비밀로 하면 안 돼?
나만 알고 있으면 안 돼?

─언니, 나는…… 잃어버리고 말고 할 것도 없어. 나는, 이 세상에 내가
없는 느낌이야. 진짜 내 몸이 없고, 몸 없이…… 시커먼 석유 같은 데 푹 절
여진 무겁고 이상한 껍데기를 쓰고 하루 종일 돌아다니는 것 같고, 그게 매
일이고, 그렇게 산 지 30년이 넘었어. 37년이야.

─…….

─언니, 나는 내가 있었으면 좋겠어.

그게 재윤이 나를 '언니'라고 부른 마지막날이었다. 내게 말하고 사흘 뒤,
재윤은 엄마에게도 말했다. 엄마도, 나도, 끝까지 축하한다는 말을 하지 못
했다. 엄마의 이야기를 들으면 나는 그 감정에 덮어쓰기되어 도저히 재윤
에게 입이 떨어지지 않았고, 재윤의 말을 들으면 한없이 엄마가 밉고 재윤
에게 미안했다. 아버지가 살아 계셨으면 아마 그 양반도 듣기 좋은 말은 하
셨을 리가 없을 테니, 동생은 가족 중 누구에게도 축하받지 못했다.

그 축하를 지금 할 생각이었다.

본격 휴가 시즌이 시작되려면 일주일쯤 남아 있었고 평일이어선지 수영
장 안은 생각만큼 붐비지 않았다. 하지만 두렵다면 두렵기 충분할 만큼의
사람들이 거기 있었다. 재윤은 호텔 화장실에서 수영복으로 갈아입고, 그
위에 반바지와 티셔츠를 걸친 채 수영장으로 와서 탈의실로 들어갔다. 나
는 비치 의자에 앉아 남자탈의실 문 쪽을 보고 있었다. 얼마나 시간이 지났

을까, 탈의실 문이 열리고 비치 타월을 두른 재윤이 천천히 걸어나왔다.

내 눈 속에서 햇빛이 부서졌다. 눈이 부셨다. 재윤이 웃고 있어서였다. 내가 있는 곳까지 걸어온 재윤은 비치 의자 위에 타월을 풀어 내려놓았다. 상처가 다 아물어 깨끗해진 납작한 가슴과 그렇게 넓지는 않아도 쫙 펴진 어깨, 운동으로 조금씩 근육이 붙기 시작한 팔, 제법 보기 좋게 탄탄해져 가는 몸을 한 잘생긴 내 동생이 거기 있었다. 나는 자리에서 일어나 박수를 쳤다. 쭈뼛거리는 그 애의 얼굴에 대고 몇 번이고 사진을 찍었다. 통통한 내 얼굴이 최대한 작게 나오도록 조준해서 함께 셀카도 찍었다. 언제부터 누나였는지, 언제부터 누나여야 옳았는지 확실히 알지는 못했지만, 그래서 줄곧 미안했지만, 나는 이제 재윤의 누나였다.

*

처음 기차라는 걸 타본 건, 어쩌다 보니 해외에서였다. 대학교 2학년 때 아버지가 (1년 후 회사가 부도날 것을 전혀 알지 못한 채) 웬일로 통 크게 선물해준 비행기 티켓을 들고(사양하지도, 가족 중 다른 누구에게 양보하지도 않은 것은 물론이다.) 나는 배낭을 꾸려 혼자서 유럽으로 날아갔다. 유레일 패스라는 승차권을 끊으면 유럽의 거의 모든 기차를 어디서나 몇 번이든 타고 내릴 수 있었고, 어디로든 갈 수 있었다. 한국 전체가 버블로 터질 것처럼 부풀어오르던 짧막하고 미친 호황의 시기였다. 기차에서 샌드위치로 점심을 먹고 기차 화장실에서 티셔츠를 빨아 말려 입고 어차피 없을 빈방을 찾아 낯선 도시의 숙소들을 헤매 다니는 대신 밤기차를 타고 잠을 잔 뒤 아침이면 또다른 낯선 도시에 떨어졌다. 어떤 기차는 의자가 커다란 초승달 모양이었다. 가는 곳마다 내 눈에만 보이는 분홍빛 비눗방울들이 터지는 것 같았고, 도시마다 새로운 향기가 흘러다녔다.

어디에도 머무르거나 닻을 내리지 않고 살고 싶다고 생각한 건 아마 그

짧고 미친, 경제적으로는 아니더라도 문화적으로는 톡톡히 혜택받은 20대 초반의 한 조각이 너무도 달콤해서였던 것 같다. 나는 내가 평생 어느 곳에도 고이지 않기를 바랐다. 한국에 돌아와서는 새롭고 귀엽고 예쁜 것들을 찾아내는 눈과 감각을 지닌 친구들과 함께 새로 생긴 카페에서 카페로, 팬케이크에서 팬케이크로, 음악에서 음악으로, 책에서 책으로 기민하게 흘러다녔다. 대학교 4학년이 되어 검고 암울한 외환위기의 구름이 머리 위 하늘을 빼곡히 뒤덮었을 때에도, 나는 다음번(이 언제가 될지는 모르겠지만) 여행은 어디로 갈지를 생각하고 있었다. 부도와 실직으로 인한 아버지의 경제적·정신적 몰락을 보고도 그다지 크게 절망은 하지 않은 채 도피를 꿈꾸고 있는 내가 조금 걱정된다는 생각이 잠시 스쳤지만, 그것조차 오래가지 않았다. 아버지는 얼마 뒤 다행히 새 회사에서 일하게 되었고, 나는 대학을 졸업했다. 열나게 이력서들을 써서 부친 끝에 별 볼 일 없는 회사에 취직했고, 약간은 더 재미있는 회사를 찾아갔고, 그 뒤에는 조금 더 재미있는 회사를 찾아갔다. 그 일을 반복하다가 마음이 맞는 동료들을 만나 연구 모임을 만들었고, 뒤늦게 대학원에 들어갔다. 새로운 분야를 공부하고, 새로운 사람들을 만나고, 또 다른 분야를 공부했다. 공부를 계속해볼까도 잠시 생각했지만 돈 버는 게 더 재미있어 다시 회사로 돌아갔고, 그러자 다시 공부 생각이 났다. 대체로 그런 식이어서 한 우물을 파진 못했다. 지루하거나 권태롭게 지나간 날들은 별로 없었다. 몇 명인가와 연애를 해보았지만 나 자신을 양보하고 싶을 만큼 좋다는 마음은 들지 않았다. 누군가를 유혹하고 싶다는 충동으로 온몸의 피가 끓어오른 적도 몇 번 있긴 했다. 하지만 불과 이틀이나 사흘 정도만 지나면 어김없이 전에는 보이지 않던 단점들이 눈에 들어오면서 그 사람에게 쓸 시간과 돈을 차라리 내게 쓰는 것이 현명하겠다는 생각이 선명한 경고음을 울리곤 했다. 나는 언제나 내가 우선이었다. 뒷바라지도 2등 시민 노릇도 희생도 조력도 하기 싫었다.

시간강사가 되어 대학에 자리를 얻은 뒤로는 일주일에 두세 번씩 낯선 도시로 기차를 타고 달려갔다 돌아왔다. 혼곤한 눈으로 차창 밖을 바라보고 있을 때면 기차에 탄 게 아니라 내가 기차가 된 것 같았다. 승객들은 내 몸을 채웠다가 빠져나가는 내용물이었고, 나는 반투명한 젤라틴으로 만들어져 레일 위를 미끄러져 달려가는 묘하고 이상한 기차였다.

서른세 살이 되자 그때까지 버티고 있던 주위의 친구들이 약속이라도 한 듯 생물학적 위기감(서른여섯 살이면 이미 노산이라는)을 거론하면서 일제히 결혼을 선언했다. 그렇게 갑자기 집단적으로 결혼해버릴 줄은 몰랐기 때문에 조금 놀라긴 했지만, 많은 사람들의 삶에서 그 나이대에 발현되는 신비한 욕망이 내 안에는 애초부터 결여되어 있음을 알았으므로 서운하거나 불안하지는 않았다. 같이 놀 사람들이 사라져 심심해졌지만 또 새로운 사람들을 만나고 친구를 사귀었다. 옛 친구들이 결혼생활과 육아에 시달리다가 어렵게 시간을 내 나를 만나러 올 때면 연민과 안도감이 뒤섞인 시큼한 감정이 들곤 했으나 내색하지는 않았다. 명절이면 그 애들은 내게 시댁에 데리고 갈 수 없는 개들과 고양이들의 펫시팅을 부탁했다.

나는 내 이름으로 된 두 권의 책을 갖게 되었다. 가끔은 케이블이나 라디오 방송에도 나갔다. 성공하고 싶다는 마음은 별로 없었다. 다만 결코 따분한 사람만은 되고 싶지 않다는 생각이 들어, 일본의 절이나 유럽의 대성당에 가게 될 때면 잊지 않고 그렇게 빌곤 했다.

엄마의 번호로 국제전화가 걸려왔을 때 나는 후쿠오카행 신칸센 열차에 올라 막 자리에 앉은 참이었다. 방학이었고, 언제나처럼 혼자였고, 2박 3일의 둘째 날이었다. 번호를 본 순간 든 생각은 재윤에게 무슨 일이 생긴 게 아닐까 하는 것이었는데, 전화기에서는 낯선 목소리가 흘러나왔다.

—재경이니? 나 엄마 친구 숙자 아줌마야. 엄마가 조직검사를 하셨는데, 결과가 나와서 알려줘야 할 것 같아서 전화했거든.

숙자 아주머니가 엄마의 전화기를 빼앗아서 전화를 건 모양이었다. 나는 곁에서 울먹이는, 화를 내며 말리는 엄마의 목소리가 들려오기를 말없이 기다렸다. 내가 영원히 잊지 못할 그 목소리가 들려오기를.

*

이상하게 들리겠지만, 나는 언제부턴가 엄마가 암에 걸렸다는 소식을 전해듣게 되리라는 예감을 지니고 살아왔다. 이유는 몰랐다. 엄마가 죽게 된다면 사고는 아닐 것 같았고, 아마도 암, 일 거라고 생각했다. 그것은 복숭아 씨처럼 단단하고 굳은, 죄책감의 주름이 깊게 새겨진 예감이었다. 아버지가 돌아가신 후 나는 정기적으로 엄마에게 생활비를 부쳐드렸지만 경제활동을 하지 않는 엄마에게는 아마도 턱없이 부족한 액수였을 것이다. 나와 재윤 가운데 누구에게든 말을 꺼내 함께 살고 싶다는 마음을 드러내고 싶었을 텐데도, 엄마는 전혀 내색하지 않고 경기도 외곽의 낡은 아파트에서 혼자 지냈다.

엄마는 영민하고 선량한 사람이었지만 자식들의 삶을 위해 지나치게 헌신했고, 아버지와 결혼생활을 하는 동안 단호함과 생기와 자존감 대부분을 잃어버렸다. 딸들에게 좋은 남자를 만나 결혼하라는 닦달을 해댈 만큼 지루한 사람은 아니었으나, 거기서 크게 벗어난 창의적인 무언가를 우리에게 기대하지도 않았던 것 같다. 아무것도 미래를 위해 접어두거나 쌓아올리지 않고 돈은 버는 족족 여행 비용으로, 눈앞의 시간은 책과 영화를 보는 데 고스란히 써버리는 큰딸과, 태어날 때부터 남자의 정신을 갖고 있어서 가슴을 도려내고 자궁을 들어내겠다는 장기 계획을 세우고 그에 맞춰 치밀하게 직장을 구하고, 누구의 도움도 받지 않고 돈을 모으는 작은딸이라는 조합은, 아마도 엄마의 예상에는 들어 있지 않았을 것이다.

엄마를 방치하고 있다는 죄책감을 매일 밤 베개 밑에 깔고 잠을 자면서도, 나는 가능한 한 엄마에게서 멀리 떨어져 있으려고 했다. 어떻게 그럴수 있었니, 숙자 아주머니는 그렇게 묻지는 않았지만 몹시 슬픈 눈으로 나를 보았다.

　—굉장히 오래돼서…… 아마 참을 수 있는 만큼은 다 참고, 더 이상은 참을 수 없게 된 모양이야. 그러니까 나더러 병원에 같이 가달라고 했겠지.

　병실에서 엄마가 잠든 틈을 타 나는 엄마의 전화기를 열어보았다. 거기에는 엄마가 숙자 아주머니와 주고받은 몇 달 치 카톡 기록이 저장돼 있었는데, 그에 의하면 엄마는 지난 몇 년간 동생과 나 몰래 다섯 차례 입원을 했다가 퇴원했고(위궤양, 대상포진, 방광염, 장염, 방광염), 마지막에는 방광염으로 보기에는 지나치게 강한 통증이 지속되어 내원해 검사를 받은 결과, 그것은 실은 방광이 아니고 자궁에서 시작된 통증이었으며, 종양이 주변 장기에 이미 너무 많이 전이되어…… 뭐 그런, ㅈㅈㅈㅈㅈㅈ, ㅈㅈㅈㅈㅈㅈ, ㅈㅈㅈㅈㅈㅈㅈㅈㅈㅈ…… 탕탕탕탕탕탕……의 연속이었다. 병원비도 그동안 숙자 아주머니에게 신세를 져온 모양이었다. 눈물 나도록 흔해빠졌지만 사실은 세상에 딱 하나뿐인 이야기, 오직 나, 무심하고 또 무심했던 장녀만이 독자로 설정된 서사였다. 거기에는 이 모든 사태에 대한 아주머니의 논평과 질문(입원을 하셨다면 그래도 재경이는 와서 엄마를 돌봐주고 있겠지요? 큰딸이잖아요.), 그에 대한 엄마의 변명(일하느라 바쁜 애 부르기 그래서. 나 혼자 할 수 있어.), 거기에 놀라 이어지는 힐난에 가까운 질문(재윤이는요. 둘 중 하나는 와야 하지 않겠어요. 엄만데요.)과 방어(아휴, 걔는 자기 문제로 고민이 많아. 됐거든.), 분노(아니, 지금까지 얼마나 숨긴 거예요? 또 어디가 안 좋으신 거예요? 정말 말씀 안 하실 거예요?)와 손사래(아니, 아니라니까. 참나, 귀찮아라.), 그리고 폭발(언니! 거기 가만있어요, 나 지금 가니까.) 또한 곁들여져 있었다.

　—재윤이한테는 얘기하지 마라. 하더라도 좀 나중에 해. 걘 안 그래도 힘들어.

　다음 날 아침 게슴츠레 눈을 뜬 엄마는 그렇게 말했다. 엄마와 재윤은 이미 당분간 서로를 안 보고 살기로 결정을 내려 연락하지 않는 상태였다. 재윤의 뜻이었다. 같은 상담사에게 상담을 받으며 서로의 뜻을 조율해보려고 노력했지만 엄마는 끝내 재윤의 커밍아웃을 마음으로는 받아들이지 못했고, 그것을 견디지 못한 재윤이 아예 보지 말고 살자는 결단을 내린 것이었다. 자신은 앞으로 점점 몸이 달라질 텐데, 이해하지 못한 채 엄마가 그 과정을 보면 볼수록 서로가 더 힘들어질 뿐이라는 것이었다. 다른 선택지가 없었던 엄마는 그때부터 하루에 한 번이나 두 번씩 전화를 걸어 작은딸에게 하고픈 이야기를 내게 대신 쏟아붓기 시작했다.

물론 울기도 했고 말이다.

혼자서 한참 헤엄치던 재윤이 풀 옆에 붙은 작고 동그란 욕조 모양의 온수풀로 건너왔다. 나는 보글보글 거품이 끓어오르는 물속에 허벅지와 무릎을 번갈아 주무르며 앉아 있었다. 몹시 더운 날이었는데도 30분쯤 수영하자 금세 따뜻함이 그리워졌다.

—누나, 엄마 말야. 나 때문이었던 거지, 역시? 스트레스 받아서.

—하지 마라……. 그렇지 않다고 한 번만 더 말하면 열 번이다.

—하지만 자궁이었잖아.

재윤은 그렇게 말하고 웃어 보였는데, 내 동생이어선지는 모르겠지만 왕가위 영화 남자주인공의 그것처럼 짙고도 슬픈, 참으로 여러 사람 가슴을 아리게 할 웃음이었다. 한숨이 절로 나왔다.

—어떻게 내가 떼어버리겠다고 마음먹은 바로 거기에서 시작이 됐냐고. 나 때문에 그런 거 아니냐고. 내가 말을 해서.

—그런가.

—어?

—너, 부두 인형이었냐. 네가 네 몸에 명령하면 그대로 주위 사람이 그렇게 되냐? 그럼 나는, 여기를 조심하면 되냐?

내가 두 손바닥을 가슴에 올려놓자 재윤이 소리내 웃다가 사레에 들려

한참 콜록거렸다.

―여자가 나이 마흔 넘으면 겪게 되는 최악의 일이 뭔지 알아?

―뭔데.

―2년에 한 번씩 국가에서 실시하는 유방암 검진을 받는데, 유방촬영술이라는 걸 하거든. 근데 무슨, 완전히 무지막지하게, 납작한 아크릴판 밑에 가슴을 끼우고, 그걸 꽉 눌러서, 쥐어짠다? 진짜 끔찍해. 가슴을 눌러서 호떡을 만드는 거야. 비명이 막 저절로 나오는데…….

―그거, 나도 나오겠네? 조만간. 나도 이제 마흔이니까.

―아, 그렇구나.

―누나, 그거 나도 받아봤어. 수술하기 전에. 내가 뭐뭐 했다고 말 안 해서 몰랐나?

―아, 참 그랬구나. 응, 몰랐어.

나는 아차했다. 너는 안 받아도 되겠다, 부럽다…… 나는 여자니까 계속 받아야 되는데. 그렇게 딴에는 웃기려고 꺼낸 말인데, 자꾸만 실수를 한다. 자꾸만 잊어버린다. 재윤이 정확히 어떤 곳에 있는지를. 너는 저쪽이니까, 너를 응원한다고 애써 선의로 건넨 것이, 앞질러버린다. 잘못 짚어서, 오히려 건드려버리고 만다. 재윤은 이제 달라졌으니까 어떤 건 겪지 않아도 될 거라고 나는 자꾸 생각해버렸지만, 그렇지 않았다. 재윤은 '달라지는 중'이었고, 거기에는 이쪽과 저쪽이 복잡하게 섞여 있었다. 나는 어떤 것들이 재윤에게 괜찮고 어떤 것들이 괜찮지 않은지 여전히 어이없을 정도로 잘 몰랐다.

―가슴 관련 체크는 나도 계속 받아야 돼. 난 어차피 지금 다니는 병원에서 다 받으니까, 거긴 따로 갈 필요 없을 것 같은데. 그거, 강제는 아니지?

―아, 아닐 거야. 그냥 국가에서 공짜로 해주는 거니까. ……미안, 기분 상했니?

―어? 아니? 야……. 뭐 그런 거 가지고 기분이 상해. 누나 요즘 왜 그래.

갱년긴가 진짜.

재윤이 내 등짝을 손바닥으로 짝! 때리며 웃었다. 나는 겨우 숨을 길게 내쉬었다.

—나 갱년기 맞아.

—소심대마왕이 돼부렀네. 그 자신감 뿜뿜하던 이재경은 어디 갔냐.

—…….

—그거 상당히 아프지……. 근데 왜 그렇게 할까. 그냥 초음파 같은 걸로 들여다보면 안 되나, 나도 그 생각했어.

그러게, 초음파로도 보는데, 그렇게 초초초원시적인 방법으로도 찍어야 만 되는 이유가 있나……. 나는 중얼거리다가, 문득 내뱉어버렸다.

—너 몰랐지? 너 가슴 수술한 날, 엄마 왔다가 가셨었다, 잠깐. 너 자고 있을 때.

—어?

—알고 있었어?

—아니. 그걸 왜 이제 말해.

—……엄마가 말하지 말라고 해서. 엄마는 또, 네가 알면 힘들다고.

—…….

—…….

—하지만 안 올 거라 그랬는데. 보기 싫다고. 그런 건 죽어도 안 보겠다 고 그랬는데.

—너 같으면 안 오겠냐? 자식이 피 철철 흘리면서 아마존 전사같이 가슴 을 잘라내는데.

—엄마, 울었어?

—당연히 울지. 네가 엄마 입장이었어도 울었을걸.

—퓨…… 짜증난다.

—너도 엄마 항암치료 받을 때 왔었잖아.

―두 번밖에 안 갔어, 난.

―그 정도면 됐어. 별로 볼 거 없었어. 근데 잠깐만, 너 되게 커진 것 같다 아담스 애플, 이제. 나한테만 그렇게 보이는 건가? 코털도 길어져서 코에서 삐져나오고 막.

―아 진짜…… 털은 호르몬 맞으면 원래 그래.

나는 재윤의 다리에 제법 북슬북슬 나기 시작한 굵고 까만 털들을 신기하게 바라보았다. 몰랐는데 가까이서 보니 가슴과 배에도 털이 나 있었다.

―뭘 그렇게 빤히 봐. 민망하네.

재윤이 웃으면서 눈에 고인 물기를 닦아냈다. 털 한 오라기, 턱수염 한 올, 콧수염 하나하나가 자라나 살을 뚫고 나올 때마다 그 애가 거울을 들여다보며 얼마나 좋아했을지 눈에 보여서 조금 마음이 놓였다. 그렇게 웃으려고, 그 애는 그토록 오랜 시간 동안 혼자서 싸워왔고 지금도 싸우고 있는 것이었다.

마지막에 희미하게 한 번 웃고는 고운 얼굴로 간 엄마도 마찬가지였고.

오직 자신에게만 들리는 아우성을 속에 품은 채, 진짜와는 다른 모습으로 자신을 보고 듣고 짐작하고 취급하는 세상 속을 계속 걸어가야 하는 괴리감과.

말하고 싶은데 입을 다물어야 하는 수두룩한 순간들과.

그런 고립 상태와.

엄마와 재윤은, 내내 싸워왔던 것이다.

나는 어떤 것과도 그런 식으로 싸워본 적이 없었다.

*

20대에는 철없는 젊은이들이 종종 그러하듯, 나 역시 식물을 키우는 사람들을 보면 저 사람은 이제 끝났군, 노년이로군, 생각하곤 했다. 저렇게 말 없고 정적인 것을 곁에 두면 좋은가. 재미있나. 무슨 일이 있어도 꽃만은 좋아하게 되지 말자! 다짐하기도 했다. 차라리 아침 드라마를 보자!

하지만 작년에는 두 번이나 식물을 키우려고 시도했었다.

외로웠던 것이다.

숨쉬는 짐승을 데려다 키울 용기는 없었다. 동물은 병들고, 죽고, 죽으면 태워서 장사 지내줘야 하고, 가슴속이 욱신거리고, 애달픔이 남는다.

풀이나 꽃은 비교적 쉬워 보였다. 눈도 입도 얼굴도 없었으니까. 그런데 실패했다. 한 번은 아무것도 모르고 너무 추운 늦가을에 상추 씨를 심는 바람에 얼어버려서 싹이 안 났고, 다른 한 번은 온도는 맞았는데…… 물에 적신 화장솜에 씨를 얹어 싹은 틔웠지만 화분에 옮겨 심는 과정에서 싹들이 죄다 힘없이 나동그라지더니 제풀에 꺾여 죽어버렸다. 영양가가 많다는 분변토며, 새로 산 꽃삽이며, 목초액이며…… 죄다 아까웠다. 딱 한 번만 더 해볼까, 생각하다가 이상하게 기분이 상해서 그만둬버렸다.

뭘 키울 주제는 안 되는 모양이었다. 그냥 늘 하던 대로 나 자신이나 키우자고 마음먹었다.

그런데, 그게 기대만큼 잘되지 않았다.

아마존에서 주문까지 한 생리컵이라는 물건에 무리 없이 적응할 수 있을 줄 알았다. 낙태죄 폐지 시위에 나가고, 세미나에 참여하면 20대 여성들 틈에 끼어 젊어지고 발랄해지고 예리해질 수 있을 줄 알았다. 그렇지 않았다. 세상의 속도가 너무 빨랐다. 바람처럼, 풀잎처럼 가벼워야 할 때 코끼리처럼 육중해져서 걸을 때마다 바닥에 통, 통 하는 둔한 소리가 울려 퍼졌다. 어떤 이슈에서는 젊은 사람들이 무엇 때문에 그렇게 분노하는지, 그게 어떤 지점 때문인지 끝까지 이해할 수 없었다. 그렇게 열심히 공부하고 따라가려고 애썼는데도, 강의 평가에서 가끔 부연 설명도 없이 '인권 감수성이 부족하셔서 많이 불쾌했습니다……'라는 코멘트를 받기도 했다.

사람에게 혼을 다해 몰두해본 적은 없었다. 내 삶의 즐거움은 대체로 일과 공부와 취미에서 비롯되었다. 그런데 마흔 살이 넘어가자, 그 부분이 돌아가는 느낌도 매끄럽지 않아졌다. 젊은 저자일 때 머리 위에 걸려 있던 매력과 호감도 상승 버프가 사라지면서 나를 너그럽게 봐주던 모든 사람들이 말없이, 일제히, 은퇴해버린 것 같은 기분이 들기 시작했다. 처음으로, 정말로 세상 가장자리로 밀려난 느낌이 들었다. 악평이라도 좋으니 관심을 받고 싶은 마음에 매일 자신의 이름을 검색해봤지만 아무도 아무 말도 하지 않았고, 새로운 출간 제의도 오지 않았다. 사람들의 눈은 이미 다음 세대 저자들에게 쏠려 있었다. 학생들은 강의에서 점점 말수가 적어졌고, 나는 총기가 떨어져선지 벌써 노안이 찾아온 건지 책도 영화도 예전만큼 집중해서 들여다볼 수 없는 데다 봐도 잘 이해가 되지 않았다. 가진 것이라봤자 교양에 속하는 몇 가지 학문에 관한 지식과 그것을 가르치는 기술뿐인데, 둘 다 오직 나만 할 수 있는 일은 아니었다. 새 일이나 새 자리를 찾자면 인맥이 있어야 할 텐데, 나는 평생을 인맥 같은 건 우습게 여기고 코웃음치며 살아왔던 것이다.

오래전에 연락이 끊긴 옛 친구들은 학부모가 되어 바쁜 듯했다. 새로 만난 사람들과 공부 얘기를 하는 건 재미있었지만 개인적인 친분으로 이어지는 일은 드물었다. 15년을 사귄 절친과는 모 일러스트 도용 사건에 대한 입장 차이 때문에 SNS에서 서로 다른 진영의 조리돌림에 얽혀 들어가는 바람에 연락이 끊겨버렸다. 그 사건도 물론 중요한 문제이긴 했지만, 그랬지만…… 그 친구와 그런 이유로 헤어지게 될 거라곤 상상하지 못했다. 절교를 한다면 내 영혼이나, 그 친구의 영혼이나, 내 글이나, 그 친구가 쓰는 시 같은 좀 더 개인적이고 본질적인 부분이 원인일 줄 알았다.

재윤이 커뮤니티 사람들의 긴밀한 연결망 속으로 떠나버리고, 엄마가 돌아가시고 나자 뒤늦게 혼자가 된 기분이었다. 혼자라는 게 늘 편했는데, 세상에 내가 단 한 명이고 나는 나로 완전하다고 생각할 때마다 언제나 자부심에 가까운 감정을 느껴왔는데. 매번 숨을 깊게 들이마셔야 했고, 늘 하던 일들이 새로 배워야 하는 일처럼 두려워졌다. 이렇게 늦게 어지러움을 느껴도 되는 것일까. 이렇게 일찍 낡아버려도 괜찮은 것일까. 꼿꼿해야 한다고 생각할수록 그러기가 어려웠다. 사람들 앞에서 옷에 오줌을 싸버린 걸 들킨 사람처럼 나는 나를 황망하게 바라보았다. 앞에 놓인 길이 벽돌길인 줄 알았는데, 두부로 만들고 빨간 페인트를 뿌려놓은 길처럼 보이기 시작했다. 그렇다고 이 방향이 아니라는 확신이라도 있나. 하다못해 통장에 매일이 불안하지 않을 만큼의 잔고 액수라도 있어야 하는 거 아닌가. 그것조차 없었다. (사실은 그게 제일 없었다.) 하지만 나 역시 많은 사람들에게는 그럭저럭 괜찮고 멋있는 중년의 삶을 살아가고 있는 것처럼 보일 것이다. 틀림없이 그럴 것이었다.

그리고 나 역시, 영원히 알 수 없을 것이었다. 몸속에 커다란 암덩어리가 자라나고 있다는 사실을 알면서도 그렇구나, 하며 혼자 누워 잠들어야 했던 엄마의 하루하루와, 가슴을 조이며 기대하다가 새로 만난 누군가가 자신을 남자로 보면 속으로만 기뻐했을 동생의 마음과, 군대 얘기가 나올 때 면제라고 둘러대며 느꼈을 그 애의 심정 같은 것들을. 호르몬 주사를 맞기 직전까지, 그리고 맞고 난 뒤에도 한동안, 생리를 하면서 재윤은 어떤 기분이었을까. 그 경험은 그 애에게 어떤 것이었을까. 지금 회사에서는 어떻게 지내고 있는 걸까. 새로 사람들이 들어올 때마다, 괜찮은 걸까, 재윤은.

자기와는 다르게 수술을 전혀 하지 않고도 FTM으로 살길 원하는 사람들이 많다고, 그 사람들을 어렵게 만들고 싶지 않다고, 재윤은 여러 번 이야기했었다. 그 애는 그건 사람마다 다른데, 사람마다 다르니까, 말을 할 때 매번 그렇게 강조하고 조심했다. 일반들의 답 없는 무지와 오해 때문에 자신과 같은 사람들이 매번 되풀이해야 하는 수많은 불필요한 설명을 한 번이라도 덜어주고 싶다고 했다. 그러려면 더 열심히 공부해야 하고, 힘껏 살아 있어야 한다고.

그렇게 거대하고 절박한 질문들은 아니어도, 아무에게도 말할 수 없는 어떤 막막한 심정은 내게도 있었다. 나는 매일 아침에서 밤까지 그것의 조각들이 내 몸속을 작은 반딧불들처럼 날아다니다 새벽이 되어서야 꺼지는 광경을 느리게 느리게 지켜보곤 했다.

*

수영복 위에 걸치고 있던 젖은 티셔츠를 벗고 재윤의 옆 레인으로 들어갔다. 거추장스럽게 몸에 엉겨붙는 젖은 옷이 사라지자 조금은 가벼워진 느낌이었다. 내 몸을 감싸고 압박해오는 서로 다른 방향의 물결들과 내 입에서 나와 보글거리며 부서지는 공기 방울들과 그리고 나……만 존재한다고 느껴질 때까지 나는 묵묵히 헤엄쳐 앞으로 나아갔다. 다시 온수 풀로 옮겼을 때, 재윤이 말했다.

—고마워, 누나.

—응?

—같이 수영장 오자고 해줘서. 사실 아직은 무리 아닐까 싶었는데, 괜찮았어. 나 이제 조금 덜 이상해. 아주 안 이상하지는 않아도 덜 이상해.

—재윤아.

—응.

—아주 가끔씩은 서로 얼굴 보면서 지내자.

그러기 힘들 거라는 걸 알았기 때문에 굳이 건넨 말이었다.

—응. 누나도 건강하고. 운동 열심히 해서 체력 좀 키우고. 우울증 오는 것 같으면 병원 제때제때 가서 약 꼭 챙겨 먹어.

—응.

방으로 돌아온 재윤은 샤워를 하고 머리를 말린 다음 노트북을 열어 키보드를 타닥타닥 두드리며 무언가를 적기 시작했다. 나는 TV를 켜고, 케이블에서 청동기시대 유적쯤으로 느껴지는 〈프렌즈〉를 보았다. 레이철과 모니카와 챈들러와 내가 제일 좋아했던 조이와 센트럴 퍼크. 냉면을 먹을까, 밤에는 공기가 선선하니까 스키야키 같은 따뜻한 국물 음식을 먹을까, 아니면 룸서비스로 피자를 시켜 먹을까.

아까 찍어둔 재윤의 상반신 사진을 엄마에게 전송하고 싶었다. 전화기를 들어 하늘을 향해 조준하고, 읽지 않는 엄마에게 카톡을 보냈다. 내가 그러고 있는 걸 보던 재윤이 말했다.

―참, 그 사진 있으면 나 좀 줘봐.

―무슨 사진?

―엄마 노트북 화면에 배경화면으로 깔려 있던 거. 누나가 저장했잖아.

―아, 그거?

나는 조금 놀라서 되묻고는 전화기를 뒤졌다. 재윤에게는 어쩌면 그것조차 잊고 싶은 것으로 남지 않을까 나는 생각했었다. 사진을 첨부하고 전송 버튼을 눌렀다.

엄마가 죽기 전 마지막까지 매일 들여다봤던 그 사진 속에서 초등, 아니 국민학생인 재윤과 나는 갈색 걸스카우트 단복을 입고 동그란 뚜껑 모양의 모자를 쓴 채 나란히 웃고 있었다. 재윤이 긴 머리를 하고 치마를 입고 찍힌 정말 몇 장 안 되는 사진 중에 한 장. 엄마는 그걸 스캔해서 배경화면으로 깔아놨었다. 말하자면 재윤 모니터의 '자살 금지' 문구와 똑같은 기능을 했을, 엄마를 버티게 해주었을 사진. 엄마의 고집, 완고한 믿음, 어쩌면 오기 같은 것.

―나 이때 기억나.

―그래?

―응, 누나가 6학년이었고, 내가 3학년이었고. 그런데 우리가 같은 보였잖아. 우리 보를 상징하는 꽃이 민들레였어. 누나가 보장이었고. 우리 둘 다 학교에서 '다른 애들이랑 어울리려면 이런 데 들고 그래야 돼'라면서 강요해서 억지로 들었잖아. 그런데 나는 하다 보니까 생각보다 재미있었어.

기능장 따고, 캠프파이어 하고, 길에서 브라우니 팔고 그런 거. 누나랑 같이 해서 그랬나. 하여튼 이때 다 같이 산으로 하이킹을 갔는데, 생각 안 나? 산에서 길을 잃었었잖아.

어렴풋이 기억이 났다. 우리는 보 단위로 움직였었다. 선생님들이 숲속 길을 따라 미리 놓아둔 표식들을 따라가면서 베이스캠프를 차례로 찾아내 거기서 받은 미션을 수행하고, 다음 베이스캠프로 이동해야 했다. 그런데 걸어도 걸어도 다음 베이스캠프가 나오지 않았다. 표식들도 사라져버렸다. 해가 뉘엿뉘엿 저물기 시작할 무렵의 산속과 사방에 깔려 있던 덤불들과 아무리 가도 나오지 않는 길과 조급하게 깜빡이던 마음속 경고등과 내 뒤를 따라오던, 내가 책임지고 인솔해야 하는 5학년, 4학년, 3학년 아이 셋. 그중에 내 동생. 시간이 별로 없었다. 해가 지기 전에 길을 찾아내야 했다. 쿵쿵쿵 뛰던 가슴과 오줌이 마렵다고 울먹이던 한 아이와…….

―왜 그런 일이 일어났지?

―앞서 간 애들 중에 누군지 모르겠지만 어떤 나쁜 년이 화살표를 엉뚱한 방향으로 돌려놨어. 일부러.

맞아. 그 나쁜 놈. 누구였는지는 몰라도, 세상엔 왜 그런 애들이 있을까. 왜 그런 악의들이 자꾸만 자꾸만 생겨나는 걸까.

―대체 왜 그랬지?

―그때 누나가 좀 똑똑하고 예뻐서, 대장님도 보장들 중에서 누나를 유독 예뻐하고 그래서, 학교에 적이 많았어.

―우리 다음에 온 애들도 길을 잃었나?

―그건 모르겠고…… 기억나는 게, 밤이 거의 다 됐을 때 큰길로 통하는 길을 누나가 기적적으로 찾아내서, 마을이 나와서, 거기 어른들이 막 걱정을 하면서 이렇게 어린 학생들이 어떻게 길을 찾았냐고, 그 산이 밤에는 뱀 나오는 산인데 정말 정말 용하다고, 천만다행이라고…… 그랬던 기억이 나. 선생님들이 거기 주민들한테 수소문해서 결국 우릴 찾아오시고.

등을 두드리고 따뜻한 것을 챙겨주던 어른들의 손이, 나도 희미하게 기억나는 것 같았다. 그 조그만 애들 넷이서 어떻게 길을 찾았을까. 어두웠을 텐데. 무서웠을 텐데. 잘 모르겠지만, 그때 할 수 있었으니까 어쩌면 지금도 할 수 있지 않을까.

—누나.

—응.

—나 자궁 수술할 때 와줄 수 있어? 아직 좀 남았지만, 일정 잡히면 연락할게.

—……그럼, 당연히 가야지.

—수술할 때까지만 엄마 생각, 조금씩 하려고. 이 사진도 그때까지만 갖고 있으려고. 그다음엔 지우려고. 누나 어릴 때 사진은 따로 갖고 있을게. 독사진으로 한 장 줘, 나중에.

—그래.

—이제 밥 먹으러 가자. 배고프다.

재윤이 몸을 일으켰다. 나는 눈으로 사진을 찍었다. 그 애의 옆모습을, 지금 이 순간 재윤의 미소를 오래도록 기억해두고 싶었다. 그 얼굴을 가슴 속 바탕화면으로 깔아두면 나도 자살하지 않을 수 있을 것 같았다. 하지만 한편으론 컴퓨터라는 것을 처음 갖게 되었던 옛날부터 지금까지 줄곧 그랬던 것처럼 내 바탕화면에는 앞으로도 아무것도 깔아두지 않아도 좋을 거라고, 비어 있지만 그래도 괜찮을 거라고…… 그런 생각이 들기도 했다. 엄마 안녕, 우리 잘 살게. 걱정하지 말고 훨훨 날아가. 나는 속으로 중얼거렸다.

나는 일어나 점퍼를 걸치고 키를 챙겼다. 창밖으로 도시의 푸른 밤이 고요히 내리고 있었다.

마흔셋, 진정한 성장을 모색하다

연남경 이화여자대학교 국어국문학과 부교수

마흔셋, 아주 많다고도 그리 적다고도 할 수 없는 나이, 인생의 전반전과 후반전의 사이에 끼어 있기에 현재까지 살아온 삶을 돌아보게 되는 때가 아닐까? 더 나은 미래를 모색하기 위하여. 소설 「마흔셋」의 화자는 그런 상황에 처해 있다. 그런데 화자의 이야기는 자기 자신에 대한 것이라기보다는 동생과 어머니, 즉 가장 가까운 타인에 대한 이야기에서 시작된다는 점이 주목을 요한다.

기본 서사는 단순하다. 엄마를 잃은 화자가 동생과 짧은 여행을 떠난다. 이때 "고아가 된 기념으로"라는 쿨한 설명이 필요한 이유는 FTM(female-to-male)으로 성전환 중인 동생이 가슴 수술 이후 남자의 몸으로 공공장소에 최초로 등장하는 '중요한 날'을 기념하기 위해서였기 때문이다. 동시에 혼자만을 위한 유목적 삶을 선택한 큰딸과 생물학적 몸과 불화하는 작은딸에게 짐이 되지 않으려고 궁핍하고 외롭게 홀로 암과 사투하다 세상을 떠난 어머니에 대한 죄책감에서 놓여나기 힘들었기 때문이었다. 이런 식으로 단순한 기본 서사의 배후에는 복잡하게 직조된 감정과 소통의 어려움이라는 난제가 가로놓여 있다. 그렇다면 지금부터 몇 가지 키워드를 통해 「마흔셋」의 서사로 진입해보기로 한다.

1. 평범하지 않은 '가족' 이야기

「마흔셋」은 어머니의 죽음 이후 딸의 서사다. 화자인 '나'는 미래를 위해 현재를 저당잡히지 않은 채, 일이 싫증나면 공부를 하고 공부가 싫증나면 일을 하는 식으로 살아왔다. 연애도 해보았지만 나 자신을 양보하고 싶을 만큼은 아니었다. 언제나 내가 우선이었지만 성공하고 싶다는 마음은 별로 없었다. 마흔셋의 현재, 두 권의 책의 저자이자 시간강사로서 대학에 출강하고 가끔 방송에도 나가며, 예쁜 카페와 독특한 것들을 찾는 취향을 가졌고 잦은 해외여행을 선호하지만 통장의 잔고는 늘 부족하다. '나'는 나로 완전하다고 자부했고, 어디에도 정착하지 않는 유목적 삶은 멋진 인생이라 생각했다.

그런데 내가 스스로 선택한 당당하고도 멋진 삶은 엄마의 죽음 이후 빛이 바랜다. '나'는 잡혀 있던 강의들을 연달아 펑크 내고, 한 달을 멍한 공백으로 흘려보내며, 엄마가 살아 계셨을 때보다 정확히 16킬로가 늘어난 몸을 갖게 되었다. 사실 '나'는 엄마에게 매번 생활비에 턱없이 모자란 액수의 돈을 송금하며 엄마를 방치하고 있다는 죄책감에서 놓여나지 못하면서도 가능한 한 엄마에게서 멀리 떨어져 있으려 했었다. 결국 '나'는 그때까지의 자신의 삶이 얼마나 이기적이었던가를 뒤늦게 깨닫는다. 그렇기에 내가 동생에게 함께하자 제안한 여행은 엄마를 떠나보내기 위한 애도의 시도가 된다. 동시에 이제 유일한 혈육인 동생을 향한 소통의 제스처이기도 할 것이다. 이제 납작한 남자의 가슴을 갖고 햇볕 아래에서 웃는 재윤의 모습에 눈이 부시는, 언니가 아닌 누나로서의 자신을 인정함으로써 말이다.

2. '성소수자'의 고통과 공감의 시도

'나'의 동생은 잘못된 몸을 갖고 태어나 고통 받다 여성에서 남성으로 성전환 중인 트랜스젠더다. 여자의 몸에 남자의 정신을 가진 재윤은 어느 쪽에도 속하지 못한 소수자다. 때문에 37년째 진짜 몸이 아닌 이상한 껍데기를 쓰고서 매일을 견디느라 재윤의 노트북 바탕화면에는 '자살 금지'라는 커다란 문구가 새겨져 있다. 그런 재윤이 마침내 가슴 제거 수술을 감행하자 무지한 말들을 쏟아부으며 재윤을 몰아세웠던 '나'는 엄마를 떠나보낸 뒤 더 늦기 전에 동생의 선택을 지지하고 가족 중 누구에게도 축하받지 못한 재윤을 마침내 축하해주려 한다. 재윤은 끝까지 엄마에게 이해받지 못했고 엄마는 재윤으로 인해 괴로웠다. 그러나 재윤은 엄마가 자기 때문에 암에 걸렸다고 자책했고, 엄마는 말기암으로 고통스럽게 투병하면서도 재윤에게 알리기를 꺼려했다. "걘 안 그래도 힘들"기 때문에.

여기에서 성소수자의 고통을 다룬 작가의 다른 소설 「루카」가 떠오르는 이유는 마치 데칼코마니처럼 겹치면서도 대조되는 서사의 상이함 때문이다. 목사인 아버지로부터 '예수'와 '성령'에서 따온 이름을 부여받은 예성은 루카라는 게이로서 정체성을 끝끝내 인정받지 못한 채 세상에서 배척당한다. 사랑하는 아들이 게이라는 사실과 목사로서의 사회적 삶을 동시에 감당할 수 없었던 예성의 아버지는 살아 있는 아들을 교통사고로 죽었다고 믿어버림으로써 안전한 삶을 선택한다. 게다가 3년이나 함께 살았던 옛 연인조차도 소수자 소사이어티에서 아웃사이더였던 루카를 소외시키고 홀로 남겨져 외로운 루카를 이해하지 못한 채 관계는 끝나고 만다.

이처럼 「루카」에서 예성이 자신의 이름에 새겨진 세상의 폭력적 굴레에서 상처 받았다면 「마흔셋」에서 재윤은 자신을 이해하지는 못했지만 끝까지 배려하다 숨을 거둔 어머니와 결국 자신의 선택을 지지하며 언니에서 누나가 되어주기로 한 재경과 화해를 이룬다. 「루카」가 게이 아들을 자신의 가계에서 축출함으로써 아버지와 아들의 갈등이 파국으로 치닫는 서사라면, 「마흔셋」은 트랜스젠더 딸을 이해하지 못했던 어머니와의 갈등이 언니/누나를 매개로 수습되고 공감의 가능성을 모색하는 서사라는 점에서 결정적인 차이를 갖는다.

3. '나이' 듦에 대하여

사람에 대한 관심이 아니라 대체로 일과 공부와 취미에서 즐거움을 찾던 나의 삶은 마흔 살이 넘어가면서 더 이상 매끄럽게 진행되지 않는다. '나'는 어느덧 세상의 속도가 너무 빠르다고 느끼게 된다. 어떤 이슈에서는 젊은 사람들이 무엇 때문에 그렇게 분노하는지 끝까지 이해할 수 없었고, 열심히 공부하고 따라가려 애써보아도 '인권 감수성이 부족하셔서 불쾌했다'는 강의평가를 받게 된다. 독자들의 눈은 이미 다음 세대 저자들에게 쏠리며 새로운 출간 제의도 오지 않는다. '나'는 처음으로 세상 가장자리로 밀려난 느낌을 갖게 된다. 재윤이 커뮤니티 사람들의 긴밀한 연결망 속으로 떠나버리고, 엄마가 돌아가시고 나자 혼자가 된 '나'는 결국 외롭다는 것을 인정하고 만다. 혼자라는 게 늘 편하다고 생각해서 정착하지 않는 삶을 선택했건만, 마흔셋의 나이에 뒤늦게 외로움의 감정을 맞닥뜨리게 된 것이다. 이제 비로소 '나'는 오래 외로웠을 엄마와 동생의 고통을 마주하게 된다. 엄마의 죽음을 애도하고, 동생의 소수자성에 공감을 시도하면서 '나'

는 마흔셋의 자신을 다시 바라본다.

다시 마흔셋이라는 나이로 돌아왔다. 거듭 강조하건대 윤이형의 「마흔셋」은 '나'에 대한 이야기라기보다는 나의 가족과 주변에 대한 이야기다. '나'밖에 몰랐던 개인주의자가 타자와 관계 맺기 시작하고 소통을 시도하면서 오히려 진지하게 '나'를 바라보게 되는 성장기다.

> 오직 자신에게만 들리는 아우성을 속에 품은 채, 진짜와는 다른 모습으로 자신을 보고 듣고 짐작하고 취급하는 세상 속을 계속 걸어가야 하는 괴리감과.
> 말하고 싶은데 입을 다물어야 하는 수두룩한 순간들과.
> 그런 고립 상태와.
> 엄마와 재윤은, 내내 싸워왔던 것이다.
> 나는 어떤 것과도 그런 식으로 싸워본 적이 없었다.(190쪽)

마흔셋이 되어서야 떠나간 엄마를 향한 부채의식에 괴로워하고 동생의 고통을 제대로 마주하게 되었다는 화자의 고백담은 진정한 어른이란 어떤 존재인가를 되묻게 한다. 직업적 성공을 거두고 결혼과 출산을 해야 어른일까? '나'는 이 중 어떤 것도 이루지 못했지만 마흔셋의 나이에 비로소 어른이 되었다. 나와 가장 가까운 타인이지만 많은 갈등을 겪을 수밖에 없는 관계, 가족 구성원과 진심으로 소통하려는 시도를 통해 진정한 성장이 이루어진 것이다.

윤이형은 진정한 성장의 힌트를 유년기에서 찾는다. 엄마의 노트북 배경화면에 깔려 있던 초등학생 시절 걸스카우트 단복을 입은 자매의 사진이 엄마를 버티게 해주었다면, '나'는 캠프에서 길을 잃고 어두워진 시간에 무서움을 견디며 조그만 애들 넷이서 용케 길을 찾아내었던 옛 기억을 길어 올린다. 재윤 모니터의 '자살 금지' 문구와 똑같은 기능을 했을 엄마의 사진을 보며 '나'는 자신의 바탕화면은 비어 있어도 괜찮을 거라 다짐한다. 나이는 숫자에 불과하다는 말이 떠오른다. 그렇다. 나이를 먹는다고 성장하는 것은 아니다. 어린 시절의 경험에서 오히려 마흔셋의 화자는 외로움과 무서움을 떨쳐버리고 새로운 길을 찾아볼 용기를 확인한다. 인간은 결코 홀로 살아갈 수 없으며 누구나 타인과의 관계 맺기를 통해 살아간다는 진리를 수용하자 진정한 홀로서기(성장)가 가능해진 것처럼. 그러니 정해진 길이 없더라도 앞으로의 삶이 그리 막막하지는 않을 것이다.

주지하듯 윤이형은 환상성, SF적 상상력을 동원하며 난해한 작품 세계를 형성해온 작가로 알려져 있다. 그런데 이 소설은 누구나 편안하게 독해가능한 마흔셋 화자의 고백담으로 윤이형의 기존의 작품 세계와는 꽤 거리가 있다. 왜일까? 하필 이 소설이 집필되던 해에 작가의 나이가 마흔셋이었다는 점에서 이유를 찾아볼 수 있지 않을까? 결국 이 소설은 불현듯 찾아온 마음 상태를 적은 일기 같은 작품이 아닐까? 윤이형의 「마흔셋」은 가장 흔하고 가까워 사소하지만 어느새 가장 멀어져 어려워진 가족 관계의 회복에서 세대 갈등, 성소수자의 고통, 진정한 성장과 같은 중요한 문제들이 해결될 실마리를 찾고 있다. 그리고 어쩌면 소설의 화자와 마찬가지로 작가 역시 젊은 시절 따라갔던 길을 순식간에 잃은 상황에 놓여 있을지 모른다. 하지만 그래도 괜찮다고, 새로운 길을 찾아낼 거라는 다짐이 엿보이기에 독자들은 안심해도 좋다. 이러한 점이 마흔셋을 막 통과한 중견 작가 윤이형의 추후 작품 세계가 더욱 궁금해지고 기대되는 이유다.

장다름의 집 안에서

이상우

1988년 인천 출생. 2011년 문학동네신인상으로
등단. 소설집 『프리즘』 『warp』가 있음.

장다름의 집 안에서

부스러기 빵 바구니 없는 대리석 식탁에서 개어진 앞치마의 줄무늬 일어나듯이 원목 의자로부터 창틀 모양으로 햇빛은 유선형 접시 그릇 테두리 상아색 두른 벽지 냄새 나는데 무슨 냄새? 베이컨 같은데 난 케일주스 그건 생각만 해도 토할 것 같아 어쩌라고 은쟁반 커피 컵 자국 끊어진 채 둥그런 손잡이 주전자 은빛 물기 마른 싱크대 차 마셔본 적 있어? 있지 당연히 어때? 괜찮아 더 설명해봐 은은하고 식은 피자 맛이랑 비슷해 아니야 차는 그런 게 아니야 아기가 익사한 욕조 물이랑 비슷해 그건 더 아닌 것 같은데 빈 오븐 찬장에 그늘을 품고서 수저통 식기 서랍 식물 없이 조그만 테라코타 화분은 몇 권 책 옆에서 검은 흙 색 바랜 종이 편지지 통지서 흩어진 모서리들 복도를 지나가면서 마루 나무 틈새마다 뒤따라오는 부엌 창틀 모양의 너비 조용하네 그러게 노래라도 불러보든지 무슨 노래 가사 없는 거 흥얼거리라는 거야? 닥치라는 뜻이야 목제 난간 2층으로 올라가는 계단을 지나치면서 두 방문은 하설갈이 걸린 벽에서 달력의 그림체로 멈춘 날짜 기둥 사이로 열리고 닫힌 빛 속으로 어지러워 왜 그래? 숙취인가 깨질 것 같아 편안한 것들을 떠올려 어릴 때 살던 데라든지 이제 구역질까지 나 러그 카펫 보풀 커튼을 훔친 모양 맑은 볕의 굴곡으로 가죽 소파 꺼진 자리마다 생채기가 공중은 동그랗게 러그 카펫 깔린 마루 위에 볕이 낸 무늬 그물의 물결 투명한 흐름들 흐르는 커튼을 지나오면서 전화해봤어? 아니 잊어버렸어 기다릴 텐데 그러니까 언제나 전화를 걸면 어디에 있는지 모르겠어 전화를 받든 받지 않든 모르게 된 장소에서 전화를 끊고 나면 기다림까지 뒤바뀌어 있는 거지 탁자 아래 러그 카펫 비추는 유리 선반 책장은 가죽 소파 왼편에 책등 겉으로 옷걸이 카디건 연두색 커튼 테이블보 그려내면서 나란한 제목들 이름이 여럿 쌓인 선반 층마다 열쇠걸이 열쇠 없이 잠겨 있는 탁상 연필꽂이 커튼 연두색 카디건 담배 좀 줄래 민폐야 나눠 피울까 양손을 감싸는 이들이 있지 불붙이려 고개 숙이고 입가를 가리면서 손안으로 사라져버리듯이 그만 그들은 다시 두 손을 내려두면서 손가락이 흘린 곳으로 여전히 남아 있게 되어 그만 벽 옷걸이 카디건 연두색 볕 사이 마름모꼴 베개 해진 가죽 소파 팔걸이의 품에 기대 누워 있던 자세로의 주름대로 맴도는 빛은 연필꽂이 볼펜 캡을 스치며 수영복 사러 갈까 제정신이야? 기분 좋아 보여 누가 수영장에서든 파파존스에서든 ATM기 앞에서든 수영복을 입은 사람들 조현병 환자들일걸 수영복을 입고 나가 강에 자빠지거나 뛰어내려 두 번 다시 자신을 찾아오지 않도록 주치의가 시켰겠지 그 의사도 수영복을 입고 다이빙대 아래 벤치에 앉아 있어봤을걸 밤이 되어 서재에 앉아 제초제를 꺼내 마시기 전까진 그랬겠지 전단지 가죽 소파 아래 동전 쿠키 조각 부스러기 메모지와 사탕의 껍질 비닐 그늘을 뒤틀며 속 비친 채 구겨진 빛을 나타나게끔 연두색 카디건 왼 어깨로 스쳐 오는 오믈렛 먹고 싶네 할 줄 알아? 눈이 부셔서 그릇을 바라볼 수도 없을 거야 따듯해야 해 부드럽고 턱이 녹아내릴 만큼 먹으면서 먹고 있는 줄도 모를걸 안 먹을래 왜 재수 없어 보기만이라도 할래? 냄새를 맡다 보면 어느새 오믈렛을 덮고 잠들지도 연필꽂이 기울임 볼펜 표면에 닳은 글자 손잡이 궤적을 따라 적어 내려간 복도에 멈춰 있는 그늘과 하설같이 걸린 벽으로부터 열리고 닫힌 자전거 차임벨 소리 그림자 새 두 마리의 날갯짓 신발장 위로 현관의 측면에서 상승하는 무늬를 별 속에다가 방금 무슨 소리 못 들었어? 언제? 방금 방금? 그래 못 들었어 상상인가 봐 책에서 난 소리일까 어디였는데 모르겠어 그만 읽어 기차 소리 같았지 어디까지 읽었어? 우산꽂이 신문지들 실내 슬리퍼 나란히 마루 나무 신발장 사이 빛 비뚤어진 복도 닫힌 문의 문고리 브라운관텔레비전 노인을 대신해 죽을 사람이 있나? 뭐? 그냥 갑자기 궁금해져서 드디어 돈 거야? 아니야 근데 왜 그만 소리를 해? 웃으면서 화내지 마 등 기운 흔들의자 어스름히 체크담요 플로어스탠드 아래 창 없는 벽 브라운관텔레비전의 구부러짐 속에서 흔들리지 않는 어둠 종이 박스 밖으로 흩어진 채 캠코더테이프들 제목이 먼지와 함께 색 바래며 바스락거림 비디오플레이어 내부로부터 놀이공원 기억나? 우연히 들어갔었지 나란히 손을 잡고 줄 선 사람들을 지나치면서 음악이 심했어 음악이 좋은 놀이공원은 없어 아이들도 그 음악이 듣기 싫어서 풍선을 터뜨리고 아이스크림을 떨어뜨리고 살인하듯이 뛰어다니는 거야 아니야 아이들은 기록을 남기고 싶은 것뿐이야 커다란 퍼레이드 행렬 옆에서 테이핑박스 여럿 쌓인 벽 휘장 헝클어져 감싸인 구석 곁에 물먹은 벽지 걸어 나올 듯이 울퉁불퉁하게 사람 얼굴이 입을 벌리거나 미간을 높이며 울고 있는 액자 속 누구지 뭐가 놀이공원에서 음악 트는 소아혐오자 몰라 알 게 뭐야 그렇게 흘러내린 체크담요 굴곡의 흔들의자 손잡이 방향 액자들 표정 빗나간 뻐꾸기시계 흔들리지 않는 괘종 모습으로 물들듯 바스락거림 천장에 거꾸로 기어오르는 갇힘 체크담요 몇 올 머리카락 굴곡의 흔들의자 기울기 비어 있는 버스 탈 거야? 아니 그럼 전철? 안 타 아무것도 왜 기대 있고 싶지 않아 창에 자국 남는 것도 싫고 비스듬하게 치켜 보거나 내려다보기도 싫어 가끔은 그것대로 좋지 않아? 가끔도 기대하기가 싫어 브라운관텔레비전에 비친 어둠이 벡셀 건전지 내보인 리모컨 아래로 구부러지는 전선의 끝 플로어스탠드 부채꼴 모양 갓 처마를 따라 주름진 벽지 튀어나온 얼굴 더듬이 달린 바퀴벌레의 비디오플레이어 내부로부터 어릴 때는 신기해 뭐가? 결국 누구의 것도 아니게 되잖아 아닌데 헤어밴드를 차고 다이어트비디오를 따라 춤췄던 걸 기억할 수도 있는데 누가 증명해봐 비약 좀 하지 마 오히려 어린 시절에 버림받을까 무서운 거잖아 브라운관텔레비전 일직선의 잘려 나간 사선으로 문틈에서 빛 가로질러 나가며 태어나듯 먼지들 환하게 뒤틀린 채 하설갈 지나 목제 계단까지 마루 나무 복도 현관을 껴안고서 이어지는 벽 옻칠 벗겨진 난간 손잡이 계단 첫번째 층계부터 해안을 낀 언덕길 뭐? 아니야 근데 왜 웃어 헤어밴드를 차고 다이어트 춤추는 걸 떠올렸어 스포츠나시가 터지진 않았어? 꺼져 미안 꺼져 아마 생일 파티가 있었을 거야 누구의? 몰라 누구에게든 잘 보이고 싶었겠지 파란 바다 낮은 건물 언덕의 수풀 그려진 유화 동일한 듯 닮은 곳 다른 층계 가까워질수록 벽에 걸린 유리 색채 수직의 난간 살이 이어져 닿지 못하는 위치에서 지면으로부터의 숲 흔들림 멈춘 검은색 가문비나무들 그림자 가느다랗고 기다랗게 반사광 유리 표면을 빚어내며 환한 계단 아래 무지갯빛 고리 고요히 숨의 태 젖어나듯 길가에서 사람이랑 눈 마주친 적 있어? 전화 중이거나 목발을 짚고 있거나 아무나 있었다면 있겠지만 딱히 떠오르진 않네 서로 바로 시선을 돌리지 아마 그게 왜 그냥 그들이 거기에 있었던 이유가 있나 싶어서 다시는 볼 수 없다는 게 자연스럽잖아 사라지고 나타나고 반복되는 직각이 이루며 공중을 층으로 드리우게 2층 유리창 바깥의 볕 벽에다가 난간 살의 그림자 경사를 따라 돌아나는 일렁임 계단이 끝나며 이어지는 마루 나무 빛과 맞물리면서 창문 아래 춤추고 싶지 않아? 보고만 싶은데 추는 게 즐겁지 않아? 전에 신고당했잖아 기억 안 나 언제였지? 몰라 은행에서였던 거 같아 그럴 리가 그런다고 없던 일이 되진 않아 있던 일이 되지도 않아 이런 왜 헷갈리네 번지듯 물크러지게 가까이 구름 얼룩 가느다란 손가락들의 유리창 깊어지며 복도는 2층 벽이 고아낸 모퉁이 그늘 향해 흐려지는 볕의 둘레로 장식걸이 액자 속 별 훈장 쫓아 발코니를 바라보고 있으면 어느 순간 그 안에 있는 사람들이 보일 때가 있어 뭐 하고 있는데 자위하고 있기도 하고 텔레비전 켜놓고 졸고 있기도 하고 아무도 없을 때는 있지 타일 벽 물때가 낀 격자무늬 마를 물기 없이 펼쳐진 수건 한 장 누운 결 미끄러운 굴곡 비누 비누대 위에 칫솔 치약 치실 면도기 유리컵 안에서 기울기 다르게 기대어 교차된 채 다시 밖으로 나오면 수십 개의 발코니들이 보랏빛 섞인 노을을 반사해내며 물들어가고 있는 거지 뭐가 더 좋은데 비어 있는 세면대 둥그렇게 반사할 빛 없이 흘러넘치게 하면서 샤워커튼 너머 천장 타고서 어둠을 주입하듯 직육면체로 수납장 속 인슐린 주사기 펜타닐 약통 모르핀 자두 향기 바디워시 면도날에 맺힌 물방울 백화점? 엘리베이터 때문이지? 거기 있으면 기분 좋지 않아? 별로 왜 아무것도 아니게 되는 기분만 남아 엘리베이터 바닥 가운데의 문양을 지켜보다가 창밖이 이동하는 것처럼 느껴질 때 마법 같지 않아? 잠시나마 착각하게 되는 거 싫어 샤워커튼 밑단 쏠린 채 욕조 마개 쪽으로 곰팡이 흔적 몇 헐거워진 마개 사슬 은방울 모양의 회색 빛깔 하수관 물소리 타일 벽 격자무늬 여기저기 마개 아래와 사라지거나 이어지면서 헌 고무밴드 주사기 뚜껑과 욕조의 머리맡에 샤워타월은 살얼음들 비틀린 술집 전화기가 울리면 받아보고 싶어 여보세요 네 말씀하세요 폭설로 차에 갇혔어요 밖에 뭐가 보이나요 허리케인이요 근데 여기는 헌병대가 아니에요 하지만 거기에 헌병들이 술을 마시고 있을 거잖아요 욕조 마개 거품 찌꺼기 차올랐던 물의 높이대로 욕조에 위치를 남겨두고서 물의 높이 대신 깊이 하수관 물소리 좌변기 아래로 복도까지 2층 보호난간과 이어진 술 장식의 방 안으로 책상이 놓여 있는 교과서들과 악보집들이 책꽂이에 빈틈없이 빗장 걸린 옷장 열리지 않은 파티 갈 거야 이따? 아니 그럼 그 빌어먹을 카메라 좀 치워 생일 축하 노래 불러줄래? 누구 생일이야? 아니 너 그렇게 계속 헛소리만 지껄이면 비명 지를 거야 혹시 파티에 가고 싶어? 아까는 그랬는데 지금은 싫어 왜? 벌써 갔다 온 것 같아 나이테 책상 상판 위로 흐릿하게 얇은 광선 네모난 서랍장 순서대로 비껴 의자 다리 사이까지 네 쪽의 그림자 곧게 잘 개인 이불 쌓인 구석 소다색 간이 피아노 옆 술 장식 바스라프리며 복도와 방 사이를 반드러운 찰랑임 살며시 부슬거릴 때마다 잃어가면서 복도와 방 사이를 셀 수 없이 잘게 졸려 자지 마 심심해지니까 이기적이야 혼자 자는 게 더 이기적이야 어차피 딴 거 하고 있잖아 옷장 빗살의 틈새 옷가지들 트림 좀 제발 그만해 더러워 안 했어 지금 또 하잖아 병 걸렸나 봐 트림암 그딴 병은 들어본 적도 없지만 정말로 네가 그 병에 걸려 뒈지길 바래 소다색 이불 더미 은색 압정 패브릭포스터 야자수 가로 길게 너울진 벽면에 콘센트 구멍 연결되지 않은 전선의 자리로 빛발 역삼각형 유리 꽃병에 휘어져 높이서부터 창틀 위 새들의 그림자가 앉아 있는 간이 피아노 덮개 무지갯빛 고리 걔네 화해했나? 와플 가게에서 시럽이랑 칼까지 던지더니 아무도 안 다쳐서 다행이지 와플이 보호해줬나 봐 아멘 걔네 와플 가게엔 이제 못 가겠네 어차피 곧 사라질 텐데 뭐 책꽂이 높낮이 다르게 튀어나온 종이 날카로움 무뎌지는 볕 새들 고갯짓 지나온 서로에게 엇나가며 창틀에 앉아 있던 그림자 사라져버린 음계들 얇은 건반 덮개와 페달 사이 어슴푸레 젖은 유리 꽃병 담기지 않은 꽃 역삼각형으로 차오른 물결만 투명하게 흐릿한 채광이 헤엄치게끔 바닥으로부터 입체적인 의자 방석 위로 빈자리가 계속 만들어지듯이 빗장 걸린 옷장의 빗살 틈새 분절된 옷가지 맵시들 어둠 속에서 버스를 타고 전철을 타고 비행기를 타고 가야 해 그냥 상상하면 안 돼? 그것만으로는 부족해 옷을 사 그건 아주 잠시일 뿐이야 잠시만 다른 곳 같아 피아노 방음 페달 밟힌 기울기 고장 나 가운데 가라앉은 소다색 이불 더미째로 베고 누워 잠든 듯이 굴곡 머리카락의 흘러내리다 만 야자수 잎사귀 쪽빛을 배경으로 어두워지며 패브릭포스터 바깥에서 경계를 어지럽게 몰려온 그늘 방과 복도 사이 비 내리나 아닐걸 본 거 같은데 어디서 어디라고 어떻게 설명해야 하지 저기쯤에서 몇 방울 흘러내리는 복도 부드러운 술 장식 슬며시 넘어와 속삭이듯 그늘을 이끌어내어 꽃병 책꽂이 의자 피아노 이불 더미 아스라이 술에 걸쳐 흘러내리는 복도에 쌓이며 짙어진 2층 가장 안쪽의 응달 벽에 둘러싸여 보호난간을 멀리 마주한 채 보이지 않는 계단 너머 천장 근처 창문에는 하얀 비닐봉지가 나뭇가지에 걸려 회전하는 바람은 매끄러운 술 얼개를 그늘로 훔치며 복도 끝 응달 긴 방문 앞까지 비스듬히 회전하는 비닐봉지에서부터 불어오듯 하얀 방문 앞 서서히 열리는 어둠 기울진 문틈으로 실내슬리퍼 가지런히 잠겨가며 카펫 위 커튼 통과해온 라장조 전화벨 소리 누군지 알아? 누구 몰라 그냥 갑자기 한 얼굴이 떠올랐어 설명해봐 못 해 누구지 우연히 지나친 사람이라기엔 구체적인데 영화에서 본 거 아니야? 그런가 아니야 눈 코 입은 자세히 모르겠는데 실제로 본 거라고 확신할 수 있어 그것도 몇 번이나 다가오고 표정을 나타내면서 대화를 나누고 혹시 만나게 될 사람인 거 아니야? 그럴까? 그럴 리가 머저리야 기억과 기억 바깥 사이에 있는 사람 같아 텔레비전에서 스쳤거나 책 읽다가 상상했던 사람이겠지 연보라색 커튼 테라스는 조금씩 부풀어 오르다 사그라드는 보랏빛 물결 너머 보일 듯 말 듯 벗어놓은 실내슬리퍼 둥그런 신발코 부드러움 잃어가며 결 스러진 퍼 더 이상 전화벨 소리 들리지 않는 전축 셀로판지 붙여진 거울 곁에서 반듯이 걸려 있는 LP 연보라색 커튼끼리의 부딪침 길게 그물 쳐진 셀로판지 빛깔 위로 음악 없이 바람 누워 오는 바닥 테니스공 물려 뜯긴 왜 그래 놓고 싶어 놓고 있잖아 이렇게 말고 진짜 놓고 싶어 그럼 놀러 가자 싫어 씨발 뭐라는 거야 글쎄 설명할 수가 없네 뭘 어쩌고 싶은 건데 모르겠어 원하는 걸 말해봐 모르겠어 지금 우는 거야? 연보라 커튼 잔잔히 얇게 열린 테라스 문틈 왜 울어? 아니야 나풀거리며 넓이 구부러지는 곡선 이건 아마 오줌이야 넌 오줌을 눈깔로 흘려? 모르겠어라고 그만 말해 돌아버릴 것 같으니까 연보라 커튼 나풀거리며 커튼 밑단의 굴곡들 테니스공 구르다 만 그림자 잇자국 삐죽이 연두색 털실 가닥들 더럽혀지지 않은 초충화가 세로로 그려진 족자에서 새어 나오듯 구석에 가지 낸 스탠드 원목 옷걸이는 뒷모습의 경비원 유니폼을 매달고서 견장의 은별 빛 녹슨 채 원편으로 흘러내린 어깨 배고파 카레 먹으러 가자 거기 없어졌어 그럼 피시피자 먹자 거기도 없어졌어 쌀

국수는 쫓겨났어 맥도날드? 거긴 언제나 있지 애플파이 먹고 싶어서 거짓
말하는 거 아니야? 연하장 봉투 적다 만 주소지 셀로판지 거울 화장대에 면
봉 빗 바셀린 아연보충제 미도드린 상표 비뚤비뚤 셀로판지 깨뜨린 빛깔
잇따라 비틀거리는 테라스 연보라 커튼 사이 굴러나오듯 초충화 족자에서
부터 구르다 만 테니스공 회전 없이 LP 전축 위 커튼끼리의 소리 부딪치고
서로 지나가며 로마 숫자와 초침은 벽걸이 시계에 각진 유리 표면으로 속
삭이는 침대 자주색 목화솜이불 밖 발가락들 슬슬 일어나 꼭 그래야만 해?
그래야만 해 조금만 더 이미 오래 있었어 조금만 더 있으면 생각날 거 같아
서 그래 뭐가 생각날 거 같은데 글쎄 뭐든지? 연보라색 커튼 은은히 휘말리
는 방향의 침대 옆 나이트테이블 금테 돋보기안경 다리 겹쳐진 채 수첩 줄
무늬와 다이얼전화기 불빛 꺼진 스탠드 아래 육각형 손잡이의 볼펜 검은
잉크 흐르지 않고 누워 있는 형태로 부풀어 오른 자주색 구김들 휘어지거
나 줄 지으며 침대의 자세를 자연스레 왜 말이 없어 미안 잠깐 졸았나 봐
안녕 생각났어 누군지 모르겠던 사람 말이야 눈 뜨자마자 또 개소리 하는
거야? 양초 가게 직원이었어 기억나? 누구 보라색 머리? 맞아 딴 데서도
본 적 있어? 전혀 양초 가게도 없어졌지? 응 앞으로 두 번 다시 만날 일 없
겠네 잘 살고 있나 글쎄 그래도 어디선가 살아는 있겠지? 몰라 구르는 테니
스공 물려 뜯긴 자국에게서 멈추며 가라앉는 침대다리 조도는 거울까지 빛
잃은 빛깔들 비벼든 바닥 위 평평한 그늘로 나풀거리며 연보라 커튼에 가
려지고 비껴오는 경비원 유니폼 다림질 깃 흘러내린 견장 왼편으로 쏠린
침대의 누워 있는 모습 구겨진 이불 구김마다 깊어지는 그늘 속에서 높낮
이 변화 없이 누워 있는 자세가 이불 밖 캄캄한 발바닥과 발가락으로부터
연결되어 움직이자 슬슬 그래 어디 가지 박물관 갈까 상상만으로도 지루해
호수는 언제 좋지 근데 근처에 호수가 있었나? 아니 ATM기 보러 갈래? 뽑
을 돈 좀 있어? 돈 뽑는 사람들 구경하게 멋진 생각이야 그거 알아? 난 가
끔 네가 ATM기가 되는 상상을 해 네가 입 벌릴 때마다 돈이라도 나오게

공원 갈까 또? 매일 가잖아 갈 만한 데가 거기밖에 없네 지겨워 없어지지도 않아 거기는 어두워 보이지 않는 복도로부터 침대 경비원 유니폼 초충화 족자 테니스공 실내슬리퍼 윤곽을 잃은 채 색 없이 멈춘 테라스커튼 주름까지 가리워져가는 얼굴 잘 모르겠네 뭐가 어릴 때 살던 집 말이야 뭐? 네가 아까 떠올려보라며 내가? 그래 네가 기억 안 나.

5월 16일

케이와와는 로렌 마자케인 코너스의 연주를 두고서 교수형자의 시체로 만든 기타로 내는 소리 같다고, 심령사진 같은 노래네. 흉가는 아니었지만 천장과 창가 여기저기의 거미줄을 부러 치워두지 않은 저택에서 검거나 회색빛의 고딕풍 옷을 입은 회원들의 안내로, 초 켜놓은 은촛대 주위에 둘러앉아 음감회 했다. 눈 파인 초상화를 걸어놓거나 마법진 같은 걸 그려놓을 정도로 유치하진 않았음에도 조금 과하다는 느낌에 괜히 낯 뜨거웠는데, 다른 이들과 떨어져 멀리서 퍼져오는 로렌 코너스 기타 들으며 캄캄한 저택 안을 걸어 다니다 보니 자연스러웠다. 곰팡이 냄새, 인물 없는 풍경화, 구슬 많은 샹들리에. 나무판자 밟는 게 오랜만이라 특히나 이렇게 어두운 곳에선 발끝에 더 집중하게 되어 언제인지 모를 기분들이 희미하게 오가고, 아무 소리도 들리지 않는 계단에서는 갑자기 편안했다. 다른 앨범으로 넘어갈 때쯤엔 지하 복도에서 케이와와를 마주쳐 조그만 목소리로 대화하며 다시 함께 걸었다. 고스트버스터즈를 불러야 할 것 같아, 난 그 새끼들이 인종차별주의자랑 뭐가 다른지 모르겠어. 미국인들은 심판하길 좋아해 그게 뭐가 됐든. 지하 창고로 여겨지는, 지하 복도 끝에 딸린 널찍한 공간에 하이힐 신은 두 남성이 누워 키스하고 있어 가죽 옷이 복잡한지 서로를 좀체 벗기질 못하는 모습을 지켜보다가 위층으로 올라갔다. 케이와와는 두 눈알이 함몰된 흉상을 배경으로 사진 찍어 인스타그램에 올렸고, 금세 자피로의 댓글이 달려 영상통화 하려 했으나 주위 분위기상 관뒀다. 아마 자피로는 교외에서 있을 시 낭송 모임 때 발표할 시를 쓰고 있을 거라며, 케이와와가 몰래 그의 시를 훔쳐봤는데 제목이 '발 킬머는 동방박사의 토요일'이었다고, 두 사람이 2층 침대를 나눠 썼을 어릴 적 자피로가 〈탑 건〉을 보다 잠옷 바지에 오줌을 지린 이야기를 해줬다. 다시 메인 룸에 다다라 다미르도마 혹은 율리어스 차림의 회원들이 우리에게 고개 숙여 인사해줬고 그 잠깐의 몸짓이 풍긴 공손한 멋에 똑같이 따라 인사하게 됐다. 마이애미 출신 기타리스트라 자신을 대충 소개한 빌 올컷이 병상에 누운 로렌을 대신해 왔다며, 로렌 코너스 곡 위에 리프를 덧대었는데 빌의 연주가 더 대단했다. 신체의 감각기관들이 하나하나 빛으로 폭파되는 느낌이라 연주가 끝났을 때는 소멸된 기분으로 공기 중에 잔상처럼 배어 있는 리프에게서 거의 육체적 소외감을 느꼈다. 유령이 된 것 같다고, 케이와와는 옥상으로 연결된 계단을 올라가며 어두워 보이지 않는 자신의 손을 마주쳐 거듭 소리냈고, 옥상 문 잠겨 있었고 대신 벽 창틀로 외부 전등인지 달빛인지 연한 눈부심 머물러, 정교하게 어두운 우리들의 그림자를 의식하며 케이와와가 최근에 맡은 실종된 싱가포르 남매 찾기 의뢰에 대해, 방금 빌 올컷이 얼마나 끝장났는지 또 다른 연주자들 마크 리봇, 프레드 프리스 등 이야기하다가 그래도 죽기 전에 딱 한 곡만 들을 수 있다면 무조건 〈퍼플 레인〉일 거라고, 맞아 씨발 〈퍼플 레인〉. 씨발 프린스.

5월 18일

목욕탕에서 세면 의자에 앉아 울고 있는 사람 봤다. 알몸은 특정하지 않다고 생각하면서 몇 지인들이 떠올랐다. 상상 속에서 그들은 잠든 채 흥얼거리고 있었다. 기차역으로 가는 길에는 양산 가게 앞에서 젤라토 들고서 울고 있는 아이 봤다. 한 번도 우는 아이를 달래본 적 없어서 그래본 적 없다는 게, 그리고 당연하다시피 아이의 부모가 나타나길 기다리는 마음이 이상했다. 지켜보고 있을 동안 아이는 혼자서 눈물을 멈추지 못했고 늘 그렇듯 미래에 아이가 어떻게 됐는지는 알 수 없다. 역사 근처 노천 테이블에 둘러앉아 카드놀이 하는 남자 노인들 구경했다. 바라보여지는 시선과 바라보는 시선 둘 중 하나는 가상 같았다. 카드 놓인 테이블 위로 래브라도 리트리버 강아지가 얼굴을 들이밀고선, 패를 훑은 후 테이블 아래로 사라졌다 다시 고개를 내밀곤 했는데 그때마다 노인들이 눈길 없이 강아지 이마를 쓰다듬어주면 반들반들해진 이마 가운데로 머무는 햇빛, 카디건 스웨터에 밴 죽은 살내. 데운 우유와 몇 종류의 빵 먹었다. 브루노 교수에게 받은 얀 베르너 뮐러와 키타다 아키히로 책 챙겼지만 목욕 탓인지 기차 좌석에 앉자마자 어이없을 정도로 당장 잠들었다. Uno tenore. 맞은편 자리의 신부가 펼치는 책 냄새에 깨어나, 기내 레스토랑에 들러 따뜻한 홍차 주문하고 잠시 앉아 있었다. 새하얀 식탁보, 붉은 커튼, 담배 연기. 언젠가 마시오는 꿈을 꾸다 포르투에 있는 마제스틱 카페에 들어갔다고. 몇 번이고 가본 적 있는 마제스틱 카페 특유의 고풍스러운 금빛 톤이 천장에서부터 쏟아졌고 일본인 점원들이 밝은 얼굴로 일본말을 건네왔는데, 차가우리만치 깨끗한 미감의 벽이라든가 테이블을 비롯한 소품들의 몰딩은 〈세일러 문〉에서 표현되던 해변 도시의 리듬이었다며 고전적 양식의 따스함과 근미래적 차가움이 황홀하게 섞인 카페에서 자신은 잃어버린 드레스를 찾고 있었다고. 그만큼이나 이상적이지는 않았으나 식탁 위 홍차가 서서히 식어가고 노을 섞여 창밖에서 주홍빛으로 바스러지며 무수히 틈새를 반짝이는 숲 또한 현실 같지 않아, 가끔은 이렇게 상황이 어느 장면 속에 들어선 것처럼 느껴지고 그것이 낯익을 경우, 기억나지 않게 바래왔던 이미지의 주인이 되었음에 뒤늦게 겸손해지는데 희망이랄지 그럴 적마다 전망하게 되는 감정은 비어 있고 늘 적막했다. 석양, 치킨스테이크 향기, 따로따로 앉아 있는 사람들의 고개, 어깨, 맨살, 솜털, 속력의 기울기로 변화하는 그림자. 홍차 두 모금 정도만 마셨고 이미 차가워져 천장 조명이 떠 있는 잔 안을 바라보기만 하다, 책 읽을까 싶어졌으나 졸았다. 어두웠고 술잔 몇 개와 잠꼬대 소리, 기차는 이동하고 있었다.

5월 20일

별장 정원의 사이프러스 사이를 오가며 종종 물방울을 휘날렸다. 볕을 깨뜨리듯. 분수대 앞에 엘렌 그리모 닮은 사람이 앉아 있어 혹시나 사브리나에게 물어보니, 한참을 지켜보다 아니라고 했다. 비키는 꼭 맞잡고 있던 사브리나의 손을 벗어나 여기저기 뛰어다녔는데 비키가 뛰어올 때면 풀 향기가 휘어지며 햇빛을 흡수한 손짓마다 그녀의 계피색 손가락이 환했다. 사브리나는 비키가 넘어질까 눈을 떼지 못하며 팔짱 낀 채 서성이면서 어젯밤 처음으로 비키에게 짜증낸 이야기를 해줬다. 사브리나 말로는 비키가 눈치를 보느라 모든 일에 자신의 동의를 구하려 한다며 이해 자체는 충분히 할 수 있지만 도무지 더 가까워질 기미 없이 그런 상황들만 계속 이어지니 지쳤던 것 같다고, 거실에서 둘이 비키가 좋아하는 애니메이션을 봤는데, 꾸벅꾸벅 조는 비키에게 졸리면 자라 말하니 비키는 괜찮다 하고선 다시 TV를 보다 또 졸았고 알고 보니 비키는 그 애니메이션을 좋아하긴커녕 이해하지도 못하고 있었다고, 그냥 사브리나가 틀어주니 재밌는 척 봐왔고 보다 잠들거나 자고 싶다 말하면 사브리나가 실망할까 봐 무서웠다 고백해 올 때 사브리나가 자기도 모르게 화를 냈다며, 나는 내가 비키를 사랑한다고 너무나, 그 누구보다도 더 그렇다고 생각해왔는데 어쩌면 그렇지 않을지도 모른다는 생각에 두려워서 밤새 잠을 못 자겠더라고. 양부모들을 위한 모임 같은 거 있지 않아요? 상담을 한번 받아보세요. 이미 해 뜨자마자 전화해서 예약해뒀어 그런데 그러니까 비키가 TV 앞에서 졸고 있을 때 그건 사람이라기보다 겁먹은 강아지 같아 보였어. 정확히 설명하긴 어렵지만, 비키를 보면서 정말 말 그대로 겁 먹은 강아지라는 표현 내지는 인상을 떠올린 내가 말이야, 그게 혹시 내 무의식 속에 인종차별이 배어 있다는 뜻일 수도 있고, 더 나아가 혐오일 수도 있잖아. 그래서 내가 그런 나를 부정하기 위해 화를 낸 것일지도 모른다고 생각하니까 너무 떨리고 겁나는 거지. 다들 조금씩은 그럴지도 몰라요. 그래도 난 다른 이들과 달리 나만큼은 정말 완벽하게 잘해낼 수 있을 줄 알았어. 필요해 보이는 말들을 생각해내기가 스스로 메스꺼워서, 단지 사브리나 옆에 붙어 정원의 조각상들 혹은 분수대 근처로 고개 들어 물보라에 얼굴 적시는 비키를 함께 지켜봤다. 잔바람에 물들듯 물소리를 머금은 얼굴로 비키가 돌아왔을 때 우리는 정원과 별장을 그늘로 잇는 나선의 계단에 앉아 미리 사 온 살라미바게트와 레몬케이크, 푸딩 펼쳐놓고 먹었고, 두 사람이 서로 음식을 양보하느라 대화가 중단될 때면 엘렌 그리모 닮은 사람 찾으며 그녀의 리스트 연주 기억해내려 했다. 생물 같은 물방울, 물방울 같은 음계. 그물 같은 나뭇잎 그늘 아래 식사가 끝나고 나선, 케이와가 몰래 사진 찍어 보내준 자피로의 '발 킬머는 동방박사의 토요일' 낭송했고 첫 몇 행엔 알 수 없다는 표정을 짓던 비키와 사브리나가 마지막 행 읽을 때는 쓰러지다시피 서로의 어깨에 기대 웃었다. 담배 피울 겸 화장실에 간 사브리나가 자리를 비울 동안 비키는 시 같은 거 쓰는 사람은 이상한 사람 같다고, 네가 옳아. 발 킬머도 이상하고 이거 쓴 사람도 이상하지, 뭐 하는 사람이야? 밤마다 묘지를 돌아다니는 자피로를 떠올리다가, 보물을 찾는 사람이야, 무슨 보물? 성물이라고 하는데 아주 옛날부터 비밀스럽고 소중하게 전해져 내려오는 물건을 찾는 사람이야. 마음에 들어, 나도 하고 싶어. 얼굴에 이렇게 빼곡 그림이 엄청나게 많이 그려져 있어. 멋있어, 하지만 시 같은 건 안 쓰면 좋겠어. 이런저런 이야기를 하며 약간 쌀쌀해져 팔짱을 꼈다가, 푸딩을 입에 물고 오물거리는 비키에게 벗어놓은 카디건을 걸쳐주고, 멀리서 전화 통화하는 사브리나를 발견한 비키와 함께 그녀에게 손 흔들어주다가, 손 흔드느라 입 밖으로 뭉개진 푸딩 조각을 조그맣게 흘리는 비키를 보며 아마 언젠가는 모두 기억나지 않겠지, 비키는 이렇게 물소리가 빛처럼 쉼 없이 흘러오는 정원을 기억해내면서도 지금 곁에 앉아 입가의 푸딩을 닦아주는 사람은 기억하지 못할 것이라고 언젠가 레즈비언인 백인 양어머니를 원망하고 또 이해하게 되고 자랑스러워하고 보고 싶어 울게 되고 친구들과 아니면 홀로 처음으로 아시아 여행을 하게 되고 그때 잠시 라디오 켜놓은 택시 안에서 국가 소유의 어느 오래된 별장과 마르지엘라 트렌치코트를 입고 담배를 피우는 양어머니와 부드러운 푸딩 향, 팔등에 닿는 물방울의 감촉을 순식간에 떠올리면서도 기억을 끝내 완성하지 못하는 약간의 답답함은 아주 잠시일 뿐이고 다시 택시로 돌아와 더운 창밖의 하복 입은 아이들을 감상하고 차창 뒤로 멀어지는 목소리들을 들으며 어쩌면 그렇게 두 눈으로 마주하여 바라보지 않고 지나온 것들보다 더 지금의 아이가 결국은 잊어버릴 기억 속에서 새삼 그것은 놀라우리만치 자연스러운 일이라고, 그늘이 물러나는 자리로 햇볕이 물보라로 무너지면서 이렇게나 한 사람의 눈앞에서 앉아 있고 동시에 희미해지는 기분이 새로웠다.

5월 23일

새들을 좋아하지 않는데 새들은 보게 된다. 벗어날 수 없이 언제나 그들의 존재감 안에 들어서 있듯이 잠깐씩 나타났던 그들이 건물 뒤편으로 날아가버릴 때 갱신되는 시야는 너무 고요해 당분간 숨이 멎은 것 같다. 테니스코트 벤치에 앉아 저녁 기다렸다. 고층 맨션의 선명한 발코니들 떠올렸고 반사되어 창 속으로 차례대로 낙하하는 하늘도 자연스레. 코트에 사람 없었다. 연두색 테니스공 두어 개. 직사각형으로 그려진 흰색 라인. 펜스 너머 수영장 쪽에서의 대화 소리가 지금이 아닌 것 같았다.

6월 2일

눈을 뜨고 졸았다. 눈을 뜨고 졸았던 기억 속에 수확기의 들판이 있었다. 셀 수 없는 부드러움. 아누라다가 손 흔들어 벌을 멀리 내쫓았다. 커피를 들고서 다리 건너까지 조금 더 걷기로. 아누라다는 어릴 적에 FBI가 되고 싶었다고 말했다. 그 목표를 이루기 위해선 미국인이 되어야 한다는 사실을 알게 된 건 열여덟 살 때라고. 다행인지 그때는 이미 FBI에 흥미를 잃은 상태였어. 외계인이 궁금했어? 무슨 소리야 당연히 개자식들을 총으로 쏴 죽이고 싶었기 때문이지. 동편 예배당에서부터 자줏빛으로 물드는 강을 등진 채로, 아누라다는 사실 외계인 때문이 맞다고, 어릴 적에 외계인을 본 기억이 있는데 어른들은 기뻐하며 네가 뵌 분은 비슈누 신이라 했으나 비슈누와는 분명히 달랐다고, 그것은 그저 사람처럼 우물가에 앉아 마른 물기를 들여다보고 있었으니까. 알몸처럼 단 하나의 색으로 이어진 그 살가죽 덩어리는 발작과 같은, 새소리와 비슷한 옥타브를 내지르다가 이내 온몸이 흩어져버리고선 두 번 다시 나타나지 않았다며 아누라다는 그녀의 몸 밖으로 새파랗게 날아가는 노을빛을 배웅하듯 기지개 켰다. 다리를 건너기 전에 우리는 누가 먼저인지 모르게 강을 내려다보며 잠시 표정을 잃었는데 그곳은 계속 흘렀고 우리는 다리를 건너가고 있었다. 한 손에는 커피를 들고 남은 한 손은 주머니에 넣고서, 보트에 탄 사람들과 눈이 마주칠 때면 고개를 피했는데 아누라다는 애초에 그들과 눈을 마주치질 않았다. 숲에 간 게 저번 달이었나? 그랬지, 네가 포카드로 우리 돈을 다 따 갔잖아. 낚시도 했어? 네가 운전까지 했어, 기억 안 나? 그냥 그게 내 기억이 맞는지 궁금했어. 오래된 다리 위에서 걸음은 숲에 있었을 때와 비슷했던 것 같다. 두 운동화의 발등이 번갈아 보이고 걸음 뒤편으로 그림자보다 가까이 남는 숨의 여운들. FBI와 아누라다는 어울리지만 FBI가 된 아누라다와 만날 일은 없었을 거라고, 대신 FBI 요원인 아누라다를 길거리에서 지나치는 상상은 할 수 있어서, 선글라스 낀 그녀가 껌을 씹으며 군중들 사이로 어깨를 부닥쳐 오는 모습을 떠올렸다. 전화를 받거나 걸면서, 어딘가에 기대 선글라스를 벗거나 선글라스 너머로 평소에는 주의 깊게 보지 않았던 소화전 또는 민들레 씨앗을 응시하면서, 그런 모습들은 다른 세계에서라기보다 오히려 더 여기 같아 마치 본 적이 있는 것처럼 그녀가 보았던 생명체가 이 근처에서 그녀의 모양으로 살아가고 있는 것은 아닌지 아주 오래전부터 그들이 서로를 마주쳤던 순간부터이거나 그보다도 훨씬 더 전부터, 그녀가 존재했을지도 모를 방식으로 거리와 연결되는 그녀를 쫓아가며 다리를 건너고 나니 손톱이 다 부러진 집시 여성이 다가와 우리에게 담배 한 개비만 달라 했고, 아누라다는 그녀의 두 손을 붙잡고서 가방에서 담배 대신 초콜릿 상자를 꺼내 쥐여줬다. 그동안 벌레 울음소리가 들려왔는데 그것이 좀 전에 떠올린 숲에서 들려온 것이라고 여겨졌다, 우리가 양초 가게 앞에서 헤어질 때까지 아누라다는 손을 닦아내지 않았는데 헤어지고 나서 주택가 계단참들마다 드리운 가로등 품을 지나 집으로 돌아오는 길에 이 의지 없는 걸음에 아무 참견도 하지 않은 아누라다에게 감사했다.

6월 20일

오사마는 고향집의 고양이들과 완전히 똑같이 생긴 고양이들을 학교 주차장에서 봤다며 혹시 그들이 자신을 찾아온 것은 아닌지 그런 일이 가능하다고 생각하는지 물었다. 우리는 브루노 교수의 자동차 보닛 위에 엉덩이를 깔고 앉아 피자를 먹고 있었다. 담을 넘다 고꾸라진 남학생이 잔디밭으로 굴러간 햄버거 앞에 무릎 꿇고서는 빵과 고기를 하나하나 종이 가방에 주워 담았고, 남은 피자는 없었다. 이 코트에서 오사마와 농구를 해보거나 그의 움직임을 녹음하고 싶었는데 과정이 자연스러웠으면 좋겠다고 생각해서 그런 자연스러움을 기다리다 놓쳤던 다른 여러 일이 생각났다. 특히 사람들과의 관계를 두고서 기다린, 돌이켜보면 이미 충분히 자연스러웠던 일들. 무릎에 얹어둔 경비모를 다시 눌러쓴 오사마가 기다란 보닛 위로 기운 구름의 그늘을 받으며 말하길 날씨가 이렇게 숨소리만큼 가까이 열려오면 기온의 각도와 너비를 포함하여 이와 동일했던 고향의 감촉들이 어느새 시야 속으로 들어서선 맥없이 나풀거린다고, 한 방향의 시선으로 가만히 한꺼번에 두 가지의 풍경을 겪는 일이 자신에게만 일어나는 것인지, 풍경이 겹쳐질 동안 여태까지 잊거나 잊은 척 숨겨둔 마음이 자갈 타일의 굴곡이라든가 농구 골대를 적시는 호스 물줄기의 형태로 모습을 드러내오는데 웃어야 할지 울어야 할지 모르게 어떤 표정도 짓지 못하고서 멍하니 있으면 점점 자신이 두 풍경 사이에 끼인 채, 어느 결과로도 뻗어지질 않는 감정의 과정 중에 평생 남겨져버린 기분이 든다고, 오사마는 고양이들을 한 번 더 봐야겠다며 보닛에서 일어났지만, 동행하기에는 차창에 반사된 햇빛이 뒤돈 그의 오른 어깨에서부터 무너지고 있어 아무래도 지금처럼 땅을 딛고 다른 날씨 속으로 걸어갈 수 있도록 그의 몸이 부서뜨리는 풍경의 처절함에 인사도 해주지 못하고 헤어졌다. 집으로 돌아오는 길에 나가유미에게 온 메일을 확인하면서 가로수 잎사귀 색이 조금 싱싱해진 것을 알았다. 나가유미는 동네의 중화요리 집에서 차슈볶음밥을 먹었고 가게의 물컵에는 초파리 시체가 떠다녔지만 주인에게 말하지 않았으며 대신 벽 곳곳에 걸린 어탁본들을 둘러보면서, 영원한 추위 속에 홀로 갇힌 것처럼 말을 더듬는 주인과 낚시 이야기를 나눴다는 이야기가 담겨 있었다. 저녁에는 케이와와와 같이하기로 한 집회 장소에 나갔지만 케이와와는 약속 시간이 지나도 오지 않아, 그녀의 친구들과 행진했다. 많은 인원은 아니었지만 웃다가도 소리치고 피켓을 뻗어 올리다가도 서로 어깨를 걸쳐주던 옷깃들 사이로 풍기는 공기가 있었다. 그전에 그 사이로 새어오는 옆모습의 얼굴들이 있었고, 머리칼 위 건물들의 발코니와 실내 조명, 대화 없이 라이터 하나에 함께 손을 모아 담뱃불 붙이는 두 사람의 숙인 고개 사이로 그들이 기억으로 돌아갈 장소들이 사라지고 있었다.

6월 25일

케이와와와 자피로를 대신해 팽과 산책했다. 시립 수영장 근처에서 아이들이 덜 마른 머리칼을 휘날리며 팽을 향해 두 팔을 벌리고서 달려들었는데, 팽을 어루만지거나 다 같이 깡충깡충 뛰면서 누구도 팽의 다리 한쪽이 왜 없는지 묻지 않았다. 팽과 함께 다니며 졸지 않기 위해 계속 풍경을 의식하며 걸었고, 팽이 졸 때면 혼자 주위를 빙빙 걸었다. 어쩌면 대화를 할 수도 있었을 텐데 주머니 속의 스키틀즈에 대해? 의도치 않게 타인의 우울을 목격하는 일에 대해? 엘리베이터마다 바닥 중앙에 그려진 문양들에 대해? 살아 있다는 것을 깜빡하는 일에 대해? 잠든 팽을 보거나 코를 벌렁거리는 팽을 보거나 뒤돌아 눈을 마주해오는 팽을 허리 숙여 마중하면서 불가능한 기분이 생겼다. 팽과 겪은 감정은 항상 이렇게 설명하기 어려워서, 어쩌면 그 경험이 인간적인 것 이상이기 때문일지 모른다고, 잠시 쉬기 위해 공터의 풀밭에 앉았을 때, 곁으로 팽이 누워와 자신의 얼굴을 파묻고는 온몸에 힘을 풀어왔는데 울지 않고도 하루 종일 운 것처럼 기분이 깨끗했다.

6월 30일

마시오가 연 파티에서 링 만났다. 춤추는 사람들을 피해, 발코니로 이어지는 유리창 앞에서 인사했다. 그녀는 낮잠을 자다 도시에 핵폭탄이 떨어지는 꿈을 꾸었다며, 죽음보다 죽음을 기다리던 눈꺼풀로의 밝음이 훨씬 강렬했다고 마지막으로 만났을 때도 해변의 아틀리에에서 이렇게 유리창을 등지고서 말했었다. 저 사람 그냥 피치포크 리스트 틀고 있는 것 같은데, 마시오가 섭외한 디제이 실력이 형편없어서 뷔페 샌드위치가 담긴 쟁반과 와인 잔을 들고 발코니로 나갔다. 책은 여전히 안 읽어? 아직. 바람에 옷 주름이 휘어지면 우리는 같은 방향으로 몸을 비껴 서서 나란히 샌드위치를 먹거나 술을 홀짝였고, 사실 서로 딱히 할 말이 없으니, 제사가 끝난 해변을 바라보았던 시선을 동일하게 비 젖는 대성당들의 십자가로, 파도가 있었던 종소리로, 파라솔 대신 건물 지붕으로, 흐르듯 눈길을 겹쳐두다가는 결국 다시 따로 움직였다. 집으로 돌아가기 전에 마시오에게 인사하고 싶었지만 당장 마시오가 보이지 않아, 바에 앉아 커피를 주문해놓고 졸았다. 깨어났을 땐 링이 고스족 바텐더와 이야기하고 있어서, 둘은 이미 예전부터 서로 알고 지내던 사이인지 누굴 홍보는 대화가 자연스러웠다. 링이 계속 여기 있을 건지 물어와, 이제 갈 거라 했더니 같이 놀러 가자고 해, 피곤해서 거절했다. 밤거리를 걸을 수 있는 건 이번이 마지막일지도 몰라 곧 사지를 잘라내고 싶을 정도로 추워질 테니까. 설마 그 정도는 아니지 않아?라고 생각했지만 어느새 맥주병을 들고 비 그친 시가지에 서 있었다. 빗물기에 미끄러지며 약국의 백색 불빛이 사거리 모퉁이로 휘날리고, 껌과 비염 약을 계산하는 링의 움직임이 밝고 따뜻하고 안전해 보이는 장소에 속해 있는 것 같지 않았다. 링은 방금 약국 문을 닫고 거리로 나온 순간에 그녀가 다섯, 여섯 살 적 백화점 청소부였던 어머니가 밤마다 퇴근길에 그녀를 조수석에 태우고서 자가용을 운전할 때 틀어뒀던 팝송이 떠올랐다며, 졸려 감은 눈 밖으로 감지할 수 있었던 차창 밖의 세계가 등받이에 기대 잠든 그녀의 얼굴 위로 남겨둔 리듬, 그런 불빛의 기억을 좇을수록 어릴 적에 눈을 감고서 바라보았던 도시가 방금 한 번도 살아보지 못한 맨해튼이 되어 그려졌다고, 핵폭탄이 떨어지던 곳도 거기였어? 그건 아마 여기였지. 그 후로 같은 꿈을 꾼 적은 없지만 자주 떠오르긴 해. 슈만 따위 들을 때 갑자기 생각나기도 했고. 야간 당직을 끝내고 병원 버스를 타고서 집으로 돌아오다가도 그랬는데 그런데 배고파. 맥주 마셔. 맥주도 다 떨어졌잖아. 한참 동안이나 쓰레기통을 찾던 우리는 빈 맥주병을 우체통 위에 가지런히 세워두려다 몽땅 깨뜨렸고, 맞아 지금 가기 괜찮은 데를 알아. 언젠가 새벽에 딱 한 번 가본 추로스 가게를 찾아가는 길에 물안개가 자욱해 거리가 희미했다. 한동안은 사진을 찍으며 웃거나 인적 드문 길목으로 비밀스레 막을 두른 물안개 속에서 이지러지는 사람들을 보며 넋 놓다가도, 괜찮으니까 솔직히 말해 너 지금 여기가 어딘지도 모르지? 이 길이 맞는데 구글맵이 해킹당했나 봐. 내 생각엔 네 방향감각이 해킹당한 거 같은데 네가 태어났을 때부터. 결국 링이 앞장서 가게를 찾아내, 우리는 은제 식탁에 마주앉아 추로스와 커피를 주문했다. 음악 없이 다른 손님이 두 팀쯤 있었고,

초콜릿 퐁뒤에 하얀 김이 오르는 추로스를 적시며 다들 고요했다. 이런 데를 혼자만 알고 있었단 말이지. 그동안 너랑 만날 일 자체가 없었잖아. 네가 연락할 수도 있었어. 너는 왜 연락 안 했지? 몰라. 추로스가 준비되자 둘 다 먹기 전에 추로스를 손에 쥐고선 손에 쥔 것만으로도 느껴지는 맛있음에 감동했다. 선량할 기회가 주어지지 않은 사람들이 있을지도 모른다고, 어떤 이유에서든지 살아오면서 몇 번이고 그럴 기회를 놓친 사람들이 결국 선량함을 증오하게 되는 건 아닌지. 응급실에서 난동을 피우다가도 이내 눈물이 맺힌 채 잠든 이들을 보고 있자면 그런 생각이 든다고 링이 말해와, 그렇게 타인의 역사와 본성 등을 단순화시켜 이해하려는 건 오직 자기 자신에게만 유리한 일일지도 몰라, 나도 알지 근데 그런 식으로라도 생각하지 않으면 도저히 견딜 수 없는 거야. 어느 때는 하루 종일 그들을 모조리 산 채로 해부해버리는 상상만 하니까. 커피 세 번, 추로스를 두 번 더 주문했고 안개 밀려간 창밖으로 젖은 낙엽을 털어내며 한 손엔 버거킹 봉투를 쥔 버스 기사가 나타날 때까지 우리는 테이블에 몸을 기대거나, 고개 젖히다가 실링팬에 비친 우리를 언뜻언뜻 스치며 쉬었다. 두 번쯤 졸았는데 눈 떠보면 링도 졸고 있어서 오랜만에 눈앞에서 조는 사람의 얼굴을, 조는 각도로 흔들리는 앞머리칼 사이로 기적 같은 표정과 슬쩍 보이는 치아 사이로 터질 듯 말 듯 투명하게 부푸는 침을 바라보다가 마침내 이 도시의 골목 끝까지 터져오는 밝음에 눈길을 가느다랗게 이어냈다.

세계감의 세계관

노태훈 문학평론가

도대체 소설은 어떻게 계속 새로워질 수 있을까? 어떤 시공간에 놓인 인물이 일련의 사건을 겪어가며 결말에 이르는 언어의 세계에서 우리는 어떤 낯섦을 기대하는 것일까? 내가 잘 아는 현실을 다시금 확인하고 싶은 마음이 아니라면, 소설이라는 장르를 통해 우리가 기대하는 건 과연 무엇일까? 어떤 결과물이 될지 모르지만 '다르게' 써보겠다고 결심한 작가는 무슨 시도를 하게 될까?

이상우의 최근작들은 그러한 고민을 가진 하나의 시도이다. 『프리즘』(문학동네, 2015)이나 『warp』(워크룸프레스, 2017) 같은 전작들과는 또 다른, 모종의 '세계감(世界感)'을 지닌 인물들의 '세계관(世界觀)'을 보여주는 일련의 작품들이 그것이다. 「부채꼴 모양의 타일이 이렇게」(『쓺』, 2018년 상반기호), 「자피로와 친구들」(『웹진 문장』, 2018년 10월호) 등의 작품이 「장다름의 집 안에서」와 마찬가지로 이탈리아 로마에 체류하는 '나'와 '친구들'의 이야기라는 정도만 일단 공유하자. 이 작가는 아마도 로마 라사피엔자 대학에 레지던시 프로그램으로 머물렀던 것 같고, 이 소설들은 자전적 기록에 가까울지도 모르겠다. 아무튼 그것은 별로 중요한 문제가 아니고, 다만 우리가 이 소설을 두고 내내 궁금해할 수밖에 없는 것은 대체 왜 이런 형식을 택하게 되었느냐는 점일 것이다.

어떤 소설은 읽기 시작하는 순간 평범한 작품이 아님을 짐작하게 하고 자세를 고쳐 앉게 하는데, 바로 이 작품이 그렇다. 불필요한 조사나 어미를 걷어낸 자리에 쉼표나 마침표도 없이 특유의 묘사를 이어가는 모습은 이상우의 전작들과 비교했을 때 아주 새로운 것은 아니다. 오히려 시각적인 이미지나 외국어, 기호, QR코드 같은 전위적이며 해체적인 방식을 과감하게 활용했던 전례를 떠올리면 차라리 평범해졌다고 말해야 할 것 같기도 하다. 나는 다른 글에서 이상우의 최근작에 대해 박태원이나 이상 같은 1930년대 모더니스트의 행보가 떠오른다고 언급한 적이 있는데, 그것은 단순히 문장이나 구성의 차원을 가리키는 것은 아니다.

묘사와 대화가 구별되지 않은 채로 소설의 절반가량이 흘러간다. 이 전반부는 아주 집요할 정도로 서술의 긴장을 유지하고 좀처럼 느슨해지지 않는다. 나름대로 묘사와 대화를 구분해보고 어디까지가 수식인지 끊어서 읽어보려는 노력은 결국 포기하게 되는데, 바로 그 순간 더 의식하지 않아도 이 소설의 리듬은 자연스럽게 스며들어서 '잘 읽힌다.' 잘 읽힌다니? 이상우의 소설에 관해 이야기하면서 이렇게 말할 수 있는 경우는 매우 희귀한데 특히 이 소설의 묘사가 "몇 올 머리카락"(208쪽)까지 보여주겠다는 집념을 품고 있음을 고려한다면 이 '가독성'은 이채롭기까지 하다. 작가가 쓴 문장이 정확히 독자의 호흡으로 읽히는 순간이야말로 소설의 기적이라고 할 수 있을 것이고 이때 텍스트는 더 이상 해석의 영역이 아니다. 그것은 몸으로 감각하면서 모든 것을 내맡기는, 아주 밀도 높은 '문학적 체험'에 가까워진다. 그런데 그러한 체험은 대체로 시에서 이미지를 통한 찰나에 이루어지는 경우가 많고, 시간이 쌓이는 서사의 영역에서는 구현되기 어렵다. 하지만 좋은 소설이 늘 그렇듯 이 소설의 전반부는 인물의 대화와 배경의 묘사가 동시에 육박해오면서 완전히 새로운 감각을 선사한다. 이를테면 이런 비교는 어떤가. "경비원 유니폼을 매달고서 견장의 은별 빛 녹슨 채 왼편으로 흘러내린 어깨"(212쪽), "경비원 유니폼 다림질 깃 흘러내린 견장 왼편으로 쏠린 침대"(213쪽)와 같이 반복과 차이를 만들어내는 묘사들. 이렇듯 축적된 미묘한 차이들이 만들어내는 묘사의 긴장감이 이 소설 전반부의 특징이다.

대화를 나누는 두 인물은 누구일까? 소설의 도입부로 짐작하건대 이곳이 "장다름의 집 안"임은 분명한 것 같다. 날짜가 명기된 일기가 등장하는 소설의 후반부가 '나'의 것이라고 본다면 "장다름의 집 안"에 있는 둘은 '장다름'과 '나'일 수도, 물론 아닐 수도 있다. 다만 이렇게 "헛소리만 지껄이"(210쪽)면서 무의미하고 권태로운, 또 지루하고 허무한 일상을 지속하는 인물들, 그러면서 동시에 예술적 자의식으로 가득한, 여전히 이상한 꿈을 간직한 그들은 세계를 각자의 방식으로 견디고 있다는 점에서는 크게 구별되지 않는다. 두 인물의 대화 사이로 끊임없이 빡빡하게 흐르는 묘사는 말 그대로 "집 안"의 풍경을 보여준다. 아마도 부엌, 거실, 또 2층을 지나 욕실, 다시 방과 거실로 이어지는 공간의 이동은 흔히 이미지로만, 특히 움직이는 이미지, 그러니까 영화적으로만 가능하다고 생각했던, 시간의 진행과 광범위하면서도 디테일한 묘사가 동시에 이루어지는 그 기법이 소설적으로 시도되고 있다고 볼 수 있을 것이다. 또한 수식의 메타포를 자유롭게 활용하면서 전개되는 이 재현의 방식은 동적인 이미지의 활용보다 더 효율적인 측면도 있다. 언제든지 우리는 멈춰 서서 시간을 붙잡아둔 뒤, 이 공간을 충분히 음미할 수 있기 때문이다. 아마도 이 작가는 묘사와 대화를 따로 썼을 것이다. 그리고 묘사의 사이사이에 대화를 끼워 넣고 그로 인해 창출되는 낯선 감각을 조율했으리라고 생각되는데, 군데군데 발견되는 묘사와 대화의 모호한 겹침이 특히 흥미롭다.

후반부의 일기 형식은 전반부의 텍스트와 묘하게 연결된다. '발코니', '테니스공', '햇빛이 쏟아지는 창가와 숲' 같은 이미지는 간헐적으로, 그러나 분명하게 일기 속에 등장한다. 전반부는 '나'가 쓴 '소설'이고, 후반부는 사적인 '일기'일까? 혹은 '일기'를 통해 사후적으로 구상된 텍스트가 전반부일까? 아니면 그저 한 '노트'에 연속해서 기록되었을 뿐일까? 둘 중 하나는 무의식의 발로일 수도 있을까? 어느 쪽이어도 상관없을 것 같다. 중요한 것은 5월 16일부터 시작해 6월 30일로 끝나는 후반부의 일기와 대리석 식탁에 대한 묘사로 시작해 어릴 때 살던 집에 관한 대화로 끝나는 전반부의 텍스트가 '같은 세계'를 공유한다는 점이다. 카레 가게와 피시피자는 없어졌고 쌀국수는 쫓겨났지만 맥도날드는 언제나 존재하는, ATM기가 공원이나 호수처럼 늘 없어지지 않는 풍경이 된 곳 말이다. 이것이야말로 "자본주의 리얼리즘"[1]이 아닌가.

시인인 '자피로'와 그의 어릴 적 친구인 '케이와와', 그리고 그들의 개 '팽.' 또 아시안인 '비키'를 입양한 백인 레즈비언 양어머니 '사브리나', FBI가 되고 싶었던 인도 여성 '아누라다', 고향집의 고양이와 똑같이 생긴 고양이를 발견했다는 '오사마', 파티를 연 '마시오'와 그곳에서 만난 '링.' 이런 인물들에 관한 이야기가 더 궁금한 건 당연하고, 앞서 언급한 최근작들에 어느 정도 드러나 있기도 하지만 아마 이 작업은 당분간 이어질 것이며, 일견 안티-리얼리즘으로 오해될 이 소설이 사실은 하이퍼-리얼리즘임을, 그리고 아찔하게 아름다운 방식으로 그려지는 풍경들, 사물들, 동물들, 사람

1 이 소설의 인물들, 그리고 세계에 관해 이런 문장은 얼마나 잘 들어맞는가. "기억 장애가 자본주의 리얼리즘의 결함에 대한 설득력 있는 유비를 제공한다면, 꿈 작업은 자본주의 리얼리즘의 매끄러운 작동을 설명해 주는 모델이 될 수 있을 것이다." 마크 피셔, 『자본주의 리얼리즘: 대안은 없는가』, 박진철 역, 리시올, 2018, 103쪽.

들, 또 아래의 대목 같은 사유들을 사랑하지 않을 수 없다면 우리에게 남은 것은 이제 이상우를 모조리 읽는 일밖에는 없을 것이다.

선량할 기회가 주어지지 않은 사람들이 있을지도 모른다고, 어떤 이유에서든지 살아오면서 몇 번이고 그럴 기회를 놓친 사람들이 결국 선량함을 증오하게 되는 건 아닌지. 응급실에서 난동을 피우다가도 이내 눈물이 맺힌 채 잠든 이들을 보고 있자면 그런 생각이 든다고 링이 말해와, 그렇게 타인의 역사와 본성 등을 단순화시켜 이해하려는 건 오직 자기 자신에게만 유리한 일일지도 몰라, 나도 알지 근데 그런 식으로라도 생각하지 않으면 도저히 견딜 수 없는 거야. 어느 때는 하루 종일 그들을 모조리 산 채로 해부해버리는 상상만 하니까.(225쪽)

넌 쉽게 말했지만

이주란

1984년 경기도 김포 출생. 추계예대 문창과를 졸
업하고, 명지대 문창과 석사과정 휴학 중. 2012년
『세계의문학』 신인상으로 작품활동 시작. 소설집
『모두 다른 아버지』가 있음. 제25회 김준성문학상
수상.

넌 쉽게 말했지만

이곳의 낮은 짧고 이곳의 밤은 길다. 나는 낮에는 보통 집안일을 하고 해가 지면 책을 읽거나 집 근처를 걷는다. 딱히 해야 할 일은 없지만 만들면 할 일은 많고 낮 시간은 빨리 지나가는 것처럼 느껴진다. 만들고 치우고 만들고 치우다 보면 아무 생각이 없어진다.

자몽청을 만들어보기로 한다. 자몽 손질은 처음 해봤는데 그래서 잘 되지 않았다. 자몽의 과육만 발라내려고 했는데 자몽 알갱이가 한 알, 한 알 떨어져 나오더니 두 손이 알갱이로 범벅이 되었다. 즙이 줄줄 흘러 이미 자몽차 두 잔을 완성한 기분이었다. 차를 만들긴 만들었고 손에는 자몽팩을 했다 생각했고, 그러니까 망쳤다는 생각 같은 건 하지 않았다.

청을 다 만들어놓고서(다시는 하지 말아야지 다짐하고서) 흐미를 한 시간 정도 들었다. 바람이 부는 휘파람 소리 광활한 대지의 노래. 후미인지 흐미인지(후미가 맞는 것 같다) 모르겠지만 나는 그냥 흐미라고 한다. 처음 라디오에서 흐미를 들었을 때가 생각난다. 그 이후로 계속 찾아듣고 있는데 흐미를 들을 때의 나는, 같이 듣는 사람이 진지하면 같이 진지했고 웃음이 터지면 같이 웃곤 했다. 다큐를 검색해서 그들의 삶의 모습을 보며 들을 때는 우는 사람은 있어도 웃는 사람은 없다. 나는 몽골에 가본 적은 없지만 몽골에서 흐미를 배워본 사람을 둘이나 알고 있다.

이곳에 온 다음 날, 나는 올해의 첫 매미 울음소리를 들었었다. 그렇게 6월이 갔고 7월이 가고 있다. 하루하루가 가고 있다는 것, 시간이란 것이 흐르고 있다는 것을 아주 잘 느끼고 있다. 시간이 흐른다는 것을 의식하면서 숨을 쉬는 일은 재미있고 행복하다. 서울에 살 때의 나는 시간이 가는 것이 두려웠고 이런 말을 꽤 자주 했었다.

미안해. 시간이 없어.

무엇이 미안하다는 것인지, 또 그 말은 진심이었는지 생각해본다. 나는 그때의 내가 화가 나 있었다고 생각한다. 내 시간만 없는 것도 아니었을 텐데.

111년 만의 폭염이라고 한다. 3단지 앞 버스정류장에서 붕어빵과 옥수수를 파는 아주머니는 오늘 같은 날에도 나왔을까? 이런 것을 궁금해하며 지낸다. 예전에는 다른 많은 것을 궁금해하며 지냈다. 보통 누군가에 대한 불만에서 시작하는 것. 그 사람은 대체 왜 그럴까 궁금해하는 것. 조금 더 친밀한 관계와 서로 간의 이해를 쌓기 위한 궁금증이 아니었다. 그저 욕의 다른 얼굴일 뿐.

내가 요즘 이렇구나, 나만 옳다고 생각하는구나, 자각을 한 뒤에 서울을 떠나야겠다고 다짐했다. 돈을 많이 버는 것은 아니었으나 나름대로 자리를 잡아가던 일을 정리하기까지…… 미련을 버리기가 힘들어 오래 걸렸다.

고향으로 돌아온 지 두 달이 넘었는데 아직 W를 만나지는 못했다. 그는 나의 오래된 친구인데 봄에 결혼을 하고 신혼여행을 길게 다녀온 뒤 미뤄둔 일을 하느라 시간이 없다고 한다. 그는 이곳으로 돌아왔다는 내 말에

"넌 참 하고 싶은 대로 하고 사네"라고 말했고 나는 그게…… 꼭 그렇지만은 않다고 해명하고 싶었지만 그러지 않았다. 그만두자, 그렇게 생각했다. 그 말이 많이 기분 나쁜 것은 아니었고 나를 다 알지 않는 한 충분히 나올 수 있는 말이니까. 나는 우리가 꼭 만나야 한다고 생각하지는 않았지만 "얼른 시간을 맞춰보자"고 여러 번 말했다. 그는 지금 경찰이 되어 엄마와 내가 살고 있는 동네의 관할 파출소에서 일하고 있다.

그러니까 그때가 언제였더라, 어느 휴일에 다시 보기로 텔레비전을 보는데 W가 나왔다. 나는 정말 그가 맞는지 확인하기 위해 집중해서 텔레비전을 보았다. 그는 후줄근한 모습으로 연예인에게 고민 상담을 했다. 노량진과 여의도 등 몇 군데 역 근처에 천막을 치고 연예인이 한 명씩 들어가 사람들을 기다린다. 그리고 들어온 사람들과 대화를 나눈 뒤, 탁자에 놓인 종이에 나쁜 기억을 쓴 다음 지우개로 지우는 콘셉트의 방송이었다. W는 미래에 대한 불안감을, 마치 죄를 지은 사람처럼 몹시 주눅 든 모습으로 말하다가 끝내 눈물을 터뜨렸고 연예인은 그런 그에게 "나도 젊었을 적에 매일매일 불안했다"고 말했다. W는 연필을 들어 지우고 싶은 나쁜 기억들을 차례로 적어나갔고, 그런 다음엔 연예인이 준 지우개로 그것들을 하나씩 지워나갔다. 나는 우리가 함께 보낸 어린 시절을 떠올리며 나쁜 기억 대신 아름다웠던 기억을 찾으려 했지만 그건 불가능해 보였다. 그날 오후 내내 나는 생각했고, 마침내 자율학습 시간에 몰래 나가 배스킨라빈스 아이스크림을 먹었던 것, 그 정도를 나는 기억해낼 수 있었다.

아직 이곳에 서너 명 정도의 오랜 친구들이 산다. C는 타 지역에서 일을 하다가 적어진 급여를 감안하고서 몇 년 전 이곳으로 돌아왔고, W는 노량진에서 오래 공부를 하다가 경찰이 되어 돌아왔다. 그리고 K는 고등학교를 졸업한 뒤 가족 모두 부천으로 이사를 갔다가 작년에 엄마와 함께 돌아왔다. K의 할아버지와 할머니가 모두 병원에 계시게 되어 누군가는 꼭 돌봐

드려야 했기 때문이다.

올해 2월 즈음에 나는 K의 집엘 갔었다. 할아버지와 할머니는 없는 할아버지와 할머니의 집. 아무래도 상황이 좀 그래서 집들이 같은 느낌으로 간 것은 아니었고 그냥 생활에 필요한 몇 가지를 사갔다. 손 세정제와 물티슈, 디퓨저 같은 것들이었다. 작년 가을에 이케아에서 산 가구를 함께 조립하기 위해 갔던 이후로는 처음이었다. 당시의 나는 토요일 아침 9시까지 출근을 해야 했지만 새벽 5시까지 가구를 조립했었다. 아무튼 우리는 떡볶이를 안주로 낮술을 조금 했고, 뒤늦게 도착한 M과 함께 K의 집 근처에 있는 장릉으로 산책을 하러 갔다. 추웠지만 낮이어서 날씨가 좋았다는 기억이 난다. 우리가 산책을 간 곳은 원종과 인헌왕후의 무덤이었다. 급할 일도 없는데 급하게 나오느라 모두 현금이 없었는데 입장료 결제를 카드로 할 수 있을까, 가는 내내 그 이야기만 했다. 그리 큰 걱정은 아니어서 다시 돌아가고 싶진 않았다. 안내소를 기웃거리는데 직원이 얼굴을 내밀고 "오늘은 무료"라고 말했다. 우리는 왜 무료인지 궁금해하면서 가벼운 발걸음으로 입장했다.

운이 정말 좋았다.

운이 정말 좋았다고 우리는 여러 번 이야기했다. 입장료는 천 원이었지만 뭐랄까, 그즈음의 우리에겐 천 원짜리 입장료를 내지 않아도 되는 일보다 운이 좋았던 일은 없었던 것이다. K는 정말이지 크게 숨을 들이마시고 내쉬며 오랜만에 조금 숨통이 트인다고 말했다. 아닌 게 아니라 K는 아픈 할아버지와, 아픈 할머니와, 일을 하며 양쪽 병원을 다니는 엄마를 보는 일상에 조금 지친 기색이었다. K는 담담하게 이런저런 이야기를 하며 울컥 목이 메는 것도 같았지만 금세 공기가 시원하다며 좋아했다. 우리는 역사관이라고는 전혀 없는 채로, 오래전 살았던 두 사람의 무덤가를 걸었다. 그리고 얼마 되지 않아 K의 할아버지가 돌아가셨다.

M과 나는 피자를 먹다가 장례식장으로 출발했다. 장례식장에 도착했을 때 K는 보이지 않았다. 가족 모두 할아버지를 위한 미사를 드리고 있는 중이고 곧 올 거라는 말을 전해 들었다. M과 내가 자리에 앉아 식사를 하려고 할 무렵 K가 가족들과 함께 울면서 들어왔다. 모두가 울고 있었고 그 모습을 식사를 하던 많은 사람이 바라보았다. 저것 봐, 저 집안이 다 저렇게 키가 커. 내 뒤에 앉아 있던 한 아주머니가 말했다. 아마 우리 집 식구들(단 둘이지만)을 보았다면 이렇게 말했겠지. 저것 봐, 저 집안이 다 저렇게 작고 뚱뚱해. 나는 오래 살아야겠다고 생각했다. K는 곧 나를 발견했고 곧장 내 옆으로 와 오래 울었다. 우리는 밥을 먹으며 술을 조금 마셨다. 나는 K의 할아버지를 잘 알지는 못했다. 고교 시절, K는 할아버지와 할머니의 집에 살았고 그래서 집에 놀러 갈 때마다 본 적은 많았지만, 모르겠다. 인사도 하는 둥 마는 둥 하고 곧장 2층으로 올라가기 바빴다. M과 나는 할아버지를 둘러싼 많은 이야기들 중에서 할아버지의 '착함'에 중점을 둔 여러 에피소드를 들었다. K도 부천으로 간 뒤 오래 떨어져 살았기 때문에 많은 것을 기억하진 못했지만 엄마나 친척들로부터 전해 들은 이야기를 더해 우리에게 들려주었다. 좀 따뜻한 이야기였다. 내게는 할아버지도, 할아버지 비슷한 것도 없지만 나는 어쩐지 어떤 한 사람이 살다가 죽었다는 것이…… 어떤 한 사람이 살다가 죽었다는 것을…… 비로소 느낄 수 있었다. 어떻게 들릴지 모르겠지만 그때서야 처음으로 죽음이라는 것을 느꼈던 것이다. 그간의 많은 죽음들을 나는 도저히 믿을 수가 없었다. 스스로도 믿을 수 없고 믿어지지도 않던 날들.

할아버지가 돌아가신 것을 할머니는 모르신다고 K는 말했다.

흐미에 대한 영상을 끄고 붕어빵을 파는 아주머니를 생각한다. 오늘 나오셨을까, 붕어빵을 사올까, 옥수수를 사올까. 엄마는 옥수수를 참 좋아하는데. 그냥 둘 다 살까, 고민하고 생각한다. 얼굴을 씻고 밖으로 나가면서 요즘의 내가 이런 생각들을 열심히 한다는 것을 알았고 기분이 좋았다. 나는 죽어도 알 수 없는 타인의 마음 같은 것을 신경 쓰면서 초조해하지 않고 내가 결정하면 되는 것들을 생각하는 것. 그것이 죽느냐 사느냐는 아니고 붕어빵이냐 옥수수냐 하는 것이지만.

엄마와 나는 214동에 살고 있고 가끔 실수를 할 때를 제외하곤 우리 집이라고 말하지 않고 엄마 집이라고 말한다. 214동의 현관은 두 군데다. 엘리베이터에서 내려 오른쪽으로 틀면 두 갈래 입구가 나온다. 그중에서 한 군데는 바로 주차장과 연결되고 다른 한 군데는 작은 공간이지만 나무 그늘 아래 벤치가 몇 개 있다. 거기에서 나는 술을 마시거나 담배를 피우는 청소년들을 종종 마주치곤 한다. 이쪽으로 나가 내 걸음으로 7~8분쯤 걸어가면 3단지 앞 버스정류장이 나온다. 부채를 부치며 걸어갔는데 아주머니의 천막은 튼튼한 줄로 꽁꽁 싸매진 채다. 그걸 보니 다행이란 생각이 들었다.(엄마도 이 더위에 힘들게 일하고 있을 텐데 엄마 걱정은 안 하고 아주머니 걱정이나 했네.) 엄마는 야외에서 일하는 것은 아니지만 일을 할 땐 고무로 된 장갑과 앞치마와 장화를 착용해야 해서 다른 계절에도 늘 온몸이 땀에 절어 들어오곤 했다.

엄마는 6시면 출근을 했다. 원래는 9시까지인데 일찍 나가서 일을 미리 해놓아야 마음이 편하다고 한다. 9시까지 가서 일을 시작하면 아무리 최선을 다해도 시간이 부족하다는 것이다. 아무튼 그런다고 돈을 더 주는 것은 아니기 때문에 엄마가 일찍 오는 것이 부담스럽다고, 여사님은 말했다고 한다.

영양사라든지 조리장이라든지 그렇게 부르는 게 아냐?

그냥 여사님이라고 해.

가장 상관이 누군데?

그런 건 본 적 없고 그냥 박지성 닮은 형사랑 여사님만 봐.

엄마 외에 일하는 직원은 한국인 남성과 결혼한 베트남 여성인데 한국말도 잘하고 아주 성실하다고 한다. 나는 엄마랑 같이 거기에서 일하고 싶다는 생각을 자주 한다. 나는 자신이 있었다. 쌀을 씻어 밥을 하고 김치를 썰고 설거지를 하고 바닥을 청소하는 것. 유치장에 들어갈 도시락에 반찬을 많이 담으면 안 좋은 소리를 듣기 때문에 조금씩만 담도록 주의하는 것. 늘 넉넉히 담는 것이 습관이 되어 있는 엄마는 그 부분이 조금 어렵다고 했다. 나는 새벽마다 출근하는 엄마를 배웅하고 다시 조금 더 자곤 한다.

붕어빵도 옥수수도 사지 못하고 돌아오는 길에 보니 현관 벤치에 지유와 지우가 있었다. 얘들은 여기 와서 알게 된 초등학생들인데 옆에서 고등학생들이 술을 마시건 담배를 피우건 개의치 않고 자기들끼리 잘 논다.

방학했지?

어제요.

내가 말을 걸자 뒤를 돌아 나를 보며 대답한다. 둘 다 옷에 뭘 잔뜩 묻힌 채, 액괴인지 슬라임인지(흐미인지 후미인지 모르겠는 것처럼) 하는 것을 주물럭거리고 있다.

그거 안 지겨워?

이번엔 다른 방법으로 만든 거예요.

안 더워?

더워요.

근데 왜 밖에서 놀아?

내 말에 둘은 대답이 없었고 다시 등을 돌려서 가지고 놀던 것을 조몰락조몰락한다. 근데 왜 밖에서 노냐니? 덥지만 밖에서 놀고 싶으니까 놀겠지. 나는 바보 같은 말을 했다고 생각했고 그 애들의 침묵이 마음에 들었다. 잠시 그 옆에 앉아 작은 두 손들을 바라보았다. 흙이 없어서 저러나? 생각했고 지유와 지우는 꽤나 열심히 슬라임을 주물렀다.

야. 너 김체리 알지.(채리인지 체리인지는 모르겠다.)

응.

걔 꿈이 초능력자래.

말도 안 돼.

땀을 흘리며, 둘은 체리의 근황에 대해 이야기를 이어나갔다. 나는 체리가 부러웠다.

사탕 갖다 줄까?

아니요.

왜?

당뇨병 걸려요. 우리 아빠가 당뇨거든요?

그럼 마이쮸는?

마이쮸 주세요!

사탕은 안 되고 마이쮸는 돼?

둘은 대답이 없었고 나는 집으로 올라가 마이쮸를 가지고 내려왔다. 하나를 까 먹었고, 나머지는 지유와 지우에게 주었고 나는 다시 올라왔다.

엄마가 올 시간이 다 되어간다. 콩나물 김칫국을 끓이기로 한다. 음식 솜씨가 별로 없어서 천천히, 열심히 해야 한다. 엄마는 처음에 내가 "엄마, 나 여기로 들어와도 돼?"라고 물었을 때 아무런 대답을 하지 않았고 나는 예상치 못한 엄마의 반응에 상처를 받은 뒤 새벽 3시에 택시를 타고 서울로 돌아와 오래 울었었다. 잊을 수도 없고 원망도 없다.

내일 영화 볼까?

M이다. 나는 응, 이라고 답장을 보낸다. 내가 버스를 타고 갈게. 데리러 오지 않아도 돼. 아니야, 데리러 갈게. 아냐, 미안하게 왜 그래. 내가 갈게. 광역버스를 타면 금방 가. 에이, 너무 덥잖아. 음…… 그러면 내가 60-3번을 타면 영화관에서 만나면 좋겠고 8000번을 타면 송정역까지 와주면 좋겠고 21번을 타면 개화역까지 와주면 좋겠어. 먼저 오는 것을 타고 연락할게. 그렇게 해줄래? 응, 알겠어.

모든 것이 더 조심스러워지고 있다. 영화를 보기로 했으면 영화를 보면 되지, 어떻게 가는지가 이렇게나 중요한 문제인가 모르겠다. 데리러 온다고 했을 때 그냥 그러라고 할 순 없었던 걸까. 나는 어딘가 조금씩 달라지고 있는 나의 태도로 인해 일상의 대화가 불편하다는 느낌을 받았고 그것을 완전히 자각한 뒤부터 자주 괴로웠다. 그러나 결국엔 지금의 나 자신을 받아들여야 한다는 것을 알게 되었는데 당연한 말이었지만 쉽지는 않았다. 내가 왜 이렇게 되었는지 알고 싶었기 때문이다. 그러나 자꾸만 달라지는 나는, 나이기 때문에 나 자신을 아무 이유 없이 받아들일 것이고 그런 다짐을 하게 된 것에는 M의 영향이 컸다. 나도 모르게 M을 괴롭히다가,

착하게 사는…… 그런 어떤, 수행을 하는 중이야?
아니?
내가 싫지 않아?
왜 싫어?
달라진 거 모르겠어?
그게 왜?

이런 대화를 하게 되었다. 계속 서로 묻기만 하는……. M은 내가 그를 의심스러운 포즈로 바라보거나 앞뒤 없이 무례한 말을 해도 늘 한결같은

시선으로 나를 바라봐준다. 하지만 사기꾼들이 원래 그런 법. 몇 년에 걸쳐 신뢰를 심어준 뒤 모든 것을 앗아가는 인간들도 있고 하니 마음 한편에 끈을 놓지 말자, 생각했지만 내게 사기를 쳐서 M이 얻을 것은 무엇인가 생각하니 딱히 모르겠는 것이었다.

한동안 우리 사이에는 대화가 없었다. 지난가을부터 올봄까지 나는 정말 자주 울었는데 M에게 바라는 것이 있는 것은 아니었다. 나는 단지 모든 것을 멈추고 싶었고 그러나 그 후의 삶이 두려워 자주 울었다. 그런 나의 매일에 대한 말들은 할 수 없었다기보다는 하면 안 되는 것에 가까웠다. 그즈음엔 내가 몇 년 전, 오래 알고 지낸 후배에게 들은 "누나. 그렇게 살지 마세요"라는 말을 자주 복기했다. 쉽게 내뱉은 말이었을까. 어렵게 꺼낸 말이었을까.

그러니까 나는 무엇인가? 나는 내가 거의 모든 것을 멈추고 싶었다거나 이곳으로 돌아올 수밖에 없었던 이유가 그 말 때문이라고는 생각하지 않는다.

콩나물 김칫국은 엄마에게 합격점을 받았다. 나는 엄마와 함께 저녁 식사를 하고 작은방으로 간다. 긴 밤이 시작된다. 휴대폰으로 이런저런 뉴스를 보고 챙겨 듣는 팟캐스트를 듣고 『얼굴 빨개지는 아이』를 읽고 낙서 같은 그림도 그려보고 베란다 너머 맞은편 동의 불빛들이 하나둘 꺼져가는 것을 보고 옛날 생각도 조금 했다. 이제 릴케니 니체니 하는 것들은 읽지 않는다. 이어폰을 끼고 흐미에 대한 다큐멘터리를 찾아본다. 제 목의 움직임에서 나오는 몸의 소리, 자유로운 새들의 지저귐, 멀리서 들리는 염소 울음소리, 동물의 젖을 짜는 소리, 아직 변성기가 오지 않은 남자아이의 휘파람 소리, 그리고 공기 소리, 그러니까…… 침묵이 아닌 공기의 소리를 오래 듣는다. 날이 밝아왔고 이어폰을 빼자 엄마의 코 고는 소리가 들려왔다. 나는 엄마가 많이 불안하고 많이 힘들 거라고 생각한다.

엄마, 나 나가.
응, 잘 놀고 와.
개화역에서 내렸고 M이 기다리고 있었다. 영화는 놀랍도록 재미가 없었고 M은 어땠는지 몰라도 나는 오랜만에 M을 만난 것이 좋았다. 영화를 본 뒤에는 같이 초밥을 먹었고 나는 M에게 버스정류장까지 데려다 달라고 말했다. 신호를 받아 기다리고 있을 때 마침 배차 간격이 20분인 버스가 조금 앞에 서 있는 것을 발견했다. 나는 M에게 "난 저 버스를 타야 해. 가능하다면 앞질러줘"라고 부탁했다. M의 차는 버스를 앞질렀고 나는 얼른 내려 뒤이어 멈춰 선 버스에 올라탔다. 모르겠다. 그냥…… 기분이 너무 좋았다. "성공!"이라는 생각까지 들었던 것이다.

버스를 잘못 탔다는 것을 깨달은 건 집에 거의 다 와갈 무렵이었다. 내려서 갈아타면 금방이었기 때문에 초행길이었지만 별일은 아니었다. 집에 갈 때 버스 안에서만 지나치던 동네였다. 덥지만 조금만 걸을까 하는 생각에 높이 솟은 건물들과 도무지 끝날 것 같지 않은 공사현장을 지났다. 초대형 이단 교회와 경전철이 들어설 예정이라고 한다. 그리고 정말 오랜만에, 영농자재백화점 앞에서 석기를 보았다. 선글라스를 쓰고 있었지만 나는 단번에 그를 알아볼 수 있었다.

야!
어.
오랜만이다?
어.
씨발, 어밖에 모르냐?

……

어디 가?

집에.

그래, 더운데 조심히 가라.

응, 갈게.

소문에 따르면 석기가 미쳤다고 했는데, 모르겠다. 완전히 미친 건 아닌 건가. 그냥 잊으려다가 W에게 문자메시지를 보냈다.

나 사거리에서 석기 봤어.

석기 형을 봤다고?

응. 정신병원에 있다 하지 않았어?

퇴원해서 요즘 돌아다닌다고 들었어. 별일 없었지?

응.

다행이다. 빨리 들어가. 무슨 일 있으면 연락하고.

나는 더 걷지 않고 버스를 갈아탔다. H마트에서 붕어빵 아주머니가 나왔다. 나와 아주머니는 몇 걸음 간격을 두고 같이 걸었다. 아주머니는 214동 쪽으로 앞서 걸었고 현관 앞 벤치에서 청소년들에게 술과 담배를 주었다. 갈색 머리를 한 교복을 입은 학생 하나가 아주머니에게 천 원짜리 몇 장을 주는 것을 보았다. 나는 못 본 척, 그 옆을 지나 집으로 들어왔다. 온몸이 땀에 젖어 있었다. 샤워를 하고 작은방에 누워 이어폰을 꽂고 흐미를 들었다. 작은방엔 딱 나 하나 누울 공간이 있다. 여길 내 공간으로 만들고 싶다.

낮잠을 조금 자고 일어나 일기를 몇 줄 쓰다가 서울에 살 때를 떠올려본다. 아침에 일어나서 출근 준비를 하고 일을 한 뒤 돌아와 씻고 밥을 먹고 나면 하루가 지나 있었고 말하자면 일기에 쓸 일도 일기에 쓸 말도 일기를 쓸 필요도 없었다. 기껏해야 남의 욕이라든가 나 자신이 싫다는 그런 말들이나 썼다. 나는 그때 일에 대해 많이 생각했어야 했다. 그랬다면 그렇게 현실을 미워하지만은 않았을 텐데 하는 아쉬움이 있다. 그냥 정말 싫다, 정말 정말 싫다, 그렇게만 생각했다. 그다음부턴 막무가내로 싫어하기만 했다. 일을, 하루를, 그러나 다른 방법을 모르는 나를. 화를 참 자주 냈다는 기억인데 지금은 그렇지 않아서 다행이라는 생각이 든다. 자고 일어나니 W로부터 다음 주쯤에 K와 함께 만나자는 메시지가 와 있었다.

아침에 엄마를 배웅하고 라면을 하나 끓여 먹은 뒤에 세탁조 청소를 해보기로 한다. 사둔 지는 벌써 몇 달은 된 것 같은데 차일피일 미뤄왔다. 엄마와 따로 살기 시작하면서 나는 내가 빨래에 꽤 공을 들이고 있다는 것을 알게 되었다. 엄마와 함께 살 땐 빨래는 거의 엄마가 했고 엄마는 밝은 색 빨래와 어두운 색 빨래는 구분했지만 겉옷이며 수건이며 속옷 모두 한꺼번에 빨았다. 나는 밝은 색 겉옷, 어두운 색 겉옷, 밝은 색 잠옷, 어두운 색 잠옷, 수건, 속옷, 양말을 모두 구분해서 빨았는데 어두운 색 잠옷이라도 버려버릴 것을, 너무 많은 구분에 갇혀 정말 힘들었다. 매일 빨래를 할 수밖에 없었던 것이다. 오래 망설이다가 세탁조 클리너를 구입한 순간, 나는 이제 그만 멈출 때가 왔다고 생각했다. 방은 개판인데 세탁에만 공을 들이는 나의 뇌구조를 바꿔야 할 것만 같다고 늘 생각해왔는데 세탁조 클리너를 보며 웃음 짓는 나를 보고는 이대로 가다가는, 정말 이대로 가다가는 안 될 것 같다는 생각이 아주 강력하게 들었다. 이미 일주일이면 일주일, 한 달이면 한 달 내내 빨래를 하는데 한 달에 한 번씩 추가로 세탁조까지 청소하고 있을 나의 모습…… 그런 나의 미래……. 나는 구입한 세탁조 클리너를 개봉하지 않았고 그것은 내 조촐한 이삿짐에 담겨 이곳으로 왔다.

이삿짐을 싸던 날 역시 나는 많이 울었는데 그간의 눈물과는 좀 다른 느낌이었다. 아, 이제 살았다, 뭐 그런 생각도 조금 들었던 것 같다. 옷가게에 걸려 있다면 아무도 사지 않을 것만 같은 나의 옷들을 정리하며 세 개나 되는 옷장이 그제야 의아하게 느껴졌었다. 이 모든 옷장들을 산 것은 다름 아닌 나인데.

세탁조 청소를 하려면 내용물을 부은 뒤 불림 코스를 설정해야 했는데 이것저것 눌러봐도 불림 코스를 설정할 줄 몰라 애를 먹었다. 그러다가 서비스센터에 전화를 걸어 안내를 받은 뒤에야 세탁조 청소를 시작했다. 무슨 말인지 잘 알아듣지 못했지만 나도 모르게 네네, 거리다 보니 전화를 끊은 뒤였다. 온수로도 하지 못했고 불림 코스로 설정하지도 못했지만 일단 하긴 했다고…… 생각했다. 한 것도, 안 한 것도 아니라는 생각이 들었지만, 안 한 것은 아니니까.

나는 안경을 벗고 렌즈를 껴야겠다고 생각했다. 안경을 벗고 세수를 하다가 두 손의 움직임을 멈춰보았다. 눈과 입을 닫고 잠깐잠깐 숨을 멈춘 시간. 나는 이렇게 생겼구나. 징그럽다. 구멍이 너무 많은 것 같다. 눈과 입을 계속 열어두고 아무거나 보고 아무 말이나 하며 살았구나. 그렇구나. 그러고 싶진 않았는데. 나는 숨을 크게 쉬며 수건으로 얼굴을 닦고 렌즈를 꼈다. 가벼워진 느낌이 들어 좋았다.

세탁기의 표준 코스가 끝나고 세탁조 안에 박힌 명칭을 알 수 없는 동그란 망을 떼어냈을 때, 그 안에서 내 주먹만 한 부피의 먼지 뭉치가 나왔다. 그간의 나는 빨래를 한 것이 맞는가 하는 의문이 들었고 다행히 이제 우리는 모두 가벼워졌다.

유튜브에서 흐미를 재생시켜놓고 쌈장을 만들 준비를 한다. 엄마 음식의 특징은 파와 마늘이 많이 들어간다는 것이다. 가령 오이지무침 같은 것은 오이지 맛은 안 나고 파, 마늘 맛만 나는 것이다. 싫다는 것은 아니고 누가 이런 식을 주입한 것도 아니지만 나 역시 파와 마늘을 많이 넣는 편이다. 나는 된장과 고추장에 파와 마늘을 잔뜩 다져 넣고 매실액과 들기름과 깨를 넣어 열심히 섞었다. 그렇게 잔뜩 쌈장을 만든 건 집에 농구공만 한 양배추가 있기 때문이다. 엄마가 이 동네에서 사귄 지인에게 받은 것이라고 한다.

엄마는 이곳으로 이사를 온 뒤에 몇몇 사람들과 안면을 트게 되었다. 자세히는 몰라도 그렇게 새로 사귄 사람들이 4~5명 정도 되는 것 같다. 403호와도 역시 안면을 트고 지내는데 그 아주머니는 늘 현관문을 열어놓고 지내서 엘리베이터에서 내려 복도 쪽으로 가려면 인사를 안 하려야 안 할 수가 없었다고 한다. 403호 아주머니는 특히 강아지를 아주 싫어한다고 한다.

예전에 한번은 이런 적도 있었다. 내가 쉬는 날이어서 엄마 집엘 가 있었는데, 엄마가 퇴근길에 소뼈를 잔뜩 들고 들어온 것이다. 엄청나게 구겨진 타 지역 마트 봉지에 아무렇게나 담은 것이었다. 엄마는 들어와서는 무언가 당황스런 표정을 지었었다.

그게 뭐야?

몰라, 뼈는 뼌데…….

뼈?

엘리베이터에서 어떤 할아버지가 줬어.

뭐?

모르겠다. 할아버지가 엄마가 가진 걸 뺏어간 것도 아니고 뭔가를 주었다는데도, 엄마와 나는 한참을 그 할아버지의 행동에 대해 이야길 나누었다. 말하자면 의심스럽다는 것이었다. 1층에서 엘리베이터를 탔는데 갑자기 뼈가 너무 많다면서 주었다는 것이다. 엄만 4층에서 내려야 했기 때문에 엉겁결에 그걸 받아 내린 모양인데 만약 더 위층에 살았다면 할아버지와 얘기 나눠볼 수 있었을 것이다. 그러니까 아무리 뼈가 많아도 그렇지 처음 보는 사람에게 왜 갑자기 뼈를 주는지 나는 너무 궁금했지만 알 길이 없었다.

할아버지가 혼자 살아서, 이걸 고아 먹을 줄 모르는 게 아닐까.
그렇다면 너무 미안한데…….
고아서 갖다 줄까?
그건 안 돼.

엄마가 결국 그 뼈를 어떻게 했는지는 모르겠다. 아무튼 그 외에도 밭이 있는 한 아주머니(이번에 양배추를 준)와도 친분이 생겨 고구마, 양배추, 토마토, 고추, 오이 등 각종 채소와 야채들을 자주 얻는다고 한다. 그냥 아는 사람들이 생겼다는 것이 신기해서 어떻게 하다가 알게 되었냐고 묻자 엄마는 "그냥 길 가다가"라고 심드렁하게 대답했다. 물론 나도 버스나 지하철에서, 혹은 마트에서 너무 편하게 말을 거는 사람들을 본 적은 있지만, 그렇지만 그 관계를 이어가고 있는 엄마는, 엄마, 어떻게 하면 그럴 수 있어? 그리고 왜 계속 이어가?

이어간다는 생각은 아냐.

이어간다는 생각은 아니라고 한다. 나는 자꾸만 끊기는 나의 관계들에 대해 잠시 생각했다. 쌈장을 만들어놓고 양배추를 적당히 잘라 찐다. 아주 살짝만 찌는 것이 나의 비법. 찐 것도 안 찐 것도 아닌 것처럼 쪄야 한다. 그래야 아삭하고 맛있다. 푹 찐 양배추(엄마의 방식)는 내가 가장 싫어하는 음식 중에 하나다. 나는 살짝 찐 양배추를 식힌 다음에 냉장고에 넣어둔다. 그리고 로또를 맞춰보았고, 5등에 당첨되었다는 것을 확인했다. 만오천 원어치 샀는데.

올봄이었나, 일을 하던 중에 로또를 맞춰보다가 상사에게 걸린 적이 있었다. 대놓고 걸린 것은 아니었고 내 책상 옆을 지나가던 그녀가 내가 여섯 개의 숫자를 책상 위에 써놓은 것을 보고는 "그 숫자들은 뭐냐"고 물었던 것이다. 나는 급하게 숫자들을 지우며, 아무것도 아니라고 말했다. 그러자 그녀는 "로또구만, 아무것도 아니긴 뭘 아무것도 아냐"라고 말한 뒤 자기 자리로 가 앉았다. 알면서 뭘 물어보고 지랄이야, 나는 속으로만 생각했다.

옷을 갈아입고 H마트에서 식초와 미역, 국수와 수프를 샀고 다음에 지유나 지우를 만나면 주려고 초콜릿도 샀다. 붕어빵 아주머니가 오픈 준비를 하고 있는 것을 보았지만 붕어빵이나 옥수수가 완성되기까지 기다리기가 힘들 것 같아 그냥 집으로 돌아왔다. 정말 더운 여름이다. 집에 돌아와 휴대폰을 보니 M으로부터 청주에 가자는 메시지가 와 있었다. 응, 가자. 나는 가자고, 답장을 보냈다. M이 어디든 가자고 하면 나는 갈 것이다. 메시지를 보내고 얼마 지나지 않아 엄마가 퇴근을 했고, 남의 밥을 만들다 온 엄마에게 밥을 차려준다. 차게 식혀둔 양배추 쌈 밥상은 오늘도 합격점을 받았다.

너무 덥긴 한데, 이따가 산책 갈까?
그때 그 산책로로?
거긴 너무 멀지 않아?
저번에 본 그 미나리를 뜯고 싶은데 여태 못 갔거든.
그거 더러워서 못 먹어, 엄마.
아니, 그냥 키우려고.
키운다고? 그럼 가자.

난 그냥 집 앞 공원이나 걸을 생각이었는데 엄마는 단박에 좀 멀리 떨어져 있는 산책로를 원했다. 거기 어떤 더러운 수로 끝에서 본 미나리를 뜯고 싶다는 것이다. 봄이었고, 그때도 엄마가 원했었는데 그즈음엔 늘 미세먼지가 최악이어서 먹든 안 먹든 안 좋을 것 같다고 내가 많이 말렸었다. 엄마 그걸 잊지 않고 있었다. 그때 뜯게 둘 걸, 싶었고 지금이라도 다시 기회가 생겨 다행이라는 생각이 들었다. 다행이기 이전에, 미안하고 고맙다는 생각. 너무 쉬운 일들이라고 생각해왔지만 나는 이제 그런 일들을 가장 우선으로 여기고 싶다. 나는 이제 그렇게 살고 싶다.

이렇게 입고 가도 될까?
그건 너무 잠옷 같은데.
이건 괜찮니?
응, 괜찮아.

엄마는 엄마가 가진 옷 중에서 가장 이상한 옷을 꺼내 입었다. 옷이 몇 벌 없어서 그렇다. 외출복을 입으면 또 빨아야 하니까, 그냥 이상한 옷을 입고 나간다. 정말 이상하지만, 입고 나간다.

봉지 내가 챙길게. 미나리 담을 거.

내 말에 엄마가 좋아하는 기색이다. 엄마는 빈손이고, 나는 휴대폰과 봉지를 챙겨 밖으로 나갔다. 엘리베이터에서 M에게 안전운전을 하고 저녁을 맛있게 먹으라는 메시지를 보냈다.
현관 벤치에서 슬라임을 갖고 놀던 지유와 지우가 내게 알은체를 했다.
안녕하세요!
어, 저녁 먹었어?

네, 오리고기! 배불러요.

좋은 거 먹었네.

근데 또 배고파요!

뭐야. 재밌게 놀아.

아직 해가 쨍쨍했고 엄마와 나는 걷기 시작했다. 엄마는, 오늘 초저녁잠을 자지 않았고 이제 산책까지 하면 밤에 푹 잘 수 있을 거라고 좋아했다. 폭염 때문에 그런지 산책로엔 사람이 한 명도 보이지 않았다. 관리가 되고 있지 않은지, 조성된 지 얼마 되지 않았는데도 풀이 엄청나게 자라 있었다. 어디선가 구렁이라도 한 마리 나올 것 같은, 그런 길이었다. 나는 관리자로부터 방치되어 풀냄새로 가득 찬 그 산책로가 마음에 들었다. 40분가량 걸었는데, 그동안 걷는 사람 한 명, 자전거를 탄 사람 한 명을 볼 수 있었다.

걔네들은 누구야?

응?

아까 집 앞에 어린애들.

아, 그냥 아는 애들.

꼬맹이들을?

나도 아는 사람 많이 생겼거든?

누가 뭐랬니.

시시껄렁한 얘길 나누며 걸었고, 미나리가 있던 곳을 찾기가 어려웠다. 돌다리를 건너서 조금만 더 걸으면 된다는 것. 미나리의 위치에 대한 엄마와 나의 기억은 같았지만 무성하게 자라버린 풀 때문에 돌다리가 아예 보이질 않았던 것이다. 우리는 결국 돌다리를 건너지 못하고 계단을 통해 다리를 건넜다. 그리고 새로 생긴 편의점에 들러 천 원짜리 음료수를 사서 마시며 잠시 땀을 식혔다. 날은 이제 어두워지기 시작했고 우리는 음료수를 금세 다 마시고 왔던 길과 반대편 길로 걷기 시작했다. 그리고 색색의 조명이 켜져 있는 다리 아래를 지나자마자 전에 보았던 작은 수로를 발견했다. 나름 수문까지 있었다. 지금 위치에서 팔을 뻗기에는 미나리에 닿지 않을 것 같고, 사람이 내려가기엔 공간 확보가 되지 않을 것 같았다. 어떡하지, 하는데 엄마는 엉성해 보이는 철문을 잡고 고개를 90도로 숙여 미나리를 뽑기 시작했다. 나는 휴대폰으로 손전등을 켜 미나리를 비췄다. 빨간색 티셔츠를 입은 몸이 마른 아저씨가 트로트를 들으며 우리 곁을 지나갔고 나는 혹시 무슨 나쁜 말이라도 들을까 겁이 나서 짐짓 자연스러운 척을 하느라 엄마에게 "진짜 덥다. 그치"라며 그야말로 새삼스러운 말을 건넸다. 엄마는 안전하게 몸을 다시 올렸고, 서너 줄기의 미나리는 내가 챙겨온 봉지에 담았다. 누구도 뭐라 하지 않았고, 우리는 이제 집에 가기만 하면 되었고, 나는 그 사실이 너무 좋았다.

집에 와선 내가 먼저 샤워를 했고 그 사이 엄마는 미나리를 다듬어 1리터짜리 플라스틱 음료수 병에 담아놓았다. 그렇게 몇 개월을 뽑고 싶어 했던 것에 비해 너무 대충 꽂아놓아서 당황스러웠지만 엄마 마음이니까. 엄마가 씻는 사이에 나는 계속 미나리를 바라보았다. 하루에 내가 "미나리"라는 말을 이토록 많이 해본 적은 처음이었다. 더 생각해볼 것도 없이 이런 적은 처음이라는 것을 안다. 그리고 앞으로도 그럴 일은 거의 없을 거라는 것도 안다. 나는…… 그동안…… 나는 이제 그렇게 살지 않을 것이다.

청주에 지인이 하는 일본라멘 가게가 있다고 했고 거길 가보는 것 말고 다른 계획은 없이 M과 나는 청주로 갔다. 일찍 일어나긴 싫었지만 새벽 6시에 일어나 준비를 마치고 7시에 출발했다. 예전 같으면 피곤하다는 이유로 가지 않겠다고 했을 것 같다. 자고 싶은 만큼 자고 출발하면 고속도로 정체를 겪어야 하고, 그게 싫기 때문에 그냥 가지 않는 것을 택하는 편이 쉬웠다. 나는 요즘 피곤하지 않고, 새벽 4시쯤 잠들었지만 다행히 6시에 일어날 수 있었다.

우리는 청주에서 라멘을 먹었다. 청주시청 근처 골목에 있는 작은 가게였다. 이렇게 더운데 요즘 누가 라멘을 먹느냐며 M의 지인인 사장이 우릴 보고 웃었다.

정말 여기 오려고 청주에 왔다고?

그는 세 번쯤 같은 질문을 했고 M이 세 번 모두 그렇다고 대답했지만 그는 M의 말을 잘 믿지 않는 것 같았다. 아침 식사를 거른 상태라서 우리는 아주 빠르게 음식을 먹어치웠다. 그리고 밖으로 나왔고, M은 대전으로 차를 몰았다. 운전석 쪽 타이어 공기압이 갑자기 40대로 떨어져 잠시 정비소에 들른 것 말곤 별다른 일은 없었다. 정비소 직원은 땀을 흘리며 너무 더워서 센서가 잠깐 말을 듣지 않았던 것 같다고 설명해주었다.

굉장히 친절하다.

내 말에 M은 아무 말이 없었고,

자기 일을 한 것뿐이지만 정말 친절했어.

나는 한 번 더 말했다. 최근 몇 년간 나는 고마운 것도 잘 모르고(아무것도 잘 모르고) 지냈다. 서울을 떠나오기 얼마 전엔 내 고민을 자주 들어주던 직장 동료와 "바쁘면 사람 노릇 못한다"는 책의 글귀를 보며 같이 웃곤 했었다.

두부와 새우, 과자 같은 것을 사서 소주와 맥주를 마셨다. 나는 평소보다 덜 마셨고 M은 평소보다 더 마셨다.

오늘 왜 이렇게 안 마셔?

배가 불러.

토할 것 같아?

응.

그럼 토하고 마시면 되지.

토하는 건 싫어.

그런 걸 두려워하지 않아야 새로운 것을 먹어볼 수 있는데.

그건 그렇지만 나는 얼마 먹지 못하고 숙소 창밖이나 바라보다가 일찍 잠들었다. 그리고 오래 자지 못하고 새벽에 잠에서 깼다. 깨어나니 8월 1일이 되어 있었다. 이렇게 또 시간이 흐르고 있는 것이다. 나는 잠든 M을 바라보다가 밖으로 나갔다. 내키는 대로 여기저기를 걸었는데 숙소에서 멀지 않은 곳에서 유명 스크린 골프장의 본사를 보았다. 나는 내가 지금 여기서 웬 스크린 골프장 본사를 보고 있다는 것과 내일을 걱정하지 않아도 되는 것이 낯설었고 그 낯선 기분이 좋았다. 요즘의 나는 다른 걱정은 있어도 전에 늘 하던 걱정은 없다. 나는 그 걱정들을 정말 그만하고 싶었다.

편의점에서 컵라면과 삼각 김밥과 만두와 콜라를 사서 숙소를 향해 다시 걸었다. 돌아오니 M은 여전히 자고 있다. 아직 8시도 되지 않은 시각이고 운전을 오래 했고 술도 마셨으니까 깨우지 않고 그냥 둔다. 나는 〈TV 동물농장〉이 하길 기다리면서 혼자 삼각 김밥과 물을 먹었다.

일요일 한낮의 엑스포 공원은 오래전 문을 닫은 놀이동산처럼 한산했다. 두 평 정도 되는 것 같은 안내소의 직원은 휴대폰을 들여다보다가 우릴 발견하고 흠칫 놀라는 기색을 보였다. 정말이지 드넓은 그 공원에서 우리는 아인슈타인 동상과 아주 작고 재미있어 보이는 놀이기구, 거북이, 꿈돌이, 정승의 얼굴, 커다란 하이탑 운동화 모양의 조형물, 돌하르방 등을 보았다.

모르겠어. 저 조형물들 전부…… 난 모르겠어.

혹시 공원이 너무…… 너무 넓어서?

너무 더워 오래 걷지 못하고 차로 돌아왔다. 그 공원은 의문투성이였고 우리는 아무것도 알 수 없었지만, 그래도 좋았다. M은 최근 몇 년간의 나를 잘 견뎌주고 있다.

아직도 그 일 때문에 미안해하고 있어?

M은 대답이 없었고, 내가 재차 묻자,

견디거나 그런 건 난 못 해.

한마디를 들을 수 있었다. 나는 그의 그런 태도가 진심이었으면 좋겠다고 생각하고 수행이 필요한 사람은 M이 아니라 나일 것이다. 서울로 가는 길에 3층 규모의 문구센터를 발견한 우리는 곧장 들어가 차량용 방향제와 체스, 색연필과 배드민턴 세트를 샀고 다시 집으로 출발했다. 성산대교를 건너 불과 얼마 전까지 살던 집 근처를 지날 때 어쩐지 숨이 막히는 것 같았지만 잠깐이었다.

엄마는 내가 대전에서 사온 빵을 맛있게 먹었다. 나는 하루짜리 여행의 짐을 풀고 샤워를 하고 설거지를 하고 휴대폰을 조금 만지작거렸다. 일찍 누웠는데 어디선가 귀뚜라미 소리가 들렸고 조금 이따가는 매미 소리도 들렸다. 몹시 피곤했지만 잠은 오지 않는 밤. K에게서 "고양이 한 마리를 임시보호하고 있는데 혹시 같이 지낼 생각이 있느냐"는 메시지가 왔다. 이름은 삐용이. K는 이미 세 마리의 고양이와 함께하고 있어 더는 어려운 모양이다. 나에겐 한 마리의 고양이도 없지만…… 지금 나는 고양이가 아니라 나 자신과 함께 살아야 한다. K는 삐용이의 사진을 몇 장 보내며 주변에 혹시 함께 살 수 있는 사람이 있는지 생각해봐달라고 부탁했고 나는 최선을 다해보겠다고 말했다. 그리고선,

방울토마토나 체리나, 아무튼 그렇게 생긴 거 있지? 그런 건 가져오면 안 돼.

할머니가 입원해 있는 병원에 가는 일에 대해 설명해준다. K는 자신을 둘러싼 일들을 모두 받아들였고 마음이 편안하다고 했다. 나는 가만히 K의 마음을 상상해보았다.

눈을 떠 휴대폰을 보니 M으로부터 메시지가 와 있었다.

전기 스위치 같은 것을 사러 다니는 꿈을 꿨어.

바보 같으니라고. 대체 뭘 하며 살기에 저런 꿈을 꾸는 거야. 나는 꿈속의 M을 상상하며 조금 웃었다. 엄마 방에 가보니 엄마가 있기에 여름 휴가인가 보다 했다. 식탁 위에 있는 탁상달력을 보니 이틀간 쉰다는 표시가 되어 있다. 나는 달걀을 삶고 김치를 볶았다. 김치를 볶는 것도 너무나 쉬운 일이라고 생각해왔지만 최선을 다해 천천히 볶아보았다. 내가 지금까지 했던 김치볶음 중에 가장 맛있게 된 것 같다. 서울에서 짐을 정리하던 즈음엔 맛없기가 힘든 간단한 음식도 이상하게 죄다 망쳐버렸던 기억이 난다. 시간이 없어서였을까. 생계를 위한 일을 하거나 우는 시간을 빼고 나면 내게 남는 시간은 별로 없었다. 많이 바란 것은 아니었고 그냥 두세 달만 쉬고 싶었는데 아예 그만두지 않은 한, 두세 달을 쉴 수 있는 방법은 없었다. 그것뿐이었다. 나도 더 가난해지고 싶진 않았지만…… 마지막엔 정말이지 뛰어내리고 싶었다.

너 1.5층 살았잖아.

응, 엄마. 아무튼 나 지금 마음이 너무 편안해…… 그래서 고맙고 미안해.

나도 너랑 사니까 좋다.

근데 왜 처음에 오지 말라고 했어.

엄마와 믹스커피를 마신다. 사실 영농자재백화점 앞에서 석기와 마주친 뒤로 석기에게 만나자는 연락이 매일 왔었다. 나는 그를 만나고 싶지 않았다. 엄마가 커피 잔을 내려놓았고 나는 설거지를 하고 괜히 냉장고며 탁자 위며 아무 데나 뒤져보다가 밝은 색 겉옷을 모아 세탁기를 작동시킨 뒤 작은방으로 들어갔다. 빨래 좀 그만해. 엄마가 말했지만 듣는 체도 안 했다.

씨발 너 진짜 인생 그렇게 살지 마라.

석기로부터 메시지가 왔다. 지금은 아침 9시 30분인데, 지금 막 화가 난 것은 아닐 테고⋯⋯. 나는 석기가 내게 왜 이런 말을 했을지 생각해본다. 다른 것에 회가 나 있었는데 마침 그 화살이 나를 향했던 것일까, 아니면 내게 전부터 하고 싶던 말이었을까. 오빠, 그러니까 이건 나도 정말 궁금하거든. 그렇게 살지 말라는 게 대체 무슨 말인지, 그럼 어떻게 살아야 하는지 나도 정말 궁금하거든. 생각은 했지만 답장을 보낼 수는 없었다. 그 말이 진심이라는 생각도 들지 않았고 혹여 진심이라 해도 그건 결국 아무도 모르는 일이기 때문이다. 그때 또 메시지가 왔다.

나 어제 아기 낳았어.

C의 메시지였다. C는 엄마가 되었고 나는 이모 같은 것이 된 모양이다. 나는 얼마 전 구입한 초콜릿을 가지고 1층 현관 옆 벤치로 간다. 지유와 지우는 없었다. 10시쯤 된 것 같은데 너무 덥다. 잠깐 벤치에 앉아 있는데 남자애 두 명과 여자애 두 명이 다가와 죄송한데 담배 좀 사다달라고 말했다. 나는 싫다고 말한 뒤에 나도 모르게 그들에게 초콜릿을 내밀었다. 나는 요즘 시간이 이렇게 가고 있구나, 하는 것만 생각한다.

넌 쉽게 말했지만, 나에겐 조금도 쉽지 않았던 삶

오은교 문학평론가

　　이주란의 「넌 쉽게 말했지만」은 서울 생활을 정리하고 어머니가 살고 있는 고향 도시로 돌아온 지 막 두어 달이 된 일인칭 화자 '나'가 보낸 어느 여름철의 일상을 다루고 있다. 생계 노동에 치이고 특정 사건—자세히 설명되지 않는 '그 일'—을 겪으며 지칠 대로 지쳐버린 채로 고향으로 돌아온 '나'는 반복되는 일상의 루틴 속에서 자신과 주변 세계 간의 거리 감각이나 감정들에 무심히 조응하고 조금씩 돌아보며 지난 계절들의 피로와 상처를 서서히 회복해나가고 있다. '나'는 자신이 고향이 돌아온 이유에 대해 "너무 쉬운 일들이라고 생각해왔지만, 나는 이제 그런 일들을 가장 우선으로 여기고 싶"었기 때문이었다고 밝힌다. 그간의 사정을 잘 모르는 친구는 고향집으로 돌아온 '나'에게 "넌 참 하고 싶은 대로 하고 사네"라며 쉽게 말했지만, 사실 '나'에겐 조금도 쉽지 않았던 바로 그 '일상의 삶'이 이 소설의 대상이다.

　　귀향을 다루고 있는 만큼 이 소설에는 서울에서 살았던 과거의 일상과 고향으로 돌아온 현재의 일상이 대조되어 드러나고 있다. '나'가 회상하는 서울에서의 생활은 "생계를 위한 일을 하거나 우는 시간을 빼고 나면" 남은 시간이 거의 없어서 "미안해. 시간이 없어"라는 말을 입에 달고 살며 주변 사람들을 챙기지도 못하고, "맛없기가 힘든 간단한 음식도 이상하게 죄다 망쳐버"리고 "방은 개판인데 세탁에만 공을 들이는" 등 자기 정돈의 가장 기본이 되는 생활 전반도 완전히 무너져 있던 상태였다. '나'는 일기에 "기껏해야 남의 욕이라든가 아니면 나 자신이 싫다는 그런 말들"만을 가득 적다가, "정말 이대로 가다가는 안 될 것 같다는 생각이 아주 강력하게 들"었을 때 울며 이삿짐을 싼 후 어머니가 계신 고향집으로 돌아왔다. '나'는 서울 생활을 정리하고 집으로 돌아왔던 순간에 대해 "아, 이제 살았다, 뭐 그런 생각도 조금 들었던 것 같다"고 회고한다.

반면 소설에서 지난하게 서술되고 있는 현재 '나'의 일상은 다소 한갓지고 밋밋하다. 생계를 위한 노동을 하지 않으며, 출퇴근하는 엄마를 배웅하고 마중하며 낮 시간에는 천천히 자몽청이나 양념장을 만든다. 마음처럼 되지 않더라도 "망쳤다는 생각 같은 건 하지 않"는다. 흐미나 팟캐스트를 듣다가 빨래와 청소를 하고 독서를 하고 그림을 그린다. 동네를 돌아다니며 사람들을 관찰하고, 친구를 만나 영화를 보거나 짧은 여행을 떠나기도 한다. 더 이상 "타인의 마음 같은 것을 신경 쓰면서 초조해하지 않고 내가 결정하면 되는 것들을 생각하"며 지내기 때문에 "붕어빵이냐 옥수수냐" 하는 것 정도가 고민의 전부이다. 강박적으로 온갖 분류 체계를 만들어 빨래를 하면서 얼마 되지 않는 휴식 시간을 전부 써버리고 말았던 '나'는 이제 빨래를 세탁하는 것이 아니라 빨래조 자체를 청소해야 한다고 생각하는데, 이는 개별적인 업무들이 아니라 그것이 터하고 배치되어 있는 생활 전체를 정비하는 것을 의미할 것이다. 빨래조 청소를 하며 "주먹만 한 부피의 먼지 뭉치"를 발견한 '나'는 그간 "빨래를 한 것이 맞는가 하는 의문이 들었고 다행히 우리는 모두 가벼워졌다"고 여긴다.

작가는 수많은 힐링 서사들의 작법들을 따라 '내'가 보내는 일상생활 전반을 오밀조밀하게 확대 묘사하여 감미롭고 낭만적인 방식으로 포장하기보다는 '내'가 보내는 일상을 담백하고 솔직하게 전달하는 편이다. 소설 속 '나'는 싱거운 일상 속에 그저 놓여 있을 뿐 그 일상을 누리거나 사뭇 초월적인 태도로 인생의 의미나 가치에 관한 한 줄의 명상을 건져 올리지도 않는다. 이 평화로운 일상 속에는 그럼에도 여전히 초과 수당 없이 시간 외 노동을 해야 하는 엄마가 있고, 정신질환에 시달리며 '나'에게 욕을 해대는 석기와 여전히 아픈 K의 할머니 등이 있어 '내'가 보내는 평온한 현재의 시간이 결코 완전한 형태의 안식이 아니라는 점 또한 알려지고 있다.

작가론적으로 이주란 작품의 욕망은 특정 세대의 일상을 보편적으로 재현하는 것이 별로 아님에도 불구하고, 이 소설이 소소하지만 자신이 통제할 수 있는 일상의 작은 부분만이라도 건사하고자 하는 청년들의 열정이 절박한 제스처로 가시화되고 있는 현시점에 도착했다는 것은 절묘하다. 「넌 쉽게 말했지만」에는 육체적으로나 심리적으로나 완전히 방전되어버린 한 청년이 퇴사 후 가족이 있는 집으로 돌아와 무너진 자신의 생활을 돌보며 스스로에 대해 성찰하고 있다는 점에서 오늘날 청년 세대에게 주어진 삶의 여유분에 관한 고민이 담겨 있다. '나'는 "그냥 두세 달만 쉬고 싶었는데 아예 그만두지 않는 한, 두세 달을 쉴 수 있는 방법은 없었"기 때문에 "더 가난해지고 싶진 않았지만…… 마지막엔 정말이지 뛰어내리고 싶"다는 생각까지 하게 되어 일을 그만두어야 했을 정도로 적당한 휴게 시간과 급여을 보장 받지 못한 근로자였다. 이 소설에서 고향으로 돌아온 사람은 '나'뿐만이 아닌데, '나'의 오랜 친구들 또한 저마다의 사정으로 살던 곳을 정리하고 고향으로 돌아온 이들로 등장하고 있다. 다른 지역에서 일을 하다가 적어진 급여를 감안하고서라도 고향에 돌아온 후 출산을 한 C, 또 다른 수도권 도시에 살다가 조부모님 병수발을 하기 위해 엄마와 함께 고향으로 돌아온 K 모두 그러한 청년들로, 이들은 모두 더 낮은 조건으로 일을 하거나 아예 일을 하지 않고 있다.

이렇듯 '나'를 비롯한 소설 속 많은 청년들의 경제적 지위가 상당히 불안하기 때문에 '나'가 퇴사 후 느끼는 작은 보람과 기쁨들은 오늘날 청년 세대들에게 겨우 주어진 보자기만 한 행복의 조건들과 피치 못하게 연동되어 있다. 산책하다 들른 왕릉 입장료 천 원을 면제받고 한참이나 "운이 정말 좋았다고 여러 번 이야기"하거나, 놓칠 뻔한 버스를 잡아 탄 뒤 "'성공!'이라는 생각까지" 하는 등 소설 속 '나'가 느끼는 만족의 수준이나 성취의 정도는 객관적으로 보아 너무나 소박해서 서글플 정도이다. 그 작은 성취 감각은 오래가지도 않는다. 입장료를 면제받고 들어선 산책로에서 친구는 아픈 가족을 떠올리며 눈물을 흘리고, 어렵사리 잡아 탄 버스는 잘못 탄 버스였다.

소설은 '나'의 일상의 외면적 변화뿐 아니라 이 변화를 통해 미묘하게 달라지고 있는 타인에 대한 '나'의 감정의 변화 또한 보여주고 있다. 과거의 '나'는 사람들의 "많은 것들을 궁금해하며 지냈"지만, 이 타인에게 향했던 호기심들은 그저 남을 비난하기 위한 "욕의 다른 얼굴일 뿐" 친밀한 관계를 쌓아가기 위한 호의나 관심은 아니었다. 또한 '나'는 '나'의 모든 감정 기복과 울화들을 한결같이 받아준 M에게 한없는 고마움을 느끼다가도 한편으론 그가 "몇 년에 걸쳐 신뢰를 심어준 뒤 모든 것을 앗아가는" 사기꾼일지도 모른다고 의심하기도 했다. 그러니까 가장 가까운 사람도 믿지 못하고 잘 알지 못하는 사람들도 가장 미워했던 것이다. 안정적인 생활이나 신뢰 관계가 없기 때문에 기껏해야 남을 헐뜯기 위해 자잘하고 부박한 호기심으로 타인에게 기웃거렸고, 자신에게 다가오는 사람들에게도 뾰족하게 대했었던 것이다.

한편 현재의 '나'는 오히려 타인과의 적당한 거리 두기를 통해 무심한 호의의 세계에 대해 배우게 된다. '나'는 엄마가 엘리베이터에서 만난 이웃 할아버지에게 난데없이 뼈를 한가득 받아 오거나 오며 가며 알게 된 동네 아주머니들로부터 각종 채소들을 자주 얻어 온다는 사실을 알게 되고, 어떻게 그들과의 관계를 지속적으로 이어나갈 수 있냐고 묻는다. 엄마는 대수롭지 않다는 듯이 "이어간다는 생각은 아"니라고 대답한다. 등가성을 전제로 한 관계가 계산과 관리를 통해서만 초조하게 유지될 수 있다면, 대가나 보답을 기대하지 않는 관계는 행동을 가볍게 만든다. 이사 후 여유를 찾은 '나' 또한 동네 꼬마들 대화에 끼어든 후 캐러멜을 주거나 담배 심부름을 부탁하는 학생들에게 "나도 모르게 …(중략)… 초콜릿을 내"미는 등 의미를 크게 두지 않는 선심이나 후의를 베풀고 정비소 직원이 보인 친절함에 감사함을 느끼며 타인과 다르게 관계 맺는 법을 익혀나간다.

이 소설에서 화자는 '그렇게 살지 마라'는 요지의 말을 총 두 번, 각각 다른 이들로부터 듣는데, 그 두 번의 발화 속에 들어 있는 '그렇게 산다'의 내용은 판이하게 다르다. 친한 후배는 '나'의 과거의 삶을, 석기는 '나'의 현재의 삶을 비난한다. 어떻게 살아도 누군가는 계속 '그렇게 살지 마라'고 명령하는 것이다. '나'는 그러한 타인에 말에 귀 기울이는 대신 조금씩 변화해가는 스스로에게 집중하며 "지금의 나 자신을 받아들여야 한다"고 생각하는데, 이 잠정적으로 무사한 여름날 또한 지나갈 것이고, 계속 변화해가는 상황 속에서 결국 '나'와 함께 살 사람은 '나'뿐이기 때문이다. 조금씩 달라지고 있는 스스로의 모습을 인정하기 시작한 것이다. 이 소박한 형태의 자족이 '나'의 행복을 위해 주어진 유일한 선택지에 불과한 것일지라도, 그간 자기에 대한 존중감이나 효능감이 거의 바닥에 가까웠던 이주란 소설 속의 많은 일인칭들을 상기해본다면, 이 소설에서 보이고 있는 변화는 매우 특별하고 소중하다.

빨래와 청소, 요리와 산책 등이 "가장 쉬웠던 것"이라고 여겨지는 것은 그 일들이 가장 흔하고 평범한 종류의 일들이기 때문이다. 그러나 그 가장 흔하고 평범한 일들이야말로 우리의 삶을 이루는 생활의 요체이며, 소설 속 '나'는 이 일들이 결코 녹록치만은 않았다는 것을 배워가며 서서히 건강을 회복해나가고 있다. 소설 「넌 쉽게 말했지만」은 가장 쉽고 간단한 일들이라도 공들여 돌보지 않으면 어느덧 속수무책으로 무너져 온 삶을 집어삼키고야 마는 일상생활을 다시 재정비하는 것이야말로 삶에 지친 우리가 가장 먼저 해야 할 일이라고 말해주고 있다.

일의 기쁨과 슬픔

장류진

1986년생. 연세대 사회학과 졸업, 동국대 국문과
대학원 수. 2018년 『창작과비평』 신인문학상에 단
편소설 「일의 기쁨과 슬픔」이 당선되어 등단.

일의 기쁨과 슬픔

"합시다. 스크럼."

오전 9시. 대표가 가장 좋아하는 스크럼 시간이다. 스크럼이란 200년대 초반부터 미국 실리콘밸리를 중심으로 시작된 애자일 방법론의 필수 요소로, 우리 회사 같은 소규모 스타트업에서 널리 쓰이는 프로젝트 관리 기법이다. 데일리 스크럼의 대원칙은 이렇다. 매일, 약속된 시간에, 선 채로, 짧게, 어제는 무슨 일을 했는지 그리고 오늘은 무슨 일을 할 것인지 각자 이야기하고, 이를 바탕으로 마지막에 스크럼 마스터가 전체적인 진행 상황을 점검하는 것. 서로의 작업 상황을 최소 단위로 공유하면서 일을 효율적으로 진행하기 위함이다. 애자일에 대한 올바른 이해를 바탕으로 한 스크럼이라면 이 모든 과정이 길어도 15분 이내로 끝나야 했다. 하지만 우리 대표는 스크럼을 아침 조회처럼 생각하고 있으니 심히 문제였다. 직원들이 십분 이내로 스크럼을 마쳐도 마지막에 대표가 20분 이상 떠들어대는 바람에 매일 30분이 넘는 시간을 허비하고 있었다.

"그럼, 제니퍼부터 해볼까?"

제니퍼는 디자이너인데 한국 사람이다. 회사가 위치한 곳이 실리콘밸리가 아니라 판교 테크노밸리임에도 불구하고 굳이 영어 이름을 지어서 쓰는 이유는 대표가 그렇게 정했기 때문이다. 빠른 의사결정이 중요한 스타트업의 특성을 고려하여, 대표부터 직원까지 모두 영어 이름만을 쓰면서 동등하게 소통하는 수평한 업무 환경을 만들자는 취지라고 했다. 위계 있는 직급체계는 비효율적이라는 말이었다. 의도는 나쁘지 않았다. 하지만 다들 대표나 이사와 이야기할 때는 "저번에 데이빗께서 요청하신……" 혹은 "앤드류께서 말씀하신……" 이러고 앉아 있었다. 이럴 거면 영어 이름을 왜 쓰나? 문제는 대표인 데이빗이 그것을 싫어하지 않는다는 것이었다. 사실 수평문화 도입은 핑계고 촌스러운 자신의 본명—박대식—을 쓰지 않기 위해서가 아닐까 하는 생각마저 들었다. 영어 이름 사용의 폐해는 또 있었다. 이름만 부르고 존칭을 생략하기 때문에 연장자가 말을 놓기 더 쉽다는 점이었다. 심지어 나는 본명이 '김안나'라서 영어 이름도 그냥 'Anna'로 하고 입사했더니 여기저기서 안나, 안나 거리면서 은근슬쩍 말을 놓는 통에 불릴 때마다 기분이 좋지 않았다. 일상의 자아와 분리 가능한 새로운 영어 이름을 지었어야 했다. 예를 들면 '올리비아'라든지.

대표를 포함한 전체 직원 열명이 각자의 책상을 등지고 선 채로 동그랗게 모여 스크럼을 진행했다. 마지막 순서인 내 차례가 끝나자마자 대표가 나를 빤히 바라보며 물었다.

"안나, 거북이알 말이야. 이거, 이거. 어떻게 할 거지?"

대표는 자신의 등 뒤에 세워진 화이트보드에 '거북이알'이라고 쓰고 그 위에 동그라미를 여러 번 치더니 이내 손으로 문질러 글씨를 지워버렸다. 대표의 손바닥이 새카매졌다.

"아휴, 나는 거북이라는 글자조차 보기가 싫은 사람이란 말이야."

'거북이알'은 우리가 만들고 있는 앱 서비스인 '우동마켓'에 글을 가장 많이 올리는 사용자였다. 우동을 파는 회사는 아니고, 스마트폰의 위치를 기반으로 중고거래를 할 수 있는 앱을 만드는 회사였다. 우동마켓은 '우리 동네 마켓의 준말인데, 우동 한 그릇을 후루룩 먹듯이 쉽고 간편하게 중고거래를 할 수 있다는 속뜻도 가지고 있다고, 데이빗 대표님께서 말씀하신 바 있다. 잘 지은 이름인지는 모르겠으나 비슷한 콘셉트를 가진 앱 중에 그래도 어느 정도는 우위를 점하고 있는 편이라 스타트업으로서 제법 안정기에 접어들었다고 볼 수 있었다. 사용자를 모으는 데 안착했으니, 이제 여기에 지역광고를 붙이는 게 회사의 다음 목표였다. 동네 주민들이 올린 중고물품―버리기에 아까운 가구, 작아져버린 아이 옷, 아직 쓸 만한 전자제품―사이사이에, 지역 타게팅이 확실히 보장된 광고―새로 오픈한 헬스장, 인테리어 업체, 사진 촬영 스튜디오―가 자연스럽게 들어가게 된다. 연말까지 광고 플랫폼 개발 완료, 광고 영업, 광고 판매. 그때부터 우동마켓은 본격적으로 돈을 번다. 대표와 이사의 사활이 걸린 일이었다.

거북이알은 몇 주 전부터 강남과 판교 지역에서 하루에 거의 백 개씩 글을 올리고 있었다. 이것만 해도 일반적인 사용자로 보기는 힘든데, 더 특이한 점은 중고물품을 파는 게 아니라 뜯지도 않은 새 상품을 판다는 것이었다. 가격은 늘 인터넷 최저가보다 조금씩 싸게 책정해두었다. 내용은 거의 쓰지 않았다. 상품명, 모델명, 직거래 및 택배 모두 가능. 더 이상의 설명은 없었다. 파는 물건에도 일관성이 없었다. 공기청정기, 청소기, 캡슐커피머신을 올릴 때는 전자제품 직구해다 파는 놈인가…… 싶었는데 파운데이션, 바람막이, 홍삼, 레고가 올라오자 나는 서비스 기획자로서 무척 혼란스러워졌다. 그래도 거래 성사율이 100퍼센트인 데다 거북이알의 프로필 페이지 밑에는 실제 거래한 사람들의 훈훈한 댓글들―좋은 물건 싸게 팔아주셔서 고마워요!―이 달렸기 때문에 큰 문제라고 생각하지는 않았다. 그런데 대표의 생각은 달랐던 모양이었다.

"우리 서비스의 취지와 맞지 않는 사용자를 이대로 둬도 될까? 앱을 딱 켜고 들어왔는데 온통 거북이알의 글로 도배되어 있으면, 사용자들이 우리 서비스를 '우리 동네 중고 마켓'이라고 생각할까? 이쯤 되면 어뷰저라고 봐야 하는 게 아니냐는 거지. 어떻게 페널티를 줄 수 없을까?"

대표 옆에 서 있던 앤드류가 팔짱을 끼고 고개를 끄덕였다.

"게다가 이 프로필 사진. 실제 거북이 얼굴의 근접 사진이잖아요. 너무 징그러워서 쳐다볼 수가 없어. 내가 파충류를 얼마나 싫어하냐면 군대에 있을 때 말이야, 당직을 서고 내무반으로 돌아가는 길 한복판을 이만한 도마뱀이 가로막고 있는 거야."

대표가 양손을 자기 어깨너비로 벌렸다.

"거짓말이 아니라 정말 이만했다니까. 그래서 그 도마뱀 때문에 날이 밝을 때까지 거기를 못 지나갔어. 그날 잠을 못 잤지. 내가 그렇게 파충류를 싫어한다구요."

논점 이탈이 대표의 주특기였다. 나는 다시 화제를 돌려와야 했다.

"데이빗의 마음은 알겠는데요. 그래도 거북이알을 어뷰저라고 볼 수는 없어요."

강강술래 대형으로 서 있던 직원들의 시선이 모두 나에게로 향했다.

"거북이알 때문에 지표가 엄청나게 상승하고 있다고요. 페이지뷰, 사용자 수, 재방문율 모두 거북이알 등장 이후 상승세를 보이고 있고요. 거북이알 때문인지는 모르겠지만 신규 가입자 수 비율도 매주 늘고 있어요. 게다가 거북이알의 거래 성사율은 100퍼센트예요. 어뷰저가 아니라 오히려 충성 사용자라고 보는 게 맞죠."

내 말이 채 끝나기도 전에 대표가 스마트폰을 꺼내 들면서 말했다.

"아무리 그래도 말이야. 적당히 올려야지."

그러고는 우동마켓을 실행시켜 타임라인 화면을 우리에게 보여줬다.

"이것 좀 보라구. 내가 스크롤을 열 번 내릴 때까지 죄다 이놈의 거북이 글뿐이라구."

거북이알처럼 한 사용자가 너무 많은 글을 올릴 경우 노출 비중을 줄이는 게 어떻겠느냐고, 대표가 제안했다. 서버 개발자들이 한숨을 쉬었다. 그

거 개발하는 데만 몇 주가 걸리는 줄 아느냐, 연말까지 광고 플랫폼 붙이기로 한 것도 빠듯한데 이상한 소리 좀 하지 말라는 뉘앙스로 대표를 공손히 나무랐다. 서서 스크럼을 시작한 지 벌써 40분이 다 되어가고 있었다. 빨리 앉아서 일을 시작하는 게 우동마켓의 발전에 더 도움이 될 것 같은데 대표는 스크럼을 끝낼 생각이 없어 보였다.

"만약에, 장물이면 어떡하지?"

"네?"

"뭔가 이상하지 않아요? 하루에 백 개씩 뜯지도 않은 물건을 판다는 게. 이게 다 훔친 물건이면 어떡하냐는 거지. 횡령이거나. 그럼 아주 큰일이라구."

나는 고개를 살짝 뒤로 젖히고 눈을 지그시 감았다. 대표가 말을 이었다.

"누군가 거북이알을 만나보면 어때요? 안나가 가볼까?"

"제가요?"

대표는 청바지 뒷주머니에서 지갑을 꺼내더니 5만 원짜리 지폐 두 장을 내 손에 꼭 쥐여주었다.

"이걸로 거북이알이랑 만나서 아무거나 거래 좀 해봐. 아, 물론 산 물건은 안나가 가져도 돼요."

나는 짜증을 숨기지 못하고 물었다.

"만나면요? 만나서 뭐라고 해요?"

"우리 서비스를 사용해줘서 고마운데, 너무 도배하지 말고 좀 적당히 올리라고 말이야. 한 시간에 한 개씩. 하루에 스무 개 정도만."

말도 안 되는 소리였다.

"그리고 프로필 사진도 좀 바꿔보는 게 어떻겠냐구. 진짜 거북이 말고 닌자거북이라든지."

45분 만에 스크럼이 끝났다. 우리는 마침내 각자의 자리에 앉을 수 있었다. 등 뒤에서 한숨 소리가 들려왔다. 케빈의 것이다. 케빈은 아이폰 앱 개발자인데, 대표와 이사를 제외한 우리 회사 상전이었다. 나보다 나이는 두 살이나 어린 '진짜 막내'였지만 데이빗이 옆 동네 포털사에서 모셔온 천재 개발자인 탓에 실질적인 서열은 3위라고 볼 수 있었다. 안드로이드 앱은 개발자 두 명이 붙어 있지만 아이폰 앱은 여태 혼자 개발하고 있는데 아직까지 속도에 큰 차이가 없으니 솔직히 유능하긴 정말 유능했다. 하지만 컴퓨터와 대화하는 게 인간과 대화하는 것보다 더 편해 보이는 전형적인 개발자 스타일에, 평소에는 온순한 편이지만 코드가 잘 풀리지 않거나 버그가 잡히지 않을 때는 지나치게 예민해져서 주변 사람한테 히스테리를 부린다는 게 큰 단점이었다. 물론 가장 큰 피해자는 '사실상 막내'인 나였다.

나는 트렐로에 접속했다. 전날 내가 '문제' 리스트에 만들어둔 '대표 사진 선택 버그' 카드를 케빈이 '해결' 리스트로 옮겨두었다. 자리에서 테스트를 해봤다. 여전히 잘되지 않았다. 나는 카드를 다시 '문제' 리스트로 옮기고 댓글을 달았다.

사진 다섯 장 이상 첨부 시 여전히 재현됨.

카드에 댓글을 쓰고 엔터키를 누르자마자 케빈의 헛기침 소리가 들려왔다. 잠시 후, 케빈이 다시 카드를 '해결' 리스트로 옮기고 댓글을 달았다.

수정 및 반영 완료.

다시 테스트해보니 일반적인 환경에서는 잘되지만 여전히 안 되는 경우가 있었다. 나는 또다시 카드를 '문제'로 옮기고 댓글을 달았다.

iOS 최신 버전이 아닌 경우 여전히 재현됨.

이렇게 쓰고 엔터키를 누르자마자 갑자기 뒤에 있던 케빈이 뾰족한 목소리로 날 불렀다.

"안나."

나는 딱히 잘못한 것도 없는데 깜짝 놀라 어깨를 움츠리고 뒤돌아봤다.

"네?"

"저는 잘되는데요. 빌드 버전 확인 한 번만 해주세요."

자기가 잘 못 고쳐놓고 맨날 나보고 확인하란다. 천재 개발자 맞나? 일단 속는 셈 치고 그렇게 하겠다고 했다. 케빈이 의자를 다시 책상 방향으로 돌리며 또 크게 한숨을 쉬었다. 나는 이어폰을 꽂고 루보프 스미르노바가 연주하는 〈환상소품집, Op.3〉을 들었다. 정신이 맑아지면서 분노가 서서히 사그라들고 갑자기 긍정적인 마음이 되었다. 내일은 글렌 굴드, 모레는 조성진을 들을 것이다. 나는 우동마켓에 들어가 거북이알이 팔고 있는 캡슐커피머신 판매 글에 문의 댓글을 남겼다.

판교역에서 직거래 가능할까요?

순식간에 댓글이 달렸다.

가능합니다. 점심시간에 만납시다.

뜻밖의 급한 전개에 당황했지만 어차피 해야 하는 일이라면 빨리 해치우는 게 나을 것 같아서 그렇게 하기로 했다. 이어폰에서 흘러나오는 음악이 〈밤의 가스파르〉로 바뀌었다.

세련된 정장을 단정하게 차려입은 여자가 쇼핑백을 건네며 말했다.

"물건 먼저 확인해보세요."

한두 번 해본 일이 아니라는 듯 능숙한 말투였다. 나는 쇼핑백을 벌린 다음, 상자의 위쪽을 열었다. 사진으로 봤던 은색 커피머신이 드러났다. 표면에 붙어 있는 얇고 투명한 비닐조차 떼지 않은 새것이었다. 나는 물건을 더 확인하는 척하면서 거북이알의 배 쪽을 슬쩍 봤다. 목걸이 형태의 사원증에 유비카드사의 로고와 함께 '혜택기획팀 차장 이지혜'라고 쓰여 있었다. 유비카드의 일부 부서가 옆 건물에 입주해 있다는 이야기는 들어서 알고 있었다. 잘나가는 대기업 다니는 사람이 대체 왜 이러고 있는 걸까.

"현금으로 주실 거예요? 계좌이체 하실 거예요?"

나는 대표에게 받은 5만 원짜리 두 장을 거북이알에게 건넸다. 그녀는 "잘 쓰세요"라는 말만 남기고 뒤돌아서서 반대 방향으로 걷기 시작했다. 닉네임과는 어울리지 않게 발걸음이 무척 빨랐다. 거북이알이 점점 멀어지고 있었다. 마음이 다급해졌다. 이곳에 나온 목적은 중고거래가 아니라 데이빗이 지시한 임무 수행이었다. 거북이알이 손톱만 하게 보일 때쯤, 나는 그녀가 성큼성큼 걷고 있는 방향으로 달려가면서 "저기요! 거북이알님!" 하고 외쳤다. 그녀가 걸음을 멈추고 뒤돌아섰다. 나는 한 블록 정도를 달려서 다시 그녀 앞에 섰다.

"저 궁금한 게 있어서…… 우동마켓에 물건을 엄청 많이 올리시던데요."

별로 많이 뛰지도 않았는데 숨이 찼다. 나는 잠시 숨을 고르다 말을 이었다.

"그 물건들은 다 어디서 나시는 건가요?"

거북이알이 말없이 나를 바라봤다. 둘 사이에 잠깐의 침묵이 흘렀다. 그녀가 먼저 입을 열었다.

"배 안 고파요?"

"네?"

"점심 안 먹고 나왔을 거 아녜요. 나도 샌드위치 사 먹으러 가는 길이었는데."

그녀는 우리가 서 있는 곳에서 멀지 않은 곳에 있는 스타벅스 간판을 가리켰다.

"뭐 먹으면서 이야기할래요? 내가 사줄게요."

"아니요, 그러실 필요까지는 없는데…… 말씀하시기 싫으시면 그냥 안 하셔도……."

"포인트로 사는 거니까 부담 갖지 말아요. 나 포인트 엄청 많아요. 아마 우리나라에서 제일 많을걸?"

거북이알이 갑자기 크게 웃었다.

"사실은 이게 다 루바, 그러니까 루보프 스미르노바 때문인데요."

얼음이 가득 담긴 커피를 빨대로 한 모금 들이켠 거북이알이 입을 열었다. 그러고는 목에 걸려 있던 사원증을 한 손에 들고 그 안에 인쇄된 유비카드 로고를 다른 한 손으로 가리키며 말했다.

"우리 회장이 클래식 마니아거든요."

"알아요. 저도 인스타그램 팔로우하고 있어서요."

"자기도 클래식 좀 듣나 보네."

유비카드사의 조운범 회장은 20만 명의 팔로워를 거느리고 있는 인스타그램 셀럽이었다. 처음에는 대기업 회장이 젊은 애들이나 하는 인스타그램을 한다는 게 신기하게 여겨져서 주목을 받았는데, 그걸 또 은근히 잘 활용했다. 해외 출장지에서 찍은 맥주 사진, 집에서 가족들을 위해 요리하는 모습, 마트에서 자기네 회사 카드로 직접 결제하고 있는 소탈한 모습이 은은한 필터가 입혀진 채로 올라왔고, 사람들이 열광했다. 회장의 인스타그램은 그가 클래식 애호가임을 자연스럽게 드러내는 창구이기도 했다. 해외 공연 소식이나 클래식계의 동향을 종종 업로드해줘서 클래식 팬 상당수가 그를 팔로우하고 있었다. 유비카드사에서 기획하는 클래식 공연이 많은 것도 바로 이 때문이었다.

원래 거북이알은 유비카드사의 공연기획팀 소속이었다고 했다. 분기마다 한 번씩 열리는 크고 작은 공연을 위해 아티스트를 선정하고, 협상하고, 초청해서 공연을 여는 일까지 모든 것을 총괄하는 팀이라고 했다.

"자기도 잘 알겠지만 재작년인가부터 루바가 아시아 투어를 한다는 소문이 있었어요. 매번 헛소문이었죠. 그런데 작년 말에 도쿄에서 리사이틀한다는 뉴스가 나니까 사람들이 우리 회장 인스타에 가서 댓글을 막 달기 시작한 거예요. 회장님, 회장님, 루바 공연 열어주세요! 그러면서."

팔로워들의 반응을 본 회장은 거북이알을 따로 불러 특별 지시를 내렸다고 했다.

"루보프 스미르노바 내한공연 올해 안으로 무조건 성사시키게. 돈은 생각하지 말고."

그러면서 특진이라는 보상까지 내걸었다는 것이었다.

거북이알은 겨우내 러시아를 세 번이나 들락거리며 섭외에 열을 올렸다고 했다. 직장 경력 15년 동안 가장 열심히 일한 기간이 바로 그때인 것 같다면서, 그녀는 잠시 회상에 잠겼다. 결국 거북이알은 루바의 첫 내한공연을 성사시켰다. 회장은 크게 기뻐했고 다음 분기 특진을 약속했다.

"한창 실무가 진행되고 있을 때였어요. 같이 일하던 인턴이 하나 있었거든요. 걔가 '차장님, 고객센터에서 루보프 스미르노바 내한하는 거 맞느냐고 문의가 너무 많이 들어온다는데요. 이제 홈페이지에 공지 띄우는 게 어떨까요?' 그러더라고요. 보통 늦어도 6개월 전에는 공지하기 때문에 그렇게 하라고 지시했죠. 국내에도 루바 팬이 생각보다 많더라고요. 공지 띄우자마자 사람들이 우리 회장 인스타로 달려가서 또 댓글을 잔뜩 달기 시작한 거예요. 회장님, 회장님, 감사합니다! 그러면서."

거북이알이 대외홍보팀에 보도자료를 요청하고 있을 무렵, 회장에게서 긴급 호출이 왔다고 했다. 공지가 올라간 지 한 시간도 채 되지 않아서였다. 그녀는 영문도 모른 채 회장실로 불려 갔는데 그때 이미 회장은 진노 상태였다고.

"얼굴이 귀까지 시뻘게져서는, 누가 마음대로 공지 올렸냐고 소리를 꽥 지르더라고요."

"왜요?"

"자기 인스타에 제일 먼저 올리고 싶었나 봐요."

나와 거북이알은 누가 먼저랄 것도 없이 고개를 테이블 아래까지 떨어트리고 어깨를 들썩이며 웃기 시작했다.

"웃기죠? 웃긴 건 맞는데, 왜 나는 머리가 아플까……. 원래 보고 라인이 회장까지 있었으면 당연히 회장 컨펌 받고 공지했겠지요. 그런데 여태까지는 아티스트 확정만 되면 공지는 실무선에서 알아서 했단 말이에요. 난데없이 그걸 트집 잡을 줄은 몰랐어요. 내가 너무 바빠서 생각이 좀 짧긴 했죠. 우리 회장의 견고한 인스타 자아를 생각했으면 한 번 더 물어봤어야 하는 건데."

그 일로 회장은 거북이알의 승진을 취소시키고 그녀를 다른 팀으로 발령 내기까지 했다는 것이었다.

"뭐, 좌천되거나 그런 건 아니었어요. 여기도 그렇게 할 일 없는 부서는 아니거든요. 오히려 카드사의 메인 업무고. 그때까지만 해도 이 기회에 새 업무 해본다 생각하자, 싶었어요."

새로운 팀은 카드의 혜택 조건을 기획하고 혜택을 제공하는 파트너사와 제휴 업무를 하는 곳이라고 했다. 한 달 전, 거북이알이 처음으로 신규카드 혜택 기획을 맡아 프레젠테이션을 하게 되었는데 회장이 예정에도 없이 갑자기 그 자리에 참석해서 깜짝 놀랐다는 것이었다. 회장은 피티 내내 무언가 못마땅한 듯한 표정으로 팔짱을 끼고 있더니 질의응답 시간에 가장 먼저 질문을 던졌다고 했다.

"사람들이 이 카드를 써야만 하는 가장 강력한 이유가 뭔가? 딱 하나만 꼽는다면 뭐라고 생각하나? 그러는 거예요. 그래서 내가 자신 있게 얘기했죠. 네, 이 카드를 쓰면 포인트를 두 배로 적립해줍니다. 그랬더니 회장이 이러더라고."

"뭐라고요?"

"그래? 그게 그렇게 강력한 유인이 되나? 사람들이 포인트를 그렇게 좋아하나?"

"다들 좋아하지 않나요?"

"그렇죠. 그래서 또 자신 있게 대답했지. 네, 좋아합니다! 그랬더니 뭐라는 줄 알아요?"

"글쎄요."

"그렇게 좋은 거면 앞으로 1년 동안 이 차장은 월급 포인트로 받게."

회장은 재무팀과 총무팀에 그렇게 지시하라는 말만 남기고 자리를 유유히 떴다고 했다. 이번에는 웃을 수가 없었다.

"정말 너무한 거 아니에요? 그게 말이 되나요?"

거북이알이 웃으면서 말했다. 이 에피소드는 사내에서 반 년 정도 회자될 작은 규모의 사건이라는 거였다. 1년짜리, 5년짜리, 10년 내내 구전되는 더한 사건들도 많다고 했다. 그런 자리에 있는 사람들은 우리 같은 일반회사원들과 사고 구조가 아예 다르기 때문에 그들의 논리나 행동에 의문을 갖지 않는 편이 좋다는 것이었다.

"이상하다는 생각을 안 해야 돼요. 그 생각을 하기 시작하면 머리가 이상해져요."

그달 25일, 월급이 들어오지 않았다고 했다. 거북이알은 유비카드 포인트를 조회할 수 있는 홈페이지에 접속했다. 회장의 한마디에 정말로 월급이 고스란히 포인트로 적립되어 있었다. 그 커다란 숫자를 보는 순간, 거북이알은 심장께의 무언가가 발밑의 어딘가로 곤두박질쳐지는 것만 같은 모멸감을 느꼈다고 했다. 그녀가 내게 물었다.

"회사에서 울어본 적 있어요?"

나는 잠시 생각에 잠겼다가 고개를 저었다.

"내가 회사 생활 15년 하면서 한 번도 운 적이 없었거든요. 루바 공연 건 때문에 특진 취소되고, 팀 옮겨지고, 강남에서 판교로 짐 싸서 올 때도 눈물이 안 났어요. 그런데 그 포인트를 보고 있는데 눈물이 나더라고요. 포인트가 너무 많아서. 너무 막막해서."

굴욕감에 침잠된 채로 밤을 지새웠고, 이미 나라는 사람은 없어져버린 게 아닐까, 하는 마음이 되었다고. 그런데도 어김없이 날은 밝았고 여전히 자신이 세계 속에 존재하며 출근도 해야 한다는 사실을 마주해야 했다. 억지로 출근해서 하루를 보낸 그날 저녁, 이상하게도 거북이알은 결국 아무것도 달라지지 않았다는 사실을 깨닫게 되었다. 포인트로 모닝커피 마시고, 포인트 되는 식당에서 점심 먹고, 포인트로 장 보고, 부모님 생신선물도 포인트로 결제했다. 그렇게 일주일을 더 보내고 나서 그녀는 모든 것을 한결 편하게 받아들일 수 있었다.

"원래 내가 받았어야 하는 건 포인트가 아니라 돈인데…… 사실 돈이 뭐 별건가요? 돈도 결국 이 세계, 우리가 살아가는 시스템의 포인트인 거잖아요. 그래서 그냥 이렇게 생각하기로 했죠."

"어떻게요?"

"포인트를 다시 돈으로 바꾸면 되는 거잖아."

그때부터 거북이알은 포인트를 돈으로 전환하는 가장 효율적인 방법을 찾아 나섰다고 했다. 우선 잘 팔릴 법한 물건들을 포인트로 한두 개씩 주문한 다음, 사진을 찍어서 중고거래 앱─내가 만들고 있는 우동마켓─에 올리기 시작했다. 그리고 직접 만나서 물건을 팔기도 하고 쇼핑몰에서 바로 구매자의 집으로 배송을 하기도 했다. 이야기를 듣던 나는 조심스럽게 물었다.

"그래도 원래 가격보다 조금 더 싸게 팔아야 하잖아요. 또 직접 주문하고, 이렇게 사람 만나는 데 아무래도 시간과 노력을 써야 하고…… 분명히 거북이알님이 손해 보는 게 있잖아요."

"직원 아이디 넣으면 할인가로 살 수 있어요. 물건 주문하는 건 근무시간에 하죠. 이렇게 점심시간이나 외근 나가면서 직거래하고요. 개인 시간은 잘 안 써요. 내 나름대로 손해를 최소화하는 방향으로 밸런스를 맞추고 있어요."

왜 그 순간이었는지는 모르겠는데, 나는 그 말을 듣고 나서 거북이알에게 이렇게 말했다.

"사실, 저 우동마켓 직원이에요."

거북이알은 놀란 눈으로 날 바라보면서 대뜸 박수를 한 번 딱, 소리 나게 쳤다. 기도하듯 모인 그녀의 두 손이 잠시 그녀와 나 사이에 놓였다.

"정말이에요? 내 은인을 여기서 만나네."

거북이알은 우동마켓이 얼마나 쓰기 편한지, 얼마나 세심하게 잘 만들어진 앱인지, 비슷한 다른 서비스에 비해 어떤 점이 더 좋은지 등등 문자 그대로 고객의 소리를 생생하게 들려줬다. 특히 그녀는 '게시물 끌어올리기' 기능을 가장 좋아한다고 했다.

"중고카페 같은 데는 글이 뒤로 밀리고 나면 끌어올리는 것도 일이에요. 새로 글 쓰면서 내용을 다시 복사하고, 붙여넣기 하고, 또 사진 새로 첨부해야 하고…… 나처럼 여러 개를 올리는 사람은 그걸 일일이 하는 게 귀찮단 말이에요. 그런데 우동마켓은 버튼 한 번만 딱 누르면 바로 끌어올려지니까 너무 편하더라고요."

끌어올리기 기능은 내가 아이디어를 내서 기획한 것이었다. 어뷰징을 막기 위해 3일에 한 번씩만 사용할 수 있게 해두었다.

"채팅 기능도 편하고, 구매자를 평가할 수 있는 기능도 잘 쓰고 있어요. 그런데 이미 올린 글의 대표 사진을 바꾸려고 할 때 가끔씩 잘 안 되는 경우가 있더라고요. 글쓰기 화면에서는 바뀌어 있는데 확인 버튼을 누르면 그대로예요."

그건 이미 알고 있는 문제였다. 케빈이 열심히 고치고 있을 것이다.

"그 버그는 파악해서 수정하고 있어요. 다음번 업데이트 받으시면 아마 잘될 거예요."

거북이알은 크게 기뻐하면서 앱스토어에 꼭 별점을 남기겠다고 했다.

우리는 카페 밖으로 나왔다. 완연한 봄, 여름으로 다가가고 있는 봄을 느꼈다. 전날까지만 해도 아침저녁으로는 쌀쌀한 초봄이었는데, 목덜미에 따뜻한 햇볕이 느껴지면서 등에 살짝 땀이 배기 시작했다. 목에 사원증을 건 회사원들이 얇은 트렌치코트를 저마다 팔뚝에 걸친 채로, 한 손에는 테이크아웃 커피를 들고 걸어 다니고 있었다. 직장인들이 몸을 움직이고 볕을 쬘 수 있는 유일한 시간이었다. 케빈이 다녔다는 포털사의 사원증을 목에 건 무리가 우르르 지나갔다. 나야 전에 일하던 에이전시가 망하고 나서 불러주는 데가 여기밖에 없어서 온 거지만, 대체 그렇게 똘똘하다는 케빈이 왜 우동마켓에 왔는지 궁금한 적이 있다. 대표가 입버릇처럼 하는 말이 "연봉은 광고 붙이고 나면 그때부터 잘 챙겨주겠다"여서 돈으로 유인한 것도 아닐 텐데, 싶었다. 의외로 대표가 케빈에게 내민 카드는 "개발적으로 하고 싶은 거 다 하게 해주겠다"였다고. 겨우 그런 말로 설득을 한 것도 신기했지만, 고작 그런 말로 설득이 된다는 것도 놀라웠다. 그래서 케빈은 지금 '개발적으로' 하고 싶은 걸 다 하고 있나 모르겠다. 매일 나오는 버그 잡기 바쁜 것 같은데.

거북이알은 외근이 있어서 차를 세워둔 판교역 근처의 주차장으로 가야 한다고 했다. 우리는 길 건너편으로 가기 위해 함께 육교에 올랐다. 그런데 계단을 다 올라가고 나서 어딘가 이상한 점을 발견했다. 육교가 길 건너편으로 이어진 게 아니라 다시 우리가 있던 쪽으로 이어져 있었기 때문이다. 한마디로 육교가 도로를 가로질러야 하는데, 도로와 평행하게 놓여 있었다. 거북이알이 내게 물었다.

"이상하네. 이걸 육교라고 할 수 있을까요?"

"글쎄요. 설계를 잘못한 것 같은데요."

"이렇게 하면 육교 아래쪽에 그늘이 생기니까 비나 햇볕을 피하라고 만들어놓은 건 아닐까요."

"직장인들이 하루 종일 책상에 앉아만 있으니까 잠깐이라도 운동하라고 만들어놓은 것일지도 모르겠어요."

"그냥 조형물일 수도 있어요. 법으로 정해두는 바람에 할 수 없이 만든 것 같은 성의 없는 조형물이 건물마다 하나씩 있으니까."

"어떡할까요?"

"다시 내려가야죠, 뭐." 그녀가 말을 이었다. "그런데, 여기 있으니까 되게 잘 보이긴 하네요."

거북이알은 육교의 중간쯤에서 난간 쪽으로 다가가더니 거기에 양팔을 올리고 턱을 괴었다. 나도 그녀 옆에 다가가서 주변 풍경을 둘러봤다. 표면이 거울처럼 반짝이는 빌딩들이 빼곡하게 펼쳐져 있었다. '테크노밸리'라는 이름을 너무나 의식한 탓에 지나치게 미래적으로 지어진 건물들. 처음 이곳에 왔을 때는 SF영화에서 본 비정한 우주도시 같다고 생각했다. 하지만 테크노밸리에도 겨울이 지나면 물이 흐르고, 봄이 오고, 벚꽃이 예쁘게 피고, 또 여름이 올 것이다. 거북이알이 손가락으로 무언가를 가리켰다.

"우와. 저기 엔씨 빌딩 진짜 멋지다."

판교에서 가장 큰 게임 회사인 엔씨소프트 사옥이었다. 회사 규모만큼 건물의 크기도 압도적이었다. 내가 말했다.

"저 건물에 유리 한두 장 정도는 제가 붙였다고 봐야 할 거예요."

"리니지 하나 봐요?"

"예전에요."

"이 동네에는 스타트업도 많죠?"

"엄청 많아요. 저희가 입주해 있는 건물에도 대여섯 개는 있을걸요."

"어디서 읽었는데, 전체 스타트업 중에서 마지막까지 살아남는 비율은 3퍼센트밖에 안 된다고 하더라고요. 어때요, 우동마켓은 성공할 것 같아요?"

나는 다시 엔씨소프트 사옥을 바라봤다. 거대한 건물 가운데가 뻥 뚫려 있었다. 옆으로 길쭉한 'ㅁ'자 같은 모양새였다. 그 사이로 한낮의 쨍한 하늘이 보였다. 사원증을 걸고 커피를 들고 돌아다니다 보면 누구나 한 번씩

올려다보게 되는 네모난 하늘이었다. 나는 액자 틀을 두른 것 같은 네모반듯한 하늘을 볼 때마다 그 속으로 무언가가 통과해 지나가는 상상을 했다. 용, 새 떼, 열기구, 헬리콥터.

"글쎄요. 저희 대표나 이사는 매일매일 그런 생각을 하겠죠? 어떻게 돈 끌어오고, 어떻게 돈 벌고, 어떻게 3퍼센트의 성공한 스타트업이 될지 잠들기 직전까지 고민하느라 걱정이 많을 거예요. 전 퇴근하고 나면 회사 생각을 안 하게 되더라고요."

"나도 그래요. 사무실 나서는 순간부터는 회사 일은 머릿속에서 딱 코드 뽑아두고 아름다운 생각만 하고 아름다운 것만 봐요. 예를 들면 거북이라든지, 거북이 사진이라든지, 거북이 동영상이라든지."

내가 고개를 돌려 거북이알을 쳐다봤을 때 그녀는 이미 스마트폰을 꺼내 사진첩을 스크롤하고 있었다. 그리고 클로즈업으로 찍힌 거북이 옆얼굴 사진을 하나 보여줬다. 거북이의 눈 밑이 선명한 주황색이었다.

"귀엽죠? 우리 집 거북이예요. 이름은 람보."

그녀가 덧붙였다.

"람보르기니의 람보."

내가 이해했다는 듯 고개를 끄덕이자 이번에는 조금 전과 별로 달라 보이지 않는 거북이 사진을 내밀며 말했다.

"얘는 둘째 마세."

"……라티?"

"오, 그렇지."

그녀는 신이 나서―역시나 방금 두 마리와 그리 다르지 않은―거북이 사진을 한 장 더 골라 내밀었다.

"얘가 막내고."

"페라일까요? 페라리의."

"자기, 엄청 똘똘하구나."

나는 지갑을 꺼내면서 거북이알에게 물었다.

"우동마켓에 올려두신 물건이요. 한 개 더 살 수 있을까요?"

사실 회사에서 울어본 적이 있다. 거북이알에게는 말하지 않았지만. 등 뒤에서 들려오는 케빈의 한숨 소리가 너무 신경 쓰여서 찰나의 순간만큼 짧게 운 적이 있었다. 화장실 문을 발로 세게 걷어차던 순간이었다. 문을 탕, 하고 걷어차는 순간 와룩, 눈물이 났고 그게 다였지만, 그걸 두고 울지 않았다고 할 수는 없었다.

나는 거북이알의 차 트렁크에 있던 작은 레고를 하나 샀다. 케빈의 책상 위에 놓여 있는 것과 같은 스타워즈 시리즈였다. 레고를 좋아한다는 건 케빈이 입사하기 전부터 알고 있었다. 대표의 인맥을 통해 모셔오는 인재라 입사가 거의 확정되어 있었지만, 그래도 면접을 아예 안 볼 수는 없지 않냐며 마련한 형식상의 면접 자리에서였다. 서너 개의 개발 관련 질문이 끝나고 대표가 케빈에게 마지막 질문을 했다.

"우리 회사는 소규모잖아요. 그래서 개발만 잘하면 되는 게 아니라 사람들이랑도 잘 어울릴 수 있어야 하거든요. 열 명도 안 되는데 트러블이 생기면 여기는 피할 수도 없는 곳이잖아. 매일 봐야 하니까. 그래서 어떤 소셜함, 이런 것도 중요하거든. 사람들하고 잘 어울릴 수 있겠어요?"

그때 케빈은 카이스트 레고 동호회에서 3년 동안 총무일을 했던 경험을 예로 들며 자신의 사회성을 증명하려고 했다. 나는 대표 옆에 투명인간처럼 앉아 있다가 비어져 나오는 웃음을 애써 참아야 했다. 카이스트, 레고, 총무. 그 어느 하나도 사교적으로 들리지 않는데. 총무가 아니라 회장이라면 또 몰라. 내성적인 개발자는 대화할 때 자기 신발을 보고 외향적인 개발자는 상대방의 신발을 본다더니. 이 세계에서 레고 동호회란 대체 뭐란 말인가. 크레이지 파티쯤 되는 건가.

오후 1시 10분. 나는 사무실 건물 옥상으로 올라갔다. 케빈이 매일같이 담배를 피우는 시간이었다. 사람이 얼마나 규칙적이고 로봇 같은지, 담배도 항상 같은 시간에만 피웠다. 나는 예상했던 대로 담배를 다 피우고 돌아서는 케빈과 마주칠 수 있었다. 케빈은 나를 보고 흠칫 놀라더니 내 손에 들린 레고 스타워즈 시리즈 다스베이더 트랜스포메이션을 보고 한 번 더 소스라치게 놀랐다. 내가 레고 박스를 내밀면서 말했다.

"미리 생일선물이에요."

머리로는 이걸 받아도 되나, 생각하고 있는 것 같았지만 이미 손은 레고 박스로 향하고 있었다. 알고리즘에 오류가 생긴 로봇 같았다.

"혹시, 이미 가지고 있는 건 아니죠?"

"아뇨, 없는 거예요. 안 그래도 사려고 했던 건데……."

배와 양손 사이에 박스를 끼워 넣고 모서리를 만지작거리던 케빈이 나와 눈을 마주치지 않고 대답했다. 나는 케빈이 담배를 피우던 옥상의 가장자리로 천천히 걸어갔다. 그리고 화단의 벽돌을 밟고 올라서서 바깥 풍경을 둘러봤다. 여기에서도 'ㅁ'자 모양의 건물이 보였다. 거북이알과 서 있던 이상한 육교도 알아볼 수 있었다. 나는 뒤돌아서서 케빈에게 말을 건넸다.

"코드를 좀 멀리서 보면 어때요?"

케빈이 말없이 나를 올려다봤다.

"자기가 짠 코드랑 자기 자신을 동일시하지 않았으면 좋겠어요."

내가 덧붙였다.

"버그는 그냥 버그죠. 버그가 케빈을 갉아먹는 건 아니니까."

케빈의 시선이 내 운동화 쪽으로 향해 있었다. 나는 화단에서 풀쩍 내려와 바닥에 두었던 쇼핑백에서 캡슐커피머신 상자를 꺼내 들었다.

"이거 탕비실에 놔둘게요. 같이 마셔요. 캡슐은 대식이한테 사달라고 하려고요."

그 순간 케빈과 내 스마트폰 알림이 거의 동시에 울렸다. 우리는 주머니에서 각자의 스마트폰을 꺼내서 들여다봤다. 케빈과 내가 똑같은 얼굴을 하고 웃었다.

사무실에 혼자 남아 있는데 퇴근한 줄 알았던 대표가 갑자기 들어와서 말을 걸었다. 금요일인데 왜 일찍 집에 가지 않느냐는 것이었다. 나는 할 게 좀 남았다고 둘러댔다. 그러자 대표가 감명한 듯한 얼굴이 되어서는 나를 내려다보며 말했다.

"광고만 붙이고 나면, 내가 돈 많이 벌어서 기획자 한 명 더 뽑아줄게."

"기획자 뽑기 전에 아이폰 개발자부터 뽑으세요. 제가 죽겠어요."

"왜, 케빈 요즘도 안나한테 짜증 부리나?"

"말해 뭐 해요."

"케빈 이 새끼 이거, 오냐오냐해줬더니 안 되겠네."

대표가 난데없이 케빈의 의자를 발로 세게 걷어찼다. 바퀴 달린 사무용 의자가 사무실 입구까지 속절없이 굴러갔다. 케빈 앞에서는 절대 못 할 행동이었다. 케빈이 퇴사한다고 하면 대표는 무릎이라도 꿇으면서 붙잡을 사람이었다.

"둘이서 하기도 힘든 걸 혼자 하고 있으니 본인도 얼마나 힘들겠어요. 아무리 천재라고 해도요. 걔가 뭐 스티브 잡스예요?"

"알겠어. 내가 광고만 붙이면 진짜, 아이폰 개발자도 뽑고 안나 후배도 뽑아줄게."

나는 책상 위에 놓여 있던 종이컵 서너 개를 한데 차곡차곡 모아 쓰레기통에 버렸다.

"데이빗, 저희도 이제 믹스커피 마시지 말고 캡슐커피 마셔요. 머신은 제가 가져올 테니까."

"으응…… 그게 많이 비싼가?"

"당연히 믹스커피보다는 비싸죠. 대신 그만큼 일의 능률이 오르지 않겠어요? 자동차만 해도 일반 휘발유 넣는 거랑 고급 휘발유 넣는 거랑 차이가 날 텐데."

대표는 선뜻 대답하지 못하고 팔짱을 낀 채로 머뭇거리더니 말했다.

"한 번 검토해보고, 최대한 긍정적으로 생각해볼게요."

그러더니 이렇게 덧붙였다.

"내가 안나 눈치 진짜 많이 보는 거 알지?"

불쌍한 척은.

사실 야근하려고 남아 있던 건 아니었다. 루보프 스미르노바 리사이틀 예매가 9시부터 시작이었는데 집에 도착하면 9시를 훌쩍 넘길 것 같았다. 아예 회사에서 시간을 때우다가 예매에 성공한 다음 마음 편히 퇴근할 생각이었다.

나는 예매 사이트의 서버 시계를 켜두고 21:00:00이 될 때까지 기다리면서 고독한 조성진 채팅방에 접속했다. 들어가자마자 누군가가 '카네기홀 사진 고화질로 보내주세요'라는 문장이 쓰인 조성진 사진을 보냈다. 나는 내 맥북의 '쵸팽' 폴더를 열었다. jpg, gif, avi로 된 수천 개의 조성진이 모니터 위에 좌르륵 펼쳐졌다. 그중 하나를 더블클릭했다. 입을 오리처럼 오므리고, 앞머리를 찰랑거리며 연주하고 있는 gif 파일이 떠올랐다. 소리는 들리지 않았지만 나는 그가 연주하고 있는 곡이 드뷔시의 〈달빛〉이라는 걸 알 수 있었다. 완벽하게 잘생겼다. 사람이 어쩜 이렇게 우아하게 생겼을까.

이번에는 카네기홀 사진을 모아둔 폴더를 열었다. 그중 화질이 좋은 몇 장을 채팅방에 보냈다. 그러자 또 금방 사진이 한 장 도착했다. 그랜드피아노에 턱을 괴고 있는 조성진의 프로필 사진이었다. 여백에는 삐뚤삐뚤한 글씨로 이렇게 쓰여 있었다.

감사합니다, 선생님. 사시는 동안 적게 일하시고 많이 버세요.

9시가 되기 전까지 해야 할 일이 또 있었다. 몇 달 전 예매해두었던 조성진 홍콩 리사이틀이 벌써 다음 달이었다. 공휴일과 주말, 그리고 아껴둔 연

차를 하루 붙여서 3박 4일을 놀고 공연도 볼 것이다. 항공권 예매 사이트에 접속한 다음, 홍콩행 왕복 티켓을 결제했다. 조금 비싼가 싶었지만 오늘은 월급날이니까 괜찮아, 라고 생각했다.

상실의 시대

김근호 전남대학교 국어교육과 교수

한국 사회에서 이른바 '갑질'은 더 이상 낯선 용어가 아니다. 최근 몇 년 동안 갑질은 각종 뉴스의 중요한 핵심어를 차지해왔는데, 특히 최근 성적(性的) 갑질을 세상에 폭로하는 피해자들의 '미투' 역시 갑을관계에서 발생하는 반인권적이고 반인간적 갑질 폭력을 문제 삼고 있다. 타인의 생사여탈권을 쥐고 있는 권력자가 힘없는 자의 삶과 인권을 짓밟는 것을 당연시하거나 자신의 폭력적 행동에 죄의식을 느끼지 못하는 상황에서 갑질은 반복 재생산되고 관행화된다. 그러한 상황에 놓인 인간은 누구나 참된 삶을 살지 못하고 가짜의 가면을 쓰고 살게 된다. 갑질 문화는 삶에 대한 열정을 소진시키고 급기야 행위와 의지의 모든 진정성을 위축시키게 되는 것이다. 갑질 문화로 인한 폐해가 가장 많이 발생하는 사회적 공간 중의 하나가 바로 직장이다.

직장은 함께 일을 하고 돈을 벌기 위해 모인 곳이다. 그래서 직장은 이해관계의 논리를 따른다. 인간적 유대나 이유에 따라 만나는 곳이기보다는 대부분 돈을 벌기 위해 불가피하게 인간관계를 맺으며 하루일과의 대부분을 어쩔 수 없이 그곳에서 살아야 하는 곳이 바로 직장이다. 불가피한 직장에서 불가피한 일을 해야 하는 현대인은 모순의 상황에 놓여 산다. 가기 싫지만 가야 하고, 직장에서 자신이 하는 일이 본업이지만, 어느새 그것은 자신에게 본래의 가치를 지니지 못하는 상황에 놓이는 현대인은 일을 통해 돈을 버는 기쁨과 불가피하게 발생하는 고통을 감내해야 하는 슬픔이 마음속에 공존하게 된다. 최근 이런 문제를 매우 흥미롭게 형상화한 작품이 나타났다. 알랭 드 보통의 동명 작품 제목을 그대로 경기도 판교로 빌려와 다시 쓴 장류진의「일의 기쁨과 슬픔」인데, 이 작품은 현대 직장인이 겪어야 하는 노동의 소외와 감정의 모순 그리고 열정의 상실을 잘 그려내고 있다.

주인공의 직장은 중고거래를 위한 스마트폰 앱 개발과 판매가 목적인 벤처회사이다. 이 작품은 다음의 대사로 시작한다. "합시다. 스크럼." 스크럼이란 기업에서 매일 약속된 시간에 선 채로 어제는 무슨 일을 했고 오늘은 무슨 일을 할 것인지에 관해 각자 이야기하고 나면, 마지막에 스크럼 우두머리가 전체적인 진행 상황을 점검하며 조율하며 마무리 짓는 직장인의 팀워크 활동이다. 함께 모여 돈을 벌기 위해 일하는 직장에서는 효율성이 기본적이므로, 스크럼은 필요하고 또 의미 있는 일이다. 하지만 이 작품에서 드러나듯이, 이 스크럼은 아침조회처럼 진행된다. 그래서 스크럼은 대표의 일장연설을 직원들이 일방적으로 듣는 자리가 되고 만다. 그래서 "합시다. 스크럼."이란 말은 청유형의 대사이지만, 사실상 청유형이 아니라 명령형이라고밖에 볼 수 없다. 소통의 일방성은 갑을관계의 폭력성과 함께 일하는 자의 곤혹과 고통을 만들어내는 근원이 된다.

회의 과정에서 자기 회사의 앱 서비스에서 하루에 백 개 이상 글을 올리는 '거북이알'의 정체에 관한 논의가 이어졌다. 그가 어뷰져일 가능성이 제기되어, 그와의 직거래를 통해 정체를 확인해보자는 결정이 내려진다. 그

직거래 만남은 사실상 팀의 막내인 주인공의 임무가 된다. 그렇게 해서 주인공은 거북이알을 만나는데, 그 거북이알을 실제로 만나보니 그 역시 같은 처지의 여성 회사원임을 알게 된다. 거북이알은 주인공과의 대화에서 다음 사연을 고백한다. 원래 거북이알은 유비카드사의 공연기획팀 소속 직원이었다. 회사일을 열심히 해온 그녀는 어느 날 안하무인의 성격을 지닌 회사 대표에 의해 월급을 포인트로 받게 된다. 대표는 회사의 운영 방침이나 규정 등의 객관적인 기준이 아니라, 오직 자기의 주관적인 마음과 감정에 따라 직원들의 인사 및 급여 지급 방식을 결정한다. 그는 카드 사용의 효용을 설명해보라는 질문을 거북이알에게 던진다. 거북이알은 대표의 질문에 대해 포인트 적립의 혜택이 있다는 답을 내놓는다. 이를 들은 대표는 이후 그녀의 월급을 포인트로 지급하는 만행을 저지른다. 그래서 거북이알은 어쩔 수 없이 포인트를 현금으로 전환하기 위한 방법을 모색하게 되는데, 그녀가 터득한 방법은 잘 팔릴 법한 물건을 포인트로 한두 개씩 주문한 다음, 그것의 사진을 찍어 중고거래 앱 서비스에 다시 내다 파는 것이다. 원래 가격보다는 좀 싸게 내놓아야 팔리고, 또 그래야 현금이 자신의 손에 쥐어지게 되니, 회사 대표의 만행으로 인해 그녀는 울며 겨자 먹기로 손해를 감수해야 하는 처지가 된 것이다. 이 얼마나 황당하고 어처구니없는 장면인가! 주인공과 거북이알의 만남은 이처럼 갑의 폭력과 그로 인한 을의 슬픔을 폭로하고 공유하는 장면으로 구체화된다.

이 작품의 앞부분에는 약간 평범한 직장인의 일상을 다룬 듯하지만, 중반을 넘어가면서 서사의 의미가 강화되고 범상치 않은 대화와 서술이 더해진다. 마지막 부분에 나오는 말인데, "사시는 동안 적게 일하시고 많이 버세요."라는 구절은 덕담 아닌 덕담이다. 이 말은 노동이 목적이 되지 못하고 오직 돈 벌기 위해 어쩔 수 없이 감당해야 하는 것으로 격하되고 있는 현실을 매우 자조적으로 담아낸다. 이 작품의 흥미로운 점은 그러한 상황에 처한 인물의 감정을 매우 시크하게 처리해내고 있다는 사실이다. 인물은 우울할 법도 하지만 그렇게 우울한 감정을 지속적으로 가지고 있거나 반대로 현실을 회피하는 등의 소극적 태도를 보이지 않는다. 돈 벌고 먹고 사는 생업의 전선에서 버티고 앞으로 나아가기 위해서는 찰나처럼 생성되는 모욕과 우울의 감정에 휩싸여 주저앉으면 안 되기 때문이다. 좀 시크해져야 이 척박한 직장 현실에서 살아남는 것이다. 그러니 그들은 진정한 자기를 점차 잃어갈 수밖에 없다.

그래서 결국, 이 작품은 탈감정화의 심화 혹은 열정의 상실이라는 안타까운 직업 현실을 생각하게 한다. 거북이알이 주인공과의 대화에서 고백하고 보여주는 다음 대목은 이 작품의 핵심 장면이라 할 만하다.

> "내가 회사 생활 15년 하면서 한 번도 운 적이 없었거든요. 루바 공연 건 때문에 특진 취소되고, 팀 옮겨지고, 강남에서 판교로 짐 싸서 올 때도 눈물이 안 났어요. 그런데 그 포인트를 보고 있는데 눈물이 나더라고요. 포인트가 너무 많아서. 너무 막막해서."
>
> 굴욕감에 침잠된 채로 밤을 지새웠고, 이미 나라는 사람은 없어져버린 게 아닐까, 하는 마음이 되었다고. 그런데도 어김없이 날은 밝았고 여전히 자신이 세계 속에 존재하며 출근도 해야 한다는 사실을 마주해야 했다. 억지로 출근해서 하루를 보낸 그날 저녁, 이상하게도 거북이알은 결국 아무것도 달라지지 않았다는 사실을 깨닫게 되었다. 포인트로 모닝커피 마시고, 포인트 되는 식당에서 점심 먹고, 포인트로 장 보고, 부모님 생신선물도 포인트로 결제했다. 그렇게 일주일을 더 보내고 나서 그녀는 모든 것을 한결 편하게 받아들일 수 있었다.(275~276쪽)

기술 집약적이고 숨 가쁜 산업사회의 시간 속에서 현대인은 이렇게 순응할 수밖에 없다. 소비에 따른 혜택의 하나로 부가되는 포인트 역시 또 다른 방식으로 화폐 가치를 지니는 것이라는 깨달음으로 귀결된다. 하지만 포인트와 현금은 엄연히 다른 것이기에 그녀의 막막함은 충분히 이해 가능한 것이기도 하다. 이는 이 대목을 해석하는 데 중요한 참조점이다. 살아야하니까, 다른 길이 없으니까 웅크리면서도 적응하게 된다는 것이므로, 자본주의적 시스템과 힘을 지닌 자의 권력 앞에서 개인은 더욱 왜소해진다는점을 이 대목은 여실히 보여준다. 그렇기 때문에 갑을관계에서 을은 더욱슬픈 것이다. 그 을을 상징적으로 보여주는 거북이알은 포인트를 돈으로바꾸기 위해 중고거래를 선택하는데, 그것은 그녀의 본업과는 상관없는 생존의 또 다른 전략에 불과하다. 하지만 그녀에게는 생존 그 자체를 위해 택할 수밖에 없는 전략이므로, 결국 이러한 활동은 불가피하게도 직업의 일부가 되어버리고 만다.

같은 직장의 동료보다는 오히려 다른 직장에서 같은 처지의 을들이 서로 마주 보며 피억압적 현실을 확인하고 고립을 서서히 해소해나가야 한다는 것이 이 작품의 기저에 깔린 주제의식이다. 을에게 비상구란 내부가 아니라 외부에 있다는 것일까. 아무튼 작가의 주제의식은 작품의 서사구조와맞물려 있다. 이 작품의 전체 서사는 을을 대표하는 주인공과 거북이알의두 스토리가 각자 공존하다가 뜻하지 않은 상황에서 만나 교감하고 서로삼투하면서 섞이는 방식으로 전개되고 있다. 주인공과 거북이알은 서로의거울이 되어준 것이다. 그런 점에서 주인공과 거북이알, 두 을 사이의 교감과 유대는 이 작품의 압권이다. 이 대목을 기점으로 주인공의 행위 변화가이어진다는 점 역시 주목할 만하다. 바로 여기서 작가의 예술적 균형 감각이 잘 드러난다.

요컨대 「일의 기쁨과 슬픔」에는 갑을관계로 인한 직장에서의 폭력과 을의 고통이 고스란히 담겨 있다. 하지만 이 작품은 그러한 폭력성을 심각하거나 우울하게 묘사하지 않는다. 이 작품의 맨 마지막 문장처럼 "오늘은 월

급날이니까 괜찮아." 같은 자기 위무의 태도가 을로서의 슬픔을 이겨내는
기제가 되고 있다. 보다 깊은 차원에서 작동하는, 일하는 자의 슬픔이 흘러
넘치지 않고 어느 정도 봉합되는 식으로 다듬어지는데, 이로 인해 을의 슬
픔은 상호 연결되면서도 폭발적인 변혁의 기운까지는 나아가지 않은 채로
유지된다. 그것은 오늘날 직장인의 실상이자 현실이지 않을까. 그래서 더
욱 슬픈 것이지만 말이다. 아울러 그러한 어정쩡한 유지는 서사의 표면과
이면의 큰 간극을 만들어낸다. 이러한 모순된 감정의 크나큰 간극은 이 작
품이 쉽게 읽히는 듯하면서 또한 개운하지만도 않은 뒷맛을 남기게 하는
원인이 되고 있다.

　이 작품의 서사 전개는 판교 테크노밸리의 공간적 성격처럼 규격화되고
밋밋한 듯하면서도 산뜻한 현실성을 느끼게 한다. 이러한 서사적 특징을
두고 '시크한 리얼리즘'이라 할 수 있을지 모르겠다. 자기 삶의 좌표를 고
민할 겨를이 없는 현대 직장인의 면모를 고스란히 상징한다고 볼 수 있을
텐데, 그래서 요즘 젊은 직장인들에게는 공감의 가능성이 높은 작품으로
보인다. 이 작품의 주인공은 일에 대한 열정과 사랑을 상실해야 하는 세대
를 상징적으로 대변한다. 오직 먹고살기 위해 일터를 택했을 뿐이고, 그 일
터에서 주어진 역할과 기능은 철저한 자본주의적 갑을관계의 계산과 잇속
에 따라 결정되며, 그 속에 놓인 이상 다른 출구가 보이지 않으며, 그래서
의지와 행동의 대부분이 투여되는 직장 일에 열정과 사랑을 상실하고 마는
주인공의 모습은 서글픈 현대인의 단면을 잘 보여준다. 그런 점에서 장류
진의 「일의 기쁨과 슬픔」은 직장에 만연한 갑질 문화와 을의 슬픔뿐만 아니
라, 보다 궁극적으로는 일에 대한 열정의 상실과 그로 인한 노동의 소외를
문제 삼는다고 할 수 있다.

우리들

정영수

1983년 서울 출생. 2014년 창비신인소설상을 수
상하며 작품 활동 시작. 소설집 『애호가들』이 있
음. 제9회 젊은작가상 수상.

우리들

정은과 현수를 알게 되었을 때 내가 스스로도 이해하기 어려울 정도로 급작스럽게, 거의 저돌적으로 그들에게 빠져든 건 당시 내가 인생에서 더 이상 건질 만한 것이 없다는 생각에 몰입해 있었기 때문일지 모르겠다. 나는 회의로 가득 차 있었고, 어디에서든 자그마한 희망의 불씨라도 발견하고 싶었던 것 같다. 하지만 희망이란 때때로 멀쩡하던 사람까지 절망에 빠뜨리곤 하지 않나? 아니, 오로지 희망만이 인간을 나락으로 떨어뜨릴 수 있다. 게다가 희망은 사람을 좀 질리게 하는 면이 있는데, 우리들은 대체로 그런 탐스러워 보이는 어떤 것들 때문에 자주 진이 빠지고 영혼의 바닥을 보게 되고 회한의 수렁에 빠지게 된다.

정은은 책을 써서 크라우드펀딩을 통해 판매하려는 데 도움을 받고 싶다고 내게 연락해왔다. 이제는 잘 만나지 않는 나의 오래된 친구를 통해 내 연락처를 알게 되었다는 것이었다. 정은과 현수는 느슨한 릴레이션십을 유지하고 있는 커플처럼 보였는데, 자신들의 이야기를 쓰고 싶다고 했다. 그 일의 당위성에 대해서는 회의를 품지 않을 수 없었으나(나는 그런 책이 낼 만한 가치가 있다고 생각할 만큼 순진하지는 않았다) 그 무렵의 나는 스스로가 무엇에라도 쓸모 있는 존재라는 증거가 필요했고, 나의 알량한 출판

2019 올해의 문제소설

294

사 경력을 원하는 그들이 조금은 고맙게 느껴지기까지 했다. 그들은 내가 편한 곳이면 어디든 찾아오겠다고 해서 나는 상수동에 있는 한 카페의 위치 링크를 보내주었다.

두 사람을 만났을 때 가장 먼저 받은 인상은 그들이 삶에 능숙한 사람들이라는 것이었다. 문을 열고 들어서서 내게 첫인사를 건네고 자리에 앉는 속도나 한 사람이 나와 대화를 나누고 다른 한 사람이 음료를 주문하는 과정, 본론에 들어가기 전에 던지는 간결하고 우호적인 질문들은 커피가 채 나오기도 전에 나를 안심시키기에 충분했다. 이건 나중에 그들에게도 한 이야기지만 두 사람을 만나기 전에는 자기들의 연애 이야기를 책으로 내고 싶어 한다는 말만 들었을 때 일반적으로 사람들이 얻었을 법한 선입견을 가지지 않을 수 없었는데("아니, 이번에는 또 어디서 나타난 자기애자들이람?") 나는 두 사람 중 하나, 혹은 두 사람 모두가 조금은 허황한 세계관을 품고 있으며 적잖이 과장된 자의식에 사로잡혀 자신과 주변 사람들을 왜곡된 시야로 바라보는 그런 부류겠거니 하고 생각했던 것이다.

그런데 막상 만나보니 예상과는 달리 그들은 내가 그동안 알고 지낸 어느 누구보다 스스로에 대해 잘 알고 있는 사람들처럼 보였다. 두 사람과 대화를 시작한 지 얼마 되지 않아 나는 그들이 어디에서 어떻게 행동해야 하는지 알고, 누구에게 언제 어떤 말을 건네는 게 적절한지 아주 잘 아는 사람들이라는 걸 알 수 있었다. 대학을 졸업하고 세상에 나온 지 몇 년 되지 않아 아직 애송이였던 내가 보기에 그들은 아주 세련되고 근사한 커플이었다. 특히나 깊은 인상을 준 것은 현수였다. 그는 내가 그동안 살면서 만나보지 못한, 믿기지 않을 정도로 선한 얼굴을 가진 남자였다. 잘은 모르지만 그건 마치 한 번도 상처 같은 것을 받아본 적이 없고 누군가에게 상처를 입힌 적도 없는 듯한…… 어떤 결핍도 느껴본 적 없으며 어떠한 열등감도, 그 어떤 억울함이나 수치심도 없는 세계에서 살아온 사람만이 가질 수 있는 얼굴이었다.

그들은 그동안 겪은 일을 함께 쓸 것이라고 했다. 필요하다면 서로의 기억을 상기시켜가면서 일어난 일들과 그들이 느꼈던 감정들을 재현할 거라는 이야기였다. 가능한 한 사실과 가깝게, 할 수 있는 한 진실되게. 정은은 내게 자신들이 쓴 원고를 봐주는 것 외에도 그들이 애초의 의도와 다른 방향으로 나아가고 있을 때나 작업을 하다가 그들 사이에 원치 않는 갈등(연인 관계에서 일어나는 감정 다툼까지 포함해서)이 생겼을 때 조정하는 역할까지를 부탁했다. 내가 보기에 그들이 하려는 일은 간단한 듯하면서도 불가능에 가까워 보였는데, 그 불가능성과는 별개로 일 자체는 흥미로워 보였기에 수락해야겠다고 금세 마음을 먹은 상태였다. 그러나 나는 이렇게 말함으로써 내가 쉬운 사람이 아니라는 것을 보여주었다.

　　"근데 그런 건 아니 에르노가 이미 쓰지 않았어요?"

　　"그건 소설이잖아요." 정은이 대답했다.

　　"앙드레 고르는요?"

　　"그건 일방의 편지였고요." 현수가 대답했다.

　　죽이 잘 맞는 커플이로군. 나는 그 문답으로 그들이 적어도 문학에 문외한은 아니라는 걸 확인할 수 있었는데, 좀 더 대화를 해보니 그 정도가 아니었다. 그들은 내가 예상했던 것보다 글쓰기라는 행위에 대해, 책이라는 사물에 대해, 문학이라는 표현 양식에 대해 진지한 태도를 갖고 있으며, 작가들(특히나 그들이 편애하는)에 대해서는 거의 경외에 가까운 무한한 신뢰를 품고 있다는 것을 느낄 수 있었다. 정은은 역사상 최고의 작가로 솔제니친과 프리모 레비를 꼽았으며(그녀가 왜 그런 글을 쓰겠다고 했는지 대충 알 만했다), 현수는 톨스토이와 플로베르를 좋아한다고 했는데 그의 지나칠 정도로 맑고 선한 얼굴을 생각하면 의외라는 생각이 드는 한편 나름대로 수긍이 가기도 했다. 그들은 자신들이 쓰려고 하는 것이 문학적인 성취를 이루어낼 거라는 과대망상은 결코 하지 않았다. 그저 그 글을 씀으로써 자신들이 겪게 될 변화, 그리고 일을 끝마친 후에 남겨질 것들에 대해 현실적인 기대를 하고 있을 뿐이었다. 크라우드펀딩을 통해 판매하기로 한 것도 그저 그 일을 이어갈 동력이 필요했기 때문이고, 독자의 존재를 상정했을 때 더욱 분명한 글쓰기가 가능할 것 같아서라고 했다. 그들은 자기들 단둘이서는 그 작업을 만족스럽게 해내지 못하거나 아니면 아예 끝마치지 못할 것 같았다고 했는데 그 생각에는 나 또한 동의하는 바였다.

나에게는 그날의 대화가 즐거웠음은 물론이고 그날의 공기, 소리, 빛, 우리를 둘러싸고 있던 모든 것이 완벽한 조화를 이루고 있었다는 기억이 있다. 느릅나무로 만든 원목 탁자와 의자들은 단단하면서도 편안했고, 창을 통해 들어온 햇빛은 콘크리트 벽을 부드러운 흰빛으로 물들이는 한편(그 빛에 환히 빛나던 현수의 올리브색 스트라이프 셔츠……), 공간을 반쯤 채운 젊은이들의 나른한 목소리와 전동 커피그라인더가 이따금씩 만들어내는 청량한 소음이 마음을 가라앉혀주었고, 차분히 돌아가는 서큘레이터가 에어컨에서 나오는 선선한 공기를 성실히 우리 쪽으로 보내왔으며……

그런데 지금에 와서 생각해보면, 그날의 분위기가 그렇게나 완벽했던가? 그들이 정말 그렇게나 아름다운 사람들이었나? 어쩌면 내가 그들을 실제보다, 그들이 그랬던 만큼이 아니라 그랬으면 하는 것만큼 아름답게 꾸민 기억 속으로 밀어 넣고 있는 것이 아닐까? 아니면 두 사람이 이후에 보인 모습들, 내가 지켜봐야 했고, 지켜보기를 강요당하다시피 했던 그 일들과 내가 알던 그들의 대비를 보다 드라마틱하게 하기 위해(그래서 그들에게 더욱 철저히 낙담하기 위해) 무의식중에 설정한 일종의 장치 같은 것은 아니었을까? 나는 자문하곤 했다. 그러나 적어도 분명한 것은 그들과 헤어진 뒤 한 시간쯤 지나 받은 문자 메시지를 보고 내가 안도감에, 아니 순간적으로나마 강렬한 행복감에 사로잡혔다는 사실이다. "오늘 즐거웠어요. 다음에는 해방촌에서 만나요." 그것은 실로 오랜만에 느낀 감정적 고양이라고 할 수 있었다. 나는 정은의 메시지를 받고 내가 그들의 면접에 통과했다는 사실을 알았다.

그때는 내가 나름대로 각오를 품고 떠난 상하이행에서 뜻한 바를 이루지 못하고 낙오자의 심정이 되어 한국으로 돌아온 지 얼마 되지 않은 시기였다. 그곳에서 하던 일을 그만두고 서울로 돌아오기로 결심할 때만 해도 이것이 나를 위한 최선의 선택이라고, 잘못된 판단을 돌이키기에 지금만큼 적당한 타이밍은 없다고 스스로를 설득했고 그건 거의 성공했지만(결국 서울로 돌아왔으니까) 막상 돌아와서는 금세 깊이를 알 수 없는 패배감에 빠져들었다. 아무런 소득 없이, 어쩌면 삶에서 가장 중요한 시기였을 1년을 그곳에 버리듯이 팽개쳐두고 돌아온 것이 나의 인생 자체를 실패작으로 만든 것 같았고, 앞으로 더 이상 어떤 일도 제대로 해내지 못할 것만 같은 기분이 들었다.

그런 시기가 처음은 아니었다. 전공이 적성에 안 맞는다는 이유로 앞뒤 가리지 않고 어디서 났는지 알 수 없는 용기로 대학을 그만두었을 때(그러나 나는 곧 공황 상태에 빠져 허겁지겁 편입 학원을 찾았고), 졸업 후 오랜 기간 매달렸던 언론사 입사 시험을 포기하기로 결심했을 때에도 내 삶이 돌이킬 수 없이 망가졌다는 생각으로 절망에 빠졌다. 하지만 나는 그럴 때마다 자기혐오인지 자기애인지 알 수 없는 감정에서 기인한 듯한 마조히즘의 도움을 받아 그 일들로 인해 고통받으면서 동시에 그 참담함을 즐겼다. 그것은 나의 장점이자 단점인 지독한 낙관주의와 만성적인 우울증이 결합해 만들어진 결과물이었고, 그래서 상하이에서 돌아온 후에도 무기력에 몸을 맡긴 채 우울과 비관을 곱씹으며 달콤한 회한에 잠겨 하루를 보내곤 했다.

상하이로 떠날 때 혼자 살던 서교동 집을 정리했기 때문에 나는 은평구 신사동에 있는 어머니 집을 임시 거처로 이용하고 있었다. 어머니는 내가 독립하고 나자 이제 혼자 사는데 넓은 집이 무슨 소용이냐며 나와 아버지가 남기고 간 짐을 모조리 치운 뒤 방이 단 두 개뿐인 작은 아파트로 이사해버려 나는 거실 구석에 깔아둔 매트에서 지내야 했다. 그러나 시장에서 대충 고른 싸구려 매트나 딱딱한 팔걸이가 있는 2인용 소파 위는 회한에 잠겨서 하루의 대부분을 보내기에 마땅한 장소가 아니었다. 나는 해가 높이 뜨면 어쨌든 밖으로 나와 스타벅스나 모교 도서관을 전전하며 시간을 보냈다. 주로 노트북을 들고 나가 구인 사이트를 보는 둥 마는 둥 하다가(더 이상 출판 일은 하지 않겠다는 굳은 의지로 '사람인'이나 '잡코리아' 같은 일반적인 구인 구직 사이트만 둘러보았는데 도무지 기웃거려볼 만한 곳도 없어서 나는 더욱 슬퍼졌다) 몇 년째 연락 한 번 주고받지 않은 옛 친구들의 인스타그램을 처음부터 끝까지 다 훑는다거나 새 트윗도 올라오지 않는 타임라인을 계속 새로고침한다거나 하면서 인생을 낭비하다가 도서관에 가서 나처럼 삶에 실패한 인물들이 나오는 소설을 읽었다. 삶에 실패하는 인물이 나오는 소설을 찾는 것은 그다지 어렵지 않았다. 서가에서 아무 책이나 뽑으면 거기에는 처참하게 실패한 인물들이 있었다. 가끔가다 밑도 끝도 없이 명랑한 인물이 나오는 소설(이를테면『그리스인 조르바』같은)도 나왔지만 대체로는 원하는 책을 얻을 수 있었다. 어떨 때는 참을 수 없이 외로워져서 아무 기억이나 붙잡고 그것을 한참 동안 그리워하기도 했다. 그러고는 어느 정도 시간이 지나면 언제 그랬냐는 듯이 그것들을 까맣게 잊어버렸는데, 그러다가 다시 또 무언가를 그리워하고⋯⋯.

그 그리움의 상자에서 가장 많이 꺼냈던 것은 아이러니하게도 연경이었다. 그러고 싶지 않았지만 어쩔 도리가 없었다. 그녀는 내가 상하이로 떠나는 데, 더 이상 서울이라는 곳에 하루도 더 머물 수 없는 심정이 되어 새로운 장소에 대한 열렬한 갈망을 품고 실제로 이곳을 떠나기까지 하는 데 거의 직접적인 원인을 제공한 인물이었다. 나는 그녀와 관련된 모든 것에서 멀어지고 싶었는데, 대학 시절부터 그녀와 함께 보낸 오랜 시간, 나에게는 평생에 가깝게 느껴지는 그 시간들에서 헤어 나오지 않고 다시 삶을 시작한다는 건 불가능하다고 생각되었기 때문이다. 연경을 처음 만났을 때만 해도 나는 타인과 관계 맺는 일에 서툴렀고 누군가와 그렇게나 길고 고단한 감정적 투쟁을 할 수 있다는 것은 상상도 해보지 못한 어리숙한 학생일 뿐이었다. 하지만 삶에서 그런 일이 충분히 일어날 수 있다는 사실을 알고 있었더라도, 새로운 자극이나 찾아보려고 놀러 간(어떻게 보면 그 '새로운 자극'이라는 걸 찾아낸 셈이긴 했다) 타 학교 축제에서 우연히 알게 된 여학생이 나의 삶(특히 감정적 영역에서의 삶)에 이렇게나 지대한 영향을 끼칠 거라는 걸 어떻게 알 수 있었을까? (당연히 정은이 내게 연락을 해왔을 때 역시 나는 아무것도 예감하지 못했는데, 그렇게 생각하다 보면 그런 걸 미리 알 수 있는 사람이 누가 있겠는가, 하는 생각을 하게 되고 곧이어 우연인지 운명인지 알 수 없는 삶의 무자비함에 아득한 무력감을 느끼게 되는 것이다……)

연경을 그리워하는 날들을 보낸 것도 그때가 처음은 아니었다. 우리는 4년 동안 연인으로 지내다가 내 군 입대를 계기로 헤어지게 되었는데, 제대 후에도 그녀를 완전히(일단은 그렇게 말해볼 수 있을 정도로) 잊는 데까지 꽤 오랜 시간이 걸렸고 그전까지는 틈날 때마다 그녀를 그리워했다. 그 시기의 감정에는 물론 어느 정도 타당성이 있었다. 적어도 나는 우리가 스스로의 선택이 아닌 불가항력적인 상황에 의해 이별을 맞이한 것이라고 믿었고, 그런 사연에는 그때만 해도 20대였던 나의 감성을 자극하는 어떤 비극의 요소가 있었던 것이다. 우리는 거의 모든 처음을 나눠 가졌으며 거기에는 육체적인 것보다 감정적인 것이 훨씬 더 큰 비중을 차지했다. 우리는 첫 애정과 첫 질투를 공유했고 첫 환희와 첫 쾌락과 첫 증오와 첫 환멸과…… 그 밖에 많은 것을 주고받았다. 그래서 나는 이미 어떤 운명적인 끈이 우리를 꽁꽁 묶어버려서 그것이 옳은 방향이든 아니든 우리는 결국 함께할 수밖에 없다는 생각을 하기에 이르렀던 것이다. 그리고 이윽고, 우리는 자그마치 5년이라는 시간이 지나서(그동안 나는 서너 번의 연애에 실패한 뒤였다) 다시 연인이 되었지만 그녀와의 재회는 내가 그리움에 잠겨 상상하곤 했던 애틋한 만남과 전혀 다른 모습이었고, 그것은 애틋하다기보다는 참혹한 모습이었으며, 우리는 잔인할 정도로 서로에게 가혹했던 몇 년을 보낸 뒤 애정과 증오가 뒤엉켜 더 이상은 서로를 그리워할 수 없을 정도로 엉망진창이 되어 헤어지지도, 헤어지지 않지도 못한 채 누군가가 대신 우리를 완전히 끝장내주기만을 기다리는 상황에 처하고 말았다. 한번 그런 방향으로 진행된 관계는 다시 좋은 쪽으로 나아갈 기미가 보이지 않았으며 결국 내가 상하이로 떠나고 나서야 우리는 서로에게서 벗어날 수 있었다.

그런데 내가 연경을 그리워한다니? 그것은 어쩌면 내가 철이 든 이후에 한 그 어떤 일보다도 우스운 일이었지만 나는 그러고 있었다. 마치 기억상실증에 걸린 사람처럼 다시 그런 멍청한 짓을 하고 있었다. 그러면서 동시에 그녀와 함께했던 시간 중 (나의 무의식이 조심스럽게 기억의 지뢰밭을 헤쳐 선별해낸) 가장 안전한 추억들을 떠올리는 스스로에 대해 소스라치게 놀라곤 했다. 그럴 때마다 나는 그리움에 시달리면서도 그 시기는 이미 지나갔으며 내가 그리워하는 것들은 실제로 더 이상(어쩌면 애초에 단 한 번도) 존재하지 않는다는 사실을 상기하려 노력했다. 그래서 그리움의 바다에서 허우적대다 보면 나는 더욱 외로워졌고, 그러면서 또다시 무언가를 그리워하고……

이런 상황이었으니 내가 정은과 현수를 기억하는 방식을 결정짓는 데는 연경이라는 존재가 큰 역할을 했으리라고 생각하지 않을 수가 없다. 아니 좀 더 정확하게 말하자면 나는 연경이라는 사람 자체가 아니라 나와 연경이 관계 맺던 방식과 그 두 사람의 관계 형태에서 극적 대비를 발견한 것이었다고 볼 수 있다. 서로를 사랑한다고 여겼던 연경과 내가 서로에게 서로를 주장하며 충돌했던 순간들은 격렬했으며 그만큼 부풀려졌고, 강렬한 고통과 함께 알 수 없는 쾌감(위태로운 관계에서 오는 긴장과 해소의 반복이 주는 조금은 중독적인 형태의)을 수반했다. 때로는 고통인지 쾌감인지 구별할 수조차 없었던 감정의 무조건적인 분출들, 폭발들!…… 우리가 사랑이라는 성스러운 이름으로 자행한 가학적 행위들은 거의 피로 물든 십자

군 전쟁이나 다름없었다. 우리는 끊임없이 비난하고 오해하고 실망하고 항변하고 항복하고 용서했다. 그리고 마침내 상하이로 향하는 항공기에 앉아 만 피트 상공에서 나는 콜레트의 『여명』을 읽다 말고(그 책이 내게 어떤 영향을 주었는지 분명히 알 수는 없지만) 불현듯 속으로 이렇게 외치며 그녀에게서 영원히 벗어나기로 결심했던 것이다. 그래서 사랑은? 그럼 이제 사랑을 내놔봐. 그건 대체 어디 있는데?

그런가 하면 정은과 현수는 내가 언젠가 막연히 나에게도 도래할 것이라고 기대했던 삶, 진짜 어른의 삶을 살고 있는 것처럼 보였는데, 무엇보다 그들이 맺고 있는 관계에서 그랬다. 그들은 서로를 완전한 독립체로 대하면서도 끊을 수 없는 강한 유대를 맺고 있었고 그것은 사랑과 신뢰를 기반으로 한 아주 단단하고 영속적인 결합으로 보였다. 그건 내가 구체적으로 그려보지는 못했지만 만약 그런 것이 존재한다는 사실을 알았다면 그렇게 되기를 바라 마지않았을 완벽한 형태의 관계 같았다. 그들은 나보다 겨우 두세 살 많을 뿐이었지만 나는 두 사람이 마치 나보다 한 세대는 위의 사람들인 것 같다고 생각했다. 유행에 뒤처졌다거나 고리타분해서가 아니라 두 사람이 내가 그래왔고, 그러고 있는 것보다 이 세상을 훨씬 더 많이, 잘, 속속들이 '활용'하고 있다고 느꼈기 때문이다.

그처럼 '완전한 어른'으로서의 그들을 떠올릴 때마다 나는 자연스럽게 우리가 만나곤 했던 공간을 함께 떠올리게 된다. 녹사평역에서 그늘 한 점 없는 언덕길을 땀을 주룩주룩 흘리며 걸어 올라 찾아가곤 했던 해방촌의 카페는 그들만의 아지트였다. 오래된 복층 주택을 개조한 그 건물 중앙에 위치한 아르데코풍의 육중한 나무문을 열면 소름이 돋을 정도로 서늘한 공기가 순식간에 몸을 감쌌고, 나는 고불고불 연결되어 있는 작은 방들 사이에 규칙 따위 없이 숨겨져 있는 층계를 올라 그들이 늘 차지하고 앉아 있던 3층의 구석방으로 갔다. 그러면 현수는 내게 얼음 조각이 가득 든 차가운 커피를 내밀었는데 스트로를 입에 물고 몇 모금 들이켜고 나면 어느새 더위는 사라지고 땀에 젖어 등에 들러붙던 셔츠는 다 말라 있곤 했다. 매번 햇빛이 비치지도, 매번 그만큼 덥지도, 그리고 매번 그처럼 눈부시지도 않았을 해방촌에서의 날들이 내게는 그런 이미지로 남아 있었다. 그 나무문을 밀고 들어설 때 나는 어떤 차원의 문을 통과해서 그들이 존재하지 않던 세계에서 그들이 존재하는 세계로 이동하는 듯한 느낌을 받았다. 문을 열면 펼쳐지는 청명한 벽빛…… 눈이 멀 듯 짙은 그 초록……

나는 그들의 과거사, 그러니까 그들이 내게 써서 보여주는 이야기에 대해서는 묻지 않았다. 그들도 그 이야기는 꺼내지 않았고, 서로 말로 하지는 않았지만 그것은 우리 사이에 있던 거의 유일한 근로 협약이라고 할 수 있었다. 그래서 나는 그들의 이야기가 적힌 글을 읽으면서 그 속에 있는 인물들이 다름 아닌 바로 그들이라는 사실을 충분히 실감하지 못했다. 그들이 사설 인문학 강좌에서 고대 그리스 철학 수업을 듣다가 가까워졌고, 수업이 끝난 뒤에도 서로 책을 빌려준다는 좋은 핑계로 따로 만나 차를 마시고 함께 전시를 보러 가며 점점 가까워지는 이야기는 내게 그들이 함께 쓰는 소설 속 이야기처럼 느껴지기까지 했다. 글 속의 남자는 보수 성향의 메이저 일간지에서 기자로 일하고 있지만 내 눈앞에 있는 현수는 그저 제국 시대 한량처럼 보일 뿐이었고, 글 속의 여자는 한 문화교류재단에서 코디네이터로 일하고 있는데 정은은 왠지 어린 나이에 임용된 영문학과 교수님 같은 느낌이었던 것이다. 하지만 그랬기 때문에 나는 오래전 출판사에서 편집 일을 하던 때처럼 어느 정도 거리를 둔 채 그들의 원고를 읽고 고쳐나갈 수 있기도 했다. 그들은 내가 읽는 것이 조금 느려진다 싶으면 이렇게 말하곤 했다. "왜요, 재미없어요? 이 부분 좀 지루하죠?"

두 사람과의 만남이 이어지면서 나는 그들이 나를 대하는 방식이 빠르게 달라지고 있다고 느꼈다. 그들은 작업을 도와주는 외주자보다는 그들과 함께 한 시절을 보낼 친구로서 나를 원하고 있는 듯했다. 두 사람은 보여줄 원고가 없을 때에도 맥주를 마시자거나 드라이브를 가자거나 하면서 나를 불러내곤 했다. 그들에게는 차가 없었기 때문에 우리가 했던 드라이브라는 건 택시를 불러 종로나 북악산 자락을 한 바퀴 돌고 다시 해방촌으로 돌아오는 식이었고, 우리는 마치 친구의 차를 얻어 탄 것처럼 편하게(늘 앞좌석에 탔던 현수는 뒷좌석의 나와 정은을 마주 볼 수 있을 정도로 몸을 옆으로 틀었다) 수다를 떨었다. 그러나 그들이 나를 필요로 하는 만큼 나 또한 그들을 필요로 했던 것도 사실이다. 솔직히 말하면 나는 그들과 함께 있는 것이 즐거웠고, 그들과 더 가까워지고 싶었으며, 그들의 일부가 되고 싶었다. 나는 종종 스스로가 느끼기에도 그들에게 과도할 정도의 애정을 품고 있다고 생각했다. 그것은 어쩌면 내가 그들의 내면(그들이 보여주는 원고를 통해)과 외면(그들과 물리적으로 함께하는 시간의 양에 비례해)을 모두 소유하고 있다는 착각에서 비롯된 유대감 때문인지도 몰랐다. 나는 연경을 비롯해 어떤 사람도 그런 방식으로 소유해본 적이 없었다. 그렇다 해도 우리 셋이 그러한 관계가 되기를 먼저 바랐던 것은 그들이었다는 생각을 하지 않을 수가 없었는데 그건 정은이 네 번째 원고, 두 사람에 관해 내가 전혀 예상하지 못했던 의외의 사실이 담겨 있는 원고를 넘긴 것이 그들에 대한 나의 애착이 충분히 가시화되어 그들도 그것을 느꼈을 게 분명해졌을 무렵이었기 때문이다.

정은은 여느 때와 같이 해방촌의 활엽수림에서 프린트된 원고를 내게 건넸는데, 이번 원고는 평소보다 오랫동안 고민하고 다듬은 흔적이 역력했다. 거기에는 내가 그들에 대해 알아야 할 가장 필수적인 사실이 할 수 있는 한 조용하게, 전혀 대수롭지 않은 것처럼 자연스럽게, 최대한 극적이지 않은 방식으로 서술되어 있었다. 하지만 도리어 그러면 그럴수록, 그녀가 글 안에서 딴청을 피우면 피울수록, 뒤로 물러나면 물러날수록 그 글이 보여주고 있는 진실, 그러니까 그들이 결혼한 사람들이라는 사실, 밤 11시가 되면 해방촌의 안전 가옥에서 퇴장해 서로의 가정으로 돌아가야 한다는 사실, 그곳에는 정은을 맞이하는 또 다른 남자가 있고, 현수를 기다리는 아내와 세 살 된 딸아이가 있다는 사실을 더욱 드라마틱하게 드러낼 뿐이었다.

나는 그 원고를 읽으면서 내가 그동안 그들에게서 숱하게 보아왔던, 누구에게나 호감과 신뢰를 줄 만한 여유롭고 자신감 있는 미소가 이제는 거의 보이지 않을 정도로 희미해진 것을 보았고, 그들이 긴장한 채, 어떤 간절함을 품은 채 나를 바라보고 있다는 걸 느꼈다. 나는 그제야 그들이 나를 찾은 이유를 분명히 알 수 있었다. 그들은 오랫동안 오직 둘만이 존재했던 세계에 이제는 그들에게 동의해줄 타인이 필요하다고 느꼈으며 그게 그들의 세계가 지속될 수 있는 하나의 방법이라고 생각했던 것이다. 그들은 어떤 유적도 역사도 없는 그들의 애처로울 정도로 빈약한 세계를 증언해줄 목격자를 원했고, 최후의 순간에 그들의 편에 서줄 동조자를 원했으며, 점점 커져가는 그들의 죄책감을 함께 나눌 공범을 원했다.

네 번째 원고에 담긴 내용이 내게 적잖은 충격을 준 것은 사실이었다. 그러나 그 글을 읽고 난 후 나의 태도가 특별히 바뀐 것은 아니었다. 아니, 아무것도 바꾸지 않음으로써 우리의 관계가 전과 다른 양상으로 완전히 바뀌었다고 말할 수도 있을 듯하다. 나는 이전과 마찬가지로 원고의 내용에 대해서는 반응하지 않았다. 우리는 평소처럼 소설에 대해, 영화에 대해, 미술에 대해, 그 밖의 모든 것에 대해 이야기를 나누었지만 그 내용에 대해서만은 입을 열지 않았다. 물론 나는 원고를 읽은 뒤 피드백을 했고, 어떤 부분을 어떻게 다듬으면 좋겠다느니, 이 부분에서 전달력이 조금 떨어진다느니, 한 꼭지의 분량이 너무 길다느니 하는 소리를 했지만 그 속에 들어 있는 가장 중요한 내용에 대해서는 아무 말도 하지 않았다. 그러는 한편 나는 그들에게 직접적이지 않은 방식으로, 전보다 더욱 호의적으로 행동함으로써 내가 두 사람에게 여전한 애정을 품고 있음을 알리려 애썼다. 나는 내가 새로 알게 된 사실에 대해 전혀 신경 쓰지 않으며 당신들에게 윤리적 지탄을 가할 생각이 추호도 없고 앞으로도 당신들의 편에 설 것이라는 뜻을 전달하고자 했다. 그것은 거짓이나 배려가 아니다. 오히려 나는 네 번째 원고를 읽은 후 전보다 더 그들에게 끌리게 되었는데 그것은 그들이 나와 다른 차원의 '진정한' 삶을 경험하고 있다고 여겼기 때문이었다. 두 사람이 외도를 하고 있다는 불온하고도 엄연한 진실은 그때의 나에게 그들이 그저 그런 연인 관계가 아니라는, 그들의 사랑이 지천에 널린 흔하디흔한 애정이 아니라 위험과 고난을 (심지어 죄의식마저) 함께 나누며 이어나가고 있는 숭고하기까지 한 행위라는 것을 증명해줄 뿐이었다. 그것을 알고 있는 사람이 나밖에 없다는 사실도 그들에 대한 유대감을 더욱 강화해주었다. 두 사람이 그 험난한 상황에서 감정적으로 의지할 수 있는 대상은 오직 나뿐이었다. 나는 그들의 일을 전보다 더 열심히 도왔는데, 그건 그들이 자신들의 이야기를 쓰려고 했던 데에 애초에 내가 기대했거나 염려했던 것보다 더 충분한 명분과 설득력이 있다는 걸 알게 되었기 때문이었다.

그 일이 내게 준 영향 중 하나는 나도 글을 쓰기 시작했다는 것이었다. 그들이 자신들에 대해 쓰는 것처럼 나는 연경과 나에 대한 글을 쓰기로 마음먹었다. 그리고 그것을 연경에게 보낼 생각이었다. 연경에게서 도망치듯 상하이로 떠날 때, 물론 무언의 합의가 없었던 것은 아니지만 분명하게 서로의 뜻을 전했던 것이 아니었기 때문에 우리의 이별은 조금 어정쩡한 형태였던 게 사실이다. 정은과 현수를 보면서 나는 연경과 나의 관계를 정리할 필요를 느꼈으며 우리가 대체 왜 그런 식으로밖에 지낼 수 없었는지 서로에게 해명해야 한다고 생각했다. 그녀의 생각을 알고 싶은 만큼 나 또한 그녀에게 나의 생각을 분명하게 전달하고 싶었고 그러려면 우선 내가 그녀와의 긴 만남을 통해 어떤 것들을 느껴왔는지 알아야 했으며 그 방법은 역시 글쓰기뿐이라는 생각이 든 것이다. 그리고 내 글의 독자가 될 수 있는 사람은 연경뿐이었다.

그러나 막상 글을 쓰는 건 쉽지 않았다. 어디서부터 시작해야 할지 알 수가 없었고, 일단 시작을 한다 해도 그것이 완전히 잘못되었다는 생각과 함께 다른 방식의 도입이 계속해서 떠올랐던 것이다. 어떻게든 글을 이어나가다 보면 그때 정말 그랬었나? 하는 의문이 들고, 글을 쓰다가 나의 기억이나 감정이 바뀌기도 했다. 어떨 때는 내가 너무 공격적인 어조로 말하고 있다는 생각이 들다가 또 어떨 때는 지나치게 변명을 늘어놓고 있다는 생각이 들었다. 이를테면 나는 이렇게 썼다. "잘 지냈니? 너의 인스타에서 종종 개를 데리고 산책하는 사진을 봤어. 그동안 네가 잘 지내는지, 아니면 그렇지 않은지 주시하고 있었다는 말을 하려는 건 아니야. 오히려 네가 개를 데리고 한강공원을 즐겁게 산책하는 사진을 보아도 더 이상 내 마음이 나빠지지 않는다는 사실을 말하려는 거야. 상하이에서 나는 가끔 내가 이곳으로 유배를 와 있는 건 아닌가 하는 생각을 했거든. 원래 있던 자리에서 예전 그대로의 삶을 유지하고 있는 너의 사진들을 보면 화가 치밀어 오를 때도 있었어. 사실 매일 화가 났지. 언제나 화가 났어. 상하이에서의 내 생활이 그다지 만족스럽지 않았던 탓도 있었겠지. 사촌 형이 하고 있다는 의료 기구 사업은 그다지 잘 흘러가고 있지 않았어. 잘 흘러가지 않을 뿐만 아니라 올바른 방향으로 가고 있지도 않았어. 내가 보기엔…… 애초에 성공이란 걸 기대할 수 없을 만큼 절망적이었어. 무슨 대단한 결과물을 바라고 그곳으로 갔던 건 아니었지만 떠나기 전 적어도 거기에서는 내가 쓸모 있는 사람이 될 수 있을 거라는 기대가 없었던 것도 아니거든. 네가 숱하게 얘기했던 대로 나는 한 번도 스스로에게 온전히 권리나 책임을 쥐여줘본 적이 없으니까. 나는 늘 도망칠 구석을 만들어두었어. 변명할 여지를 두었지. 그래서 이번에는 조금 다른 삶을 살아보고자 했던 거야. 그런데 나는 한 달이 지나기도 전에 그곳에 질려버리고 말았어. 그건 내가 결국 그곳에서 철저한 실패를 경험할 거라는 사실을 직감했기 때문이야……." 나는 한 문단이 끝나기도 전에 이야기가 딴 길로, 쓸데없이 비관적인 방향으로 빠져들고 있다는 걸 깨닫고는 쓰기를 멈췄다. 심지어 연경의 일과는 상관도 없는 이야기였다. 나는 다시 썼다. "상하이에서는 시간이 많았어. 그래서 나는 가장 최근에 있었던 일, 그러니까 우리가 함께 겪은 비극에 대해서 생각할 수밖에 없었지. 너도 알다시피 그곳은 유구한 역사와 찬란한 미래가 있는 곳이잖아. (적어도 겉으로 보기에는 그렇지.) 나도 상하이에 처음 방문한 많은 사람이 그러듯이 황푸강 동편의 눈부신 마천루와 서편의 유서 깊고 광대한 정원에 감탄했어. 그런데 어느 날 와이탄의 강변을 걷던 도중 그것들이 모종의 강박으로 축조된 것들이라는 사실을 깨달은 거야. 내가 보고 있던 건 조악한 전통과 빈약한 미래뿐이었던 거지. 적어도 내가 느끼기에 상하이에는 진정한 의미에서 시대란 존재하지 않았어. 심지어 현대조차도 없었지. 오로지 몰취향이 만들어낸 키치함뿐이었어. 거기에서 우리의 관계를 환기하는 무언가를 발견하는 것이 어려웠을까? 우리가 맺어온 관계를 상징하는 건 상하이가 가지고 있는 어떤 면이 아니라 그곳에 부재하는 무언가였어. 우리가 가지지 못했고 가질 생각조차 하지 못했던……" 나의 글은 겉돌고 있었다. 나는 그녀에게 직접적으로 말해야 했다. 허황된 상징이 아니라 날것 그대로의 목소리로. 그러나 정작 글을 쓰기 시작하고 나서 깨달은 건 내가 연경에게 무슨 말을 하고 싶은지는커녕 스스로 그녀에 대해 어떻게 생각하고 있는지조차 정확히 알지 못한다는 사실이었다. 나는 그것을 알기 위해 끊임없이 글을 썼다 지웠다. 애초에는 그녀와 나에 대해 시작부터 끝까지, 정말이지 알파와 오메가를 몇 장이 되었든 구구절절 써볼 작정이었지만, 나는 열흘이 넘어가도록 제대로 된 한 문단도 만들어내지 못했다. 그래도 일단 날이 밝으면 책상에 앉아 뭐라도 쓰려고 노력했다. 글은 점점 연경에게 보내는 편지에서 스스로를 돌아보는 형태로 변해갔다. ("나는 그녀로 인해 고통받으면서 동시에 그 참담함을 즐겼다……") 나는 의도나 형식이나 수신인보다 그저 어떤 것들을 상기하는 방식으로 글을 써내려가고 있었다. 그것은 무언가를 해명하거나 설명한다기보다는 그 일을 다시 경험하는 일에 가까웠으며 그 경험은 또 다른 해석을 불러일으켰고 그래서 나는 나에 대한, 그녀에 대한, 우리가 겪은 일들에 대한 기억을 끊임없이 수정해야 했다.

정은이 붉은색 혼다 세단을 몰고 내가 있는 곳까지 찾아온 건 내가 그런 식으로 수십 장의 글을 쓰고 지우고 다시 썼다가 치워두기를 반복하는 작업에 몰두해 있을 때였다. 그녀는 내 어머니가 종종 앉아 담배를 피우곤 하는 아파트 단지 입구의 등나무 그늘에 서서 나를 기다리고 있었다. 내가 나오자마자 그녀가 꺼낸 말은 글쓰기를 그만두고 싶다는 것이었다. 내가 왜 그러느냐고 묻자 그녀는 더 이상 글을 쓸 이유가 없어졌다고 했다. "다 끝났어. 현수가 집으로 돌아갔어." 나는 정은의 얼굴을 살폈지만 그녀의 감정을 알기가 어려웠다. 불안해하고 있는 것 같기도 하고 화가 난 것 같기도 했으며 어딘지 다급해 보이는 듯도 했다. 어쨌든 평소의 자애로운 모습과는 전혀 다른 모습이었다. "싸웠어요?" "우리는 싸우지 않아. 우리는 싸워본 적도 없어." "정말이에요?" "그래, 우린 한 번도 싸운 적이 없어." "그럼 대체 뭐가 어떻게 된 건데요?" "그냥…… 다 끝났어." "뭐가 다 끝났다는 거예요?" 정은은 그러고도 한참 동안 똑바로 말을 하지 않아 나를 속 터지게 했다. "그럴 때 있잖아. 한창 물놀이에 빠져 있다가 뒤를 돌아보았는데 해안이 까마득히 멀어 보일 때. 돌아갈 수 없을지도 모른다는 생각이 들 때……" 이런 식으로 추상적인 비유를 늘어놓는가 하면 "사실 우리는 처음부터 알고 있었어. 책을 쓰기로 하기 전부터, 그러니까 널 만나기도 전부터 말이야" 같은 알 수 없는 소리를 하기도 했다. 그렇게 한동안 본론으로 들어가지 못하고 머뭇거리다가 그녀는 이렇게 이야기를 꺼냈다. "지난주에…… 지난주에 우리는 너무 멀리까지 가버렸어. 지난주라니, 그 이후로 몇 달은 지난 것 같은데 그게 불과 일주일 전이라는 게 믿기지가 않아."

정은은 우리가 그녀의 차를 타고 드라이브를 갔던 날에 대해 말하고 있었다. 그녀의 말처럼 우리는 결코 멀리 가지 않았다. 적어도 물리적으로는. 우리가 간 곳은 택시를 타고 종종 다녀오기도 했던 북악산 자락일 뿐이었

다. 그날 그녀는 처음으로 차를 몰고 왔다. 도장이 군데군데 벗겨지고, 손
잡이를 돌려서 차창을 내려야 할 만큼 연식이 오래된 차였다. 나와 현수는
그 차가 누구 것인지 묻지 않았다. 그 이유는 우리 모두 듣지 않아도 그것
이 누구의 것인지 알고 있었기 때문이다. 오히려 우리는 (적어도 나는) 그
동안 왜 그 차를 한 번도 몰고 온 적이 없었는지 묻는 편이 더 자연스러웠
겠으나 그 역시 하지 않았다. 그저 아무 말 없이, 신나하며 그 붉은색 혼다
에 올랐을 뿐이었다. 그날 우리 셋은 여느 때와 다름없이 즐거운 시간을 보
냈다. 평소와 다른 점이라면 우리가 평소보다 더 즐거운 시간을 보냈다는
것이었다. 우리는 왠지 모를 이유로 들떠 있었다. 그것이 문제라면 문제였
을까? 우리는 자동차 바퀴의 마찰음을 뚫고 들어오는 매미와 풀벌레 울음
소리를 들으며 한밤의 북악산 스카이웨이를 달렸다. 정은이 급커브 길에서
속도를 줄이지 않고 핸들을 꺾을 때마다 현수와 나는 즐거운 비명을 질러
댔다. 우리는 잠시 앉아 있을 만한 장소를 찾기 위해 부암동 골목길로 들어
갔고, 모두 그곳은 초행이어서 가게는 하나도 보이지 않고 온통 주택들뿐
인 어두컴컴한 골목을 오랫동안 헤맸다. 그러다가 차가 뒤로 넘어갈 것만
같은 가파른 언덕이 나타나 중간쯤에서 올라가기를 포기하고 식은땀을 흘
리며 한참을 후진해 다시 경사가 완만한 길로 나왔을 때, 어둠 속에서 노란
빛을 내고 있는 선술집을 발견한 것이다.

그곳은 테이블이 서너 개뿐인 아주 작은 선술집이었는데 오래된 책들이
벽을 가득 메우고 있었고 모서리에 비스듬히 세워져 있는 전축에서는 1980
년대 건전 가요가 흘러나오고 있었다. 우리는 그곳을 아주 마음에 들어 했
으며, 거기로 우리를 인도한 하느님과, 북악산의 산신과, 낡은 혼다에 깃
든 요정에게 감사하며 아사히 생맥주를 마셨다. 운전을 해야 하는 정은을
빼고 현수와 나는 맥주를 서너 잔 마셨지만 술보다는 그곳의 분위기와 우
연이 준 일탈의 기운에 취해 있었다. 그런데 평소보다 좀 더 목소리를 높여
문학과 삶에 대해 논하고 있던 중 현수가 충만한 기쁨에 가득 찬 목소리로

이렇게 말했다. "우리 매년 여름마다 여기 올까?" 우리가 단 한 번도 이야기해본 적 없는 다음 여름에 대해 이야기할 만큼 현수는 그곳이 마음에 들었던 것이다. 우리가 단 한 번도 이야기해본 적 없는 다음의 다음, 또 다음의 여름에 대해 이야기할 만큼 현수는, 그리고 우리는 그날의 분위기가 좋았던 것이다. 그 이후 잠시 동안, 결코 길지는 않았지만 모두가 느낄 수 있을 정도로 분명하게 정적이 흘렀다. 매해 여름이란, 이런 아름다운 계절이 한 번도 아니고 두 번도 아니라 셀 수 없이 많이 지속될 여름이란 우리가 감당하기에는 너무나 아득하고 눈부신 말이었다. 그동안 우리가 종종 나누기도 했던 조금은 과장된 약속들과 달리 그건 우리 모두를 미몽에서 깨울 만큼 강력한 주문이었다. 물론 그 짧은 정적 이후에 우리는 다시 활기를 되찾았고, 문학과 삶에 대해 목소리를 높였지만 그 뒤로는 모든 게 공허하게 느껴질 뿐이었다. 그 주문이 내게 준 실감은 언젠가 우리가 서로를 잃을 거라는 것이었고, 그 상실에 대한 두려움만큼 내가 그들을 사랑하고 있다는 사실이었다. 그러니 그때 느낀 공허함은 다른 누구의 것이 아닌 분명 나의 것이었다. 그 공허함은 정은의 것이고 현수의 것이었지만, 그만큼이나 나의 것이기도 했다.

"너를 내려주고 집으로 돌아가는데 왠지 울음을 참을 수가 없었어. 네가 차에서 내리는 순간부터 주체할 수 없이 눈물이 나더라. 너한테 겨우 손을 흔들고 집으로 향했는데, 도저히 운전을 할 수가 없어서 갓길에 차를 세워놓고 한참 동안 소리 내 울었어." 나는 뭐라고 대답해야 할지 몰라 가만히 있었다. 그녀가 내 앞에서 울음을 터뜨릴지도 모른다는 생각이 들었지만 그러지는 않았다. "그러고는 안 되겠다고 생각했지. 더 이상 이런 식으로는 안 되겠다고." "그래서요?" "집에 들어가자마자 남편한테 모두 말해버렸어." "어디까지요?" "전부 다." 나는 그녀가 말하는 '전부'가 무엇인지 모두 알 수는 없었지만 그녀가 남편에게 말했을, 아니면 말해야 했을 최소한의 이야기가 무엇이었는지는 알 수 있었다. 그녀는 또한 그 사실을 바로 현수에게 알렸다고 했다. 현수는 당황하지 않고, 오히려 담담한 말투로 앞으로 힘들어지겠네, 라고 대답했다는 것이었다. 누가? 모두가. 뭐가? 전부 다.

"며칠 동안 우리는 그 어느 때보다도 많은 이야기를 나눴어. 하루 종일, 다음 날도, 그다음 날도, 매일매일 우리는 끝없이 이야기를 했어. 내 남편은 의외로 담담했어. 현수가 있는 해방촌까지 나를 차로 데려다줄 정도로."

"이제 해방촌이 낯설게만 보여. 그리고 그만큼 현수도 낯설어 보여. 단 며칠 사이에. 이상하지?"

"그곳에서 우리가 가장 많이 한 말이 뭔지 알아? 사랑한다는 말이었어."

"아마 다시는 그 말을 할 수 없으리란 걸 알았기 때문이었겠지."

"그렇다면 그 말은 뭘까?"

"다시는 할 수 없는 말."

"다시는 말할 수 없는 사랑이란 말은 뭘까?"

나는 때로 사랑이라는 건 그 자체로 의미를 품고 있지 않은, 그저 질량이 있고 푹신거리는 단어일 뿐이라고 느끼곤 했다. 나와 연경이 서로에게 사랑한다고 말한 순간을 세어보면 얼마나 될까? 우리는 서로가 그 말을 그 자체로서 받아들이지 못할 때뿐만 아니라 심지어 그 말을 제대로 듣고 있지 않을 때조차 마치 우리 사이의 빈 공간을 메우려는 것처럼 그 말을 쏟아냈다. 구멍이 뚫린 튜브에 계속해서 호흡을 불어넣는 것처럼. 그러나 우리의 말들이 완전히 무의미했다고 할 수 있을까? 우리라는 공간을 채우기 위해서 더 이상 아무 뜻도 남지 않은 언어라도 멈추지 않고 채워 넣는 것 외에 무엇을, 형체를 잃어가는 우리가 우리를 유지하기 위해 그 일 외에 더 무엇을 할 수 있었을까?

그 이후에 내가 할 수 있는 일은 없었지만 나는 한동안 현수를 만나는 일에 집착했다. 그에게 무슨 말이라도 들어야 한다고, 내가 그들에게서 완벽히 유리되어 예전처럼 누구와도 연결되지 않은 온전한 나로서 살아가려면 누군가가 분명한 목소리로 이 모든 관계에 종언을 고해야 한다고 생각했던 것 같다. 그러나 그는 정은의 남편이 그들에게 허락한 시간, 관계를 정리하기 위한 마지막 일주일을 보낸 뒤에는 정은은 물론이고 나와도 만나려 하지 않았다. 그는 전화로 그 이후 있었던 일에 대해 충분히 설명해주었지만 나를 보기는 힘들 것 같다고 했다. "너를 보면 정은이 떠오를 거고, 난 아마 견딜 수 없을 거야."

나는 그 모든 일이 이렇게 당황스러울 정도로 맥없이 끝날 수는 없다고 생각했다. 정말 이게 다야? 이게 끝이야? 그들의 세계는 이렇게 사라져버릴 만한 게 아니었다고, 내가 그 해방촌의 언덕을 올라 도달한 세계는 이런 게 아니었다고 나는 생각했다. 그러나 그에게 무슨 말이든 하려고 하면 할수록 그들의 세계에서 나는 완전한 이방인일 뿐이라는 사실만 깨달을 뿐이었다.

나는 거의 두 달이 지나서야 현수를 만나게 되었다. 그날은 바람이 많이 부는 날이었고 꽤 쌀쌀했으며 심지어 바닥에는 갈변한 낙엽마저 몇 개쯤 떨어져 있어서 이젠 가을이라고 하지 않을 수 없는 계절이었다. 시청 앞에서 만난 그는 밤색 카디건을 걸치고 있었고 그래서 그런지 낯선 사람처럼 보였다. 나는 하마터면 그를 알아보지 못할 뻔했다. 어쩌면 사람은 계절마다 다른 얼굴을 지니고 있는 것일까, 하는 생각을 하면서 그를 보았는데 계절이 어떻게 되었든 그가 가진 선한 얼굴만은 여전했다. 현수는 내게 사과를 건넸다. "미안해." 그는 그 말을 하러 나왔다고 했다. 그러나 무엇에 대해? "뭐가요?" "모르겠어. 어쨌든 다." "그동안 뭐 하고 지냈어요?" "아무것도 안 했어." 그는 힘없는 미소를 지어 보였는데 나는 어쩐지 그 미소가 비겁하다고 생각했다. 그렇게 선한 얼굴로 그렇게 기운 없는 미소를 지어버리면 내가 그를 원망한다는 사실이 마치 올바르지 않은 일처럼 느껴지니까. 그러나 사실 나는 내가 그를 원망하는 것이 올바르지 않은 일이라는 것 정도는 이미 알고 있었다. 어떤 사람들이, 어떤 세계가 있었고 이제는 존재하지 않는다. 여름은 지나갔다. 그해의 모든 태풍이 소멸했고, 모든 매미는 울음을 그쳤고, 아이들은 모두 물에서 나왔다. 그게 다였다. "글을 계속 써요." 나는 그에게 말했다. 미리 생각하지도 않은 말이었는데 나도 모르게 몇 번이고 그 말을 하고 있었다. "당신들의 이야기를 쓰라고요." 물론 나는 그가 그러지 않을 거라는 걸 알고 있었다.

이제 와 돌이켜보면 내가 현수와 무슨 이야기를 나누려고 했던 것인지 알 수가 없다는 생각이 든다. 그에게 사과를 받으려던 것도 아니고 그들에게 글을 이어 쓰라고 강요하려던 것도 아니었다. 아마도 그를 만나 무언가를 확인하거나 기다리기 위함이라기보다는 그저 어떤 시기를 연장시키고 싶었던 게 아닐까 싶다. 나는 온전히 나로서 존재하고 싶었던 것이 아니라 오히려 온전히 나로서 존재하게 되는 걸 피하고자 했던 것 같다. 꽤 오랫동안 무엇이 나를 그렇게 만들었나 돌이켜보았지만, 그건 옳은 질문이 아니었다. 오히려 무엇이, 그들이 나를 그렇게 만들 수 있도록 했는지가 더 나은 질문이었던 것 같다.

그들에 대해 쓰게 된 건 나였다. 나는 연경에 대해 쓰다가, 그녀를 생각하면 생각할수록 정은과 현수에 대해 쓰지 않고 연경과의 일을 복기하는 것은 불가능하다는 사실을 깨닫게 되었다. 그런가 하면 정은과 현수에 대해 쓰면서 연경에 대해 쓰지 않는다는 것은 모든 것을 무의미하게 만드는 일이었다. 나는 현수를 만나고 돌아온 후로 우리에 관한 글을 쓰기 시작했다. 물론 그 글 또한 끊임없는 다시 쓰기의 과정만 거칠 뿐 도무지 완성되지 않았고 여전히 그러고 있는 중이지만, 그 일이 나에게는 도움이 된다. 만약 어떤 식으로든 글을 완결 짓게 된다면(그런 일이 일어날 가능성은 매우 희박해 보이지만) 나는 그걸 연경에게 보낼 생각이었는데 이제는 그게 좋은 생각인지 알 수 없어졌다. 이미 그 일들은 연경에게서 아주 멀리 떠나왔기 때문이다. 모든 것이 끝난 뒤에 그것을 복기하는 일은 과거를 기억하거나 기록하는 것이 아니라 오히려 재해석하고 재창조하는 일이니까. 그것은 과거를 다시 경험하는 것이 아닌 과거를 새로 살아내는 것과 같은 일이니까. 그러나 읽을 사람이 아무도 없는 글을 쓰는 것은 생각보다 고독한 일이다. 그래서 어느 날 나는 글을 쓰다가 어쩌면 내가 영원히 혼자일지도 모른다고 생각했고, 그게 문득 참을 수 없이 두려워졌다.

영원히 단수형일 우리들

김건형 문학평론가

1.

철학적 이상이나 인문주의적 조언들이 사랑은 서로의 차이를 넘어서며 산술적 합을 초과하는 '우리'가 되게 만들어준다고 흔히 말한다. (그건 때때로 사실이지만) 그들은 우리의 사랑에 내재한 필연적 조건 하나에 대해서는 침묵하곤 한다. 우리의 사랑은 언제나 그 종국을 맞이한다는 점이다. 정영수의 전작 「더 인간적인 말」에서 죽음과 생명에 대한 담론적인 토론을 즐기던 두 사람이 실제로 이모가 존엄사를 실행하자 침묵으로만 겨우 대응하는 것처럼, 「우리들」도 "사랑이라는 성스러운 이름"의 초월성에 대한 '나'의 기대 앞에, 그 유한함이라는 구체적이고 절대적인 사실을 들이밀어 굴복시키고 만다. 그 간극의 낙차로 절망하고 마는 이 예민한 화자는 자신이 보는 '우리'와 기억 속의 '우리'를 계속해서 동시에 두드리고 있다.

가족에 대한 규범적 정의감에서 조금 거리를 두고 보면, 서사는 "느슨한 릴레이션십"(외도)의 폭로 이후의 처벌과 가족의 회복이라는 상투적인 가족 드라마의 파토스에는 별 관심이 없다. 오히려 내년 여름마저 장담하지 못하는 '우리'의 유한함을 현수로 하여금 먼저 말하게 하고, 정은으로 하여금 남편에게 먼저 고백하게 한다. 정은의 남편은 등장하지 않고 다만 유예 기간을 정확히 일주일이라고 정해 헤어짐을 정확히 조건 짓는다. 그렇다면 실은 사랑의 유한함과 필연적인 종결을 알면서 시작해야만 하는 우리 모두의 관계 조건을 보여주기 위한 가장 즉물적인 설정에 가깝다. (질병이나 죽음이 역설적으로 상기하는 영원불멸한 사랑으로 애도되지 않아) 가장 현실적인 유한함을 안고 시작하는 지상(地上)의 사랑들이 가진 조건이다. 「우리들」은 연경과 '나' 그리고 정은과 현수의 우리 들을 통해 사랑을 쓰는 서정 소설이다.

2.

연경을 처음 만났을 때 '나'는 "타인과 관계 맺는 일에 서툴렀고 누군가와 그렇게나 길고 고단한 감정적 투쟁을 할 수 있다는 것은 상상도 해보지 못한 어리숙한 학생"이었다. 처음 하는 사랑이 삶에 갖는 결정적인 역능을 기억한다면 화자가 애정, 질투, 환희, 쾌락, 증오, 환멸을 비롯한 삶 전체를 연경과의 사랑으로부터 느낀 덕에 "어떤 운명적인 끈이 우리를 꽁꽁 묶어버"린 영속적 소유가 사랑이라고 생각하는 것은 당연하게 읽힌다. "삶에 실패한 인물들이 나오는 소설"들의 문학적 사랑에 따르면 사랑은 운명이고 위대한 초월로 표상되는 것이다. "사랑이라는 성스러운 이름"하에 운명적으로 재회한 "우리는 결국 함께할 수밖에 없다는 생각"을 하는 화자의 확고한 믿음이 "서로를 사랑한다고 여겼던 연경과 내가 서로에게 서로를 주장하며 충돌"하게 했다. 사랑의 이름으로 서로에게 행하는 강렬하고 격렬한 가학적 행위들은 "중독적인 형태의" 고통이 된다. 사랑은 꽁꽁 묶인 애틋한 운명이어야 하므로 "스스로의 선택이 아닌 불가항력적 상황"에서나 헤어질 수 있다. '나'와 연경은 서로에게 가혹하면서도 "엉망진창이 되어 헤어지지도, 헤어지지 않지도 못한 채" 기다리기만 했다. 사랑은 종결지어져 있음을 인정하지 못했기에 서로에게 폭력의 지속으로 유예됐다. 스스로 먼저 인정한 적 없이 타의에 의해서만, 일을 핑계로 떠남으로써만 가까스로 종결 근처만 헤맸던 것이다. '나'는 사랑 그 자체의 조건과 싸우는 듯 보이지만 실은 불가능한 유예에 처절하게 집착하고 있다.

그러니 사랑을 잃은 '나'는 패배감과 무기력에 빠져 있다. '나'는 사랑의 가능성을 굳건히 믿었는데도 왜 서로 밀어졌고 무참한 상처를 주었는지 이해할 수 없다. 자신이 그리워하는 연경의 모습은 "실제로 더 이상(어쩌면 애초에 단 한 번도) 존재하지 않는다는 사실을 상기하려 노력했"지만 소용없다. '우리'가 무엇인지 알지 못하므로 삶의 쓸모도 느끼지 못한다. 그러니 "스스로가 무엇에라도 쓸모 있는 존재라는 증거가 필요"했다. '나'는 사랑의 위대함에 도달하진 못했지만 바깥에는 그런 게 있지 않을까? "그래서 사랑은? 그럼 이제 사랑을 내놔봐. 그건 대체 어디 있는데?"

그 질문에 응답하며 정은과 현수의 모습은 완전한 사랑의 형태처럼 다가온다. "내가 정은과 현수를 기억하는 방식을 결정짓는 데는 연경이라는 존재가 큰 역할을 했으리라고 생각하지 않을 수가 없다." '나'와 연경이 관계 맺던 방식과의 "극적 대비를 발견"한다. "서로를 완전한 독립체로 대하면서도 끊을 수 없는 강한 유대를 맺고 있었고 그것은 사랑과 신뢰를 기반으로 아주 단단하고 영속적인 결합으로 보였다." 사랑을 안다고 생각해 의존하고 요구해 자신의 감정을 분출했던 '나'와 달리 두 사람은 서로를 독립체로 대하고 구속하지 않기에 "삶에 능숙한 사람들"이며 "어느 누구보다 스스로에 대해 잘 알고 있는 사람들"이다. 현수가 어떤 결핍도 열등감도 억울

함도 수치심도 없는 선한 얼굴로 등장할 때, 그는 "완벽한 형태의 관계"를 통해서 '나'가 도달하고 싶은 "진짜 어른의 삶"이 된다. 그래서 상처를 받지도 주지도 않는 그들의 사랑은 "실로 오랜만에 느낀 감정적 고양"이고 "그들이 존재하지 않던 세계에서 그들이 존재하는 세계로 이동"하는 차원의 전환처럼 느껴진다.

그런 '우리'를 보면서 여전히 '나'는 사랑을 소유하려고 한다. 정은과 현수의 사랑에 대해서 "과도한 정도의 애정을 느끼"면서 그들의 내면과 외면을 모두 소유해 "다른 차원의 '진정한' 삶을 경험"하고 싶어 한다. '나'가 새로운 '우리'에서 안도감과 충만감을 느끼고 그들의 내면과 외면을 "모두 소유하고 있다는 착각"도 그들의 모습에서 사랑과 '우리'를 대신 소유하려는 갈망 탓이다. 외도를 털어놓는 네 번째 원고를 계기로 "우리 셋"에 대한 애착은 더 본격화된다. "그들의 사랑이 지천에 널린 흔하디흔한 애정이 아니라 위험과 고난을 (심지어 죄의식마저) 함께 나누며 이어나가고 있는 숭고"함으로 다시 인식된다. 정은과 현수의 사랑을 고난을 극복하는 숭고한 사랑으로 인식하면서, '나'는 연경과 하지 못한 사랑의 성스러운 운명이 여기에서 다시 도래하리라 믿는다. "두 사람이 그 험난한 상황에서 감정적으로 의지할 수 있는 대상은 오직 나뿐이었다." 오직 '나'만이 '우리'를 완성시켜 영원히 가질 수 있다는 소유의 감각으로 다른 '우리'를 만들고 지키려 한 것이다.

그러나 소유의 약속은 사랑의 종결지점이 언제나 여기 있음을 도리어 상기시킨다. 매년 여름에 다시 오자며 "다음의 다음, 또 다음의 여름에 대해 이야기"해 사랑의 영원불멸을 말하자마자, 그것이 불가능함이 더 크게 환기된다. "그건 우리 모두를 미몽에서 깨울 만큼 강력한 주문이었다." "그 주문이 내게 준 실감은 언젠가 우리가 서로를 잃을 거라는 것"이다. 이를 계기로 정은과 현수는 유한함과 헤어짐을 온전히 받아들이고 있다. 정은도 현수도 사랑한다는 눈물을 더 많이 나누고 나선 순순히, "다시는 말할 수 없는 사랑"의 종결을 받아들이는 것이다.

반면 '나'는 현수에게 집착하면서 이렇게 사라져버릴 만한 게 아니라고 "맥없이 끝날 수는 없다고 생각"하며 두 사람이 서로를 좀 더 유예하고 집착하길, '우리'가 사랑을 좀 더 오래 소유하길 바란다. 여전히 "상실에 대한 두려움만큼 내가 그들을 사랑하고 있"다.

> 이제 와 돌이켜보면 내가 현수와 무슨 이야기를 나누려고 했던 것인지 알 수가 없다는 생각이 든다. 그에게 사과를 받으려던 것도 아니고 그들에게 글을 이어 쓰라고 강요하려던 것도 아니었다. 아마도 그를 만나 무언가를 확인하거나 기다리기 위함이라기보다는 그저 어떤 시기를 연장시키고 싶었던 게 아닐까 싶다. 나는 온전히 나로서 존재하고 싶었던 것이 아니라 오히려 온전히 나로서 존재하게 되는 걸 피하고자 했던 것 같다. 꽤 오랫동안 무엇이 나를 그렇게 만들었나 돌이켜보았지만, 그건 옳은 질문이 아니었다. 오히려 무엇이, 그들이 나를 그렇게 만들 수 있도록 했는지가 더 나은 질문이었던 것 같다.(314쪽)

'나'는 사랑이 '상실의 두려움' 즉 소유하고 유지하려는 태도와 동의어가 아니라는 것을 상실 이후 뒤늦게야 깨닫는다. 비로소 정은과 현수에게 매혹된 이유를, 그들이 해방촌 카페에서 빛날 수 있었던 이유를 안다. 이 불가피한 사랑의 종결을 미리 아는 자들의 태도였기 때문이다. 온전히 자기로 빛나던 "어떤 사람들이, 어떤 세계가 있었고 이제는 존재하지 않는다. 여름은 지나갔다"는 사실을 힘겹게 받아들이고서야, 비로소 "우리에 관한 글을" 쓸 수 있게 된다.

3.

사랑이 종결되자 정은과 현수는 글쓰기를 멈춘다. 화자가 끝끝내 집착해 붙잡으려는 것과 달리 사랑의 종결을 미리 알고 있던 정은과 현수는 처음부터 "그저 그 글을 씀으로써 자신들이 겪게 될 변화"를 기대하고 있었을 뿐이었다. 반면 '나'는 연경을 기억하는 글로 연경을, 우리를 확인하려 한다. 관계가 끝나더라도 어떤 의미가 남는다는 것을 확인하려는 애착의 발로다. '나'는 자신이 "그녀와의 긴 만남을 통해 어떤 것들을 느껴왔는지"를 단단히 붙잡아 확인하고, 그것을 연경에게 보내 "그녀에게 나의 생각을 분명하게 전달"하려 했다. 사랑을, 연경을, 우리의 시간을 붙잡아 단단하게 기억하고 명명하는 "그 방법은 역시 글쓰기뿐이라는" 믿음은 우리에 대한 소유의 집착이다.

그러나 우리의 기억을 확증하고 전달하려는 믿음은 이내 무너져버리고 만다. 우리를 쓰기 시작하자마자 "그때 정말 그랬었나? 하는 의문이 들고, 글을 쓰다가 나의 기억이나 감정이 바뀌기도 했"기 때문이다. '나'의 글 속에서 연경과 우리는 계속해서 미끄러져나갔다고 고백한다. "실제보다, 그들이 그랬던 만큼이 아니라 내가 그랬으면 하는 것만큼 그들을 아름답게 꾸민 기억 속으로 밀어 넣고 있는 것이 아닐까?" 그런 점에서 이것은 말/쓰기의 불가능한 조건에 대한 소설이다. 지금 기분과 감정이 뭐라고 말하고 쓰는지에 따라 우리의 과거는 계속 달라진다. 연경과 '나'가 만들었던 우리의 모습이 고정되어 있는 것이 아니라 지금 글을 쓰면서 그것을 다시 만들 수 있을 따름이다. 과거의 시간은 언제나 새로 쓸 수 있을 뿐이지 붙잡을 수도 고정할 수도 없다. 우리는 아무리 정교한 글로도 시간을, 사랑을 소유할 수 없다. 언제나 지금 내가 말하고 있는 우리만이 있을 따름이다. 정확하게 반복될 수 없는 우리는 영원히 단수형으로 단 한 번 존재할 뿐이다.

'우리(였던 그 시간)들'에 도달할 수 없다. 현재의 우리는 우리가 부재하는 미래를 만들기 위해 존재하게 되는 셈이다. 상실 이후의 고독과 비로소 마주하는 결말은 우리 모두는 헤어짐을 예비하기 위해 사랑하고 있다는 서늘한 존재론을 일깨운다.

> 그러나 정작 글을 쓰기 시작하고 나서 깨달은 건 내가 연경에게 무슨 말을 하고 싶은지는커녕 스스로 그녀에 대해 어떻게 생각하고 있는지조차 정확히 알지 못한다는 사실이었다. 나는 그것을 알기 위해 끊임없이 글을 썼다 지웠다. …(중략)… 글은 점점 연경에게 보내는 편지에서 스스로를 돌아보는 형태로 변해갔다. …(중략)… 그것은 무언가를 해명하거나 설명한다기보다는 그 일을 다시 경험하는 일에 가까웠으며 그 경험은 또 다른 해석을 불러일으켰고 그래서 나는 나에 대한, 그녀에 대한, 우리가 겪은 일들에 대한 기억을 끊임없이 수정해야 했다.(308~309쪽)

결국 '나'의 글은 연경에게도, 정은과 현수에게도 결코 전해지지 않고 끝난다. 독자 없이 영원히 고독한 글. 그리고 실은 쓰고 있는 '나'마저도 다시 읽지 못하고 수정하고 지워버릴 글. 쓰는 그 순간에만 단 한 번 존재할 뿐인 글의 절대 고독에 '나'도 승복한다. 그것이 우리의 삶이지 않던가? 언제나 사는 순간만의 것. 그 점에서 삶도 사랑도 꽤 고독한 작업이지만 그 고독한 단수형의 삶과 사랑을, 우리는 다시 경험하고 해석하길 반복한다. 그 "끊임없는 다시 쓰기의 과정"이 지금의 "스스로를 돌아보는" 힘을 주기 때문이다. "모든 것이 끝난 뒤에 그것을 복기하는 일은 과거를 기억하거나 기록하는 것이 아니라 오히려 재해석하고 재창조하는 일이"다. 그것을 다시 붙잡을 수 없지만 기억하는 그 순간, 삶을 돌아보는 그 순간만큼은 "과거를 다시 경험하는 것이 아닌 과거를 새로 살아내는 것과 같은 일이"다. 그 사랑을 붙잡을 순 없지만, 그것을 기억함으로써 지금을 '다른' 사랑의 순간으로 만드는 힘이, 이 기억의 글쓰기에 있다. 우리의 글쓰기는 조금 비껴난 다른 사랑을 쓸 수 있을 따름이다. 이것이 최후의 가능성이다. 그래서 "끊임없는 다시 쓰기의 과정만 거칠 뿐 도무지 완성되지 않았고 여전히 그러고 있는 중이지만, 그 일이 나에게는 도움이 된다."

우리가 끝난 이후에, 우리가 빛나던 시간은 어떤 의미로 남는가. 우리 삶은 결국 그 이후들로서만 종합되고 감각되는데 말이다. 더 이상 우리가 사랑하지 않을 때 우리 존재의 가능성에 대하여, 그리고 그것을 어떻게 말할 수 없는가에 대하여, 더 뺄 나위 없이 간결하고 정련된 문장들로 「우리들」은 도달한다.

Light from Anywhere
빛은 어디에서나 온다

정지돈

대구 출생. 대학에서 영화와 문예창작 전공. 낸 책
으로 『내가 싸우듯이』 『문학의 기쁨』, 『작은 겁쟁
이 겁쟁이 새로운 파티』 등이 있음.

Light from Anywhere 빛은 어디에서나 온다

　양코씨가 서울에 온 건 1968년 11월 10일이었다. 나이는 스물일곱, 키는 중간보다 조금 작은 정도였고 호리호리하고 허리가 짧고 팔다리가 길어 중간보다 조금 커 보이지 않아? 라고 했지만 태순은 아니라고 했다. 왜냐하면 나보다 작으니까, 작다고 해서 크게 문제 될 건 없지만 작은 건 작은 거지. 양코씨는 고개를 끄덕였다. 작은 건 작은 거, 작은 건 좋은 거지? 그는 질문인지 혼잣말인지 모를 억양으로 말했고 태순은 왜 작은 게 좋은 건지 생각했다. 작은 건 나쁜 거 아닌가. 그녀는 1968년 이화여대 영문과에 입학해 서울에 올라왔고 그전까지 영천에서 살았으며 대구에서 중고등학교를 나왔다. 서울에서는 수업을 듣거나 밥을 먹을 때를 제외하고는 풍경만 보고 살았다. 명동에서 종로까지 걸으며 유리와 콘크리트로 만들어진 신축 빌딩과 아케이드 안으로 사라지는 사람들, 바스러질 것 같은 구한말의 집들과 일제시대에 지어진 백화점의 벽을 손으로 더듬었고 건물 사이를 들고 나는 바람과 사람들의 차림, 버스가 새로 개통한 고가도로를 올라가는 풍경을 보았다. 양코씨는 자신이 바로 그렇다고, 나와 똑같다 라고 말했다. 도쿄에서 태어나 동경대에서 중국어를 전공하고 연세대 대학원에 입학한 양코씨는 1박에 520원인 신당동의 싸구려 여관에 자리 잡았다. 잠깐 있다 집을 구한다는 게 어쩌다 보니 세끼 식사 합쳐 한 달에 11,000원이라는 주인 아줌마의 제안에 넘어가 1년이 넘도록 방을 떠나지 않았고 일본에도 가지 않았으며 수업이 없을 때는 방에 누워 이태준과 박태원, 김동인 따위의 소설을 번역했고 삼학소주에 김치를 곁들여 먹으며 글을 쓰기도 했지만 대부분은 정처 없이 서울 시내를 떠돌며 풍경만 보고 지냈다. 수업을 듣거나 공부를 하고 다른 학생들과 교류하는 것에는 왠지 게으름을 부렸고 명동에서 헌책방을 히야카시하거나 사보이호텔 뒷골목에 기어들어가 도쿄 삿포로야 라면을 먹었지만 딱히 도쿄가 그리워서는 아닙니다. 한번은 반외팔이 같은 사내에게 꼬여 오양빌딩의 다방에서 커피를 마시고 커다란 연탄난로가 있는 주점에서 낙지와 야채와 고춧가루를 듬뿍 넣고 끓인 안주에 막걸리를 마시기도 했지요. 사내는 더블브레스티드 양복에 하얀 목도리, 베이지색 코트를 걸친 행색으로 어딘지 모르게 무서우면서도 웃긴 모양이었고 솔직한지 무례한지 구분이 가지 않는 태도로 쪽바리놈아 돈을 내놔! 라고 윽박질렀다가 곧 하하 웃으며 겁먹지 말라고 어깨를 치곤 했습니다. 양코씨는 기분이 좋았다 나빴다 했지만 그게 서울이지요, 라고 말하며 사람과 바람, 서울은 이 둘, 이라는 식의 같잖은 각운을 맞추며 슬며시 웃었다. 양코씨는 행색이 좋은 편이 아니었지만 더럽거나 가벼워 보이지 않았고 왠지 모르게 품이 큰 윗도리와 팬츠가 썩 잘 어울리는 사내로 여타 한국 남자들처럼 목소리가 크거나 알 수 없는 이유로 기분이 오르락내리락하며 애정과 복종을 요구하지도 않았고 그게 일본인으로서의 자격지심 때문인지 원래 생겨먹은 성격인지 알 수 없었지만 아무튼 신중하고 예의 발랐으며 때때로 웃겨서 좋았지만 태순은 굳이 그런 말을 하지 않았다. 웃기면 웃으면 되는 거다, 하는 식으로 되뇌었고 나도 웃길 수 있는데 생각했지만 태순아, 여자가 웃긴 건 미덕이 아니야 하는 큰오빠의 말이 떠올랐다. 웃기고 있네, 웃기지도 않은 주제에. 태순은 생각했지만 말하지 않았다. 생각난 걸 말하지 않고 속으로 말하다 보니 어느 순간 말하지 않는 게 편해졌고 받아침 타이밍도 잊어버렸고 난 더 이상 웃기지 않나 봐 생각이 들어 우울하기도 했지만 내가 나를 웃기니 그걸로 됐어, 웃기는 사람들을 가만히 지켜보거나 생각하고 집에 들어가 오늘 있었던 일을 쓰고 내일 있을 것 같은 일을 쓰고 더 기분이 좋을 때는 10년 후에, 30년 후의 일에 대해 일기를 쓰는 걸로 시간을 보냈다. 30년 후에는 마음대로 해도 된다, 그때는 나도 오십이 넘고 손녀 손자에 볼 장 다 봤을 나이고 텔레커뮤니케이션으로 외국인들과 자유롭게 얘기할 수 있는 세기말이니까 여자가 웃긴다고 지랄할 사람은 없겠지, 안 그래, 양코씨? 하고 태순은 생각했다. 양코씨는 자기가 뭘 실수했나 당황하는 표정을 지으며 태순을 봤다. 태순의 눈이 뭔가 말하고 있었고 입꼬리가 실룩이는 것처럼 보였지만 태순은 가끔 그랬고 말하고 싶은 게 잔뜩 있지만 말하지 않는다는 걸 온몸으로 말했는데 그건 나도 그래, 너랑은 다르지만 나도 그래, 68혁명이 일어나고 야스다 강당이 해방되고 멕시코 올림픽에서 검은 장갑 시위대가 행진하고 기동대가 투입되고 박살난 동경대생들이 질질 끌려나오는데 나는 여기서 뭐하지, 반도호텔과 삼성빌딩 사이에 서서 골목을 돌아나오는 바람, 서울 시내의 골목을 휘젓고 튀어나온 젤리 같은 부드럽고 차가운 바람을 맞으며 감상에 젖거나 하다니, 그렇지만 내가 서울에 살기로 한 것도 이 바람 때문인데, 베를린과 도쿄를 본뜬 서울의 건물들 사이를 거닐며 액화되는 공기의 흐름을 느끼면 안 되냐고 양코씨는 생각했고 이쪽으로 가요, 오늘은 남산으로 가요, 라고 말했다. 양코씨와 태순 모두 서울에 산 지 1년 넘도록 변변한 친구가 없었고 친구를 사귈 생각도 없었다. 이르게 죽음을 맞은 망자처럼 서울의 남은 시간을 보기 위해 끊임없이 걸었고 그렇게 오래 혼자 밥을 먹고 잠을 자고 길을 걸으며 누구와도 부딪치거나 마주치지 않으면 점점 얼굴이 흐릿해지고 몸의 가장자리가 천천히 깜박거리는 거 같은 느낌이 들지요, 양코씨를 만난 건 그렇게 망각이 일상화되고 내가 서울의 풍경을 비추는 외벽유리처럼 느껴지던 때였습니다, 라고 태순은 말한다. 양코씨가 왜 양코씨인지는 아무도 몰랐다. 그의 본명은 초 쇼키치, 한문으로는 장장길. 하지만 모두 양코씨라고 불렀다. 모두라고 해봤자 태순을 포함해 두어 명밖에 없지만 모두 양코 내 지는 양코씨라고 했고 그런데 별명에 씨를 붙이는 건 좀 이상하지 않아? 그 렇다고 양코라고 하기는 좀 그렇죠. 태순은 말했다. 양코라고 할 만큼 친하 지 않고 초짱, 초쿤이라고 하는 것도 그렇고. 양코씨는 아무렇게나 불러요, 라고 했고 이름에 대한 문제는 그걸로 일단락, 후에도 이름에 대한 생각이 들긴 했지만 그러거나 말거나 생각했다.

반도의 바람은 열도와 달라요. 양코씨가 말했다. 반도의 바람은 대륙의 바람이고 사토 기요시는 한랭의 미를 맛보는 것은 조선에 사는 자의 특권 이라고, 추위에 하늘이 갈라지고 모든 찌꺼기, 더러움, 구태, 불순한 생각 과 허례허식이 얼어붙어버린 차갑고 조용한 경성의 거리를 걸어보라고 했 지요, 물론 저는 그 사람을 좋아하진 않습니다만. 양코씨는 문학을 공부했 고 모든 것을 좋아하지 않았고 책을 쓰고 싶어했다. 태순은 영문학을 공부 했지만 책을 쓰고 싶지 않았고 영시를 낭송하는 재미 같은 건 대학 입학 첫 날 깨끗이 잊었다고 말하며 뭐하고 싶은지 모르겠는데 알 수 없는 이유로 들뜨거나 풀이 죽는다고 했다. 뭐든 할 수 있을 것 같은 기분이 아침마다, 가끔 밤의 침묵 속에서 불쑥 솟아올랐고 그건 아무래도 지금 시대 때문 아 니겠어요? 라고 양코씨는 말했다. 모든 게 변하고 있고, 그런데 아무것도 변하지 않고, 하고 양코씨는 말했다. 양코씨는 일어도 영어도 잘하고 매일 외국 잡지를 끼고 다녔다. 반면 태순은 뭔가 관심을 가질 만한 게 없어, 친 구들이 빠져드는 불문학이나 독문학, 비틀즈 말고 다른 게 없을까, 조금 덜 낭만적이고 덜 파퓰러한 걸 찾고 싶다고 생각했는데 무슨 따위의 생각인지 갈피를 잡지 못했고 그러다 양코씨와 함께 우연히 인간환경계획연구소를 알게 됐다고 말했다.

인간환경계획연구소는 1969년 초 한국종합기술개발공사 사장을 그만 둔 김수근이 세운 곳으로 당시에는 오사카 만국박람회를 위한 미래학 세미나를 진행 중이었다. 그때만 해도 김수근이 누구인지, 한국종합기술개발공사가 뭔지 알 수 없었던 태순은 어떤 경로로 연구소를 알게 됐는지 모르겠다며, 하지만 그땐 모든 환경이 그곳으로 연결되어 있었어요, 양코씨는 본래 잡지 『空間』의 구독자였고 그녀는 이어령 교수와 소흥렬 교수의 수업을 듣는 학생이었으며 게시판에는 오사카 만국박람회에서 일할 안내원을 뽑는 공고가 붙었지요, 꽤 큰돈을 줬을 뿐 아니라 비행기도 못 타본 아이들에게 외국이라니요, 정확한 계기는 기억나지 않지만 저는 어느새 양코씨를 끌고 연구소가 있는 태화관 건너편의 바로크 빌딩으로 가고 있었습니다. 선명히 기억나는 건 1969년 12월, 세미나가 끝나고 신신아케이드의 양식 그릴에서 식사를 하며 몬트리올과 오사카 만박에 대해, 여의도와 구로무역박람회에 대해, 독시아디스니 로버트 융크니 하는 이름과 메이시 컨퍼런스, 델로스 심포지엄, 맨카인드2000같이 이름만으로도 미래에 도착한 것 같은 이야기를 처음 들었다는 사실입니다. 양코씨와 태순에게 스테이크를 사주며 이야기를 한 이는 조영무라는 남자로 회색 중절모를 쓰고 감색 코트를 입고 있었는데 그때만 해도 할아버지 말고는 중절모를 쓰지 않을 때라 시대착오적으로 보였지만 그래서인지 멋이 풍기기도 했어요. 비가 그치고 난 밤하늘처럼 얼룩덜룩한 푸른빛을 발하는 감색 코트를 보며 태순은 코트의 조직을 현미경으로 들여다보고 싶은 욕구를 느꼈고 그건 호감의 한 양식이기도 했습니다, 라고 말하며 나중에 알게 된 사실이지만 조영무는 평생 어디에도 정착하지 못하고 책만 보고 산 사내로 지나친 독서와 공부로 시력을 상실했을 뿐 아니라 일상생활의 거점 역시 잃으며 어둠 속으로 물러나 모두의 기억에서 잊혀지게 되지만 그때만 해도 프랑스 외무성의 초청으로 세계를 떠돌며 도시와 주택, 고건축과 모더니즘, 미래와 과거를 순환하는 보편논리를 연구하는 야심만만한 젊은이였지요. 조영무는 양코씨에게 우메사오 다다오와 하야시 유지로 같은 일본 관료 출신 학자들과 정보화, 21세기, 오사카 만박에 대해 말했고 양코씨는 시종 무표정한 얼굴로 스테이크를 뒤적였는데 역광이라 무표정해 보였는지도 모릅니다, 반면 영무는 담담했고 이야기 도중 중절모를 썼다 벗었다 했는데 아케이드의 유리 천장으로 새어 들어온 창백한 겨울빛이 모자의 귀퉁이에 길쭉한 세모 모양의 온기를 남겼다 사라지는 모습을 보며 저는 지루함을 달랬습니다. 안보투쟁과 시에 대한 양코씨의 말이 길게 이어졌고 조영무는 베를린에서 엔첸스베르거를 만난 이야기를 꺼냅니다. 그의 방에는 아무런 장식도 없고 책도 없고 정체를 알 수 없는 남미 시인의 커다란 사진만이 걸려 있었다, 창문 밖으로 이름을 알 수 없는 숲과 공원이 보였고 그 중앙을 북을 든 소년과 금관악기를 든 소년, 그들을 뒤따르는 제복 입은 소년들이 걸어갔고 막 내려앉기 시작한 밤의 거스름, 하나둘 불이 들어오는 가로등, 도시를 울리는 발자국 소리와 멀리서 들려오는 종소리를 잊을 수 없다며 프로테스트보다 이후의 침묵, 그것을 기억해야 한다고 조영무는 말했는데 모든 이야기가 끝난 후 양코씨는 저치는 순 허풍쟁이다라고 말했지요. 그날 나눈 이야기가 처음 나눈 이야기인지 모르겠으나 이후 이야기는 끝없이 이어지는데 그때의 지루함을 생각하면 왜 이것이 이어지게 내버려두었는지, 양코씨는 왜 어두운 낯을 하고도 바로크 빌딩으로 기어들어갔는지 알 수 없는 노릇이고 우리는 모두 왠지 모를 힘에 이끌려 낯선 공간과 관계 맺어지는데 그 힘을 일컬어 시간이라고 하는 것 아닐까, 그때는 미래라는 말이 너무 좋고 일기에 미래를 여러 번 반복해서 쓰며 아이를 낳게 되면 아들딸 구분 없이 미래라고 하자, 미래에는 남녀 구분이 사라질지도 모르고, 미래에는 아이를 낳지 않아도 아이가 있을지 모르고, 미래에는 미로로 만들어진 방과 건물, 도시의 길을 끊임없이 걸어도 지치지 않고 두렵지 않고 예기치 않은 조우와 나무가 우거진 광장을 가로지르는 자전거, 테라스를 맴도는 새 떼의 울음소리, 쇼윈도에 비친 초록색 베레모와 다리 아래를 오가는 작은 자동차 무리의 웅성거림에 귀 기울일지도 모르니 미래를 좋아했는지도 모릅니다. 1969년 12월 미래학 세미나를 듣기 위해 덜컹거리는 엘리베이터를 타고 바로크 빌딩을 오르는 것만으로도 저에게는 신기한 경험이었지요, 침침한 형광 불빛 아래 짙은 적색 융단이 깔린 복도, 문이 열리면 수트 차림의 작은 남자들이 담배를 물고 자료를 뒤적이는 모습이 나타났고 커다란 머리통을 가진 최정호 기자와 똘망한 표정의 젊은 건축학도들, 고급스런 뿔테 안경을 쓴 이어령과 더벅머리를 한 소홍렬이 스스로의 이야기에 심취해 몇 시간이고 떠드는 모습을 볼 수 있었고 곱슬머리를 뒤로 넘긴 건장한 체격의 김수근은 의자에 거의 눕다시피 한 자세로 앉아 깍지 낀 손을 배 위에 올리고 대화 사이를 흐르는 시간의 물결을 유유히 관찰하는 것 같아 보였지요. 세미나가 끝나면 나와 양코씨는 코트 단추를 끝까지 채우고 종로 2가 로터리를 가로질렀고 파고다 아케이드를 통과해 세운상가로 들어가 불고기를 먹고 커피를 마시며 들었던 이야기에 대해 이야기했습니다. 태순은 어린 시절부터 아케이드를 좋아했다, 유리와 철로 이루어진 거대한 말발굽, 밝고 투명한 심해어의 내장, 안과 밖, 위아래가 연결되고 갈라지는 선로의 분기점, 소화되지 못하고 부유하는 찌꺼기와 찌꺼기를 먹고 사는 기생충의 흐름 같은 것들, 태순은 말했고 양코씨는 이상한 취향이 아니라 할 수 없다며 세운상가에 오면 오사카의 우메다 지하상가가 생각나는데 자신은 지하가 싫고 아케이드도 싫고 워커힐도 싫고 국립경기장도 싫다, 그리고 미래가 싫다고 말했다. 그것은 그들의 미래지 우리 미래가 아니요, 그들의 진보지 우리 진보가 아닙니다, 정말 오사카에 갈 생각입니까, 양코씨는 물었고 태순은 방 안에 틀어박혀 「운수 좋은 날」 따위를 읽는 것보단 낫겠죠, 언제까지 여자 패는 소설을 읽고 있을 작정이에요, 라고 말했다고 했지만 어쩌면 아무 말도 못 했는지도 모릅니다, 라고 말했다. 태순은 정부에서 뽑는 엑스포70 한국관 안내양에 뽑힌 상태였고 양코씨도 같이 가자고 했지만 양코씨는 대답을 미루고 있었다. 안내양이라니 왠지 마음에 들지 않습니다, 양코씨는 말했다. 태순은 여의도에 라데팡스에 버금가는 미래 도시가 생기고 도쿄 앞 바다에 인공 도시가 생기고 아폴로 11호가 달에 착륙

한 시대에 안내양이라면 다르지 않겠냐고 했지만 양코씨는 대답하지 않았다. 태순은 그때 우리는 너무 많은 말을 했지만 무슨 말을 한 건지, 당시 세미나장을 떠돌던 수많은 이야기들, 약관을 갓 넘긴 건축가들이 만든 모형과 언어들은 존재하지 않는 미래의 시간 속에서 끌어내린 하나의 구조, 결정체, 시간의 흐름에서 튕겨나온 파편에 불과한 것 아니었을까 하는 생각을 모든 것이 끝난 이후에야 하게 됩니다, 라고 말했다.

1969년 말, 한국 정부는 오사카 엑스포70 한국관의 안내를 맡을 13명의 여대생을 선발했다. 여대생들은 1970년 3월 5일 오사카로 떠났다. 아래는 당시 신문기사다.

> 떠나는 아가씨들, 한국의 참모습 보일 터
> 25 대 1로 뽑힌 13명의 재원
> 만국박람회 한국관에서 안내역을 맡은 13명의 아가씨들이 5일 9시 KAL기편으로 떠났다. 이들 13명의 아가씨들은 지난해 11월 25 대 1의 경쟁을 거쳐 뽑힌 뒤 5주간에 걸쳐 한국의 역사, 경제, 영어, 일어 등을 비롯해 음악, 무용에서부터 몸가짐에까지 철저한 교육을 받았다. 이날 이충자 양 등은 출발에 앞서 "세계 여러 나라 사람들이 모일 만박에서 한국의 발전하는 참모습을 보여주기 위해 최선을 다하겠다"고 단단한 결의까지 표명했다.

오사카에서 태순이 목격한 것은 믿을 수 없을 정도로 많은 사람이었다. 이타미 공항에 내린 그녀와 동료들은 버스를 타고 센리의 만국박람회장으로 향했고 가는 내내 버스 안에서는 곤니치와 곤니치와 하는 박람회의 주제가가 흘러나왔다. "세계의 나라에서 안녕하세요." 박람회장에 다가갈수록 끝없이 이어지는 사람들의 행렬, 300미터에 이르는 육교를 가득 채운 머리통, 형형색색의 애드벌룬과 만국기가 휘날렸고 박람회장 속으로 서서히 전진하는 모노레일, 거대하게 솟은 태양의 탑을 향해 꾸역꾸역 나아가는 인파는 그 어떤 건축물보다 인상적이었다고 태순은 말하며 한국에서 온

열세 명의 안내양들은 서로의 손을 나란히 꼭 쥐었는데 온몸에 땀이 흥건하다는 사실을 손에서 나는 열기만으로도 짐작할 수 있었지요. 손을 놓치면 국제 미아가 되기라도 할 듯 우리는 아주 작은 염기 서열을 만들어 인파속을 헤치고 나갔습니다.

저는 오사카에서 6개월간 체류했고 충자 언니와 제가 머물렀던 곳은 센리의 뉴타운으로 돌이 갓 지난 딸이 있는 30대 일본인 부부의 2층 주택이었습니다. 그들은 새벽마다 저희와 함께 일어났고 아침 식사를 같이 했으며 우리는 걸어서 박람회장으로, 남편은 한큐 센리선을 타고 직장으로 갔습니다. 우리는 아내에게 만국박람회가 코앞인데 보러 오지 않겠냐고 말했지만 그녀는 고개를 저었습니다. 그녀는 개인적인 이야기를 한 번도 하지 않았는데 지금 생각하면 이상한 일이지요. 부부는 밤이면 우는 아이를 달래기 위해 머리를 맞대고 뭔가 소근거렸고 충자 언니와 제가 도우려고 하면 완곡한 태도로 거절하며 방문을 닫아걸었습니다. 우리는 아이의 얼굴도 제대로 보지 못했는데 그 때문인지 아이의 이름도 기억나지 않습니다. 한 번은 이런 일이 있었지요, 라며 태순은 이야기를 이어갔다. 이오지마에서 광부로 살던 가제미 세이치씨는 아내 다마코씨와 아버지 겐죠, 두 자녀를 데리고 홋카이도의 개척촌으로 이주를 결심합니다. 세이치 일가는 연락선을 타고 바다를 건너 나가사키에 도착한 후 열차를 타고 홋카이도로 이동했는데 산요혼선을 타고 가던 중 오사카에 들르기로 합니다. 다마코가 만국박람회를 보고 가야 한다고, 그게 두 자녀인 혼마와 사나에의 교육에도 좋다고 했기 때문이었습니다. 아무런 준비 없이 박람회장의 인파에 휩쓸린 다마코는 네 살 된 딸 사나에를 잃어버렸고 가족들은 그날 내내 센리의 구릉지대에 들어선 미래의 인공도시, 오사카 만국박람회장을 걸어다니게 됩니다, 라고 태순은 말했다. 제가 광기에 휩싸인 다마코의 목소리를 들은 것은 미치코와 미국관을 보고 나와 여섯 개의 분수대 앞을 지나던 즈음이었습니다. 미치코는 일본 정부에서 각 국가관에 도움을 주기 위해 파견한 일본인 안내양으로 만박 동안 곧잘 함께 다녔고 그날도 쉬는 시간을 이용해 오늘은 꼭 미국관을 봐야 한다, 찰스 콘래드 주니어가 가져온 월석을 봐야 한다고 우겨서 다녀오던 길이었습니다. 글라스 케이스에 들어 있는 월석은 현무암처럼 보이는 검회색 돌덩이로 스포트라이트의 불빛 때문인지 각도에 따라 반짝이는 것처럼 보였고 측면에서 보면 달의 어두운 면 같은 그림자가 깊게 드리운 것처럼 느껴지기도 했지만 다음 차례를 기다리는 사람들, 버티고 서서 월석의 모습을 하염없이 보려는 사람들 때문에 얼마 보지 못하고 밀려나고 말았습니다. 다마코의 목소리는 미국관에서 나온 직후 안내 방송을 통해 흘러나왔는데 음악이 멈추고 안내 멘트가 나올 때까지만 해도 우리는 아무것도 눈치채지 못했습니다. 돌연 날카롭고 울부짖는 듯한 목소리, 사나에, 사나에 하는 소리가 맹렬한 바람 소리, 고장난 마이크의 찢어지는 듯한 소음처럼 터져 나왔지요. 박람회장의 움직임이 정지된 것 같은 느낌이 들었습니다. 사람들은 고개를 들고 스피커를 쳐다봤는데 그 순간 무빙 벨트도 정지하고 모노레일도 정지했으며 전기 자동차의 이동과 분수대의 물줄기도 멈췄고 미래의 시간이 테이프가 감기듯 과거로 회전하는 듯한 소리가 들리는 것 같았지요. 다시 한 번 사나에! 하는 소리와 제가 알아들을 수 없는 일본말이 이어졌고 방송은 우지끈 하는 소리와 함께 종료되었습니다. 잠시 정적이 흐른 후 정돈된 안내 멘트가 나왔습니다. 사람들은 다시 움직이기 시작했고 시스템은 가동되었지요.

아사히신문은 이 일을 다음과 같이 다룬다. 「펑크 상태, 잔혹한 박람」(1970년 5월 7일) "사람들은 초과밀 도시의 실험 동물이 되고 만 것이다, 몰리는 사람들의 열기 속에 꿈쩍도 못하는 군중은 감정이 격해져 서로 고함치는 상태에 이르렀다. 아이가 짓밟힌다며 유모차를 도로로 내동댕이치는 아버지, 발을 밟힌 어린이가 불에 덴 듯 울부짖고 어머니는 넋이 나간 채 무빙 벨트에 옮겨질 뿐, 사람들은 그저 꿈틀댈 뿐이다." 다마코는 사나에를 찾았지만 떨어진 시간 동안 병을 얻은 사나에는 도쿄의 응급실에서 고열로 죽음을 맞고 말았다고 합니다. 하지만 박람회가 진행될 때만 해도 그러한 일에 대해서는 전혀 짐작조차 못 했지요. 박람회가 시작되고 두 달이 지난 즈음 오사카에 온 양코씨는 만국박람회의 핵심은 태양의 탑도 아니요, 인공위성도 아니요, 인류의 조화와 진보도 아닌 무빙 벨트에 있다며 무빙 벨트는 미래나 기술의 발전과 아무런 상관 없는 눈속임, 끝없는 노동을 위한 전초기지, 지루하고 사악한 반복의 하수인이라고 말하며 무빙 벨트가 필요한 곳은 오직 하나, 회전초밥집뿐입니다, 라고 했지요. 안 그래도 박람회장에서 가장 인기 있었던 음식점은 다카라 뷰티리온(Takara Beautiloin)의 옆에 있는 회전초밥집과 가가와현의 사누키 미래 우동으로 식사를 하기 위해서는 100미터가 넘는 줄을 서서 기다려야 했습니다. 한국관 역시 질세라 비빔밥을 팔았는데 거기에 대한 이야기는 그만두지요. 처음 한국관을 설계할 때만 해도 김원은 자신이 비빔밥과 전통 춤, 바가지와 거북선을 홍보하게 될 줄 몰랐다며 자신이 원한 건 주위 환경을 반영하는 우연적이고 가변적인 에코, 일종의 메아리였다고 말했습니다. 그래서인지 한국관에서는 시종일관 종소리가 들렸는데 그것은 강석희라는 현대음악가가 녹음한 에밀레종의 소리로 천 년 만에 되찾은 소리라고 대대적으로 홍보했지만, 제 귀에는 그냥 소음에 불과했습니다. 김원은 제1세계는 도래한 미래를 다루면 되지만 제3세계는 도래할 미래를 다뤄야 한다, 미래의 내용은 공백이다, 라고 칼럼에 썼지만 5월 18일 정일권 총리의 오사카 방문을 앞두고 무슨 말인지 못 알아먹겠다는 여론에 밀려 전시관은 약진한국에 관한 이미지로 채워지게 됩니다. 김원은 김수근 아래에 있던 젊은 건축가였는데 처음 봤을 때는 지나치게 어려 보여 누구 조카인가 했지요. 알고 보니 몇 년이나 굴러먹은 건축가로 한국관을 설계한 핵심 인물 중 하나였습니다. 저와 양코씨는 김원과 함께 한국관을 빠져나와 오마쓰리 광장을 걸으며 대화를 나눴습니다. 김원은 작년 봄부터 여름까지 기공의 도시계획부 동료들과 아카사카의 뉴재팬호텔 802호에 머물며 한국관을 설계했습니다,

벚꽃 시즌이었지만 시일이 촉박해 구경을 하는 건 상상도 할 수 없었지요, 창밖으로 신사를 향해 이동하는 인파를 보며 인구에 대해 얘기했던 기억이 납니다, 윤승중은 결국 문제는 사람 아니겠냐는 하나마나한 얘기를 했지만 그 사람이 수치로서의 사람을 일컫는 것이라는 생각을 하니 그럴듯하게 여겨지더군요, 그와 나는 60년대 대부분을 합숙하며 보냈는데 도쿄에서 합숙을 하기 전에는 남산 타워호텔에서 합숙을 했고 서울 도시계획국장과 여의도 개발 계획을 진행했습니다, 여의도는 1년에 한 달은 물속에 잠기는 전설 속의 섬으로 제일 높은 지대인 양말산의 꼭대기만이 물 밖에 고개를 내밀고 있다, 그곳에 국회의사당이 지어지고 서울시청과 모노레일로 연결될 것이다, 라고 김수근 선생은 말했고 윤승중과 저는 그가 고위 인사에게 즉흥적으로 던진 말을 실현할 방안을 찾기 위해 전 세계에 존재하는 망상적 도시계획을 뒤졌습니다, 여의도는 한강의 수위가 낮을 때는 비행장으로 이용되는 곳으로 박정희는 북한의 청광 광장을 압도할 대규모 쇼를 벌일 생각이었지요, 라고 김원은 말했다. 우리가 여의도를 방문했을 때는 신발 안에 강물이 찰박일 정도로 수위가 올라와 있었고 관제탑의 벽면에는 희미한 선이 그어져 있었는데 그것은 물이 머리 꼭지까지 찼을 때의 경계입니다, 라고 관제사는 말하며 파일럿과 자신은 가끔 잠수장비를 차고 비행장 안으로 들어가기도 하지요, 라고 말했다고 김원은 말했지요, 라고 태순은 말했다. 미쓰비시 미래관의 해저 개발 기지를 보며 감흥을 받았던 것은 미래에는 모든 게 수륙양용이 되고, 우주와 상공, 해저와 지상의 구분이 사라지고 예술과 기술, 국경, 사유재산이 사라지고 원시시대처럼 모든 게 순환하는 시기가 올지도 모른다는 생각 때문이었습니다, 발리섬의 원주민들은 이렇게 말합니다, 우리에겐 예술이 없다, 우리는 모든 것을 할 수 있고 실제로 또 한다. 우리는 관람객들 사이를 지나 센리의 완만한 구릉지대로 나아갔고 하늘은 갑작스레 들이닥친 먹구름으로 검게 뒤덮여 페스티벌 플라자 전체가 불 꺼진 거대한 창고처럼 둔중한 소리를 내는 듯 보였습니다, 북풍이 등 뒤에서 여러 차례 몰아쳤고 오마쓰리 광장을 가득 메운 사람들이 점차 뒤로 밀려나며 사라지고 있는 것 같은 착시가 일어났습니다. 양코씨는 원래 이곳은 울창한 대나무 숲이 있는 습곡 산지로 언덕과 계곡이 이어지고 그 사이사이에는 600여 개에 이르는 작은 연못들이 줄지어 있었습니다, 라고 말하며 태양의 탑 너머를 바라봤습니다. 밭에서는 죽순을 재배했고 논에서는 주조용 쌀이 경작되었지요. 에도 시대의 이곳 사람들은 특히 술을 좋아해 팔고 남은 쌀로 청주를 만들어 마시고 만취 상태로 연못에 빠지기 일쑤여서 밤이면 600여 개의 연못 주변에 죽은 자들의 혼령이 도깨비불처럼 떠다닌다는 소문이 돌았으나 실은 사고를 예방하기 위해 연못을 밝히는 횃불을 상시 설치해놓은 깃으로 그로 인해 대나무 숲은 야밤에도 일렁이는 빛과 그림자의 향연을 이루어 니시야마 우조는 마스터플랜에서 이를 살려야 한다고 주장했지만 단게 겐조는 산을 깎고 토사로 계곡을 메워 인공도시를 만드는 방법을 선택하게 됩니다. 니시야마 우조는 젊은 시절 막시즘에 빠져 청년건축가 클럽에 가담했던 전적이 있는 인물로 은밀히 전공투의 활동을 돕기도 했다는데 이 때문인지 단게와 사이가 매우 나빴고 결과적으로 단게의 안이 채택된 것에 분통을 터뜨리며 제로지겐이 만국파괴공투회의를 결성하는 데 은밀히 도움을 줬다고 합니다. 그에 대해서는 과격한 사내다, 상식을 벗어난다, 가족이 자살했다, 영어를 못한다는 따위의 소문이 돌았는데 밝혀진 바는 없습니다. 지난달에는 이토이 간지라는 선글라스를 쓴 남자가 나체로 태양의 탑을 향해 질주하다 경찰에게 붙잡혔지요, 그 모양을 본 오카모토 타로는 스고이를 연발했고 독일 관광객에 의해 찍힌 사진은 해외로 반출될 뻔했으나 일본 정부가 거금을 주고 구입, 유출을 막았다고 합니다. 언론에 의해 전라남으로 불리게 된 사내는 경찰의 손에 정신병원으로 이송되어 진료를 받지만 완전한 정상으로 판명받지요. 그는 다다칸으로 불리는 행위예술가로 1964년 도쿄 올림픽 때도 긴자 거리를 훈도시 차림으로 달렸다고 합니다, 라고 양코씨는 말했고 김원은 권옥

연 선생이 어느 날 김수근과 택시를 타고 명동에서 종로로 가고 있었다고 합니다, 라며 대화를 이어갔다. 김수근 선생이 갑자기 아니키, 다이너마이트 하나 없소? 라고 해서 권 선생이 왜 그러냐 했더니 예술가라면 모름지기 폭탄 하나는 가지고 있었야 하지 않습니까, 나는 아니키에게 다이너마이트를 빌려 저 건물을 폭파시켜버리겠습니다, 라며 창밖의 빌딩을 손가락질했는데 그 건물은 김수근 본인이 지은 건물이었다고 합니다, 라고 말했다, 다이너마이트, 테러, 파괴, 난동, 그러면 미쓰비시관은 어떻게 하실 겁니까, 양코씨가 말했고 김원은 한국관 설계에 참여한 다른 사람들은 만박에 오지 못할 것입니다, 저만 들르게 되었는데 가장 놀란 건 전시관 내부가 일종의 영화라는 사실이며 실제로도 도호 영화사나 디즈니가 깊이 관여했다고 하니 중앙정보부에서 영화를 만들고 싶어 하는 이유를 알 것 같다고 했지요. 당시 가장 유능하며 예술적인 이들은 모두 군인들이었습니다, 그들은 툭하면 비리에 휩싸여 외유를 떠났는데 돌아올 때면 서구의 신문물과 아이디어를 잔뜩 싸들고 왔지요, 만박을 배경으로 두 편의 반공 영화가 제작되는 중이고 김수근 선생 역시 영화를 만들 생각을 품고 있었지요, 라고 김원은 말했다고 태순은 말하며 만박 안에서도 국제 영화제가 진행 중이었습니다, 출품된 한국 영화는 〈언제나 타인〉이라는 제목의 신파로 미치코와 봤는데 부끄러워 고개를 들 수가 없었지요. 저는 늘 이해할 수 없는 격차를 느끼곤 합니다, 왜 미래학 세미나에서 이야기하는 것과 한국 영화에서 이야기하는 것이 이토록 다르고 한국관과 한국관을 만든 사람들이 다르며 만박과 만박을 만든 사람들이 다른 것이지요, 저는 어디에도 피트하게 들어맞지 않는데 이것은 장소보다 시간을 꿈꾸게 합니다, 기술을 찬양하는 것과 기술을 비판하는 것, 박람회에 참가하는 것과 박람회를 분쇄하는 것, 국가에 동조하는 것과 저항하는 것 모두 몸에 맞는 옷을 선택해 입는 것이며 그런 옷을 입을 수 있는 몸을 가진 사람들에게 주어지는 선택지였지요, 라고 태순은 말하며 그녀가 보기에 양코씨와 김원, 조영무는 모두 그러한 몸을 가진 사내들로 몸이 없으면 무엇을 할 수 있나요, 저는 누구보다 오래 한국관에 머물렀고 신문 기사에도 나왔지만 그게 저랑 무슨 상관인가요, 라고 말했다. 정태순이 말한 기사는 동아일보의 1970년 9월 14일자 기사로 「인기상위권의 한국관 일본 오사까 엑스포70 폐막 결산」이라는 제목을 달고 있다. 기사는 한국관의 유례없는 인기를 언급하며 이는 "한국여성민속무용단의 헌신적인 공연과 25 대 1의 경쟁을 뚫고 선발되어 온 한국관의 호스테스들의 상냥한 서비스 덕분인 것으로 알려졌다"고 쓰고 있다.

　한국여성민속무용단은 모두가 젊은 여성들로서 16명이 하루에 한 사람당 24회 출연이라는 격무에도 불구하고 매우 성의있게 충실한 민속무용을 보여줌으로써 전자기계나 전위예술 등 이해하기 어려운 많은 테마들과 달리 박력있게 관람자들을 감동시킨 것이라 하겠다. 안내양들의 서비스에 대해서 만국박람회 당국은 비공식으로 인기투표를 한 일이 있는데 이 가운데 한국은 두 번째로 뽑히는 등 매우 훌륭한 인상을 주었다. 이대 영문과를 졸업한 정태순 양은 한 달에 300달러씩 받는 보수 가운데 약 반을 생활비로 썼는데 약간 저축된 돈으로는 앞으로 공부를 계속하는 데 필요한 학자금으로 쓰겠다고 말하면서 아시아에서는 어느 나라보다 한국이 여러모로 우수하고 특히 한국 남성들이 자기가 본 많은 일본 남성보다도 퍽 패기만만하게 보여 한국남성관을 새롭게 갖는 데 도움이 됐다고 그동안의 경험을 말했다.

　양코씨는 1970년 9월, 신학기에 등록하지 않았고 연세대 대학원을 중퇴했다고 합니다. 몇 번 편지를 썼지만 답장하지 않았고 듣기에 따르면 일본에서 한국 문학과 관련된 독립 잡지를 내고 『조선 · 언어 · 인간』이라는 책을 썼다고 합니다. 저는 한국 남성과 결혼 후 미국으로 이민을 갔고 그곳은 서울과 달리 커다란 규모의 주택이 일정한 간격을 두고 떨어져 있는 리조트 같은 곳으로 장을 보기 위해서 20분가량 차를 타고 이동해야 하는 곳입니다. 김원은 미래학 세미나에서 서기 2000년 한국은 주 4일만 일하는 곳이 될 것이다, 4일은 사회를 위해, 3일은 자기 자신을 위해 생활하며 집은 자동차나 냉장고처럼 캡슐로 만들어진 내구성 소재 정도로 변할 것이다, 라고 했는데 지금 한국은 어떤가요, 주 4일 근무인가요, 라고 물었고 나는 한국의 노동시간은 OECD 국가 최고 수준입니다, 라고 대답했다. 정태순은 서울을 떠난 지 40년이 넘었다며 마지막으로 한국에 들른 것은 박근혜가 당선된 2012년 겨울로 종로에는 신신 아케이드도 없고 파고다 아케이드도 없고 세운상가만이 있는데 그것 역시 허물 예정이라고 들었습니다, 라고 말하며 자신은 인천 공항에서 내려 미니밴을 타고 자유로로 진입했다고 말했다. 도로를 달리는 내내 흐렸던 겨울 하늘에서 비가 퍼붓기 시작했고 냉기가 안개처럼 피어오르는 강변북로에 갇혀 몇 시간이고 한강을 바라보았던 기억이 납니다, 국회의사당의 둥근 지붕은 희미한 어둠 속에서 푸르게 빛나고 있었는데 만약 김수근 선생에게 다이너마이트가 있었다면 어땠을까요, 여의도를 영원히 물에 잠기게 했을까요, 반복이란 우리에게 어떤 의미가 있나요, 저는 미래라는 말을 이해하는 데 평생을 다 쓴 것 같은데 지금도 어떤 의미인지 알 수 없습니다, 미래가 반복된다면 그것을 미래라고 할 수 있나요, 라고 말했다.

* 이 소설은 2018년 베니스건축비엔날레 〈스테이트 아방가르드의 유령〉전의 커미션으로 제작되었다. 제목인 Light from anywhere는 1970년 오사카 만국박람회 당시 설립된 테마위원회의 논의에서 나온 테마에서 따온 것으로 국제 저널리스트인 마쓰모토 시게하루가 제출한 안이었다. 최종적으로 확정된 테마는 Progress and Harmony for Mankind이다.

미래는 어디에서 오는가

이수형 명지대학교 국어국문학과 교수

발표 지면의 마지막에도 부기되었듯, 정지돈의 「빛은 어디에서나 온다」는 2018년 베니스 건축비엔날레의 한국관 전시작이다. 소설이 건축비엔날레에서 전시되었다는 사실은 단순한 호기심 이상의 의미를 지니거니와, 이를 통해 우선 작가 정지돈이 자신의 활동을 통상적으로 간주되는 소설 혹은 소설가의 영역에 국한하지 않는다는 점을 엿볼 수 있다. 여기서 소설(가)의 통상적 영역이란 곧 근대예술과 그 하위 분과로서의 근대문학이 형성되는 과정에서 확고해진 분과성 혹은 전문성과 관련된다.

이러한 구분에 따르면 소설은 언어예술이고, 따라서 소설가 역시 마땅히 글로 승부를 보는 존재일 것인바, 이러한 생각이 소설가를 위한 전형적인 이미지를 정초하고 또 확대 재생산하는 데 기여해왔다. 예컨대, 서재에서 남몰래 은밀한 글쓰기에 몰두한다거나 좀 더 심각하게는 고립된 상태에서 자신의 가치를 증명하기 위해 필사적으로 글쓰기에 매달린다는 등의 이미지를 떠올릴 수 있다. 물론 독자들에게 인정받지 못한 소설가들만 그런 것이 아니라 널리 사랑을 받는 소설가들 역시 창작을 위해서는 자기만의 시간과 공간을 찾기 마련이었다.

소설가가 다른 사람들과 구별되고 전문화되면서 소설 미학의 전문화도 수반되었는데, 그 결과 근대소설만의 여러 문법이나 기법 등이 정전화되기도 했다. 우리가 교과서에서 배운 여러 지식들, 가령 소설은 허구이며 독창적이고 개성적이라는 것, 또 소설은 인물·사건·배경의 요소들로 구성되고 발단·전개·위기·절정·결말의 순서로 전개된다는 것 등의 지식은 분화되고 전문화된 소설에 관해 정립된 대표적인 규칙들이다. 이러한 규칙을 기준으로 좋은 소설과 나쁜 소설을 가려낼 수 있거나, 적어도 좋은 소설이 왜 좋은지를 설명할 수 있을 것으로 기대되었다.

그런데 이미 어느 정도 눈치챘겠지만, 「빛은 어디에서나 온다」를 포함한 정지돈의 소설은 위에서 언급한 이미지나 지식 등의 선입견을 대체로 거부한다. 정지돈은 고독하고 은밀한 글쓰기에 진력하는 것만이 작가의 본령이라고 믿지 않는 것 같고 그래서 비엔날레에 자신의 소설을 전시하기도 한다. 그의 소설에 등장하는 주인공 역시 자기만의 외로된 사업에 골몰하는 데 머물지 않고 타인과 싸우거나 그들 앞에서 연기(演技)라도 하고자 한다.

또한, 정지돈의 소설은 소설에 대한 교과서적 지식이나 규칙으로부터도 꽤나 멀리 떨어져 있다. 「빛은 어디에서나 온다」는 그 상거를 확인하기에 좋은 사례이다. 베니스 비엔날레 한국관 홈페이지에 게재된 작가의 설명에 의하면, 「빛은 어디에서나 온다」는 '엑스포70 한국관을 설계하고 찍은 기념사진'이라는 설명이 붙은 한 장의 사진에서 시작되었다. "엑스포70 자료에서 한국관 멤버들의 단체 사진을 보는데 이후 한국을 대표하는 건축가가 된 남자들 사이에 홀로 있는 여자가 눈에 띄었다. 그녀가 누군지 궁금했지만 아무도 그녀의 정체를 알지 못했고 어떤 사람인지, 무슨 역할을 했는지 기억하는 사람도 찾을 수 없었다." 사진 속 우측에 앉아 있는 유일한 여성은 오히려 정체를 알 수 없다는 이유 때문에 주인공-화자로 상상되는데,

엑스포70 한국관을 설계하고 찍은 기념사진
(출처 http://www.korean-pavilion.or.kr/18pavilion/ko/kecc/5.html)

정체불명의 그녀가 『동아일보』 1970년 9월 14일자 기사 '인기 상위권의 한국관—일본 오사까 「엑스포70」 폐막 결산'에서 인터뷰를 한 "이대 영문과를 졸업한 정태순 양"으로 연결되어 소설에 등장한다는 설정은 그 자체로 독특할 뿐 아니라 소설 전반에 걸쳐 중요한 역할을 수행하고 있다. 이러한 연결고리 때문에 「빛은 어디에서나 온다」 속의 세계와 1960년대 말의 실제 현실 세계 사이에는 통상적으로 이야기되는 허구와 현실 사이의 관계를 넘어선 복잡 미묘한 관계가 형성된다.

「빛은 어디에서나 온다」는 기본적으로 정태순의 회고를 녹취하는 형태로 진행된다. 그녀는 이대 영문과 진학을 위해 상경해 1960년대 말의 서울 풍경을 일삼아 훑고 다닌다. "명동에서 종로까지 걸으며 유리와 콘크리트로 만들어진 신축 빌딩과 아케이드 안으로 사라지는 사람들, 바스라질 것 같은 구한말의 집들과 일제시대에 지어진 백화점의 벽을 손으로 더듬었고 건물 사이를 들고 나는 바람과 사람들의 차림, 버스가 새로 개통한 고가도로를 올라가는 풍경을 보았다." 그녀 혼자가 아니라 연세대 대학원에 다니는 일본인 양코씨와 함께인데, 본명이 초 쇼키치(長璋吉)인 그는 김동인, 김사량, 이청준의 소설을 번역하기도 했고 동경외대에서 후학을 가르치기도 했던 실존 인물이다. 가까운 사이처럼 보이지만 소설에서는 둘의 관계에 대해 별다른 설명을 덧붙이지 않는다. 그들은 다만 서울을 배회하다 우연히 인간환경계획연구소에 이르게 된다.

> 인간환경계획연구소는 1969년 초 한국종합기술개발공사 사장을 그만 둔 김수근이 세운 곳으로 당시에는 오사카 만국박람회를 위한 미래학 세미나를 진행 중이었다. 그때만 해도 김수근이 누구인지, 한국종합기술개발공사가 뭔지 알 수 없었던 태순은 어떤 경로로 연구소를 알게 됐는지 모르겠다며, 하지만 그땐 모든 환경이 그곳으로 연결되어 있었어요, 양코씨는 본래 잡지 『空間』의 구독자였고 그녀는 이어령 교수와 소홍렬 교수의 수업을 듣는 학생이었으며 게시판에는 오사카 만국박람회에서 일할 안내원을 뽑는 공고가 붙었지요, 꽤 큰돈을 줬을 뿐 아니라 비행기도 못 타본 아이들에게 외국이라니요, 정확한 계기는 기억나지 않지만 저는 어느새 양코씨를 끌고 연구소가 있는 태화관 건너편의 바로크 빌딩으로 가고 있었습니다.(329~330쪽)

그렇게 서울 시내를 배회하던 태순과 양코씨는 미래학 세미나를 듣고, 특히 태순은 1970년 오사카 엑스포70의 한국관 안내양으로 선발되어 일본으로 날아간다. "그들의 미래지 우리의 미래가 아니요, 그들의 진보지 우리 진보가 아"니라고 생각한 양코씨는 일본에 같이 가자는 태순의 청을 거절하고 뒤늦게 박람회장에 들러 "만국박람회의 핵심은 태양의 탑도 아니요, 인공위성도 아니요, 인류의 조화와 진보도 아닌 무빙 벨트에 있다며 무빙 벨트는 미래나 기술의 발전과 아무런 상관없는 눈속임, 끝없는 노동을 위한 전초기지, 지루하고 사악한 반복의 하수인"이라는 일갈을 남긴다. 이윽고 박람회가 끝나고 양코씨와는 연락이 끊긴다. 태순이 결혼하고 미국으로 이민을 떠난 지도 이미 40년이 넘었다. 마지막으로 그녀가 말한다. "저는 미래라는 말을 이해하는 데 평생을 다 쓴 것 같은데 지금도 어떤 의미인지 알 수 없습니다, 미래가 반복된다면 그것을 미래라고 할 수 있나요."

「빛은 어디에서나 온다」는 교과서적 기준에 의하면 좋은 소설이라는 평가를 받기 어려울지도 모른다. 인용 부분에서도 볼 수 있듯 김수근, 이어령, 소흥렬 등 잦은 고유명사의 등장은 허구라는 기준을 충족시키는 데 방해 요소로 작용한다. 또 소설 곳곳에서 참고문헌 등을 통한 직간접적 인용이 수시로 이루어지고 있다는 점 역시 독창성이나 개성을 만족시키기 어렵게 한다. 소설 전반에 걸쳐 사건이랄 게 별로 없고 오히려 관념이나 담론의 제시가 빈번하며, 그 결과 사건 전개 자체가 활발하지 않으므로 극적인 구성이랄 것 역시 찾아보기 어렵다.

그럼에도 불구하고 「빛은 어디에서나 온다」는 흥미진진한 소설인데 그것은 현실과 구별되는 허구로서의 소설을 위한 기준에 부합하려고 하는 대신 그 기준을 넘어 무엇이 허구이고 무엇이 현실인지에 대한 구별 자체를 문제 삼고 있기 때문이다. 태순이 미래학에 관심을 갖게 된 것 역시 이런 이유에서 말미암은 바 크며, 따라서 여기서 미래란 현실의 바깥, 보다 엄밀하게 말하면 현실의 바깥에 대한 상상을 의미한다. 이러한 미래는 지금의 현실이 지나가면 저절로 도래하는 것이 아니라 지금의 현실과 서로 헤게모니를 다투는 것인바, 1970년을 전후한 서슬 퍼런 군부독재 시절에 현실의 권력이 상상의 미래를 압도하리라는 것은 불을 보듯 뻔하다. 그 단적인 예가 "제1세계는 도래한 미래를 다루면 되지만 제3세계는 도래할 미래를 다뤄야 한다. 미래의 내용은 공백이다, 라고 칼럼에 썼지만 5월 18일 정일권 총리의 오사카 방문을 앞두고 무슨 말인지 못 알아먹겠다는 여론에 밀려 전시관은 약진한국에 관한 이미지로 채워지"는 장면일 텐데, "약진한국"의 이미지를 보여주겠다는 그나마 현실적인 목표조차 달성하지 못하고 실제로는 "한국여성민속무용단의 헌신적인 공연과 25 대 1의 경쟁을 뚫고 선발되어 온 한국관의 호스테스들의 상냥한 서비스"밖에 보여주지 못하는 퇴행

적이자 포스트식민적인 실적에 안주하는 데 그치고 만다.

여기에서 「빛은 어디에서나 온다」가 2018년 베니스 건축비엔날레에 전시된 맥락을 다시 한 번 확인할 수 있다. 전시의 주제 '스테이트 아방가르드의 유령'은 국가가 주도한 도시개발계획과 건축가가 꿈꾼 유토피아적 이상 사이의 괴리를 의미하거니와, 권력과 상상력의 그러한 간극은 「빛은 어디에서나 온다」에서 현실과 미래의 간극으로 변주된다. 영친왕 이은의 아들이자 건축가인 이구의 삶을 추적한 「건축이냐 혁명이냐」의 제목 역시 권력과 상상력의 괴리를 표상하는 다른 버전으로 읽을 수 있으며, 『내가 싸우듯이』(문학과지성사, 2016)에 수록된 정지돈의 다른 단편들에서 그것은 또한 현실과 예술의 간극으로 변주되기도 한다.

미래는 어디에서 오는가? 미래는 지금의 현실 이후에 순차적으로 오는 어떤 것이라기보다는 그 현실이 가리거나 억압하는 것이라고 보는 편이 적당하다. 정지돈의 소설은 도래할 미래 혹은 예술의 가능성을 타진하면서 현실의 지층을 파 들어간다, 아니 새로 쌓아간다.

어느 날(feat. 돌멩이)

최진영

2006년 실천문학 신인상으로 등단. 『당신 옆을 스쳐간 그 소녀의 이름은』 『끝나지 않는 노래』 『나는 왜 죽지 않았는가』 『구의 증명』 『해가 지는 곳으로』 『비상문』 소설집으로 『팽이』가 있음. 한겨레문학상, 신동엽문학상 수상.

어느 날(feat. 돌멩이)

영어와 숫자의 조합으로 이름 붙여진 돌덩어리가 지구를 향해 날아오고 있다는 헤드라인이 처음 인터넷 포털 뉴스에 올라왔을 때 나는 비씨카드 고객센터의 상담원 김고순님과 통화 중이었다. 나는 김고순님께 사흘 전 강원도 정선의 식당에서 일시불로 결제한 25만 3천 원을 5개월 할부로 바꿔달라고 요청하면서 해당 기사를 클릭했다. 김고순님은 본인 확인을 위해 주소와 주민번호를 불러달라고 했다. 내가 그것들을 천천히 말하는 동안에도 페이지는 해당 기사로 넘어가지 않았다. 김고순님이 카드 사용 내역을 확인하겠다고 말할 때 페이지를 찾을 수 없다는 화면이 떴다. 새로고침 버튼을 여러 차례 눌러도 마찬가지였다. 김고순님이 너무 오래 조용한 것 같아 핸드폰 액정을 들여다봤다. 통화가 종료되어 있었다. 재발신 버튼을 누르자 통화 대기자가 많다는 안내음이 들렸고 대기 음악이 이어졌다. 핸드폰을 든 채로 인터넷 창을 닫았다가 다시 열었다. 실시간 검색어에 운석과 행성과 충돌과 멸망 같은 단어가 등장했다. 아까 본 헤드라인을 찾아 클릭했지만 계속 페이지를 찾을 수 없다는 화면이 떴다. 대기 음악이 멈췄고 이번에는 서나운님이 무엇을 도와드릴까요? 하고 물었다. 나는 먼저 주소와 주민번호를 말하고 사흘 전 강원도 정선에서 결제한……까지 말하다가 핸

2019 올해의 문제소설

드폰 액정을 들여다봤다. 이번에도 통화가 종료되어 있었다.

  아버지 환갑을 맞아 강원도로 1박 2일 가족여행을 떠났던 날 저녁, 부모님과 오빠와 새언니와 두 명의 어린 조카와 나는 정선의 커다란 식당에 둘러앉아 한우를 구워 먹었다. 여행비용 대부분―점심값, 리조트 숙박비와 조식 이용권, 케이블카 탑승 티켓 등―을 오빠네 부부가 부담했기에 저녁식사 정도는 내가 사려고 했다. 한우를 적당히 먹은 다음에는 된장찌개와 냉면을 시켜 먹었고 맥주와 소주와 사이다를 마셨다. 식사를 마친 뒤 가족들은 모두 밖으로 나갔고 나는 카운터를 찾아가 신용카드를 내밀었다. 몇 개월 할부로 끊으면 좋을까 생각하고 있는데 사장은 내게 묻지도 않고 일시불로 계산해버렸다. 나는 깜짝 놀라서 방금 계산을 취소하고 5개월 할부로 다시 끊어달라고 요구했다. 사장은 카드 단말기에 카드를 연신 긁어대며 기계가 이상하네요, 취소 버튼이 먹질 않아요, 이게 왜 안 되지 이상하네, 전에는 이런 적이 없는데, 하고 줄줄 말을 쏟아냈다. 시간이 지체되자 식당 밖에서 나를 기다리던 엄마가 들어와서 뭐가 잘 안 되느냐고 물었고 바로 오빠가 따라 들어왔다. 그런 상황을 오빠에게 보여주기 싫어서 사장에게 그만 됐다고, 카드를 돌려달라고 말한 뒤 서둘러 식당을 나왔다.

  콘도로 돌아가는 길에 엄마는 다시 뭐가 잘못됐던 거냐고 물었다. 대답을 하려고 입을 열다가 얼마 전 엄마 생일에 있었던 일이 떠올라서 별일 아니라고 얼버무렸다. 생일 선물로 운동화를 사주려고 엄마와 같이 나이키 매장에 갔는데 그때도 10만 원 조금 넘는 운동화를 사면서 3개월 할부로 결제해달라고 요구했었다. 옆에서 그 소리를 들은 엄마는 돈 10만 원이 없어서 그걸 할부로 긁느냐고 농담처럼 한마디 했었다. 요즘 나는 부쩍 그런 말과 상황에 자존심을 다쳤고, 그런 일에 자존심을 다칠 만큼 곤궁한 처지가 지속되는 데 약간 질려 있었다. 스무 살 때도 한 번에 5만 원 이상을 써본 적이 없었고 서른 살이 되어서도 마찬가지인 현실이 창피했다. 일을 하건 하지 않건 돈은 늘 없었고 가까운 사람에게 아쉬운 소리를 하기도 부족한 사정을 보이기도 싫었다. 내 욕망의 크기를 줄이며 살 수는 있었지만 가족이나 연인의 욕망까지 내 사이즈에 맞출 수는 없었다. 생일이나 기념일이나 명절이 오면 빚을 내서 나의 사랑을 통째로 선물하고 그 사랑의 값을 다달이 쪼개어 갚아나가는 삶이 지속됐다. 최근에는 충치와 위통이 심해져 늘 고통을 느끼며 살았지만 병원에 갈 엄두를 내지 못했다. 돈이 없었다.

겨우 연결된 인터넷 기사의 대략적인 내용은 다음과 같다. 돌덩이의 크기는 미 대륙과 비슷하며 최초로 발견한 때는 4년 전이지만 이후 추적에 실패했고 6개월 전에 다시 발견했는데 그때는 토성 궤도에 진입하여 소멸하리라고 예상했다. 하지만 돌덩이는 살아남았고 일정한 속도로 지구와 가까워지고 있다. 그것이 지구에 떨어진다면 인류는 그동안 한 번도 겪어보지 못한 충격과 공포의 대재난을 겪게 될 것이다. 지금과 같은 궤도와 속도를 유지한다면 대재앙까지 D-43. 핵미사일로 그것을 폭파하는 작전을 곧 실행할 것이라는 뉴스와 제대로 폭파하지 못하고 덩어리 몇 개로 쪼개지기만 한다면 지구는 더 큰 위험에 처하고 말 것이라는 주장이 동시에 보도되었다. 블록버스터 영화의 예고편을 보는 것만 같았다.

비씨카드 고객센터에 다시 전화를 걸었다. 이번에는 민영화님과 연결 되었다. 주소와 주민번호와 용건을 말하자 민영화님이 잠시만 기다려달라고 하더니 이미 접수 처리된 내용이라고 알려줬다. 그렇다면 핸드폰으로 승인 취소 내역과 할부 승인 내역을 알리는 문자가 와야 하는 것 아니냐고 묻자 민영화님은 문자 발송이 되지 않았습니까? 라고 물었다. 민영화님은 죄송하지만 잠시만 기다려달라고 했다. 민영화님의 대답을 기다리며 연달아 업데이트되는 대재앙 기사를 하나하나 클릭해서 유심히 보다가 이상한 느낌이 들어 핸드폰 액정을 봤다. 통화가 종료되어 있었다.

엄마는 뉴스 내용을 이해하지 못했다. 초등학교를 졸업하고 열네 살부터 공장에서 일을 하며 돈을 벌어온 엄마는 지구나 행성이나 우주 같은 것을 생각해본 적이 없을 것이다. 지구가 태양 주위를 돌고 달이 지구 주위를 돈다는 것 정도는 알겠지만 그건 마치 태초에 말씀이 있어 빛이 있으라 하니 빛이 생겼다는 것을 아는 것과 비슷했다. 글자로만 알 뿐 그것을 현실이라고 생각해본 적은 없을 거란 뜻이다. 엄마는 내게 전화를 걸어 지금 사람들이 말하는 난리가 무슨 난리냐고 물었다. 어디서부터 어떻게 설명해야 하는지 막막해서 음, 그게 다 무슨 소리냐면, 그러니까 그게, 큰일이 벌어질 거란 뜻인데…… 등등 말을 늘어놓으며 본격적인 설명을 미루고 적당한 단어를 골랐다. 하지만 아무리 말을 골라도 내 입에서 나올 수 있는 말이란 아주 뻔했다.

엄청나게 큰 돌덩이가 지구에 떨어질 거래.

그러게, 대포도 아니고 미사일도 아니고 돌이라며. 그럼 그 돌이 떨어지는 곳만 피하면 되는 거잖아.

우리나라보다도 큰 돌이라잖아. 그게 떨어지면 지진도 나고 화산도 터지고 바다도 넘치고 하늘은 까매지고 다 흔들린대. 공룡도 그래서 멸종했다는 얘기가 있어.

공룡.

엄마는 한동안 말이 없었다. 공룡을 생각하는 듯했다. 엄마는 공룡이란 단어와도 아주 먼 삶을 살았다.

근데 그런 돌이 왜 갑자기 떨어진대?

아주 멀리에서부터 날아오고 있었대. 아주 오래전부터.

그렇게 큰 돌이 어떻게 날아오나. 돌은 무거운데.

그게…… 날아온다기보다는 돌은 그냥 자기 방향과 속도로 움직이는 건데. 우주는 무중력이고 아래위가 없으니까.

우주.

엄마는 다시 침묵했다. 우주를 생각하는 것 같았다. 나도 우주를 생각했다. 머뭇거리던 엄마가 입을 열었다.

돌이 하늘에서 떨어진다는 거지.

응.

그건 우주에서 오는 거고.

응.

우주가 어디 있는데.

나는 다 우주라고 대답했다. 지구도 하늘도 별도 엄마도 우주라고. 엄마는 다시 침묵했다. 엄마는 당신이 경상북도 영주시 풍기읍에 산다고만 생각했을 것이다. 때로 한국에 산다고도 생각했을 것이다. 지구에 산다고 생각한 적은 한 번도 없을 것이다. 침묵이 길어지자 걱정이 깊어졌다. 괜찮을 거야, 엄마라고 입을 떼었는데 먹먹한 기분이 들었다. 핸드폰 액정을 보니 전원이 꺼져 있었다.

카드 결제일은 지구가 파괴되기 전에 온다. 25만 원을 일시불로 남겨둔다면 나는 연체자가 될 것이다. 지구가 파괴되지 않는다면…… 그래도 연체는 될 것이고 나는 독촉 전화를 받을 것이다. 이러나저러나 일시불 결제를 어서 할부로 바꿔야만 했다. 비씨카드 고객센터에 전화를 걸었다. 상담원 배지우님과 가까스로 연결되었다. 나는 주소와 주민번호를 말하고 용건을 간략하게 전했다. 배지우님이 잠시만 기다려달라고 했다. 나는 또 전화가 끊길까 봐, 끊겼는데 끊긴 것도 모르고 계속 기다리게 될까 봐 배지우님이 상담 내역과 결제 내역을 알아보는 동안 말을 걸었다.

그런데 출근을 하셨네요.

네. 고객님. 출근했습니다.

다 버리고 대피하는 사람들도 많다던데요.

네. 고객님. 저도 그런 얘기를 들었습니다.

실례지만······ 계속 출근하실 생각인가요?

네. 고객님. 저는 계속 출근을 합니다.

무섭지 않으세요?

네. 고객님. 무섭습니다. 그런데 고객님의.

말이 끊겼다. 핸드폰 액정을 보니 깜깜했다. 전원 버튼을 눌러 핸드폰을 켜자마자 엄마에게 전화가 왔다. 어디냐, 밥은 먹었느냐, 뉴스를 봤느냐, 물어보며 뜸을 들이던 엄마가 진짜 용건을 말했다.

네가 설명을 해주면 좋겠다.

뭘를?

그 돌멩이. 우주도. 네가 전에 한 말들 있잖아.

그건 내가 설명할 수 없어. 나도 잘 몰라. 우주는 되게 어려운 거고 박사들이나 아는 건데.

네가 아는 것만 말해주면 되잖아. 조금이라도 아는 게 있을 거 아니냐.

엄마. 성경 있잖아. 차라리 그걸 봐. 이제 와서 과학 같은 건 엄마한테 도움이 안 될 거야.

그래도 그건······ 그건 아닌 거 같다.

응?

그리 공들여서 사랑으로 만든 이 세상을 돌멩이 하나로 망친다는 건 말이 안 되는 거 같다고. 하느님이 그런 걸 몰랐을 리가 없잖아. 근데 알았어도 문제고 몰랐어도 문제고······. 나로서는 이해가 안 된다. 또 내가 못 찾은 건지도 모르지만 아무리 찾아봐도 성경에는 우주라는 단어가 안 나오는데. 근데 그 돌은 우주에서 날아온다며.

엄마. 그냥 기도를 해.

기도야 매일 하지. 그건 그거고. 성경을 읽으면 더 이해가 안 되니까 나는 다른 게 필요한 거지.

다른 거 뭐?

네가 알아듣게 설명을 해주면 좋겠어. 내가 죽으면 왜 죽는지는 알고 죽어야 할 거 아니냐.

치통과 위통이 심해졌고 약을 먹으면 토했다. 인터넷도 전기도 수도도 끊기지 않았다. 충돌 가능성에 대한 사람들의 언쟁과 토론은 계속되었다. 나는 공모전에 낼 글을 다듬으며 하루 한 번씩 비씨카드 고객센터에 전화를 걸었다. 어느 날은 통화가 되고 어느 날은 되지 않았다. 통화가 되는 날이면 매번 다른 이름의 상담원과 연결되었고 요청이 접수되어 처리되었다는 말을 들었지만 내겐 아무 문자도 전송되지 않았다. 카드사 앱으로 확인한 승인 내역서에도 일시불로 찍혀 있긴 마찬가지였다. 나는 매일 비슷한 시간에 고객센터에 전화를 걸고 같은 요청을 했다. 전화를 끊은 뒤에는 글을 어떻게 마무리 지을까 고민했고, 썼다가 지우고 다시 쓰길 반복했다.

그리고 엄마를 생각했다.

엄마는 알고 싶다고 했다. 우주를. 돌덩이가 왜 만들어졌는지를. 지구는 왜 여기 있어서 그것과 부딪혀야 하는지를. 우리가 죽는다면 왜 죽는지 그 이유를. 내가 무슨 말을 할 수 있겠는가. 모른다는 말은 정직한 말이지만 최선은 아니다. 거짓말쟁이가 되더라도 엄마에게 최선을 다하고 싶다. 하지만 우주에 대해 내가 아는 만큼만 말을 한다면 엄마는 내가 말한 것의 열 배, 스무 배가 넘는 의문을 쏟아낼 것이다. 아주 모를 때보다 아주 조금 알고 있을 때 답답함은 증폭된다. 엄마는 더 괴로워질지도 모른다.

상담원 김고순님과 다시 연결되었다. 김고순님은 그동안 불편을 드려 죄송하다며 당장 처리해주겠다고 했다. 전화를 끊은 뒤 카드 사용 내역을 조회했더니 역시나 달라진 건 없었다. 나는 다시 고객센터에 전화를 했고 이번에도 김고순님과 연결되었다. 주소와 주민번호를 말하려고 하자 김고순님이 다그치듯 말했다.

이제는 저희도 방법이 없습니다. 고객님.

네?

저희 쪽에서는 분명 처리를 했는데요. 아무리 처리를 해도 고객님 카드 승인 내역에 표시가 안 되는 건 전산 오류라고 볼 수밖에 없는데 그건 기계가 잘못된 거니까요. 저는 제 일을 했고요. 정말 분명히 했고요. 제가 기계 속에 들어가서 기계가 되어서 그걸 바꿔놓을 수는 없는 거잖아요? 그리고 고객님께서 결제하지 않은 것이 결제되었다고 나온다면 그건 정말 큰 문제가 되는 거지만 고객님이 분명히 일시불로 결제하신 것을 뒤늦게 할부로 바꿔달라고 하시는 거면 어차피 나갈 돈은 똑같은데 그걸 굳이 이런 시국에 매일 전화를 하셔서 요청을 하시면서 고객님은 마치 죽지 않을 사람처럼 그러시는데요. 이 순간 저는 정말 견디기가 힘들고요. 저는 연달아 고객님 전화를 받았고 다음 결제일이란 게 오지 않을 수도 있는데 그렇게 뻔뻔하게 계속 살아 있을 것처럼 혼자 살 것처럼 태연하게 요구를 하시는 게 저는 이해가 안 되고요. 기록을 보니까 정말 매일 전화를 하셨는데 이게 과연 승인 변경을 요청하시려고 그러시는 건지 다른 의도가 있으신 건지 의심하지 않을 수가 없고요. 아무튼 저는 더 이상 고객님을 위해 할 수 있는 일이 없습니다. 사실 오늘 세 명이 출근했는데 고객님이 내일 또 전화를 하신다면 내일은 몇 명이나 출근해 있을지 저는 정말 모르겠고요. 내일이 있을지도 잘 모르겠고 저는 오늘이 끝입니다. 고객님이 끝입니다.

전화가 끊겼다. 핸드폰 액정을 보지 않아도 알 수 있었다. 먹먹한 기분으로 한동안 핸드폰을 귀에서 떼지 못했다. 마지막 말을 하며 김고순님은 울먹였는데, 화가 나서인지 겁이 나서인지 억울하고 분해서인지, 어떤 감정이 가장 크고 무거워 울먹였는지, 알 것도 같았지만 제대로 안다고 말할 수는 없어서, 우리가 같이 울먹인 이유를 생각하고 또 생각했다. 위가 아파 토하고 수돗물로 입안을 헹궜다.

고객센터에 전화 거는 일을 그만두고 나는 매일 글을 썼다. 결말이 마음에 들지 않았다. 결말을 바꾸려면 중반부터 다시 써야 했다. 공모전 마감이 일주일도 남지 않았는데 이제 와서 중반부터 고칠 자신이 없었다. 흐름을 그대로 유지하면서 결말만 더 그럴듯하게 바꿀 수는 없을까. 노트북 앞에 앉아 내가 쓴 글을 읽고 또 읽었다. 그러면서 엄마와 매일 통화했다.

남들 다 집으로 내려온다는데 너는 왜 안 내려오느냐고 엄마가 물었다. 나는 표를 구할 수 없다고 대답했다. 이대로 정말 큰 난리가 난다면 너랑 나는 얼굴 한번 못 보고 죽는 거냐고 엄마가 물었다. 나는 엄마에게 정말 다 죽을 것 같으냐고 물었다. 엄마는 모르겠다고, 남들 죽을 때 같이 안 죽고 지옥 같은 세상에 혼자 살아 있는 것도 좋을 것 같지는 않다고 말했다. 나는 엄마에게 기도를 열심히 하라고 했다. 엄마는 그거야 늘 하는 거라고, 하던 만큼 하고 있다고 대답했다. 그리고 엄마는 잠깐 목소리를 가다듬고서 정리를 해보자, 하고 말을 시작했다.

네가 말하길, 아주 조그마한 게 펑 터져서 점점 커져서 우주가 됐다고 했잖아. 지금도 우주는 점점 커지고 있다고. 최대한 커졌다가 다시 한 점만큼 줄어들 거라고.

응.

줄어들었다가 터지고 또 줄어들고 또 터지고, 그게 계속 반복된다고.

응.

지구는 돌에 가깝고. 해 같은 게 진짜 별이고. 진짜 별에서는 아무도 살 수가 없고.

응.

밤에 보는 별도 내가 그 별을 보고는 있지만 그 별은 이미 폭발하고 없을 수도 있다고. 왜냐면 엄청 멀리 있으니까. 빛의 속도로도 몇백 광년이 걸릴 만큼 멀리 있으니까.

응. 엄마. 다 기억하네.

다 적어놨다. 적어놓고 보고 또 봤어. 빛의 속도가 뭔지 모르겠어서 너무 답답해. 빛에 무슨 속도가 있다는 건지 모르겠다.

빛이 우리에게 다가오는 시간 같은 거야.

빛이 다가온다고.

응. 소리에도 속도가 있고.

……아무튼, 네가 말하길 우주에 비하면 지구는 먼지보다도 작고 인간은 미세먼지만큼도 아니라고. 너무 작아서 없는 거랑 똑같다고. 인간이 우주에 머무는 순간은 몇백억 만 년의 1초만큼도 안 되고 우주는 인간이나 생명 같은 거에 관심도 없다고. 인간적인 감정 같은 건 우주와 어울리지도 않고 인간이 우주에서 사라진다고 달라질 것도 슬플 것도 아쉬울 것도 없다고.

응.

네가 말을 해줘서 우주에 위아래가 없고 공기도 없고 아주 춥고 또 얼마나 무서운 건지는 내가 영화처럼 이해를 했어. 근데 이해를 하면 또 이해가 안 되는 게 생긴다. 우선 우주한테는 네가 미세먼지인지 몰라도 나한테는 네가 미세먼지가 아니야. 나도 미세먼지가 아니다. 그리고 너나 나나 없는 거나 마찬가지가 아니고 분명히 있어. 또 네 말처럼 우리가 아무리 미세먼지 같은 그런 존재라고 해도 나는 우리가 사라지는 게 아쉽고 슬프다.

…….

그리고 또 너는 우주가 점점 팽창하고 그 속도도 점점 빨라진다고 했잖아. 별과 별이 멀어지는 것도 공간이 멀어지는 거라고.

……응.

그럼 우주도 팽창하고 속도도 점점 빨라진다는데 비록 별은 아닐지라도 돌멩이랑 지구도 멀어져야 되는 거잖아. 가까워지는 게 아니라.

그냥 기도를 해, 엄마. 우주고 뭐고 알아봤자 우린 할 수 있는 게 아무것도 없어. 돌멩이가 날아오면 우린 그냥 사라지는 거야.

참아오던 감정이 있어 눈물이 쏟아졌다.

인간은 참 이상하다. 엄청나게 커다랗다는 우주에 대해서는 그렇게 잘 알고 또 신이 뭔지, 뭘 했고 뭘 할 수 있는지 그런 건 다 알면서 왜 돌멩이 하나 어쩌질 못해서 이 지경을 만드는 건지.

인간이 만든 게 아니잖아. 돌멩이는.

그래도 이 난리는 인간이 만든 거다.

어째서?

아주 옛날 같으면 그런 게 날아오고 있어도 몰랐을 거잖아. 그럼 이런 난리 없이 다들 사는 날까지는 덤덤하게 살았을 거잖아. 먹을 거 먹고 잘 거 자고 할 일 하면서. 직어도 세상 끝장난다고 나쁜 짓 하고 그러진 않았을 거잖아.

…….

나는 이참에 너랑 돌멩이 덕분에 우주가 뭔지도 조금 알았고…… 네 말 대로 그런 게 내 인생에 별 도움은 안 되겠지만 그런 걸 모르고 기도하는 것보다는 알고 기도하는 게 낫다고 생각했어.

엄마는 아주 오래전부터 아침에 일어나서 묵주기도 5단을 하고 밤에 자기 전에 또 5단을 했다. 하던 기도를 하던 만큼 계속한다고 했으니 엄마는 오늘 아침에도 묵주기도 5단을 했을 것이다. 오늘은 화요일이니까 '고통의 신비'를 했을 것이다. 내가 기도를 한다면…… 어색하지만 그런 걸 하게 된다면 무엇을 기원할 수 있을까. 일단 치통과 위통을 없애달라고 할 것이다. 치통과 위통 때문에 글을 쓸 수가 없다고 불평할 것이다. 또 이번 글을 잘 마무리할 수 있게 해달라고, 이왕이면 공모전에 당선되어서 상금을 받으면 좋겠다고 기도할 것이다. 다가올 멸망에서 인류를 구원해달라는 기도는 하지 않을 것이다.

……엄마는 요즘 뭘 바라고 기도해?

난 뭘 바라고 기도한 적 없다. 해야 하니까 하는 거지.

……왜 해야 해 기도를?

그건 나한테는 그냥 세상에 대한 인사 같은 거지. 잘 잤다는 인사. 잘 자라는 인사.

……엄마는 우리가 어떻게 되면 좋겠어?

글쎄. 이제 와서는 사는 건 모르겠고…… 그래도 우리가 가까운 곳에서 죽으면 좋겠다. 네가 오든가 내가 가든가 최대한 가까운 데서.

노트북을 끄고 간단히 짐을 챙겼다.

가까운 곳으로 갈 것이다.

신이나 과학이 아니어도 내 힘으로 그 정도는 할 수 있을 것이다.

다시 엄마와 통화를 하게 된다면, 그때는 우주의 96퍼센트는 인간이 모르는 암흑물질과 암흑 에너지로 채워져 있고 나머지는 대부분 먼지나 기체이며, 그중에서도 겨우 0.4퍼센트만이 별과 은하라는 점을 말해줄 것이다. 알 수 없는 암흑 속에서 빛나는 0.4퍼센트, 그것의 일부인 엄마에 대해 꼭 말할 것이다. 통화를 길게 할 수 있다면 별의 탄생과 소멸도 얘기할 것이다. 지구가 사라지면 엄마가 어떻게 되는지, 어떻게 이 우주의 흙이 되고 물이 되고 바람이 되는지……. 내가 엄마 가까운 곳으로 얼마 가지 못하더라도 우주의 관점에서 보면 우린 이미 충분히 가까이 있다고, 우주는 무한하나 시작과 끝이 있기에 언젠가 지구가 없어진다고 해도 우린 어떤 식으로든 같이 있을 수밖에 없다고. 우주가 생기고 없어지고 다시 생기길 반복해도 우린 영영 같이 있을 것이라고 꼭 말해줄 것이다.

현대의 묵시록

이만영 고려대학교 기초교육원 초빙교수, 문학평론가

"마지막 날은 아직 시간에 속한다.
왜냐하면 그날에도 여전히 무엇인가가 일어나고 있기 때문이다."
　　　　　　　　　-I. Kant, 「만물의 종말*Das Ende aller Dinge*」(1794) 중에서

1. '마지막 날'

"종말은 우리에게 내재되어 있다."[1]라는 프랭크 커머드의 말은 여전히 유효한 것처럼 보인다. 그 암울한 세기말을 보낸 지도 20년 가까이 되었건만, 여전히 세계가 곧 끝장날 것이라는 흉흉한 풍문은 한국 소설의 소재로 빈번하게 호출되고 있다. 대략 이런 식이다. 이를테면 학교가 없어지기를 갈망한 나머지 핼리 혜성과 지구가 충돌했으면 하는 기대감이 표출되는가 하면,[2] 좀비 바이러스가 창궐하여 세계 전체가 마비되는 풍경이 연출되기도

1　프랭크 커머드, 『종말 의식과 인간적 시간』, 조초희 역, 문학과지성사, 1993, 19쪽.
2　박민규, 『핑퐁』, 창비, 2006.

하며,[3] 대홍수라는 불가항력적인 현실 앞에서 절망과 체념을 반복할 수밖에 없는 인간 존재가 그려지는[4] 등 한국 소설에서 재난의 풍경을 마주하기란 이제는 그리 어려운 일이 아니다. 이처럼 오늘날 '묵시록의 저자'들은 마치 현세의 파국을 두려워하지 않는다고 봐도 무방할 정도로, 아니 오히려 그 파국의 도래를 꿈꾸고 있는 것처럼, 종말의 시공간을 한껏 사유한다.

이러한 경향은 분명 징후적이다. 자본주의의 끝을 상상하는 것보다 세계의 끝을 상상하는 것이 더 낫겠다는 처절한 말까지 터져 나오는 걸 보면,[5] 어쩌면 지금 우리의 작가들은 이 세계의 탈출구가 철저하게 봉쇄된 것을 문제 삼으면서 '세계의 끝', 그러니까 종말의 시간이 도래하기를 강렬하게 열망하는 것인지도 모른다. 어찌되었건 종말의 임박을 논하는 이 선지자적인 목소리들은, 윤리의 테두리가 붕괴되어버린 현실을 반성하고 그 갱신을 도모해야 한다는 절박함을 내장하고 있음은 틀림없어 보인다. 한마디로 말하자면, 오늘날의 작가들에게는 재앙 그 자체가 아니라 재앙 그 이후에 대한 사유가 더욱 중요한 것이다. 여기, 최진영의 「어느 날(feat. 돌멩이)」도 바로 그러한 점에서 주목될 만한 작품이다. 흡사 라스 폰 트리에의 영화 〈멜랑콜리아〉를 연상케 하는 이 소설은, 세계의 절멸을 목전에 두고 있는 상황에서 어떻게 인간적 유대를 복원할 것인가라는 묵직한 질문을 우리 앞에 던져준다. 이제 우리는 이 작품에 그려진 '마지막 날', 바로 그날에 일어난 일들에 대해서 이야기를 해야 한다.

---

3 윤이형, 「큰 늑대 파랑」, 창비, 2011.

4 김애란, 「물 속 골리앗」, 「비행운」, 문학과지성사, 2012.

5 Fredric Jameson, "Journey into Fear," *Archeologies of the Future: The Desire Called Utopia and Other Science Fiction*, London & New York: Verso, 2005, p.199.

2. 일상

이러한 질문에서부터 시작해보자. 내일 당장 지구가 멸망한다면, 당신은 무엇을 할 것인가. 당신의 일상은 유지될 것인가, 아니면 붕괴될 것인가. 이는 「어느 날(feat. 돌멩이)」의 서사 전반을 지탱하는 가장 중요한 질문인 것처럼 보인다. 혜성과 지구의 충돌이 임박한 그 시점에 일시불 결제를 할부로 바꾸는 일에 골몰하는 '나'만 봐도 그렇다. 지구 멸망을 목전에 둔 시점에서도 '나'는 그 견고한 일상을 유지하려 한다. 그 일상이란, 카드 연체를 막기 위해 비씨카드 고객센터에 수차례 전화를 하고, 공모전에 투고할 글을 마무리하는 것. 요컨대 '나'는 지구가 멸망한다면 결코 도래하지 않을 결제일과 마감일에 쫓기고 있는 것이다.

혜성이 지구를 향해 돌진하는 사실을 외면하면서까지 '나'의 일상이 지탱되는 데는 그만한 이유가 있다. '나'는 "스무 살 때도 한 번에 5만 원 이상을 써본 적이 없었고 서른 살이 되어서도 마찬가지인 현실"을, "생일이나 기념일이나 명절이 오면 빚을 내서 나의 사랑을 통째로 선물하고 그 사랑의 값을 다달이 쪼개어 갚아나가는 삶"을 지속해왔다. 지구의 멸망보다 부채인간이 된다는 것의 공포가 더 섬뜩하게 다가왔던 것도 바로 그 때문이다. 그토록 자본주의적 관습에 침윤되어 있던 '나'이기에, 더 구체적으로 말해 연체 독촉 전화를 받아서는 안 되는 '나'이기에, 일상적 리듬 자체를 뒤흔드는 사건이 도래하는 그 순간에도 그간 해왔던 일들을 그저 그렇게 해나간다. 그야말로 '나'에게는 지구의 멸망보다 카드 연체자가 되는 것이 더 큰 재앙으로 다가왔던 셈이다. 그렇다면 비씨카드 고객센터의 직원은 어떠한가. "실례지만…… 계속 출근하실 생각인가요?"라는 '나'의 질문에 대해 "네. 고객님. 저는 계속 출근을 합니다."라고 응대하는 직원의 모습에서 알 수 있듯, 이 감정노동자는 지구 멸망 따위의 일은 안중에도 없다는 듯 자신의 일을 묵묵히 해내고 있다. 마치 지구가 곧 멸망하더라도 고객관리를 위해 감정만큼은 결코 동요되어서는 안 된다는 것처럼 말이다.

우리는 연체공포증에 시달리는 부채인간으로서의 '나'와 늘 산뜻하게 고객을 응대해야 하는 감정노동자로서의 '고객센터 직원'을 통해서 우리 자신, 즉 지구 멸망의 순간까지도 신자유주의가 부과한 강박적 의례를 충실히 수행할 수밖에 없는 바로 그런 우리를 들여다보게 된다. '나'와 '고객센터 직원'이 끝까지 자본주의적 일상을 견뎌낼 수밖에 없었던 것은, 끊임없는 부채의 연쇄 속에서 우리를 더 가난하게 만들고, 지구의 멸망에 대한 섬뜩하고 공포스러운 감정을 감춰야만 하는 이 보이지 않는 권력장치, 다시 말해 '협박 없는 협박의 체제'가 그만큼 견고하게 작동하기 때문이다. 심지어 지구가 멸망하는 그 순간까지도! 그렇다면 구원은 가능할까?

이 시점에서 "절망에 직면해 있는 철학이 아직도 책임져야 할 것이 있다면 그것은 오직 사물들을 구원의 관점에서 관찰하고 서술하려는 노력"[6]이라는 아도르노의 말을 새삼 주목할 필요가 있다. 철학의 본질에 관한 이 진술은 문학에 적용되기에도 부족함이 없어 보이는데, 그 이유는 구원 없는 세계를 그려낸 묵시록적 소설조차도 결국에는 '구원에 대한 감각'을 소환해낼 수밖에 없기 때문이다. 요한의 『계시록』이나 단테의 『신곡』도 그러한 실낱같은 희망에 투자를 했다는 점을 고려해볼 때, 묵시록은 어쩌면 멸망이 아니라 구원에 방점을 두기 위해 작성된 것일지도 모른다. 「어느 날(feat. 돌멩이)」도 이러한 묵시록의 문법들을 공유하고 있는바, 이 소설의 '나'가 "가까운 곳으로 갈 것이다."라는 결기를 보여준 것도 이러한 맥락에서 해석될 수 있다. 새로운 윤리적 성소를 향하는 '나', 이제 그에 대해 읽어낼 차례다.

6   테오도르 아도르노, 『미니마 모랄리아』, 김유동 역, 길, 2005, 325쪽.

3. 다시, '마지막 날'

> **가까운 곳으로** 갈 것이다.
> 신이나 과학이 아니어도 내 힘으로 그 정도는 할 수 있을 것이다.
> …(중략)… 우주는 무한하나 시작과 끝이 있기에 언젠가 지구가 없어진다고 해도 우린 어떤 식으로든 **같이** 있을 수밖에 없다고. 우주가 생기고 없어지고 다시 생기길 반복해도 우린 영영 **같이** 있을 것이라고 꼭 말해줄 것이다.(361쪽, 강조는 인용자)

이 글을 시작할 때 인용했던 칸트의 말, 즉 "마지막 날은 아직 시간에 속한다. 왜냐하면 그날에도 여전히 무엇인가가 일어나고 있기 때문이다."라는 말을 다시 한 번 떠올려보자. '마지막 날'은 지구상에 있는 모든 것의 운동이 중단되는 시간이지만, 적어도 종말 직전까지는 그 운동이 가능한 시간이기도 하다. 다시 말해 '마지막 날'은 '종말의 시간'이면서 동시에, 새로운 도약과 각성이 가능한 '사건의 시간'이기도 하다는 것이다. 고로 '마지막 날'은 종말의 시간이라기보다는 차라리 구원의 시간에 가깝다.

이러한 칸트의 진술에 도움을 받자면, 「어느 날(feat. 돌멩이)」의 '나'에게 있어서 혜성이 지구로 돌진하는 그 시간은 한껏 느슨해져버린 인간의 유대가 복원되는 기적의 시간이다. "가까운 곳으로 갈 것이다."라는 '나'의 결단, 그리고 엄마와 '같이' 있겠다는 결의에 찬 독백을 통해 우리는 다음과 같은 작가의 목소리를 읽어내야 한다. 지구의 멸망에 절망하기보다는 흐릿하게나마 희망이 서식할 수 있는 가능성에 의존해야 한다는 그 목소리 말이다. 이제 '나'는 희망이 폐기된 자리에서 지구를 향해 날아오는 저 하늘의 '돌멩이'를 바라보는 것이 아니라, 이 땅에서 공존하고 공생하는 자들과 시선을 마주하고자 한다. 아마도 '돌멩이'가 지구와 마주치는 그 순간은 '나'와 엄마가 가까이, 같이 있는 순간이 될 것이다. 이러한 '나'의 결의는 왠지 모르게 처연하면서도 서글프게 느껴지기는 하지만, 무엇보다 이 결의가 투명하다고 느끼는 이유는 우리가 지옥 같은 이 세계를 감내하면서 가져야 할 윤리가 무엇인지를 질문하게끔 하기 때문이다. "신이나 과학"에 의존하지 않고 이 세계의 부조리함을 "내 힘"으로 견뎌내겠다는 것, 그리하여 절망이 아니라 희망과 윤리의 지평으로 나아가겠다는 것, 이렇듯 혜성이 가까워오는 종말의 시간은, '나'의 결행이 가능해지는 시간이라는 점에서 구원의 시간이기도 하다. 이러한 이중적인 시간의 문법을 갖고 있다는 점에서, 다시 말해 종말이 임박한 시간에 구원이 도래하기를 꿈꾼다는 점에서, 나는 앞으로 이 소설을 일컬어 '현대의 묵시록'이라고 명명할 것이다.

2019 올해의
문제소설

우리 사회의 현실을 반영하고

삶의 가치와 자기 정체성에 질문을 던지는

문제적 소설들